U0137482

我和宇宙奔向你

Flippede Love

鹿灵——著

湖南文艺出版社
HUNAN LITERATURE AND ART PUBLISHING HOUSE

博集天卷
CS-BOOKY

图书在版编目（CIP）数据

我和宇宙奔向你 / 鹿灵著 . -- 长沙：湖南文艺出版社，2021.8

ISBN 978-7-5726-0238-2

Ⅰ.①我… Ⅱ.①鹿… Ⅲ.①长篇小说－中国－当代 Ⅳ.① I247.5

中国版本图书馆 CIP 数据核字（2021）第 119791 号

上架建议：畅销·青春文学

WO HE YUZHOU BENXIANG NI
我和宇宙奔向你

作　　者：鹿　灵
出 版 人：曾赛丰
责任编辑：刘雪琳
监　　制：邢越超
策划编辑：柚小皮
特约编辑：尹　晶
营销支持：文刀刀　周　茜
版式设计：梁秋晨
封面设计：小茜设计
封面插图：猫小靖
内文排版：百朗文化
出　　版：湖南文艺出版社
　　　　　（长沙市雨花区东二环一段 508 号　邮编：410014）
网　　址：www.hnwy.net
印　　刷：三河市中晟雅豪印务有限公司
经　　销：新华书店
开　　本：640mm×915mm　1/16
字　　数：325 千字
印　　张：20.5
版　　次：2021 年 8 月第 1 版
印　　次：2021 年 8 月第 1 次印刷
书　　号：ISBN 978-7-5726-0238-2
定　　价：46.00 元

若有质量问题，请致电质量监督电话：010-59096394
团购电话：010-59320018

目录

CONTENTS

第一章

心动有迹可循

时值七月，正是 B 城的梅雨季节。

江筱然刚走出商场，迎面就下了一场暴雨。雨点连绵不断地砸在遮阳板和地面上，雨帘隔断了视线，雾气将整座城市笼罩在一片模糊之中。

不远处有争执声传来，她侧身去看，映入眼帘的是一辆巨大的巴士，上面写的字看不太清，车外几个座位旁摆着箱子和展板，应该是在做什么活动。

满头黄发的男生作势要去拿桌上唯——把伞："都变天了还愣着干吗，回去啊！"

可他还没来得及摸到，就有一个寸头男生夺过，将伞撑在了箱子上："你开什么玩笑，我们这才开始多久就回去？募捐没剩几天了，我们连任务的十分之一都没达到，怎么能潦草回去？"

黄发男生猛地挥了挥手："这么大的雨，谁还会在外面看故事听唱歌啊?！"

话音未落，就有路过的人朝他们看了几眼，然后往箱子内投了些钱。

"看吧，还是有人愿意做公益，"寸头男生也不妥协，"要走你走啊，有一点问题就想着要逃，需要这么矫情吗？"

"这跟逃跑有什么关系，去车里表演不行吗？或者明天再来啊，你长脑子不懂变通啊？"

"车里表演效果能好吗，而且明天有明天的任务，刚才没下雨我也没见你特上心啊，想偷懒就直说呗。"

黄发男生气急了，直接踢翻了两把椅子，而后大跨步上了车："我跟你说不清！"

"谁惯的你这臭毛病，踢别人椅子是脚抽筋？"

寸头男生脱下肩上的吉他，喊了句顾什么就把吉他扔给了身后的少年，拎着被黄发男生踢倒的椅子上车找他算账去了。

寸头男生身后那少年抬手接过吉他，就坐在巴士前屈起长腿，显得与世无争又洒脱利落。

江筱然在这时候回过神，她身侧的闺密赵嘉映凑了过来："我没带伞哎，你带了吗？"

她摇头，指了指侧边："走，去那儿买。"

每当暴雨突至，各大商场门口总会多出很多零散的雨具售卖点，那些洞悉商机的老板在关键时刻动作比追星女孩还要快。

果不其然，见她们走近，老板立刻很有默契地拎起了桶中的透明伞。

江筱然拿出手机准备付款："多少钱？"

"十块。算你们运气好，这是最后一把啦，想要赶紧买，"那人举起胸前挂着的牌子，"喏，付款二维码。"

她打开支付软件，举起来扫描的那一刻没对准，镜头高出二维码，方才的少年蓦地进入了扫描框。

灰色连帽衫的帽子被他拉起，随意地扣在头上，刘海儿钻出来几根，额发便被簌簌而落的大雨打湿，有雨滴滑过他高挺的鼻尖，一滴一滴连成线。他正在弹奏，依稀可见手指白皙修长，雨水随着琴弦颤动被抖落。

场景仿佛被人调成了慢动作，那一刻，明明嘈杂的人群遮蔽了她的听觉，可她却似乎能听见雨滴从他指尖坠落的声音。

滴答，滴答。

屏幕四周暗下，只有方形扫描框呈现原色，他就在她扫描框的正中央垂眸弹琴，天地仿佛都黯然失色，他成为她目之所及的唯一鲜活的焦点。

江筱然有片刻恍神，举着手机一动未动，连老板的催促都没听见："同学？同学？"

赵嘉映扫了她一眼，急忙讪笑着解围："可能下雨了她网不好，我来吧。"

下一秒付款成功，赵嘉映撑开那把雨伞，急急忙忙拉着江筱然离开："发什么呆啊你！"

她神思归位，身子被拉着走出去几步，再低头时，屏幕中已经什么都没有了。

江筱然想要回头去看，又被赵嘉映打断："前面有家便利店，再去买把伞吧，雨太大了。"

刚才争吵的两个人都在车里，那个男生好像也没有伞，要给他一把吗？

她脑中一闪过这样的念头，便在原地站定，转过了身子。

他还坐在原来的位置上，唱歌时声线低沉，乐声断断续续地输进她的脑袋——

"我看着你的脸／轻刷着和弦／初恋是整遍／手写的从前……"

赵嘉映看到便利店就冲了过去，生怕伞又被抢完，自然没注意到江筱然一直站在原地，出来后抬头一看才被吓到，仓促举着伞跑到她旁边："你怎么一个人站这儿淋雨啊？从刚刚就魂不守舍的，是有人在勾你的魂吗？！"

紧接着，江筱然手中被塞进一把雨伞。

"到底在看什么啊，有那么好看吗？"赵嘉映随着她的目光看去，定格在正在演奏的少年身上，"哦，是挺帅的。"

赵嘉映舔了舔唇："但也不至于让你伞也不买了就这么站在路中间含情脉脉地看着人家吧。怎么，您燥热难安的灵魂要淋一场雨才能冷静下来？"

"你胡说八道什么，"江筱然作势踢她鞋尖，撇了撇嘴，"我哪儿有含情脉脉？"

"行——没有——"赵嘉映自是不信，敷衍地应答，"赶紧回去吧，我鞋都湿了。"

江筱然也没好到哪儿去，这雨本就是斜着落的，更何况她还在雨里站了几分钟，回家之后整个人几近湿透，裙子都在往下淌着水。

"就说让你们别出去逛街了，"母亲赶紧给她拿好衣服放进浴室，"快去洗澡。"

今天也不知道是怎么回事，花洒里的水一阵冷一阵热的，无奈她已经抹好了洗发露，没办法停下，只能对付着随便洗了洗，吹头发时还打了好几个喷嚏。

江筱然揉揉脑袋，觉得头有点昏，钻进被子里休息，顺便打开手机。

鬼使神差地点开相册，发觉什么都没拍的那瞬间，莫名有些失落。

她翻了个身，脑中又浮现少年弹吉他的模样，抬手摸了摸自己的额头，好像有点烫。

昏昏沉沉裹着被子睡过去时，她做了一个很长的梦。

梦里她是她，又好像不是她，那个惊鸿一瞥的男生，似乎成了主角。

她不知道他叫什么，只知道自己叫他"顾总"，但他的身份是偶像艺人，"顾总"只是粉丝们开玩笑的叫法。他是个很好的人，体贴、温柔、宠粉、不浮躁，红了之后也不骄傲，始终认真对待工作。

她是因为一场电影而喜欢上他的，陪他从寂寂无名走上繁花盛开的星路，一步步见证他被更多人看到，后来去探他的班，盛夏时拿到他送来的冰水，在他休息时捧着照片去找他签名，前面的粉丝都有深情告白，轮到她时她却打了嗝，直到他低声问："没什么想跟我说的？"

二人的距离太近，她只觉连呼吸都变得很困难，更别说思考了。

他真人太过好看，色令智昏的当下，一向伶牙俐齿的她却忽然蒙住，搜肠刮肚了好半晌，才在心跳的伴奏下憋出一句："希望你作死、作死……"

说到一半卡了壳，忘记后面要说些什么，耳根和脸颊随之红透，后背急速升温，他就那么看着她，而后啼笑皆非地问："希望我……作死？"

她猛地摇了几下头，终于想了起来，殷切地抬眼，瞳仁里亮光细碎："希望你……作死地红！"

他眼底盈满笑意，仿佛是在做出什么郑重的承诺："嗯，收到了，我会的。"

而后画面一转，她来到了他的签售会，场馆内人满为患，所有人都是为他而来。她跟着大家排队，看每个女孩在他面前发表着感言，眼见越来越近，真实感更甚，她耳边开始嗡嗡嗡地出现杂音，像是无数只蜜蜂环绕周围。

轮到她时，她的指尖都开始打战，本能地递上了手中的浅色便利贴，里面写着她想让他签的话。但东西在半道上被工作人员拦截，那人递来一个眼刀，大意是说现在已经这么忙，签个名字就够了，你怎么敢搞特殊化让巨星给你写特签？

她的心脏也随这个眼神猛地一沉，顿觉被他看见这场景有些丢脸，羞愤而尴尬地低下了头，可没等工作人员把便利贴揉成一团，有只手忽然在她视线中一闪而过，从工作人员手里拿回了浅黄色的心形便利贴。

那一刻即使身处梦中，她仍然能感觉到胸腔中快速而有力的心跳，一下一下地盖过所有声音。

他轻柔地将便利贴展平，抬起头看了她一眼："没关系，以后想写什么都可以让我写。"

他握笔的姿势很标准，指尖因为用力而微微泛白，指甲修剪得圆润干净。

很快他就写完了那长长的一段话，站起身来同她握手，宽大温暖的手将她的手掌牢牢包裹，她差点融化在台边。

将专辑递给她时，似是见她仍不说话，他压着点笑意轻声问："怎么，这次不希望我作死了？"

没想到他还记得自己，她飘飘然像是踩在柔软棉花糖上，退场时情不自禁地脱口而出："是的，这次希望你娶我。"

身后蓦地传来一声笑，可惜她没来得及确认就被工作人员带了下去。离开后她摊开手，看着手心中交错的掌纹，轻轻握起又松开，似乎能感觉到那只手是怎样蹭过她柔软的指腹，与她手掌相贴。

场景在过渡后很快到达下一幕，他越来越红，开起了演唱会，她从遥远的地方赶去赴约，手机屏保是一句宇宙真理："你买票也是没钱，不买票也是没钱，说明买票它不要钱啊！不要钱为什么不买？！"

她花了大价钱，却买到了假票，在场馆外听着他的开场曲，无助可怜又羡慕，最后忍不住埋在手臂里失声痛哭，被门口的工作人员发现，询问了具体情况后为她通报，很快，有人捧着一杯热奶茶来找她："顾总请你看演唱会哦，还是第一排的，别哭啦。"

她半信半疑地接过奶茶，冷到僵硬的手指慢慢回温，连带着心脏某处也暖和了起来。她迷迷糊糊，像是在做梦，每走一步都是飘浮的，就这么被人带到了第一排。

台上的人正抱着吉他，坐在椅子上慢悠悠地唱歌，他脚下踏着的仿佛是七彩祥云，祥云把她的意中人送到她身边。

她鼻子一酸，听见他开口："刚刚有位工作人员告诉我，她在外面看到有一个女孩子在哭。后来知道是为了看我的演唱会买到了假票，她为了看我坐了很长时间的火车，结果发现自己根本进不来。"

他对着她笑，连目光都很温柔："其实你们不用来找我，你们就在自己的城市等着，我会去找你们的。"

她听见自己逐渐沦陷的声音，连他弯起眼睛时上目线的弧度都想要放在心里妥帖珍藏。

梦的最后一幕，是他如约来到她的城市，她在朋友的通知下赶去接机，那时候的他红成了顶流，机场被围堵得水泄不通，前面奠定下的甜美画风却忽然一转，她在推搡中被人绊倒在地，踩踏事件骤然发生，一个个脚印踏过她的背脊，窒息感顷刻间笼罩下来，她伸出手想要尖叫，想让大家不要再挤，可怎么都发不出声，最后用尽全力——

被梦活生生吓醒。

江筱然冷汗涔涔地骤然坐起，心跳到嗓子眼几乎快要蹦出来，她抓着衣领止不住地大口呼吸，惊魂未定地抬头看向四周，想确认自己是否活着，又身在何处。

消毒水的味道浸满鼻腔，手上还连着输液管，她在医院，墙壁和窗帘洁白一片，走廊上传来遥远又空旷的人声。

一时间梦境和现实难以分清，她脉搏狂跳，思绪混乱。

直到赵嘉映跟在母亲背后走了进来，看到她后松了口气："你终于醒啦？"

江筱然启了启唇，好半晌才找到自己的声音："……我怎么了？"

"你昨天淋雨了呀，然后发了高烧，叔叔阿姨连夜把你送到医院来，"赵嘉映将粥放在她旁边的病床上，"打了针，应该很快就好了。"

原来真的是梦。她闭上眼，如释重负地倒在床上，浑身乏力，像是从一场浩劫中重生。

赵嘉映看出她的反常："怎么出了这么多汗，很热吗？"

她捂住眼睛："没有，是做了很可怕的梦。"

赵嘉映问："什么梦？"

"梦到我上一世是饭圈里剪视频的博主，有很多粉丝，我们一起追逐着同一个人。后来我给他接机的时候遭遇了踩踏事件，好像……好像还快要重生了？"

梦中她开的是上帝视角，经历踩踏事件即将一命呜呼时，意识游离于幻境与现实交叠的维度，而那个维度之中似乎有人在召唤她，让她穿越到几年之前，为她的偶像消灭所有黑历史，陪他走上人生巅峰，顺便跟他……谈个恋爱。

梦里的他虽然是优质偶像，但是人都会有黑历史，他自然也不例外，例如成绩不大好、拒绝潜规则揍了高层导致传出爱打架的传闻、早期唱功不佳……

想到这里，江筱然猛地揉了揉脑袋："可能是最近重生小说看太多了。"

"估计是吧，"赵嘉映若有所思地看着她，"你不是还爱写小说吗？很多作者都会在做梦的时候获得灵感，你赶快把这些记下来，说不定写出来就红啦！"

她失笑："小说就叫《穿到爱豆成名前》是吗？"爱豆就是 idol 的意思，译为偶像。

赵嘉映瞬间打了个响指："这名字不错，一听就很好看。"她又挑了挑眉，"我提前预订一个签名啊，红了可别忘了我。"

她没跟赵嘉映继续闲扯，整个人还有些虚浮。明明梦中的一切她都在极力否定，可或许因为男主角是自己才见过的人，就连梦境中的感受都真实得过分。

好像她真的那样炽烈地喜欢过他，好像为他付出的一切都历历在目，无形之中好像真有什么在引导着她，如同那个召唤一般，让她走到他的身边，伴他成名。

江筱然又蓦地摇了摇头，暗暗感慨自己真是入戏太多太荒唐了，正准备喝粥的时候，窗外掠过一个陌生又熟悉的身影。

来不及思考，她跟着自己的潜意识掀开被子，追了出去。

走廊空旷，有日光从尽头的窗口处投落，一缕一缕的光柱在空气中沉浮。

他背对着她不知在寻找什么，一间一间病房核对。似乎是感受到身后的日光，他将信将疑地回过了头。

四目相对的瞬间，她心尖轻轻一跳。

少年眉眼干净，喉结明晰，眼尾微微上挑，细细的双眼皮伏在眼上，目光清冷中带着几分深情，五官的排列组合异常养眼，是一眼就难以忘掉的好看。

看到她之后，他恍然地启了启唇，随后大跨步向她走来。

他手中还拿着捧花，这一切再配合着梦境，让她产生了一种微妙的错觉：仿佛他是为她而来，也是在寻找她。

可她完全没做准备，也不知道开口时声音好不好听，头发有没有乱，嘴里有没有苦的药味儿，手指因为紧张放进口袋中，正好摸到了一个四四方方的东西，好像是她的校牌，写有姓名和联络方式。

各种念头交撞的当下，她难以开口，似乎只能让校牌代替自己说话。

她手心有些出汗，将牌子牢牢握住，准备好的那一刻抬起头，少年正好在她面前站定，遮住部分光影："你好，请问 5706 在哪边？"

"……"

这个剧本好像，不太对啊。

她心情复杂地抿了抿唇，含混不清地说道："应该在五栋七楼，从后面的电梯上去。"

"嗯，谢谢。"他的声音也同梦境中一样好听，讲话时掺着淡淡鼻音。就在她等待会不会开启新话题的时候，少年白色鞋头微微一转，向后离开。

这就完了？

她抬头："那个——"

他脚步微滞，身子又转了回来："嗯？"

叫住他只是一时起意，现在竟又不知道该说些什么了。

她调动起全身的细胞，试图编造出一个合适的理由，手也不自觉从口袋中拿出，下意识往前推了推。

她被自己弄得进退两难，最后只能硬着头皮把动作做完，将校牌塞进他口袋："这个，送你了。"

少年微微蹙起眉头，沉默发酵的时刻，她想一棒子敲死自己算了。

她转身要跑，被一句"等等"给定在了原地，好不容易平缓下来的心跳又开始彰显存在感。少年垂了垂眼，而后有些犹疑又有些礼尚往来地，取下了自己胸口的校牌，交给她。

他似乎还有话想问，但无奈手机在振动催促，只能快步奔往电梯。

目送他背影消失，江筱然也搞不懂自己到底都做了些什么，懊恼地拍了几下脑袋，这才看向自己手心里的东西。

银色小楷字体整齐地印刷在湛蓝色背景之上：德高，十班，顾予临。

在家养了两天病，学校里繁杂的课业任务容不得多等，江筱然身体一好就迅速回了学校，开始刷起了这几天累积的习题。

马上要放暑假了，教室里的气氛有些浮躁，大家的心都跟着假期安排一同飞出了天窗。

"都给我集中注意力做题啊，这还没放假呢！再来你们就高二了，那高考也就不远了，危机意识都给我树立起来听到没？"数学老师用三角尺拍了拍讲台，"还有，我们学校和德高组织了一个交换生活动，有没有想去德高的？"

立刻有人笑："谁愿意去那儿啊，严得跟什么似的。"

"你想去还去不了呢，有成绩要求，年级前一百才能报名征选，德高的数学组非常厉害，我建议数学弱项的同学可以考虑过去。"老师抬了抬头，"那个，江筱然，你其他几科很稳定，回去可以和家长商量下，介绍表在学校通知栏可以拿。"

江筱然忽然被点名，蒙了几秒，这才颔首说好。恰巧放学时发现通知栏只剩两张表，她便赶紧抽出，自己和赵嘉映一人一张。

回家路上，赵嘉映看着"德高"两个字直叹气："你真要去这人间地狱？虽然升学率高，但日子也真不是人过的，巅峰期可以一天用完一支笔。而且我们学校非上课时间是可以用手机的，德高可完全不允许，见着手机就收啊。那种艰苦模式你想体会吗？"

江筱然禁不住抖了抖，伸手就准备把表扔掉："算了，不想了。"

可还没来得及走到垃圾桶边，眼前忽然出现一个熟悉的身影，伴随着起哄声："顾予临昨天那个球打得是真好，不怪其他学校的啦啦队都为他尖叫，我是女的我也晕。"

顾予临长得很高，气质卓然，她一眼瞥过去就能准确捕捉到。

宽大校服对他而言意外地合身，袖子被他挽至手肘，他仰起脸不知是不是在笑，月光洒落下来，为他镀上一层浅色的光。

他好像也是德高的……如果自己转过去，是不是就和他同校了？

江筱然垂下眼睫，踟蹰地收回了要扔介绍表的手。

赵嘉映问："怎么了？"

她轻咳两声："我再……再想想。"

两个月后，江筱然和赵嘉映站在了德高校门前，穿着崭新而陌生的校服，气氛有片刻凝滞。

赵嘉映："……所以你为什么要来？"

江筱然掩唇："师资力量好，针对我的弱项，而且，再苦不就苦两年了吗，咬咬牙就过去了。"当然，还有一个原因，她偷偷藏住没有说。

她又看向赵嘉映："你呢，为什么跟我一起来了？"

"我相信你的选择，"赵嘉映义气地把手搭上她肩膀，"而且除了你，我再找不到第二个中午能和我一起听德云社相声的饭友了。"

江筱然沉默了会儿，把肩上的手拿了下来。

进校第一天，江筱然就碰上了劲爆的突发事件。

她刚走到围墙下，心里正对崭新的未来做展望呢，忽然听到有人大喊一句："顾予临和夏阮好像要打起来了！"

脑中一闪而过梦里说他爱打架的黑历史，她无端地心头一紧，发现声音来自墙外的篮球场，也不知自己到底是哪根筋没搭对，就将书包往赵嘉映手里一塞，助跑跳上了本不算高的围墙。

她下意识打开手机拍摄。

顾予临手上抄了个篮球，表情很不善："昨天下午打球，是谁把李嘉垣踩伤的？"

他对面的男生语气也不好："都说了是无意的，你有完没完？"

"无意？无意能把他弄到骨折，而且连一句关心的话都没有？"顾予临再度发问，"我再问一次，是谁？"

"不管是谁，既然是我夏阮这边的人弄出来的事，你找我就行。"

那叫夏阮的人气焰嚣张，一副校园扛把子的做派。

顾予临没说话，篮球从怀里飞出去，差点砸到夏阮，然后他只是无所谓地笑笑："不好意思，我也是无意的。"

校园扛把子怎么能接受有人这么对自己?!

夏阮当然忍不了,把手中的球一拍,用力砸向顾予临的脸。顾予临反应迅速地抬手拨开,下一秒二人即将厮打在一起,但比拳头砸向骨骼声更快的,是一声惊呼。

顾予临抬头。

此刻,被球砸中肚子并刚好倒在顾予临背上的江筱然,脑子里只有一个想法——高处不胜寒,她再也不会看热闹站这么靠前了!

顾予临没想到夏阮抛向自己的球会把江筱然给砸了下来,看清她的脸之后略微沉吟,转身将她扶稳:"你……没事吧?"

此时上课铃打响,第一天总归是不能迟到的,她深吸一口气,来不及回答顾予临,捂着肚子奔向了教室。

过了两节课,肚子总算好受许多,但大课间时有人来通知江筱然,让她去教导主任办公室一趟。

不用想也知道是方才那件事,只是她又没参与,为什么找她?

她刚走出教室,就听见不远处小卖部前有人在八卦:"我听说顾予临和夏阮为了争一个女生打起来了,打得好凶啊,果然是红颜祸水。"

"我去,真的假的?"

"好像是真的,女生叫江筱然,还是江大绿的,据说还把那女的给争骨折了,就像篮球一样在空中……"

江筱然也来了几分兴致,凑近着虚心求问:"那他们有没有把那个女生抛在空中争?"

"……"

几个人生生被吓了一跳,看了一眼江筱然胸前的牌子,瞬间抱着怀里的饮料人间蒸发。

她耸耸肩,结果刚一转身,迎面就撞上了另一位男主——夏阮。

少年的耳钉在光线下熠熠生辉,看向她时多了几分兴味:"你拿手机是在录谁?我吗?"

……自恋是校园大佬的标配吗?

她干笑两声:"你误会了。"心想:我纯粹是脑子不太清醒,被梦和你对面那位所支配。

上一秒才想到顾予临，下一秒，她那位"梦中主角"就出现在了前方拐角处，阳光将他的轮廓描出淡金色的边。

没走几步，顾予临发现了她，微微侧身问："好点了吗？"

她觉得舌尖好像有点烫，血液也有些上涌，酝酿几番才说出口："嗯，好点了。"

上楼的时候她也跟得紧，还能闻到顾予临身上薄荷味儿的香气，大概是爬了五层楼实在有些累，到了办公室，她的脸颊隐约泛出几分绯红。

"听说今早你们打架了，怎么回事？"教导主任率先开口，"打架是要记过的你们知道吧？还要贴通报名单在学校门口！"

然而，面对着主任怒不可遏的质问，顾予临与夏阮均是一言不发，仿佛事不关己。

无奈之下，教导主任只得把目光转向江筱然："听说你还在他们打架的时候趴到了顾予临的背上？！"

她扯了扯耳垂，解释道："没有……就是两个人打球的时候不小心砸到我了……"

毕竟记过对谁来说都不是好事，架也还没开始打，梦境中顾予临的黑历史又给她带来了太过深刻的感受，她不想把事件恶化，第一反应就是尽力削弱事件的严重性。

教导主任当然不信二人只是在打球，她灵机一动，录制的视频在此刻派上了用场，她迅速呈了上去："我当时也是路过，不知道顾予临会不会打人。也许他只是想吓吓夏阮，没真准备打呢？"

吓吓？顾予临在内心对这个词不屑一顾。

毕竟确实没发生，谁也不知道下一秒是怎样的，主任自然是不能多说什么，沉吟许久后才勉强道："行吧，下次注意，再有这种情况我决不姑息。还有，你这手机哪儿来的？学校不是不允许带手机吗？"

竟然忘记德高不让用手机，江筱然欲哭无泪："我、我为学校做贡献嘛……"

主任对她的话表示十分感动，然后没收了她的手机。

出了办公室之后，江筱然心情复杂，冷不丁又想起顾予临，可回头一看，身后已经没有人影。

就算这开学第一天不算顺利，但想到他在雨中演奏宛若 MV 的场景，又想到自己或许拯救了一颗启明星的陨落，她并不觉得沮丧，反而怀着悸动的心情跟赵嘉映随口讨论："嘉映，要是有天你穿越回了过去，发现自己正跟一个还没红的明星在一起，你会干吗？"

赵嘉映握着笔杆，写好填空题的答案，然后也指了指她的书本。

"什么意思，珍惜当下吗？"

赵嘉映摇头，目光难掩嫌弃："我的意思是你别做梦了，这个习题是昨天的英语作业，五分钟后检查。"

晚上回家之后，江筱然似是想起什么，从书柜的小铁盒中翻出在医院走廊上他交给自己的校牌，想了想，又将它别在了书包内层一打开就能看到的地方。

摸了摸口袋，竟然意外地发现了几片舒缓疼痛的膏药贴，还附带一张字条：

一贴六小时，用完如果还疼，来十班找我。——顾予临

他什么时候装进来的？

她长睫垂落，几不可察地弯了弯嘴角，却并未拆开使用，只是将东西夹进了自己墨绿色的硬壳笔记本中。

这是在遇见他的那天买来的，赵嘉映说像"哈利·波特"里的魔法书，那时候的她不以为然，此刻才觉得……

一切，是真的很奇妙。

次日课间操时，江筱然隔着几个班级又看见了他。

他正在阳光下跟朋友讨论着什么，讨论到兴起，还忍不住做了几个运球的动作。

风吹开他的衣摆，也拨弄着他额前的碎发，碎金一样的头发摇摇晃晃，寥寥几笔勾画出少年意气风发的轮廓。

强烈的少年感逼迫得江筱然睁不开眼。

她也被顾予临感染，结果忘记自己昨天肚子受过伤，做伸展运动时被拉到，猝不及防"嗯"了声，被赵嘉映大惊小怪地扶去了医务室。

结果校医没在，她一个人坐在床边发呆，正巧碰上顾予临闯了进来。

他带着盛夏的热浪钻入房间，声音也在这方不大不小的空间内回荡："还没好？严重吗？"

"不严重，不做剧烈拉伸就可以了，"她拍了拍身下床单的褶皱，讲话客客气气的，"你也不是故意把球晃我这儿来的，没事。"

过了会儿，他叹气似的说："毕竟是我的责任，你在这儿等着，我还有点药拿给你。"

江筱然立马站起来："不麻烦你跑来跑去了，我刚好也要回去，一起吧。"

他不置可否，转身去开门，背脊宽阔。

二人才见面没几次，但某些地方好像有些不言自明的默契，就好像真的认识了许久。

譬如此刻，站在十班门口，她一眼就认出了他的座位。

倒不是什么魔法梦境之类，而是那张桌子实在与众不同，在众多摆满参考书的位子里，只有这张桌子上什么都没有，光滑又整洁，堪称清流。椅子上挂着个瘪瘪的书包，证明尚有人在，旁边的桌子大概没人坐，堆满了漫画书和乐谱，确实很符合这哥特立独行的气质。

顾予临走到座位边，钩出一个大袋子，而后将里头的药挨个儿拿出来给她介绍用法："这个一次一片，一天三次；这个一天一次，一次一粒；这个……"

有钱人都是这么表达歉意的？江筱然差点以为自己在坐月子。

可能是她呆住的样子太感人，顾予临看了她一眼，竟然笑了："算了，我帮你写好吧。"

不知道是顾予临的字写得太慢，还是药太多，或者是做操时间太短……总之还没等到他写完，课间操就结束了。

几分钟内，吵吵嚷嚷的交谈声就充斥了整个走廊，为首的体育委员戳在门口不敢动，大家便也都不敢贸然闯入，在外面七嘴八舌。

"这女的谁啊？"

"柳轻轻吗？看起来不像。"

"……顾予临竟然会写字?!"

"你再大声点,顾予临还会揍你呢。"

这么大个教室只剩他们俩,其余人全在外面围观,顾予临好像见惯了这种场面,一双长腿随意伸着,不慌不忙的。

江筱然被大家看得后背发烫,等他一写完就赶紧抢过:"谢谢,我先走了。"

走到门口,大家还自发给她让了条道出来。

赵嘉映看她抱了一大堆营养品回班,感叹道:"挺赚啊你,被打了一拳,得了这么多礼物。"又上来近距离看她,像是发现了她表情中的猫腻,但只是挑了挑眉,没有拆穿。

好不容易等到下晚自习,江筱然清好书包正准备回家,却被徐凝喊住:"你……我……阶梯教室刚刚在筛选参加艺术节的节目,顾予临跟夏阮在那里抢人,气氛特别不好,你要去看看吗?"

徐凝是班上的文艺委员,前几天就说过学校最近为参加艺术节让大家踊跃出节目,她为人虽然讷讷的没什么存在感,但一谈到顾予临耳郭就会变得通红,心思昭然若揭。

江筱然知道她是担心却又不敢上,思忖几秒后才点了头,回头问赵嘉映:"你是回去还是跟我一起?"

"一起啊,"赵嘉映也站了起来,"感觉好刺激的样子。"

三个人赶到的时候,阶梯教室里已经没什么人了,江筱然心头一跳,听到徐凝问旁边的人:"顾予临他们呢?"

"天台呢,不过劝你别去了,旁边围了好多人,音乐老师也在。"

上到天台,空旷处果然围了一大帮人,中间的老师个子小,说话也没什么威慑力,对着这俩男生明显力不从心:"我说了,有什么我们到教室里解决,上天台多危险啊。"

顾予临没说话,夏阮抢先道:"既然我们的节目都差人,现在又没人能补上来,不如我们来比比,看柳轻轻会选谁。"

柳轻轻?江筱然偏了偏头,感觉这名字很熟悉。

徐凝抬手为她指了指:"柳轻轻是那个,长头发大眼睛的。"

柳轻轻就站在顾予临身侧,头微微仰起,像只骄傲的天鹅,大概是每所学校都会出现的所谓女神级别的人物。

"艺术节选节目，顾予临出了一个唱歌的，夏阮出了个跳舞的。问题就是区里这次不允许单人节目上，所以他俩的节目都要加人。"徐凝紧跟着为她解释，"现在就柳轻轻一个人没节目，她参加谁的，另一个人的就要被刷下来，所以他们俩在争节目名额。"

赵嘉映也禁不住加入讨论："这很简单啊，再找一个人不就行了。"

徐凝道："没这么容易，你们也知道顾予临跟夏阮本来就不和，现在就是杠上了。就算我们学校还能找出会唱歌或者会跳舞的人，但是假如做得不够好，就会被群嘲，所以现在没人敢上。而且德高的大部分学生都是成绩好，有才艺的少得可怜。"

说话间，音乐老师已经妥协："你们要比也可以，不过先让我看看柳轻轻的节目，好判定她更适合和谁组队。"

柳轻轻点头："那我就先跳一段吧。"

浅灰色的天幕下，柳轻轻伸展开纤细柔美的手臂，在几乎静止的呼吸声中旋转、跃动。只是简单几个动作，已经可以窥见她扎实的舞蹈功底和优越柔韧的身段。

"真的没有同学会别的吗？柳轻轻的舞蹈这么棒，学校里应该也有唱歌很棒的女生吧？"音乐老师不死心，又问了一遍。

江筱然有点纠结，她本不是爱出风头的性格，但上次听完顾予临唱歌，耳朵都差点怀孕，因此并不希望他的节目被刷下来。

于是她很快权衡好，往前跨了一步："老师，我会。"

音乐老师连忙转头看她："哎？你会什么？"

"钢琴、吉他、口琴，"她建议，"要我弹给您听吗？"

"好好好。"老师点头，"我们先去音乐教室。"

从小家里便注重对她全面培养，加上她喜欢听歌，便也学了不少乐器，没想到今天居然能派上用场。只是不知道弹什么顾予临才会比较喜欢从而选中她，江筱然略做思索，弹起了他在大雨中演奏的那首《手写的从前》。

这首歌是她暑假才学的，有点手生，一开始弹错了好几个音，人群中也传来不怀好意的嗤笑，但没过多久，笑声就全部停止了。

她的演奏渐入佳境，手指灵活得叠出幻影，声音也越发灵动清脆，绕梁盘旋。

淡黄色灯光铺洒在少女认真的面颊上，给她镀上一层柔和而温软的光圈，最后一个音符结束的同时，她转头去看顾予临的表情。

他陷在椅子里没有动作，只是垂着脑袋，发丝遮住大半张脸，叫人猜不出情绪。

不会吧，他不喜欢这首歌？江筱然心里打起了退堂鼓。

很多围观群众都自发地鼓着掌，音乐老师笑得也像是捡了块宝玉，问他："你觉得这个同伴怎么样？"

江筱然手心渗出冷汗。

沉默了片刻，顾予临抬起头来，她看清他的表情——是笑着的。

他虽在评价，却难掩言语中微小的雀跃："跟我一组吧。"

哈利路亚！感谢周杰伦！

对着他的视线，她缓缓漾出一个浅淡的笑："好啊。"

音乐老师松了口气："那就柳轻轻和夏阮一组，顾予临跟你一组，大家都散了吧。"

江筱然走到台下，顾予临也恰好起身，把她放在一边的书包递给她。

"留个微信号？"他补充道，"说排练的事情。"

江筱然点头如捣蒜，一串号码报完，这才想起："我……手机被教导主任收了……"

他顿了顿，又问："现在忙着回家吗？"

"不忙，晚上十点之前到家就行了。"

他抬了抬眉，步伐果决向外，语调轻松："那你跟我走吧。"

"去哪儿？"她问。

他略侧身朝她笑，鼻尖聚起一块浅色的小高光。

"拿手机。"

顾予临不知从哪里找来了几把椅子，很快就翻进了教导主任办公室，低头对她说："我先去帮你找，你就在这里等我。"

结果他话音刚落就有脚步声传来，江筱然从小到大没做过这种事，生怕是巡查的人，慌得连话都说不利索了。

她踮脚，小声喊顾予临："好像有人来了！"

里面翻找东西的声音很快停下，顾予临再次出现在窗边："你找得到地方躲吗？"

江筱然四下环顾，大义凛然地闭了闭眼："这这这，这旁边有个男厕，其他办公室都锁了。要不你先躲起来，我没——"

"关系"俩字还没说完，他已经伸出手，朝她勾了勾手："来，我拉你进来。"

……牵手?！

江筱然踩上桌面，手一搭，顺利触碰到他的手掌。

顾予临看了看楼梯口，快速道："我数三二一，你蹬一下。"

"三、二、一——"

几乎只是一个闪神的工夫，她双脚悬空，很快被少年拉了进去。

昏暗的办公室，被风拂动的窗帘，会发出暧昧喑哑声的椅子，好像很适合做点什么。

跳下桌子的时候，她好像踩到了什么东西，不由得滑了一下。

"怎么了？"

"没事，"她轻声道，"踩到卷子了。"

夜晚的一切都被无限放大，她听到他的声音，高清无损得像是充值了 VIP 才有机会听到的沙哑音质，充满着低沉的磁性："嗯。"

还没反应过来，她又被顾予临扣住肩膀转了个身，塞进面前的小柜子里。

还没等江筱然开始脑内小剧场，顾予临也迈开腿藏了进来，还顺手关上了柜门。

他来不及解释，二人呼吸停顿的下一秒，办公室的门就被人从外面打开了。

紧接着，一束亮光从外面透进来，竟然真的是巡查的人。

江筱然的心脏差点停跳，整个人陷在一种隐秘又羞耻的紧张里——说害怕吧，也不完全是，毕竟感觉她还挺占便宜的；但是不害怕吧，又不可能，跟一个血气方刚的少年靠得这么近，万一他起了什么歹心——哎，万一他起了歹心，占便宜的好像也是自己哦？

江筱然乱七八糟地瞎想，冷不丁听到外头响起一道声音："这里面哪儿来的衣服？"

她低头一看，糟糕，是她的衣角，卡在外头了！

感觉到衣角突然被人往外一扯，她下意识就要惊呼出声，被顾予临眼疾手快地捂住嘴巴，他皱着眉，朝她摇头。

她惊魂未定地点点头，顾予临这才放下手拉住她的衣服，用力时身体止不住地朝她倾斜。

江筱然觉得要是按照这几天的套路发展下去，她马上会因为心跳过快而死亡。

怎么这么热……

逼仄的空间里，他们的距离如此靠近，几乎一侧头就可以触碰到对方的鼻尖。江筱然听到他不得不压制住的呼吸声，少年的气息喷在她耳侧的那一刻，她下意识想到了些不太好的东西——

不行不行，富强民主文明和谐爱国敬业诚信友善知之为知之不知为不知有朋自远方来不亦乐乎……

在她把脑子里所有的句子都背诵了一遍之后，顾予临与巡查员的拉锯战总算到此为止，那人咕哝了几声，而后离开了。

周遭彻底安静下来后，她这才如脱水般长嘘一口气，靠在了柜门边。

顾予临也推开柜门退回原地，抵在一旁呼吸着新鲜空气。

其实小小的柜子根本容不下他，可他累得不愿再多动半步，只把双腿和手搁在了外面，身体还靠在柜子里，头微微仰着喘气，说不出地慵懒撩人。

夜色在他身上落下清浅的投影，一半光明一半模糊的黑暗，轮廓线泾渭分明。

江筱然悄悄去看他，见他已经恢复好了，撑着膝盖站起，走到一边的抽屉里翻找东西。

她凑过去："你知道手机在哪儿吗？"

"应该就在这几个抽屉里，"他说，"这是他的习惯。"

连教导主任的习惯都摸清了？

"你看起来……好像很熟练的样子。"

顾予临不置可否，闷着笑了声："朋友被他收过东西，我来过。"又从纷乱的手机堆里取出她的那部，"是这个吗？"

"嗯，"她有点后怕，"万一被发现了怎么办？不会被请家长吧？"

"不会，"他合上抽屉，垂眸看了她一眼，淡笑，"胆子怎么这么小。"

片刻后，他又继续道："大不了，被发现了，我替你背这个锅。"

江筱然心里咯噔一下，急忙摇头回道："这怎么能让你背，手机还是你帮我拿回来的呢。"

他踩上椅子，翻出去后又自然地朝她伸手。江筱然搭上他泛着冷意的手掌，像是在燥热的夏天得到一根冰棍，说不出地清凉舒适。

落地后，他把桌子移回原位，问："现在九点半了，你一个人回家？"

"好像是，不知道朋友走了没。"

江筱然趴到栏杆边往下看，赵嘉映也正仰着脖子找她，目光顺利会师，赵嘉映高兴地挥手："我在这儿呢！"

"……"

江筱然有点失落，垂着脑袋闷闷地说："有人陪我，你先回去吧。"

"嗯。"他好像又在笑。

回到家之后，顾予临的消息已经发了过来："中午和晚上，你想什么时候排练？"

江筱然对着短信发了十分钟的呆，硬是在想怎么回答能得体，又可以拉近距离感，半天才回："我都可以的，你定吧。"

"那中午晚上都练？"他说，"快比赛了，时间有点紧张，我们要好好磨合一下才能达到最佳效果。"

她看着"好好磨合"这四个字，心内泛起些莫名的满足，品了好几遍后才回复："可以的，我有空，尽管磨合吧。"

"好，那就明天中午十二点半在音乐教室集合，记得吃饱，但不能太饱了，会唱不出歌。"

江筱然笑眯眯："嗯嗯，弹的曲子定了吗？"

"定了，明天告诉你。你今晚回去得迟，先写作业，然后早点睡，最近可能会很忙。"

写完作业时十二点了，她洗了澡就准备睡觉，抓起手机看了一眼，有一条新消息。

顾予临："教室改了，改成八栋的音乐教室。"

她擦擦手，回了个点头的小表情。

"还不睡？"

"这就睡了。"

很快，手机又振了下，她低头，备注的那三个字仿佛发着光。

顾予临："晚安。"

窗外的一家灯火，好像突然就亮了。

江筱然腾地坐起来，兴奋感不知从何而来却又无处发泄，只能穿着拖鞋在房间里来回踱步。一整天被压着的情绪得到释放，她满脑子都是他今天带她翻办公室的模样。

半天捞起手机，手指差点不听使唤："晚安。"

明明也就是一句晚安而已，她伸手将被子拉过头顶，可好像，又不只是一句晚安而已。

第二天中午，江筱然吃了午饭就匆匆往约定的地方跑，到的时候才十二点一刻，顾予临不在教室里。

音乐教室不大，安静又舒服，沙发也软绵绵的，江筱然等着等着就有点犯困，最后就真的歪着脑袋闭上了眼。

她睡得挺安稳，醒来时心情也愉悦，眯着眼伸了个懒腰，有衣服从手臂上滑落。

嗯？衣服？

江筱然这才发现身上搭了件青灰色的外套，简单又有设计感，很像顾予临的风格。

果不其然，他就坐在钢琴椅边，背对着她撑在琴盖上，不知在写什么。

她动了动，皮质沙发传来窸窣响声。

顾予临很快察觉："醒了？"

她揉了揉眼睛："嗯，不好意思啊。"

他问："昨晚没睡好？"

本来可以睡好的，可想到他就血液上涌，结果磨蹭到凌晨三点才睡着，还做了个和他有关的梦。可她当然不会说这些，只是道："昨晚数学题太难了，想了半天才睡。"

他和她聊着天："睡前听点轻音乐，放松一下，就容易睡着了。"

她不好意思地摸摸后颈："你应该叫我的，害你等我这么久。"

他笑着说没事："睡觉是你生活中很重要的一部分吧？我就路过你们班三次，看你都在睡觉。刚刚你睡得太投入了，我不忍心打扰。"

他路过他们班还记得看她？

她有点窘迫："行了，咱们不说这个了，我们唱什么？"

"我自己写的歌，"他问，"你介意吗？"

虽然只听他唱过一次歌，但发烧都不忘梦到他，她猜自己俨然已经变成他的半个歌迷了，于是此刻用力地摇了摇头，赶紧表明立场："我愿意！"

……说完发现这三个字好像不太对劲儿，但又不能收回，只得讪讪地摸摸鼻尖，希望他没听到才好。

他只是很浅地笑了声，随后道："那我唱给你听一下。"

他唱歌确实很有感觉，得益于他天生的磁性嗓音，但唱功部分确实有待加强，不过底子这么好，稍微练练应当就会很好了。

他边弹边唱，修长白皙的手指与黑白琴键对应生辉，音符从他指尖流泻而出，仿佛泠泠水声，又似蝉鸣悠扬。

歌声在他身旁流淌，那一刻的少年，比滚烫日光还要明亮。

对喜爱的事物散发出的热忱让人无法抵挡，她忽然有些挪不开目光，恍惚想着也许之前那一切并不是梦，或许他是真的可以站上更高更大的舞台，成为最璀璨夺目的存在。

如果他能在和她训练的过程中变得更好，往后应当会走得更加顺利吧。

这样的念头虽然只是一掠而过，但不久之后，机会竟然恰好来到。

音乐老师问他们需不需要帮助，江筱然没上过声乐课，便提出想练一下唱功，顾予临思忖了一会儿，也答应陪她一起。

去上声乐课的途中，她和陶老师有说有笑地在前面讨论拿奖的事情，顾予临走在后面，看着江筱然脑后一晃一晃的马尾辫，心思不知为何，也晃了一晃。

到了宽敞的教室，陶芸看着顾予临原创歌曲的乐谱，情不自禁又夸了一遍："这首《朽》写得真好，不比那二十多岁专业音乐人写的差啊，如果你今年满十八岁了我铁定把你往娱乐圈送。"想想又抬头，"你长这么好看，有这方面的计划吗？"

顾予临顿了顿，这才道："有机会的话可以试试看。"

看来她猜得没错，江筱然浅浅抬了抬唇角。

"行，等你毕业给你物色公司或节目去，我们学校能出个明星还挺长脸的，"陶芸打了个响指，"进入正题，来，我们先练基本功。"

陶芸张嘴唱了五个"啊"的声调，而后道："找不到的话，把手按在两边肋骨中间的位置，唱的时候要感觉自己在用力，这里要往外顶，否则你发声的位置就不对。"

江筱然很快就找到正确的发声位置，把音唱得很饱满，但顾予临还没有找到。

陶芸把手放在他耳前，在外按住上下牙床中间的位置："嘴巴再张大一点，你口腔没有完全打开。"

陶老师居然摸到他的脸了。

江筱然撇撇嘴，但很快，就被顾予临的表情吸引住了目光。

她还没有见过他这样子，相较以往的利落帅气多了几分可爱，她看着看着就忍不住笑出声来。

在她笑声的伴奏中，陶芸的电话也响了起来，临走前她委托："筱然你教一下他，我出去接个电话。"

江筱然这才停了下来，憋着笑意往顾予临那边看，正对上他意味深长的眼神。

他手指叩在椅子上，有一搭没一搭地敲着，正当江筱然注视着那双手的时候，他的指尖却蓦地从椅子上移开。

她一愣。

人长得高就是自带气场，顾予临慢悠悠地朝她走去，一步一步，像是靠近猎物。

江筱然直勾勾盯着地面，眼睁睁看着他身前投下的阴影越靠越近，最后，那道阴影完全将她覆盖。

他挡住她的光，声音自上而下传进她耳朵："笑我？嗯？"

她启了启唇，小声为自己辩解："我没有……"

"笑我什么？"

"真的没笑你……"江筱然头越缩越低，简直恨不得缩进某个壳子里。

她话音刚落，顾予临的声音也突然停了。

生气了？

江筱然抿了抿唇，迅速抬起头来，发现顾予临正用一种几乎要把人融化了的表情看着她。

像是人逗狗的时候，喜欢把手放在其下巴上慢慢地挠——江筱然也感觉有人在用无形的手这么逗着自己，痒痒的。

顾予临似是终于"报复"完了，看她满面通红的样子，心情甚好，终于点了点正题："好了，不是要教我唱吗？"

"明明是你一直闹我……"她咕哝，不服气地说，"还怪我吗？"

见他眉一挑，似乎又要说话，她赶快打断："唱歌吧！"

"好。"他笑意盈盈。

唱了两句，江筱然还是不敢看他的眼睛，只是盯着他校服上的 logo 看："你发声的位置还是不对，要把手放在两边肋骨中间的这里。"她拿手比了比自己小腹上的某个位置。

因为两人距离太近，她又低着头，顾予临从上往下看，就只能看到她摇摇晃晃的小马尾，动作全被遮住了。

"我看不到。"他如实说。

"就是这里……"她下意识把手移开，指尖转了个方向，朝他小腹的位置去。

手伸到一半，她尴尬地停在半空。

江筱然啊江筱然，你做动作不经过大脑吗？你这是要干吗？你要摸别人吗？这是一个矜持的女孩子该做的吗？

她机关枪似的朝自己发问，手也不知道往哪里放。

现在收回来的话……要说什么才能让一切显得很自然？

顾予临顺着她的话，声音被灯光柔和至朦胧："嗯？在哪里？"

听起来也只是在客观地问问题，也许他不觉得有什么，只是自己太敏感了呢，嗯，这时候一定要冷静，千万不能搞得自己很小家子气。

江筱然一咬牙，手掌朝着原定的方向前行，直到触到一个软软的东西。那东西刚被触上的一秒还是软的，被她蓦地戳了一下，很快往外顶了一下。

"对，就是这里，"江筱然豁出去了，舌尖发烫，"往外顶。"

顾予临再次客观地发问："是这样顶吗？"

她不敢抬头，有灼烧感顺着指尖往上蔓延，把她的整个手臂烧着，也快把她焚成灰烬了："是的，你唱两句。"

顾予临像是笑了，胸腔的震动她都能感受得到。

听到他唱了两句，江筱然这才赶快缩回手："对了对了，你自己这么练吧。"

陶芸终于在此刻进来，江筱然谢天谢地地出去透气。夜晚的凉风扑面而来，拍在她的脸颊上，轻柔又舒适。

她抬头看了一眼夜空，今晚的星星真亮啊。

就在这样的氛围中，排练有条不紊地进行着，那天二人本还是照例在老教室练习，结果老教室旁边突然多了个班补课，为了不打扰高三生冲刺高考，二人决定换个地方。

天台和阶梯教室都上了锁，最后，二人"不得不"将地点定到了公园。

公园里很热闹，食物的香气混合着橘黄色的灯光，让人生出一股热闹温馨的感觉。

有一对母女正朝他们迎面走来，孩子还很小，坐在推车里玩玩具。小小的铃铛被她的小肉手捏着晃来晃去，可爱得不行。

小孩看到他们走来，弯着不谙世事的眼睛朝他们笑，江筱然也眯起眼睛用手指逗弄她，结果这小孩玩得太投入，不小心被自己打到，"哇"的一声就哭了起来。

江筱然怎么哄都没用，最后甚至绕着推车转起圈来。

看她急得都快出汗了，顾予临说："我来吧。"

江筱然不信："你能行？"

她们两个女的都搞不定，顾予临身为男性，能搞定的概率就更小了。

他勾着嘴角笑了笑，但很快又收起表情，耷拉着眼睑，道："嗯。"

他俯下身，唇畔带着宠溺而温柔的笑，如同哥哥凝视妹妹一般的眼神。

紧接着，他伸出手捂住两边脸颊。小孩果然不再哭，眨着眼看他想干什么。

他双手捂住脸又分开，每次转换都带上了不同的表情，甚至还配起了音，小孩迅速破涕为笑，乐得直往妈妈怀里躲。

离开那对母女后，他们沿着江边行走时，江筱然踢着脚下的石子笑道："没想到你还挺会哄小孩的，小时候家里有很多孩子吗？"

他垂下眼，半晌后才淡声道："算是吧。"

斜前方是一条小路，路是青石阶，路边还挂着橘黄色的灯笼，显得这条路文艺又带烟火气。路的尽头好像是好几家店铺，听起来就很热闹。

顾予临问："要不要过去看看？"

"好啊，看起来还挺有意思的。"江筱然答得很快，完全忘了此番来的目的。

台阶正好是两个人能共同行走的宽度，一块一块地相隔着蜿蜒向前。他们并肩行走，免不了轻轻碰上，又在下一秒前行的时候分开，而后再碰上。

像什么无聊却乐在其中的游戏，江筱然低着头，看自己的影子一点点跳跃着向前，马尾辫也在身后起伏不定。

顾予临就跟在她身边，侧头刚好能看清她的辫子画出小小的抛物线，再稳稳落在肩头。校服上出现一缕细碎光影。

抵达目的地后，江筱然跳下台阶，发现这边的乐器行和纪念品店正在联合做什么游戏，有负责人在一旁介绍："就是一边听曲子一边套纪念品的活动，一首曲子播完之后，如果套中的纪念品超过十个，就可以进入下一关。演奏者会在第二关随意弹四小段曲子，你猜哪一段是刚刚弹的，如果猜中了，两家店内不超过五百的玩意儿就任你挑。"

旁边有演奏者正在弹奏高难度的钢琴曲，纪念品铺子前也有人在套东西。

说实话，要一边听曲子一边套东西已经不简单，更何况那些纪念品一个个都小得要死，命中率本就不高，再加上公园里老人比较多，大家都图个热闹，也没什么懂音乐的年轻人来玩。

"哎，又猜错了。下一个，还有吗？"

"我我我！"某位大爷举起了手。

江筱然趁着人多，偷偷挤到顾予临身边，踮着脚跟他说悄悄话："我说，等会儿我去套，你帮我听着曲子呗，得了奖励算你的。"

这一副阔绰老爷的语气让顾予临稍抬唇角，他扶着她的肩膀，不屑地回："这有什么值得作假的？"

"这怎么叫作假了？这是合作嘛。凡事不就图个高兴吗，你高兴我也高兴。"她歪理挺多。

顾·三好青年·三观正·有节操·予临清高地撇过头，拒绝道："不要，我不做这种事。"

江筱然碰了一鼻子灰："不做就不做，我自己去，我赢了你可别想跟我分礼物！"

说完，她为了掩饰心虚，昂首挺胸地挤到前面去了。

她挤过去的时候大爷正好被淘汰，笑吟吟地下来了。

主持人问："还有人要上吗？"

江筱然一个箭步冲上前："我来吧。"

她接过套圈，伴随着一声"开始"，迅速进入状态。

待钢琴曲结束，最后一个套圈晃了两下，套住了中间的一个小标本，她数了数，正好十个。

第一关通过，接下来就是在四个选项中选出方才演奏的那首。江筱然挨个儿听完之后依旧一头雾水，但主持人可不会等她，扯平唇线公式化地笑道："接下来，请做出你的选择。"

江筱然心中隐隐有个选项，但不敢确定，急忙去找顾予临的身影。他不知何时也站到了前面，此刻距离她不过几米远。江筱然赶紧眨了三下眼睛，潜台词是问：选C吗？

非常有原则的顾予临自然是蹙了蹙眉，抄着手将头侧向一边，不看她。

……别装啊顾同学！

当时间即将截止时，她才看到方才仰起下巴的某人，将下巴小幅度地往下点了点。

她胜券在握般展开笑颜，刘海儿被风荡起弧度："我选 C。"

主持人"啧"了一声，这才抬起手为她鼓了鼓掌："这位小姑娘不错，答案确实是 C，恭喜今晚第一位获奖者诞生！"

口哨欢呼声中，江筱然屏着笑意去看自己的最佳助攻，只见他微微侧过头，路灯下的脸精致得无可挑剔，而他的嘴角，也是扬起来的。

她抿了抿唇，没去管这个被打脸的傲娇怪，转身去店里挑礼物，最后选中了一把吉他。

顾予临正站在一边的树下等她，她三步并作两步跑过去，递出自己手中的木质吉他，语调轻盈："这个送你呀，我刚刚答应过你的，你帮了我，奖品归你。"

他轻咳两声，不愿承认："我可没帮你。"

"是是是，就算我运气好，猜对了吧。"

少女微微弯起眼睛，讲话时能看见她细若编贝的小白牙。他失神片刻，倏地有烟花在天幕中绽开，流转在她眼底，她的瞳仁被映照得发亮。

热闹的烟火飞旋而上，把整片天幕映得明晰起来，又在最高处炸成一捧灿烂烟霞。

他背过手，记下了这一幕。

那天他们玩到很晚，只在最后练了会儿歌。虽然荒废了练歌大业，但她还是觉得和顾予临虚度时光四处闲逛的时候很美妙。

次日她元气满满地前去上课，并在中午时赶往教室排练。陶老师本应带他们一同练习，结果家里的宝宝生病只能提前赶回去，教室里便又只剩他们俩。

这教室里没有空调，有点闷，燥热逼得人也躁动起来。

江筱然刚从空调开得很低的教室赶过来，还穿着外套，但此刻没了凉风，她就有点想脱衣服。可里面的短袖校服很透，她又有些无所适从。

"你不热吗？"还是顾予临先问的。

她点头："有点。"

然后她默默站起身背对他，心想都说到这儿了，干脆一鼓作气把外套脱掉好了。

江筱然捏住拉链一个用力，密闭的空间里，每一道声音都清晰无比。拉链"刺"的一声从头划到尾，听起来暧昧又轻快。

江筱然快速脱下外套挂在一边，呼出一口气，又坐下："开始吧。"

说完双手就搭在琴键上，手腕微微架起来，是准备开始演奏的动作。

顾予临的手没有搭上来，她也不知道他是什么表情，越猜自己越没底，更怕是衣服太透了让他也不自在……

正胡思乱想着，有双手搭在了她的手腕处。

江筱然确实没料到，冷不丁被吓了一跳，手也往旁边躲了一下。

顾予临伸出食指，放在她手腕脉搏处正下面，往上抬了抬："你的姿势不太标准，要这样，像握着鸡蛋。"说罢，又戳戳她掌心的软肉，调整她的动作。

大概是常弹吉他，他的指尖有茧，此刻那一方小小的茧似有若无抚过她手心，竟像带着电流，酥酥麻麻的感觉传遍她全身。

最后练习是怎么结束的，江筱然已经忘记了，只记得顾予临带着茧的指尖，摩挲过她皮肤的纹路。

每每想起，总是滚烫的。

第二章

靠近那颗星

练习的时间总是过得格外快，她和顾予临的节目理所当然过了学校的海选和决赛，杀进区艺术节初赛。

初赛举办的地点在 D 市，为了留下宽裕的时间排练，大家决定提前一天去 D 市。

经过这一个月的魔鬼训练，顾予临的唱功确实提升了，但唱歌需要持之以恒地练习，想要突出的效果，这么点时间完全不够。

江筱然对初赛的把握还是很大的，先不说《朽》是比赛中唯一一首原创歌曲，就说歌词和曲调，虽然略显青涩，但绝对能秒杀大部分节目。

初赛的前一天晚上，赵嘉映恰好去她家吃饭，她就顺便把衣柜里所有的衣服都试了一遍，一边试一边问赵嘉映："怎么样，我穿哪一套好看？"

"都可以啊，"赵嘉映笑得欠揍，"反正穿什么都没人看。"

江筱然气得把裙子往她脸上捂，两个人倒在床上闹得不可开交，最后才定下穿一套粉色的衣服。

第二天，众人一大早就在校门口等车接送。

学校出了三个节目，除了她和顾予临的，剩下的两个分别是夏阮和柳轻轻的舞蹈，还有一个人数不少的话剧。

赵嘉映为了跟她一起，参加了话剧表演。

但是参加话剧的人太多，就一起被分到了另一辆校车上，赵嘉映只能认命，挥手和江筱然作别。

江筱然这边的车也很快抵达，都是双人座，她随便挑了个靠前的位置，又有些不确定，不知道谁会选择和自己坐一起。

她探出头看情况，正巧碰到顾予临上来。

不知道是出于怎样的心情，她有种被抓包的微妙的紧张感，慌忙把头缩了回去，耳郭通红地假装看风景，却在窗户的反光中看到他逐步靠近，而后大步流星地离开。

她心一松，却也搞不懂自己在失落什么。

她还没来得及收拾心情，猝不及防又听到熟悉的声音："怎么坐这儿了？"

随后他将书包一丢，坐到她身侧。

他原来刚刚在找她？没找到？

她咬了咬下唇，眼睛眨得很快："这里有窗户，通风。"

顾予临看了她一会儿："你晕车？"

"有点。"

听完后，他从包里掏出一包口香糖，拆了一片给她，自己也吃了一片。

他的坐姿很随意，因为靠在软垫上，发顶呈现慵懒的蓬松感。

车门处传来急促的脚步声，是陶芸上来了。

她擦了擦鼻尖的汗："我女儿今天手术，陪她做完我就来找你们。我不在的这段时间，拜托筱然跟顾予临照顾一下班上的节目，督促他们看场地排练什么的。"说完又道，"实在不好意思啊，最近家里小孩身体不好，麻烦大家了。"

平时大家都挺好说话，这会儿立刻有男生扒着椅背道："人都有特殊情况嘛，陶老师放心吧，我们自己能行的。"

"是啊，"江筱然说，"没事老师，您先去吧。"

陶芸点了点头，很快又冲了下去。顾予临站起身清点人数，江筱然抬手向司机示意可以开车了。

巴士在跨江大桥上匀速行驶，江筱然一坐车就犯困，但车内断断续续有人喧哗吵闹，她翻来覆去半天没睡着，正打算换个姿势继续尝试，耳边痒了一下，被人塞进了个耳机。

没等她反应过来，另一边耳朵也被塞上。

她探寻地睁眼，正好看到顾予临没事人似的收回手，继续对着屏幕打字。

而他手机连接的耳机，分明就挂在她的耳朵上。

江筱然一开始还有些心猿意马，结果看着顾予临的手指慢慢就合上了眼。车子到 D 城时正是中午，她靠在椅背上睡得如痴如醉，车子猛一个刹车，把她给晃醒了。

"到了？"

"嗯，检查一下，要下车了。"

顾予临没有维持之前靠着椅背的姿势，而是身子有些前倾地坐着。她虽有些奇怪，但也没特别在意这个细节。

直到他们下了车，江筱然暗叹这地方的太阳也是够毒辣的。一刹那仿佛福至心灵，她回过头去看。

一束刺眼的阳光穿透车窗玻璃，稳稳落在她刚刚枕着的位置。

而顾予临前倾时……用肩膀帮她把那道光，遮住了。

"发什么呆？"顾予临转了转她的身子，"去吃饭。"

她揉了揉自己的发顶，有点烫。

众人吃完之后就去了既定场地排练，江筱然本来还怕老师不在大家偷懒，但是她和顾予临组织得还不错，一切也算顺利。

江筱然和顾予临排练完之后，轮到柳轻轻和夏阮的舞蹈。

柳轻轻不知道是在想什么，站在舞台边又往后退了退，结果没料到后面是个音箱，她猝不及防地被绊倒，情急之中伸出手想抓住什么来站稳，结果拽到一块幕布，幕布在她的扯拽下直接被撕裂，后台的椅子和杂物也被带了出来，东西七零八落地往她身上砸——

伴随着一声尖叫，柳轻轻扯着幕布极快地栽了下去。

"柳轻轻！"江筱然急忙放下准备录像的手机，跟顾予临说，"不行，我们去看看！"

比赛在即，谁也没料到会发生这样的情况，大家一哄而上，去看柳轻轻的情况。

江筱然跑过去，看到有人把柳轻轻扶了起来，她身边是一把木制的大椅子，刚刚掉下来的时候应该砸着她的脚了。

此刻，柳轻轻的小腿上有道十厘米长的伤口，不深，但已经往外渗血，伤口有些可怖。

柳轻轻咬着唇，眼睛里已可见水雾。

"有没有关系？"

柳轻轻动了动脚踝，整个人靠在搀扶她的女生身上："不行，整条左腿没知觉了。"说完就开始掉眼泪，"怎么办？"

大家齐齐看向江筱然。

"先去医院看看吧，做个详细的检查，"江筱然往台上看，"台子太高了，怕你有别的伤。"

"……可是比赛怎么办？"柳轻轻也着急了，"要是我不上我们的节目就废了。"

江筱然拿出手机说："等等，我先给陶老师打电话。"

她开着外放，心里着急得不行，但又不能先乱了阵脚，屏息听那边的回答，可电话一直没人接。

一贯存在感很强的夏阮站了出来："这样不行，要不我们给别的老师打电话？"

"来不及了，"江筱然说，"柳轻轻要先去医院啊，不然出了意外谁负责？"

大家乱成一锅粥。

"这怎么办啊，要不跟警卫说？"

"这附近有医院吗？谁带了足够的现金？怎么去医院啊？我们自己包扎算了。"

"柳轻轻你要不撑一会儿，过了明天就好了。"

除了江筱然和顾予临的节目，大家都还没排练，江筱然觉得头疼，却还是尽力整理着思绪，她看向顾予临："我们的节目排练完了，你先把柳轻轻带去医院吧。"

夏阮皱眉了："可是节目怎么办？我们还没排练！"

江筱然回头一看，坚定道："我上。"

"你上？！"大家更傻了。

夏阮道："我们这舞排了一个月，你学都没学，怎么上？"

"现在老师不接电话，我们要先把目前的情况应付过去，"江筱然说，"柳轻轻是肯定不能上的，你要放弃节目，还是要跟我试试？"

她刚说完，夏阮眼睑就动了下，眼里有光。

不消片刻，他答："好啊，我跟你试试。"

基本安排好大家之后，她把柳轻轻送上了出租车。

顾予临就坐在副驾驶，目光似有若无地飘向她身后的夏阮，喉结滚动几番后没什么情绪地道："你别和他……"想想又挥手作罢，"先进去吧。"

尽管她也有很多话想说，看看柳轻轻又看着他，但最终，千言万语化作一句："有什么情况通知我。"

走出两步后她又想回头看，被夏阮扯进后台："别看了。"

她很快把那些心思逐出脑海，对夏阮说："你先把你们的舞给我跳一遍吧。"

"行。但是我先提醒你，柳轻轻跳的是民族舞，你会吗？"

她会才有鬼了。

江筱然摇头："我只会跳流行舞，而且只是自学了几支，并不专业。"

夏阮："那这……"

"你先跳吧，我看看能不能把我的动作融进你的舞里，"她叹息，"实在不行，到时候你在前面跳，我在后面学，只要不太出戏就行了。"

轻快的音乐很快传出，夏阮一边跳着还一边跟她互动，撩拨地眨了好几下眼。

江筱然不为所动，看完后客观地开口："我给你跳一下我会的动作，你看看有没有相似的或者可以加进去的。"

她挽起袖子，从手腕上钩出一个淡蓝色的发圈，拿手指当梳子顺了几下头发，就用发圈把头发扎起来了。

她跳的舞偏男性化，但和她身上的气质融合起来，竟有种舒适利落的感觉。

有节目在舞台上排练，后台只剩他们两个人，她心无旁骛，时而皱眉认真回想动作，时而舒展眉头，眉眼恬淡。

夏阮点了一根烟，在烟雾中窥视她的轮廓，一时间不知她跳了什么动作，整个人陷入一种梦境般的怅惘中，脑海中裹出棉花糖一般的泡腾，最后拨开所有的障碍物，出现在他面前的，是她。

他好像被什么东西击中了。

直到她在他面前打了个响指："你看了吗，我刚刚那个舞好像还成，可以加进你那几个动作里……"

他低头看了一眼烟，已经快燃尽了，可他只吸了一口，也听不清她到底在说些什么。

夏阮打断她的话，手指夹着烟头，往后一倒，吸了口烟，零星的火花立即烧到尾声，在他的指尖明明灭灭："是还成啊。"

说完自己也吊儿郎当地笑了。

江筱然跟夏阮梳理完舞蹈动作，已经是晚上八点。

回去再练两遍就差不多了，江筱然这么想着，走出后台时，正巧在观众席里看见陶芸。

"老师你……"

"我下午五点到的，具体情况赵嘉映跟我说了，我看你们排练得挺认真，就没有打扰。"陶老师目光中流露出赞许，"不错，这个舞也挺好的，没看出来你还挺多才多艺啊！"

夏阮接话："是会挺多的，能唱，也能跳。"

陶老师拍拍江筱然的手背："你们也累了吧，快回去休息。等这个比赛完了，我看能不能向上面申请奖励什么的。"

"不用了，我也没帮什么大忙。"江筱然摆摆手，"对了老师，柳轻轻那边有什么消息吗？"

"没什么大问题，就是扭到脚了，还有皮外伤，休息一周就没问题了。"

江筱然若有所思地点头，最关键的那句"顾予临呢"憋在喉咙口半天挤不出来。

陶芸像是知道她在想什么："顾予临已经送她回去休息了，你们也快点回去吧。"

她应了声，原来他俩是一起回去了吗……

陶老师递来两张房卡："我还有点事要办，你们俩先走吧。"

背好书包，江筱然跟夏阮并排走出了大礼堂。

初秋的晚风已见端倪，有点凉，吹得人都精神了不少，江筱然伸了个懒腰，听到夏阮百转千回的嗓音："还以为你是铜墙铁壁，原来也会累啊。"

她还没来得及回答，身后忽然传来鞋底摩擦小石子的声音，江筱然转头去看，那个本不该出现在此处的身影映入眼帘。

顾予临?! 陶老师不是说他回去了吗？"你怎么……"江筱然真是惊到了，半天都没把这句话说利索。

顾予临身后的书店正好打烊，他往身后指了指："刚在看书，没注意时间。"眯了眯眼，状似不明地问道，"几点了？"

她看了一眼手机："刚好八点十分，那我们一起回去吧。"

他模模糊糊地应了声，余光扫了一眼夏阮，江筱然心里一紧，急忙抓着他往前先走了。

这两位哥可别又打架啊，现在打起来她可拦不住。

幸好夏阮没跟上来，走了会儿，顾予临问她："下午练的什么？"

"把我会的和夏阮的动作融合了一下。"江筱然舌尖抵着上齿关，心尖有些被悬着的微妙，思索几番后还是开口问，"柳轻轻呢？现在怎么样了？"

她存着点女生的小心思，刻意把"现在"两个字加重了。

"在医院检查完之后就送她回去了，当时没什么问题，"他说得很淡，"现在怎么样不清楚。"

不错，标准回答。

江筱然偏了偏头，心尖绽了簇花。

然而她不知道的是，不远处那家书店打烊后，老板在里面整理着客人看过的书籍。

他记得刚刚来了个少年，选了本他最爱的《解忧杂货铺》，后来他扫地的时候发现少年看到第十二页，便忍不住上前讨论了两句。

此时距离少年借书已经过去四五个小时，老板猜测他应当看完了吧，结果拿起书一看，怔了。

……怎么还是十二页?!

浑然不知顾予临找了个借口，江筱然被他送回房间时心情仍旧不错。

到酒店正好快十一点，他们俩还穿着校服，大厅里的人看他们的眼神有点奇怪。

进电梯的时候，江筱然听见有人低声感慨："现在的年轻人啊……"

本来她还不觉得有什么，结果听了这句感叹，情绪忽然变得莫名其妙起来，思维也开始徜徉，就连电梯开门都没发现。

顾予临率先出电梯，这才回头看了她一眼："还不走？"

她猛然回过神来，低着脑袋就往前冲，不想让他发现自己的表情。

蹭过他胸口处的纽扣，她下意识想要拉开距离，往前一走，却被拉力扯着往后退了一步。

她捂住被扯疼的那部分头皮："哎，别扯我啊……"

顾予临无奈道："你头发卡我扣子里了……"

她脑子里冒出个惊叹号，这种剧情都能被她遇到？

江筱然退到他身前，头发被卡得抬不起头来，只能凭借感觉伸手去够，希冀着随便弄两下就能解开，结果摸了半天也没摸到扣子，倒是摸到点别的……

等等，别的？

顾予临及时捉住她作乱的手，沉声道："我来吧。"

好好好，还是你来吧。

江筱然像只刚从沸水里捞出的虾子，又红又烫。

啊啊啊啊啊啊，现在她该干吗？

一番动作后，他的声音从头顶传来："我解不开。"

她连说话都卡壳了："那，那怎么办？"

"你房间就在这附近吧？里面应该有剪刀。"

她从口袋里拿出房卡递上去，窘迫又赧然："麻烦你了。"

碰上了这么大个乌龙，但他好像心情还不错似的，问她："看得到路吗？"

不等她回答，他已经扣着她的手腕道："我拉着你走吧。"

被他拉着，她整个人都蒙了，感觉只有手腕处触感真实，其他部分皆是麻木，仿佛不属于自己。

到了门前他伸手刷卡，寂静的走道里，只有那一声"嘀"尤为清亮欢快，气氛暧昧得她头皮发麻。

房间里的人好像睡了，顾予临推开门，迎接他们的是一片黑暗。

冥冥中好像有什么火花被点燃，在黑夜里擦出一缕萌动。

他松开她的手，想着房里的人在睡觉，不敢贸然开灯，轻声唤她："你把手电筒开一下。"

她应着，开了手电筒又提着嗓子问他："这怎么找啊？"

走廊的灯光透进，在他们这一隅织出微醺的淡光。

顾予临说："去柜子那边。"

两个人挪到了柜子旁，他伸手翻找，物品相互触碰的响声格外清晰。

她细声提醒："你小心点，剪刀前面是尖的，别把手戳到了。"

"嗯。"

过了一会儿，她鼻尖渗出汗来，禁不住道："找到了吗？"

他微顿："……还没。"

她深吸一口气，壮士断腕般道："那你直接扯吧，扯住两边，快一点，不扯到我发根，我就不会痛了。"

眼见也没别的路可走，他思索片刻后道："好，那我扯了。"

他手上刚动作，她立刻就有了感觉："啊，痛痛痛——你轻点啊！"

"再试一次？这次我轻点。"

"还是好痛！你还差多少了？能不能快点啊？"

"我要是快，你就疼。"

"那你还是慢点吧……温柔点不行吗？"

"我很温柔了。"

两个人正投入于这场拉锯战中，床板冷不丁一响，赵嘉映噌地坐起来："我听不下去了！"

江筱然："嗯？"

然后，床上的人慢慢地、试探地、还有点兴奋地问："我可以开灯吗？"

开了灯，赵嘉映眼睛眨了眨，指着他们，开口道："我是不是打扰你们了？"

"……"

江筱然默然："你想哪儿去了，是我头发卡他扣子里了！"

"这怪我吗？"赵嘉映耸肩，"是你们的对话太惹人遐想了好不好……"

江筱然不想再听她说些乱七八糟的垃圾话，赶紧道："你有小刀吗？刮眉刀也行。"

"不知道哎，我找找。"赵嘉映憋着笑，"你们先这么站一会儿，还是先坐坐？"

看着赵嘉映背过身去翻包，江筱然还没来得及松口气，耳畔突然传来某种布料被撕裂的声响，她发顶传来解脱的感觉。

她揉着头皮抬头去看，发现是顾予临把扣子扯了下来，因为动作太猛，衣服上还有个小小的线头。

"这么刺激？你们干吗啦？！"赵嘉映连忙回头，看到江筱然伸手扯线头又赶快捂住眼睛，"我还在呢，这就上手啦？！"

江筱然无语地晒了她一眼，用力甩了个枕头过去："赵嘉映你给我闭嘴！"

赵嘉映捂着脑袋："得嘞小主……"

顾予临弹了弹那个挂在她头发上的扣子："你自己能解决吧？"

扣子随着他这个动作，挂在她头发上来回摇晃。

"能，"江筱然挠挠头，"你先回去吧。"

抬头看他时，视线无法避免地掠过他锁骨某处，衣料褶皱间，隐隐透出他胸前的肌肤。

她脑子里忽然冒出"秀色可餐"四个字，又急忙收回目光，恭敬地送他离开。

顾予临走后，赵嘉映凑过来，一边解一边问："这扣子南开大学毕业的吗，怎么这么难开，你们怎么缠上的啊？"

"就是……不小心蹭到了，就缠住了。"

"你骗我呢吧！"赵嘉映把那缕头发拽到她眼前，"不小心蹭的能打结成这样？不知道的还以为你是刻意往上绕的呢。"

刻意？

她蹙了蹙眉；"不可能吧，应该是刚刚顾予临试着解，结果没解开，就越来越乱了。"

十分钟后终于解开这个缠绕的死结，赵嘉映瘫在床上："我以前一直觉得没有什么比数学题更难解，但今天，我赵嘉映找到了。"

赵嘉映又起身凑了过来，一脸的难以言喻："不过话说回来，你跟顾予临最近关系挺好的啊？"

江筱然伸出根手指，戳着她的额头推了推，转了转眼珠子含混不清地说："就……凑合吧，你别瞎想。"

"哦？"

"我爱学习，学习使我快乐。"

"哦？"

"你哦个屁哦。"她嗤声，"阴阳怪气的。"

等江筱然洗完澡，两个女生枕着一个枕头，夜间闲聊很快拉开序幕。

"今天下午你不在，我打听到了不少消息呢，"赵嘉映也不问她要不要听，兀自分享着，"柳轻轻跟顾予临之前貌似有段孽缘，毕竟两个人都是比较拉风的人物，柳轻轻成绩好又会跳舞，就有不少男孩子追嘛，后来有一次她拒绝别人，就说她的理想型是顾予临那种。但顾予临从来没表过态，他身边朋友比较少，也不热络，特好的哥们儿也就一个叫李嘉垣的，好像也没谈过恋爱。"

她应了声，其实今天晚上就发现顾予临对柳轻轻不感兴趣了……

赵嘉映又说："最近顾予临总是一个人，也是因为有人把李嘉垣踩骨折了要在医院休养，反正从那之后夏阮跟他们关系就很差，而且夏阮挺风流的，你要小心点，跟他排练注意点啊。"

江筱然道："没事，我也就顶明天一天，到时候进了复赛，还是柳轻轻上。"

聊着聊着二人双双睡着，次日早起，准备比赛。

江筱然跟顾予临排了一遍《朽》，又十万火急地跟夏阮合舞蹈，好在效果不错。下了台夏阮还一直扯着她不让她走，说了一堆没有油盐的废话。

夏阮跟赵嘉映说得没差，长了双桃花眼，似是时刻准备放电，讲着讲着又专心致志地盯着她看，江筱然被他看得发怵，莫名其妙道："你到底想干什么？"

他沉默了下，很快又笑开，露出尖尖的虎牙，伸出舌尖顶了下说："我如果说想追……"

可惜还没来得及说完，顾予临便及时上前打断："江筱然。"

他就站在台阶边，目光紧锁在她身上，又垂眼和夏阮对视几秒，火花四溅，气氛游走在危险边缘。

江筱然巴不得早点脱身，笑着道了句"你来了啊"，就拽着顾予临一起去看表演了，只是坐上观众席后他始终一言不发，搞得她也有点心虚，只能转移话题，憋了半天憋出句："我刚刚跳得还行吧？"

"还不错，"他顿了顿，又说，"不是跟他一起跳的话更好。"

她哽了一下，这才嘟囔道："我这不是没的选吗，能选的话我也不愿意跟着他呀。"

少女糯糯软软的尾音极大地取悦了他，好像是终于听到自己最想听的话，他抬手，奖励似的揉了揉她的头发："嗯，看比赛吧。"

被这么一揉，她很没出息地仿佛要原地爆炸，僵着脖子肩膀轻抬，好半天才找到操控表情的方法。

初赛在下午两点结束，他们这边的三个节目都过了，散场时江筱然又遇到了新面孔，是赵嘉映之前提起过的李嘉垣。

李嘉垣长得也好看，又是个自来熟的主儿，没一会儿就和大家打成一片。

江筱然低声和赵嘉映附耳："你俩名字挺像啊。"

赵嘉映大概有点不好意思，反手捅了江筱然一下，结果不知道是怀揣着什么心思没控制住力道，差点把她捅得离开这陌生的人世。

江筱然看了一会儿反常的朋友，点头道："……我明白了。"

后来大家上车回程，顾予临跟李嘉垣在后面买水，晚了一步。

江筱然先占了位置，抬头看到顾予临，下意识招了招手："这儿。"

结果话音刚落就看到他身后的李嘉垣，又默默收回了手，顿觉有些尴尬，差点忘记他这次是有朋友的……

正当她做好自己会落单或者他身在曹营心在汉的准备时，只见顾予临毫不犹豫地在她身侧坐下，又指了指身后的位置，跟李嘉垣说："你坐这里。"

李嘉垣表情狎昵地扫了一眼，而后做君子成人之美状说："行呗。"

坐下之后李嘉垣也不安生，扒着两个座椅间的缝隙又凑了过来，问顾予临："手术顺利吗？"

江筱然惊道："手术？什么手术？你做手术啦？"

"别紧张，"李嘉垣伸手拍了拍她的肩膀，"不是他，是我们学校一个叫羿鹏的，家里本来就比较困难，结果又长了肿瘤要做手术，全校帮着捐了一部分医药费，然后学校又开了水滴筹和线下募捐，长得好看的就被派去线下，顾予临就是其中之一。"

李嘉垣笑了笑："他们周末会找人流多的地方，两个人表演吸引大家的目光，一个人介绍羿鹏的相关情况，有好心人路过看完就会捐款。可惜临到他表演那天下了大雨，他们一直弄到大半夜才完成自己预期的金额。"

江筱然顿悟，看向顾予临："所以那天你在雨里弹吉他是在帮忙募捐？去医院也是为了看羿鹏？"

"嗯，"顾予临点头后似是觉得不对，问她，"你怎么知道我在雨里弹吉他？"又顿了顿，"我们不是在医院……第一次碰到？"

"不是啊，"她笑说，"我第一次见你，就是那天大雨，两个人上车吵架，你在外面戴着个帽子。"

顾予临没说话，垂着眼看她。

"哟，故事开始得挺浪漫啊。"李嘉垣咋舌，"缘，妙不可言。"

说完后李嘉垣又打断这恰到好处的气氛："得了，别对视了，比起第一次遇见到底在什么地方，现在更重要的是几周后的月考好吗？地理变态难，江筱然你还是替他的地理卷子操心一下吧！"

江筱然道："他地理不好？"

"问错了，"李嘉垣表情骄傲，"但凡有一门好的，谁能在十班？"

梦境与现实的吻合度过高，她心脏咯噔一下，但转念一想，成绩不好、爱打架、变声期不擅长唱歌这些，貌似都是青春期帅哥的通病吧。

这时候，顾予临也浅浅应了声："是该操心下。"

"我操心有什么用，"江筱然转头，"我教你你就会学吗？"

他不答，好整以暇地反问："你怎么教我？"

这五个字虽不是直白的答应或拒绝，但"怎么"二字值得细品，仿佛已经在问她，他同意后她的计划。至少并不排斥，还带着那么点"你敢来我就敢学"的默认味道。

她被两个人这么盯着，脸皮有点薄，口是心非地遮掩道："随、随便吧，看命。"

顾予临话都那么说了，她好像也没有放他一个人在十班浮沉的理由，她那天意思意思着冠冕堂皇冲了个冷水澡，打算用发挥失常做借口，结果还真就感冒了。

江筱然欲哭无泪地走进教室，昏昏欲睡地挨了两节课，拖着赵嘉映去上了个厕所，回来就看到桌上摆了一罐热的旺仔牛奶。

后座女生一脸等着看好戏的神情，挤眉弄眼地道："这是夏阮送的噢。"

本来想问"他送这个干什么"，但这问题的答案实在昭然若揭，江筱然噎了噎，拿起牛奶，发现底下还压着一颗糖。

糖边上是一张字条："江筱然同学，药太苦的话，记得吃糖啊。"

她叹息一声，在赵嘉映的起哄中把牛奶推给了别人。

以夏阮的做派，估计只是一时兴起跟她玩玩，过阵子就换人了。

结果午休时，就收到顾予临的消息："感冒了？"

她戳着键盘，感觉心脏跟指腹一样，柔软得不成样子："嗯。"

"多喝热水。"过了五分钟，消息过来。

……原来这就是传说中的宇宙无敌霹雳直男？

她想了想，把他的备注改成了"顾宇直"。

改备注是双方关系前进到某种程度的证明，至少对她来讲是这样。江筱然看着那个备注恍惚地想，他们现在的关系，可以称得上朋友了吧？

她问："你怎么知道我感冒了啊？"

顾予临道："李嘉垣听赵嘉映说的。"

得，赵嘉映的消息散播得还真快。

很快，顾予临又发来一条："还听说夏阮给你送水了。"

不用看她都能脑补出顾予临此刻略显不屑和冷淡的表情，江筱然抿抿唇，赶紧回："误会误会，我没喝。"

几分钟后，他的消息传来："嗯，值得表扬。"

她得寸进尺地屏着笑问："怎么表扬？"

发完后她就一直在等顾予临的回复，结果过了半个多小时他那边都没任何动静，江筱然还以为自己说错了话，提心吊胆地三十秒看一眼手机，脑内上演了一出琼瑶大戏。

很快，消息如同圣旨，江筱然诚惶诚恐，一边祈祷一边虔诚地打开。

顾予临回："你想怎么表扬？"

她轻轻挑起眉尖："我不挑的。"

五分钟后他回了个"好"，似是记下，又神秘地卖了个关子，不想让她知道。

周测就在头昏脑涨和夏阮每天一杯热牛奶中如期而至。

最后一场考试，江筱然算好了自己的分数，这才交卷出了考场。

刚出考场，顾予临的消息发来了："比赛结果出来了，我们的节目第六名，进复赛了。"

江筱然并不意外，她意外的是："居然才第六？"

"前几名的节目都挺好的，我们还要再练练。你怎么回消息了，没考试？"

"头痛，会写的都写完了，就提前交卷了。"她继续装蒜，"你呢？"

他说："我在老地方。"

一刻钟后，江筱然果然在常排练的地方找到了顾予临，他正在练声，她就安静地等到他练完后才说："进步很大，比一开始好多了。"

他笑，意有所指："多亏老师教得好。"

"那当然，"她顿了顿，问，"复赛是什么时候来着？"

"一个月之后。"

一个月，江筱然默默盘算着，这一个月的重心估计得放在他的成绩上了，毕竟唱功这么练下去问题不大，迫在眉睫的那场考试倒还悬着呢。

顾予临正在一旁看谱子，江筱然试图了解下他目前的情况："对了，你怎么也提前交卷了？"

"我？"他皱眉，"我一向都是过半个小时就交卷的。"

她沉默了会儿，继续试探："你是不想做还是不会做？毕竟能考到德高来的人，成绩都不差吧，而且你还这么有才艺……"

他言简意赅："都有。"不想做，并且也不会做。

江筱然手肘垫在脑后，惆怅地看了眼天花板。

道阻且长啊。

周五成绩公示，一大早李嘉垣就抱着卷子进班，宣布哪些人留在班上，哪些人逆袭成功。

宣布完之后，他把留在十班的卷子抱回位置上，对身后写东西的顾予临说："要不是为了休养掉课太多，我这次肯定往前去了！"

顾予临漫不经心地敷衍道："反正你不是差一分就是临时感冒发烧骨折，习惯了。"

"……那也比你一直稳定在233分好吧！看，这分数多吉利啊，"李嘉垣把他的卷子翻出来，凑到他面前，"你还挺幽默。"

他突然想到什么，朝李嘉垣伸手："卷子给我一下。"

李嘉垣指着卷子上他的名字："这不在这儿呢嘛。"

"我要全部的。"他低声。

李嘉垣立刻紧张："你要是把老子卷子撕了，老子跟你没完！"

顾予临懒得理他："我看别人的。"

每次考完试都会根据成绩换班，不少有预谋进入十班的女生就在窗外趴着看顾予临，脸颊通红，和朋友讲话时扭扭捏捏，就差把心意写在胸前了。

但面对着外面的尖叫议论，顾予临浑然未觉似的，他翻翻找找，在看到一个名字后，露出一个"我就知道"的笑容。

"笑什么？看到谁的卷子了？"李嘉垣转过头，看清楚卷子上的分数之后猛地一惊，伴随着阵阵大笑，"哈哈哈哈哈哈哈哈，居然还有人跟你考一样的分数，233！情侣啊！让我看看这是哪位壮士——"

看清名字之后他忽然一停，震惊道："江筱然?！"

顾予临把卷子盖上："看完了，拿走吧。"

"等等，你们俩怎么回事？"李嘉垣意犹未尽，持续八卦，"考试也要约好一个分数？不是因为排练，你把人家六班的好苗子耽误了吧？"

"不是，"顾予临中指微微发力，平衡在指尖的水性笔并未来回旋转，"是她考试之前问我，这次大概能考多少分。"

"你说？"

"233。"

"那这……"

"分毫不差。"

少年垂下眼睫，扬起一个兴味的笑。

越来越有意思了。

而另一边的江筱然，正愉悦地清着书包。

赵嘉映当然知道她的计划，此时恨铁不成钢地道："看你堕落的，以前考533分恨不得放声痛哭，现在考233分还笑得这么高兴……"

她戳赵嘉映的脑袋："燕雀安知鸿鹄之志？"

"不知不知就不知，"赵嘉映唱出来了，"就为了他那一句话，大费周章地把自己安排进去，值得吗？"

"你懂什么？"她抬头，"不只是因为那句话好吗？"

和他相处了这么一阵子之后，她毫不怀疑他会走上一条星光熠熠的坦途，而自己作为他萌芽时期的"头号粉丝"，自然要肩负自己的责任，替他清扫一切可能成为黑历史的事件。

况且给别人辅导习题的时候自己也会巩固知识点和获得新见解，对她自己也有好处，还变相地督促她弄懂每一个知识点，否则不好讲题。

"行呗，"赵嘉映抬头，"转班愉快哦江老师。"

她眨了眨眼，背上书包前往十班。

到十班门口的时候，铃声刚刚打完，但班上还是乱糟糟的一团，班主任正声嘶力竭地管着纪律。

门口站着一批考进十班的"新人"，江筱然站在队伍末尾，听见前面的女生小声讨论。

"这次竞争好激烈啊，我上次英语直接没写，考三百多分，居然还是去九班了！"

"那是，你也不看看多少人争呢。大家都期待着能考到这个班，然后万里挑一地成为顾予临的同桌。"

"确实，他唱歌太帅了吧。也不知道谁运气这么好，这次能坐到他旁边。你看，这脸是人能长出来的吗，看一眼我都腿软。"

再好的学校都会有一大批春心萌动的青春期女孩，她们坦荡又不顾一切，冲往自己青春与异性的必修课上。

更何况顾予临这三个字的诱惑力巨大，因为好奇想来看看的也不在少数。

江筱然抬头看了一眼长龙，二十个女生里面，每一个都是为顾予临来的。她知道顾予临人气高，但没想到会这么高，今儿个靠近看了眼，只感慨美色的诱惑果然非同一般。

前面的女生默默祈祷，像大型邪教入会现场："拜托让我坐在他旁边拜托拜托……"

江筱然心尖有些微妙的酸，但是酸涩之余又特骄傲，骄傲完了，还带着点兴奋。

顾予临身边的位置是空的，大家自然都想往那个位置坐，前面几个女生向老师提出请求坐他周围，老师驳回了几个，也同意了几个。

有一个直接点名要坐他旁边，手指直白地指了过去："老师，我想坐那里。"

大家在底下起哄："不知道谁能终结顾予临的第一次同桌啊。"

"你不够高，坐在那里会被挡住，"老师直接摇了头，指着四五排的位置说，"坐这儿吧。"

江筱然不免惴惴，因为这女生跟她一样高啊……

最后一个轮到她，班上静止了片刻，忽然有人叫："这不是顾予临御用CP吗?!"

那人还想继续说，被班主任一记眼刀憋了回去。

班主任知道她成绩好，看向第一排特意留给她的位置："江同学你就坐这里，平时有什么问题都可以问我。"

"老师，"她认真道，"我是远视眼，要在最后一排才能看清黑板。"

"这样啊……那你选个位置吧?"

她指了指最后一排："最后一排的位置都可以。"

可最后一排，只有顾予临旁边还有空位。

这下教室彻底炸开了锅，还有人吹起了口哨。方才那个女生不屑地抬头看了她一眼，从鼻子里挤出一声嗤笑来。

顾予临坐在最后一排，戴着耳机在听歌，这么一吵，他终于意识到什么，抬起头来。于是眼尾微微一挑，颊边笑意更深。

班主任还没答应，他却已经开始收拾旁边那张桌子。

将自己所有的东西都塞进抽屉后，他拍了拍空桌，朗声道："来吧。"

那一刹，五百响豪华礼花，在江筱然心里盛放了。

"好嘞。"她屁颠屁颠地坐过去了。

见他们都安排好了，班主任也只得道："后面的位置比较乱，你如果不适应，我可以再给你换。"

江筱然点头，算是知道了。

坐下之后，她从书包里翻出书本练习册和笔盒，顾予临还在一边悠闲地看乐谱。

以往两人虽然距离靠近，但也不过是一两个钟头的时长。想到之后的很长一段时间，他们都将维持整日的亲密距离，江筱然就觉得喉咙微微发哑。

乱七八糟地听完一节课，下课铃终于打响，江筱然抄着没抄完的笔记，脑袋里空空荡荡。

等下该说什么？唱歌还是做题？这时候，说唱歌的事是不是有点突兀啊？

顾予临靠过来，朝她说了句什么。

她终于回过神："啊？"

"我说，你抄错地方了，"顾予临抬了抬眉毛，"那是第五题的答案。"

她仔细一看，自己居然直接跳过了第五题，抄到第六题的位置了！

她拿手展了展那页左下角的褶皱，这才强装镇定地开口："……听岔了。"

他没接着跟她讨论这个话题，只是问："你怎么到这里来了？"

"感冒了，还有点发烧，很多题目写不出，就发挥失常了。"她说出自己早就准备好的答案。

前桌的李嘉垣好像不信，转过头，表意不清地问："是吗？"

"是啊，"她对李嘉垣道，"你怎么也在这里？你跟他一个班的啊？"

还没来得及听李嘉垣的回答，她就听到一声笑。

顾予临绷不住了，整个人趴在桌上，脸埋在臂弯里，身体随着他的笑而不住颤抖。

江筱然不明所以，看着也跟着笑起来的李嘉垣，不解道："你们笑什么？"

李嘉垣也憋不住了，笑声爽朗，最后甚至捶起了桌子。

江筱然正想追问，有人冲进来，站在讲台上大吼道："好消息！下节课不上课！分班体测，女生八百米，男生一千米！"

教室里欢呼声如雷，江筱然一头雾水，这算哪门子的好消息？女生先出列，江筱然随着首批队伍下了楼，而位置上的顾予临总算笑够，以手支颐，悠闲地垂眸扫过她记错的笔记。

笔记的最后一行，因为慌乱，被她虚虚地带出一笔波浪线。

他想起她假装不经意地问他"你这次考试大概能考多少分"，想起她欲盖弥彰地铺垫"我感冒了"，想起她一本正经地回答"我是发挥失常才到了这里"，说完之后，因为心虚，还自我肯定地点了点头。

帮她把本子合好，顾予临心尖一晃。

居然有点可爱。

江筱然自然是不知道顾予临那些心理活动，因为她正忙着做热身运动。

八百米对多数女生来说都是噩梦，对她来说也一样，跑完之后面色通红，喘息不停，汗流浃背——她并不想让顾予临看到自己这个样子。

要死要活地在跑道上磨完之后，她慢吞吞地去上了一次厕所，又沿着花坛走了两圈，这才回了十班。

那时候班上的人都齐了，男生们也早就跑完一千米，所以江筱然几乎是顶着大家注视的目光走进来的。

顾予临会不会发现她是故意等脸不红了再进来的？

江筱然连桌上多了一瓶水都没发现，机械性地伸手把水捞过来，拧了半天才发现，常温水的侧面还贴着夏阮标志性的字条："跑完喝冰水虽然爽，但你感冒刚恢复，不能喝冷的哦。"

江筱然正准备把字条揭下来扔掉，却感觉到从旁边漫过来的，一道凉凉的目光。

她的手搭在瓶盖上，一下子拧水也不是，去揭字条也不是，就那么胆战心惊地坐在那儿。

很快，一瓶打开的矿泉水被递到面前，顾予临说："喝我的。"

……啊？

江筱然脑子一麻，手却已经伸了过去："好，好的。"

嘴唇贴上瓶口，瓶口的纹路紧紧压着她的每一寸神经。水温沁凉，还很甜。

瓶身随着她握紧手掌的动作，发出轻微的声响，她下意识舔了舔嘴唇："我喝完了，还剩一点……"

顾予临一言不发地看着她。

她身上一热，但还是强装镇定地问完："剩下这点，是我喝了还是？"说完就想抽自己一巴掌，但话已经无法收回了。

他修长的手指附在她手掌下沿，稍微一撬，水就回到了他手上："我喝了吧。"

她余光目送那瓶水抵到他唇边，再目送瓶身抬起，那一小涓细流自上而下，滑进他嘴里。

他喉结一动，发出轻微饮水的声响。

咕咚，咕咚。

每一道声音都搅着江筱然的五脏六腑。

……还想出去跑圈，跑五千米都没问题。

跑完八百米太累，午休时江筱然睡得很好，浑然未觉有个人观看了她睡眠的全过程。

她做了个简短的梦，和很久之前的梦似乎能串联起来：她喜欢上他，在每次看到他时都能感受到一股力量，那股力量就在她身后，冥冥中，驱使着她想要变得更好。她不仅对待生活和学业更加认真，还利用空闲时间学习如何给他剪视频，试着跳他的舞唱他的歌，只为了在表演时多让一些人知道他的名字。

她梦到自己是真的回到了过去，可没有留下任何证据，只是以前拯救过的他的那些黑历史确实已经全部消失，但她醒来时双手空荡荡，众人指着她的鼻子，说她虚荣。

江筱然被惊醒，一睁眼，少年坐在身旁改歌词的侧颜映入眼帘。

见她醒了半天也不说话，顾予临似有所感地低声问："做噩梦了？"

午休时候关了所有的灯，阳光也被深蓝色的窗帘遮住了大半，教室里又静又暗，他的声音便格外令人心安。

她抹了一把额头，惊魂未定地说："嗯。"

"梦跟现实都是相反的，"他抿了抿唇，放轻声音，"别怕。"

她重新枕在手臂上，恍然间觉得这就是一个很平常的午后，他们的关系在时间的拉扯中模糊不清，时光的罅隙被人越拉越长，所有的一切都不甚清晰起来——

仿佛他们相携走过无数个日夜，每一场巨大的梦魇过后，都有他柔软有力的安慰。

和他在一起，怎样的可怕都不算可怕。

她深吸一口气，很快恢复过来，拿出笔开始写题，忽然又想到什么，撕了两页纸递给他："你帮我签个名吧！"

他皱眉，听她继续说："万一以后你出名了，我可以向别人炫耀一下嘛。"

"那到时候再找我要也不迟。"

"万一那时候我联系不到你了呢？成名之后你肯定很忙啊……"

"嗯，"他点头，字字清晰，仿佛在白纸黑字的合同上印章，"那你就尽量那个时候，还在我身边吧。"这样，就不会联系不到我了。

她愣了好半晌才找回自己的声音，开口道："我那个时候肯定也还在的呀，只是……"

说到这里，未来的不确定性令她心生迷惘，她摇头："算了不说这个了，不签名的话，给我你的作业本也可以，字越多越好。"

顾予临："我没有作业本。"

"……"

第二天一大早，江筱然还没到教室，顾予临看着她空荡荡的桌子，忽然想起自己还欠她一个表扬，于是站起身来往小卖部走去。

他不清楚自己为什么要买水，也不清楚在老板问"要几瓶"的时候，怎么就回答了"只要一瓶"。

拿着那瓶水往教室走的时候，心里的感觉很复杂，但是也很奇妙。

坐回到位置，他看到江筱然桌上果然又摆着一瓶牛奶，还贴着字很丑的字条。

他晒笑，把牛奶带了出去，走前还顺便把买的水摆在了江筱然桌上。

他回去的时候，江筱然也刚好到了。

她看到那瓶水，立刻如临大敌，想到夏阮昨天送来水后他立显阴郁的表情。为了不让他误会什么，还是做干脆一点比较好。

于是当她拎起水瓶的时候，听到他淡淡地问："不喝？"

她声音坚定，还提高了几个分贝，颇有种壮士断腕的决心："嗯，不喝！立马扔了！"

失声片刻后，顾予临蹙眉："……不再考虑一下？"

江筱然心道，他这是在试探我——我得更果决一些，彻底打消他的疑虑！

于是她路也不走了，直接把水抛进了后面的垃圾桶里，非常坚决地说："不考虑，不喝！"想想继续补充，"我最讨厌喝这个了！"

说完朝他笑，有点邀功的味道："怎么样，我抛得准吧？"

"……"

送水有风险，表意需谨慎。

顾予临淡淡收回目光，无语道："写题吧。"

连续跟顾予临同桌了好几天，江筱然算是摸清了他的生活习惯。

他跟大多数人差不多，早餐不知道吃什么，就索性不吃。中午不爱睡午觉，喜欢看些跟音乐有关的书，总是窝在椅子里听歌、写词、写曲子。

江筱然知道这样的生活习惯不好，便常常用帮他填词作为交换逼迫他吃早餐，后来就发展到她买了早餐，他就会跟着吃一些；他遇到填不出的词，也会下意识递给她想。有时候词写完了，也是第一个给她看。

后来发展得更有规律，周一、周三、周五她买早餐，周二、周四、周六他买。

这样的默契在时光的发酵中慢慢升温。

她当然也不会忘记自己此番前来的目的，力求搞懂每一个知识点，所以下课经常和李嘉垣一起讨论题目，常常忽视了自己身旁的同桌。

虽然他们非常光明正大，纯粹就是在讲题目，但是丝毫插不上话的顾予临还是有点不爽。

……江筱然已经为了这道破题目，三节课没有跟他讲话了。

正当江筱然为题目费尽心思，喝水放松的时候，顾予临合上手里的书，指着她前面完成的一道题目说："这道题是怎么解的？"

她一口水呛在喉咙里，吞不下去又提不上来，身体僵了一下，然后就剧烈咳了起来。

停下来之后，她难以置信地问道："你刚刚说什么？"

他神色如常："我问第三题怎么解。"

江筱然受宠若惊，立刻把自己的本子扯到中间，开始详细地给他讲解题过程："先设这条抛物线……"

讲到一个知识点，她会问："这里懂吗？不懂的话我跟你讲一下原理。"

顾予临："差不多懂了。"

听着听着，他莫名其妙就走了神，好像失去了听觉，只能看到她的嘴唇一张一合。她唇瓣的颜色很淡，浅浅的橘红色，像是小番茄。

他不动声色地舔了舔唇角。

忽然有点，想吃小番茄。

前面的李嘉垣转过头，似乎是找到了一个切入口，很兴奋地回头想跟她分享，笔都贴上了草稿纸，身子也倾斜过来："江筱然！我……"

江筱然摆了两下手："等一下，等我跟他讲完这道题。"

李嘉垣怏怏地把头转了回去。

顾予临极为受用，弯着眼睛，挑出一个淡淡的笑。

"笑什么，听懂了吗？""小番茄"一张一合，发声了。

"嗯，听懂了。"

她把解题过程整理在纸上，放到他桌上，这才跟李嘉垣继续讨论那道题去了。

顾予临看着纸上她画出的那条抛物线，简直和她马尾辫晃起来的弧度一模一样。

这条抛物线怎么解的来着？

……解不出来。

江筱然发现近日来，顾予临开始对某些科目展示出一定的兴趣。

数学尤甚，且最爱做抛物线的题目。

她没时间去思考其中的怪异之处，只当是自己求佛感动了上天，于是开始给他布置一些基础作业，放学回去还经常给他打电话讲解。

周末的时候，两个人就去图书馆刷题。

艺术节复赛，他们还准备唱《朽》，由于初期的准备工作做得差不多了，所以现在他们的压力并不大，只要每天练声，定时合唱就可以了。

两周很快过去，由于公交车改了路线，赵嘉映开始和李嘉垣同路，于是四人的放学分配就换了换，变成双嘉一起走，江筱然和顾予临一起回去。

交换路伴的第一天，江筱然就久违地遇到了爆满公交，被无辜地在人群缝隙中挤来挤去，宛如一张待擀的面饼。

她抓不到扶手，只能试图去抓上面的拉环，结果还没来得及握住就被另一只手抢了先。她毫无预兆地扑空，手掌正往下落的时候，从下面升起了一只手，似乎想要接住她。

她的手没用什么力气，他的指尖向上扬，这么个微妙的错位的角度，让他的手指陷在了她手指的缝隙中。

因为惯性，她感觉到他带着茧的骨节似有若无抚过自己的指尖，再滑过去，途经每一寸关节，带着微微的战栗感。最后，他们十指相扣。

等等……十指相扣?!

她愣愣地看着自己的手背，这个姿势，她可以很清楚地看到他手指的形状与弧度。少年的指甲被修剪得圆润而流畅，带着淡粉色泽，还有饱满的白色月牙。

不行了不行了，江筱然感觉眼前雾蒙蒙一片，要晕了。

突然一个刹车，有人往她这里重重一靠，两人相扣的手掌被冲散，江筱然来不及怅然若失，感觉肩膀一阵疼痛。

顾予临往前了一步，将她完全锁在自己和车厢边的那个三角区域里，他俯下身，因为拥挤，唇瓣几乎要贴上她眼角："还好吗?"

骤然降下来的一抹热气让她很快意识到什么，整张脸被拥挤的空气蒸得火辣辣地发疼。

顾予临给她圈出了一个小小的空间，无论外面怎样拥挤，她都不会被无关的人撞到。她的整个空间里全是顾予临的气息，像是渗透能力极强的某种液体，往她身体里无声浸透。

飘飘欲仙。

怕她站着太无聊，顾予临看着外面说："你看那个立牌上的人，有点像你。"

她完全放弃，都没有往外瞟："我近视，没戴眼镜，看不见。"

少女初入十班时那句"我是远视眼，要在最后一排才能看清黑板"还言犹在耳，此刻一切巧合有预兆地对上号，他勾了勾唇："你不是说你远视吗？"

江筱然忽然意识到自己说漏了嘴，怔在当下久久没有应答，整个人静止成了图片格式。

就这么僵到了下车，即将分别时，她听见夜风捎来他的第二句话。

"近视也没关系。"

他声线低沉："反正艺术节初赛那次，我也不是去看书的。"

到家之后江筱然还没回过神来，满脑子都是自己那天练完舞之后，刚好遇到送完柳轻轻在看书的他。那时她根本不敢做什么荒谬的假设，此刻被他那句坦白灼得耳骨都在发热。

原来他那天……是特意在等她吗？

窗外上弦月将笔尖的影子拉得很长，她抬头去看，夜空模糊而漆黑，天色将破未破朦胧时，最为撩人。

好像也就是几句话而已，但她被大脑皮层撺掇得兴奋了起来，凌晨才睡着。

次日一大早，又得起来上学。

那天她整个人都有点晕，不知道是不是生理期要到了的缘故，她肚子疼，人也直犯恶心，就没有买东西吃。

她正准备趴在桌上休息一会儿，看见顾予临脱掉校服外套，露出里头的十号球衣时才反应过来："今天有篮球赛吗？"

顾予临点头。

体育委员在讲台上喊："今天上午有友谊篮球赛，数学老师跟体育老师换课了，第一节课咱们去给顾予临和李嘉垣加油啊！"

"这还用加油?!"底下有人喊,"咱们临哥在,保证碾压得对面叫爸爸!不对,叫爸爸也没用!"

"不仅是碾压对手,还可以俘获一大批少女扑通的小心脏啊!临哥,给我们点活路,德高一大半漂亮妹子都心属于你了,我们怎么办啊?"

"得了,颜即正义,你一点正义都没有,劝你赶快去整个容什么的……"

"找抽呢你!"

讲台上几个人贫得正起劲儿,江筱然也被逗笑,撑着桌子站了起来,靠在桌边缓了会儿。

顾予临发现她的反常,扶住她的小臂:"不舒服?"

她点点头,顾予临又说:"想不想吃东西?我给你买点热的?"

"不想,好难受。"

"那坐着休息?我帮你请个假。"

她也不知是哪根筋搭错了,硬是觉得自己还能撑着,不想让顾予临觉得自己弱不禁风,于是道:"没事,我可以撑的。第一次看你打球,我还想去帮你加油呢。"

"好,实在不行了就跟我说。"他从书包里翻了一块巧克力出来,剥开,递到她嘴边。

她不大想吃,听他低着嗓子诱惑自己:"多少吃点。"

她就这么咬了一口,头往下低,他顺势也把手往上抬,"啪嗒"一声,巧克力断开。

她垂眸认认真真地吃,巧克力一丝一丝在嘴里化开,甜悠悠的。

"哟,喂巧克力呢。"外头有人进来,抱着个球笑得很带劲儿,"从来没见过你喂妹子吃东西啊。"

江筱然脸腾地红了。

那人手上拿着一块威化饼干,正想递过去问顾予临要不要来一口,想起来道:"你有洁癖,我自己吃了算了。"说罢,把威化扔进嘴里,含混着说,"过会儿再调情,临哥,现在得赶快走了啊,比赛要开始了。"

顾予临不答,只是低头,发现巧克力上留着她刚刚咬过的齿痕。

一个一个小凹陷,像巧克力的小酒窝。

Flipped in Love

Lu Ling
works

他把剩下的挤出来，咬进嘴里。

洁癖？因人而异吧。

他含着那半块巧克力，说出的话都带着点牛奶的味道："我先下去准备了，不舒服记得告诉我。"

江筱然低头看着那张扔在桌上的包装纸，舌尖抵住上齿关，点了点头。

回想那一天，真的只能用"倒霉"俩字来形容。

一贯好说话的体育老师，带着大家跑了八百米不说，做了套操还练习了立定跳远，弄完一大堆才说了解散。

这大半节课过去，江筱然觉得自己命都要没了。

顾予临他们正在打篮球赛，不少人围观，江筱然本来也想去看看，但架不住身体实在太难受，她隔着重重人群去看他，尖叫声里他一跃而起，迅速扣篮上分，球衣随着他向前的动作，在身后鼓出一个漂亮的弧度。

计分的妹子眼冒桃心地翻页。

大半个学校都是他的啦啦队啊，江筱然听到啦啦队员们亢奋地尖叫着喊："顾予临！加油！顾予临！加油！"

在江筱然默默低头编辑消息的五分钟，顾予临已经进了五个球，大家嗓子都快喊哑了。

她再一次深刻感受到了他的人气，给他发了条消息："我撑不住了，先回去休息了，你好好加油啊。"

因为篮球赛，整个操场围着不少人，一楼的厕所也全都需要排队，江筱然就直接爬到了三楼去上。

三楼人不多，但是有几个女生围在厕所门口，江筱然远远看了一眼，觉得气场不合，又有种来者不善的感觉，想了想，就又往上走了一层。

四楼的厕所锁了，江筱然叹息了好几回，认命地去了五楼。

五楼几乎没有人，也没有学生上课，江筱然头晕，没时间多想，火速进去检查是不是例假抵达。

还没站稳就听到后面传来脚步声，她没想到居然也会有人到五楼来，但没多想，只是洗手时忽然听到一声关门的巨响，还有落锁的声音。

洗手池靠内，她绕出去后才发现门已经被人锁上了。

她急忙跑过去推门："谁啊？厕所里还有人！"

眼见没有回应，她继续拍门："怎么回事？！厕所里还有人！外面有人在吗？"

脑海里有什么东西一闪而过，赵嘉映很久以前的某段话忽然冒了出来——

"其实柳轻轻还好，你应该防备的是他们班的女生，不知道多少人为他转班，那些人暗戳戳的，特别恐怖。"

她不死心，最后问了一次："外面有人吗？！"

问完就尝试着扭动门把手，感觉到外面对应的门把手上还挂着一串钥匙，金属碰撞声很清脆。

她正思考着对策，忽然又听到钥匙被抽离的声音，还伴随着轻微的脚步离去声。

外面有人，而且听到了她的呼救。

看来是真的有人故意把她锁在这里了。

她头晕得厉害，用指关节用力顶了顶太阳穴，又用冷水洗了一把脸，这才强撑着清醒了过来。

她头痛欲裂地拿出手机，眼前一片叠影，好半天才能看清手机上的字，却悲哀地发现没有任何信号。

顾予临在打球，赵嘉映在上课，大概没有人会发现她不见了吧？假如发现，也该是好几个小时之后的事情了吧？

她暗叹这意外发生得实在太不是时候，脑中一团乱麻，整个身子也撑不住了，像是飘起来，没了知觉。

该不会真要在这里晕过去吧？

她扶住一边的门框，掐着自己的手臂想让自己振作起来，耳边却不期然出现了一道声音。像是一块石头扔进飘忽的神经里，用力一压，她整个人一振。

有人来了？！

"江筱然？！"

声音的发源地大概离她比较远，或是因为声音的主人在楼道中寻找，又或者是她出现了幻觉——那道声音被扩开，带着些微的朦胧感，低哑，缠绵。

没了惯有的慵懒和鼻音，也失去似笑非笑的腔调，语调里压着的，全都是担忧。

本能总是能激发潜能，她拼了命地站了起来，捶着厕所的门："我在这里！"

她不安心，贴着门缝问："顾予临吗？"

外面没有人搭腔。

静默了片刻后，她快疑心自己出现幻觉了，听到李嘉垣的声音："咱们去找钥匙呗，我刚看到喻梦火急火燎地下去了，估计是她们关的人——哎，别意气用事啊，要赔钱的！"

动静停了三秒，顾予临语带压抑："闪开点。"

不知道是不是在跟她说话，但她还是往后退了两步。

随着木块炸裂开的巨响，门锁一松，边角处被凿出一个口来。

顾予临抬腿一端，整个门"扑通"往里一倒。江筱然下意识捂住嘴。

昏暗的空间终于得到阳光，光一寸寸地随着他的脚步往里漫。像是电影里刻意放慢的镜头，光影将他发丝每一处起伏的轮廓都勾勒出形状。顺着他的发丝向下滑，是他利落柔和的面颊线条，耳郭、下颌角、下巴。

脖颈、肩线、肌肉起伏的大臂、小臂、微微屈起的手指、人神共愤的长腿。

慢镜头，缱绻胶卷，默片重播，一瞬定格。

第三章

宇宙换红豆

看到他的那一刹那，江筱然居然有种"人生足矣"的感觉。

顾予临扶着她，她本以为自己能站起来，但体力像是被人耗光了似的，在强撑了那么一下子过后，居然有种虚脱般的无力感。

他扶住她的腰，将她整个人稳稳托住。

腰间的手掌太灼热，在这么个境况下，真实得令人心安无比。

"别硬撑了，"他轻声说，"我来了。"

本来真的一点感觉都没有，但听了他这句话，就好像是终于找到情绪的发泄点，她靠在他肩膀上，眼皮贴在他皮肤细腻的颈边，居然一刹那，有想要流泪的冲动。

是的，在他面前，她是不用勇敢的。

她撑不住，身子往下滑，他就直接把她打横抱起来。

他的手贴着她脑后，把她的头往自己怀里带了带。

她喃喃道："我头实在是太痛了……"

"那就睡一下，睡醒就好了。"半梦半醒间，她听到他说。

她头晕目眩，终于扛不住，就这么睡了过去。

最后是消毒水的味道把她唤醒的，她动了动脑袋，将眼睛睁开一条细细的缝，视线中白炽灯正晕染着朦胧的光，旋即，有双手搭在了她的额头上。

"醒了？好点没有？"

她正准备撑着身下的床板坐起来，一双手伸进被子里，托住她的腰，把她给扶了起来："别用力，左手还在打针。"

她往后挪了挪，靠在床板上。

顾予临问："喝不喝水？"

"唔……"

他抬手递来杯子，水是温的，好像是一直为她准备着的。

喝完水，她才渐渐清醒过来，看了看左手背上的枕头，环顾四周："我到医院了吗？"

"嗯，低血糖，"他皱眉，语气里有责备，但到底是不忍心责怪她，"还有什么不舒服吗？"

"没了，"她突然清醒了，"完了，你的篮球赛！"

"嗯？"

"你跑这儿来了，篮球赛怎么办？"

他转身，去给她杯子里续水，直饮水降落杯底，发出类似鱼吐泡泡的絮语，他开口："篮球赛和你，哪个更重要？"

这、这怎么回答？

骨头里一阵噼里啪啦，像是通了电流，酥的，痒的，震颤的。

幸好顾予临是背对着她的，不然一定能看到她现在的表情——拼命想把嘴角往下压，竭力要维持镇定，结果这种时刻，理智根本不能控制表情，肯定傻透了。

半晌，她找不到什么更好的话接，顺着他的话问回去："这有可比性吗？"

他把水递过来，笑了："嗯，没有。"

他没把话说透，但攻击力已然够强，江筱然动了动身子，一股怪异的感觉涌了上来。

顾予临觉察到她的僵硬："怎么了，还有哪里不舒服？"

好像……例假来了……

她纠结半晌后，才豁出去一般贴近他的耳朵："我……我好像来那个了。"

"哪个？"顾予临想也没想就反问。

"就是，流血了……"

顾予临音量一下提高："哪里流血了？给我看看。"

"……"

幸好没过多久，他就意识到什么，噌地站起来："你等着，我去给你买。"

目送顾予临的背影消失在拐角，江筱然死而无憾地躺在床上，暗慨这双在球场上令无数女生疯狂的手，此刻居然会去帮她买那种隐私用品。

她没想到顾予临回来之后更酸爽，他提了整整一大包东西，扔到床角："不知道你喜欢什么样的，就全都买了。"

江筱然翻开一看，日用的夜用的长的短的超长的有护翼的没护翼的……

嗯，这么多，够她用半年了。

她小心翼翼地抿了抿唇角，舌尖抵住齿关，拆开一片，迅速跑进了洗手间。

很羞耻，但又有点爽和小幸福。

等她出来的时候，发现顾予临正背对着她，不知道在搅什么。等她找地方坐下来，一杯冒着热气的红糖水就被递到了眼前："快喝吧。"

她这才发现，他刚刚下去，还买了红糖。

她心跳还是没出息地加快了，接过杯子，有些赞叹道："你还知道这个啊。"

她抬眼看他的那一刻，居然有切切实实的仰慕镶嵌在眼神里，仿佛他真的知道什么很了不起的事情。

这眼神太熟悉，让他愣了半拍。

他正要开口说话，门咔嗒一声被推开，李嘉垣和赵嘉映走了进来。

一进来，李嘉垣直入正题，对江筱然丧丧地道："比赛快结束了，最好用的人没了，我们输得好惨……老师喊我来，说能不能暂时借一下顾予临回去，打完球赛再给你还回来，不然太掉底子了……"

她笑，戳了戳顾予临的手臂："行啊，你快跟他一起去吧，我有嘉映陪着，没事的。"

他斩钉截铁地道："不行，等你输完液我再走。"

李嘉垣"啧"了几声，仿佛没见过他这个模样，又神秘兮兮地对江筱然说："你不知道吧，刚刚发现你被关在厕所的时候，他着急的呀……我这辈子没见他那么严肃过，真的，之前中考堵车，我们俩差点迟到了，我饭都吃不进去了，他在我旁边，慢吞吞吃完了东西还喝了杯豆浆……抢椅子砸门我更没见过了，当时钥匙也能找，大概十几分钟就能找到，我临哥二话不说，怕你多在里头待一秒啊，哐哐就开始砸门啊，毁坏公物赔多少钱你知道吗……"

顾予临道："差不多得了啊。"

"得了得了，"李嘉垣笑，"敢做还怕我说啊……"

江筱然这才问出那个问题："你们怎么知道我被关起来了？"

顾予临手上转着手机，慢吞吞地说："中场休息，看到你给我发信息了，想去班上看看你有事没，发现你不在。打你电话又打不通，就去找了一下，没想到你真在。"

"嗬，真能说啊，"李嘉垣不齿，"胡扯的！"

"中场休息他去班上，看你人不在，电话打不通，就说要去找你。我说说不定去买东西了呢，要他别找了，我喊人留意下，他当时那个眼神啊，就感觉我强掳了你似的……他问我：'你知道她现在有多不舒服吗？'真是吓得我屁滚尿流……"李嘉垣模仿了一下顾予临的表情，眉头紧紧皱着，特别好笑。

他自己也笑了，恢复正常后继续说："然后就去咯呗，他爬五层楼气都不喘，从一教跑到三教，小说里那种汗连成线往下淌见过没？我打球都没见他这么卖力，反正今天我是长见识了，江筱然你本事太大了，要不是我还得上场，我现在就跪下给你磕三个响头。"

顾予临语气凉凉道："说够了？"

"哪儿够啊，"李嘉垣对着江筱然，"还有找到你时那个表情……"

话没说完，李嘉垣就被顾予临捂着嘴拖了出去，徒留赵嘉映跟江筱然科普，说顾予临公主抱她出校门的时候，是大型仰慕者心碎现场。

李嘉垣在外面大声说着球赛的紧急情况，正巧江筱然拔了针，她立刻起身准备回去："球赛还有多久结束？"

李嘉垣看了一眼表，忽然兴奋起来："不知道，我跟教练说一下，紧急暂停等顾予临回去！"

到学校的时候，比赛只剩下几秒钟。

五秒钟还能暂停？！

众人见了他，纷纷像见了救命稻草一样，不少人激动地站起身直挥手："顾予临来了！快来快来！我们还有救！"

这是德高跟三中的友谊篮球赛，大家多少都有点在乎分数。

江筱然发现德高这边落后了五分,她对这方面没有研究,看这落后的数字骇人,不免生出一股回天乏术的无力感。

就算上场了又能怎么样啊,五秒钟五分,这还能逆转?!

她回头问顾予临:"你上吗?"

顾予临指了指前排的某个位置,示意她坐过去。

那里大概是传说中的家属区,假如卖演唱会门票,也该是天价 VIP 的位置。

除了比赛的人,大部分人的目光都是在他们这边,江筱然再次顶着大多数女生可以吃人的目光,如芒在背地坐下了。

顾予临很快脱下外套,右手一拎,一抛,衣服准确无误地将她整个人罩住。

他扶着她肩膀,轻笑一声:"上啊。"

江筱然的视线全被遮住,尽管知道他是在回答她那个"上不上"的问题,但脸颊还是毫无预兆地一热。

她居然不受控制地问:"你能行吗?"

顾予临很快离开,可她还是听清了,他刚刚在她耳边低声说——

"乖,对你的……"舌尖抵住上齿关,双唇微张,那个字在脱口而出前被吞入唇齿中,"朋友……有点信心。"

肯定是因为衣服罩住才这么热的。

她自我说服了一下,把衣服扯下来,还能闻到一股独属于他身上的味道,摄人心魄的薄荷清香。

哨声一响,比赛开始。

等她抬头的时候,顾予临已经进了一球。

少年感真是微妙又珍贵的东西,他迎风而起,身姿潇洒得像是在舞台上表演信手拈来的舞曲。不远处香樟树枝繁叶茂,生机盎然,绿得像是从画卷里长出来的。

而她面前这个人,也脱俗得像是从漫画书里走出来的。

一个三分球投入,还剩下不到三秒。

那一刹仿佛所有的人都不存在,那些阻挡都不算阻挡,他灵巧地后撤步,后仰,再次准备投进一个三分球。

江筱然提心吊胆,随着球画出的抛物线而转动脖子,大脑紧张到待机状态。

球在边框弹了一下，跃起，滑了一圈，落进篮筐里。

进了！

六分，领先一分，赢了！

江筱然自己都没意识到，她竟站起身疯狂尖叫。

顾予临双脚触地，很快抬起头，朝她这边看了一眼，眉眼带笑，胸膛起伏。

日光还差一点就要隐没在云层之中。唯余一丝光线，仿佛为他打的光，而他就站在光圈之中，接受呐喊、欢呼和敬仰。

他是一块待开垦的藏宝地，只要深入窥探，就会找到很多很多的珍宝。

他站定到她面前，在众目睽睽之下从她手里接过衣服，然后淡淡地说："走，回去吧。"

好像有哪里传来惊呼，顶着大家艳羡的目光，她咳嗽着和顾予临一起回了班上。

那三天她也俨然成了风云人物之一，就连打水都能听到有人讨论自己，还有球赛和公主抱。

有时候她走在路上，还能感觉到有些冒犯的视线，就像有人跟在她后面。

可每当她回头，身后又毫无人影，她只当是自己"爆红"后的错觉，直到在校外被人蓦地捂住口鼻，拖进一边的暗巷里。

顾予临在学校里开着关于艺术节复赛的会议，她只不过接到电话说有自己的快递，狐疑地出来拿，下一秒就被人扣住手腕绑在一起，双腿也被捆住。

看来是有人故意用快递的名义诱她出来，嚣张得甚至就把校园暴力的地点定在了学校不远处。

肩膀猛地被人一推，撞到墙上，有点痛，她强忍着一声没吭。

她挣开绑她的绳索，手帕也刚好被放下来。

她终于畅快呼吸，借着微弱的灯光抬头分析形势——起码有八个人，前面站着几个女生，后面跟着撑场面的高个子男生。

为首的女孩子她好像见过，那次她被锁在厕所前，在三楼门口堵着的就是这帮人。后来她去了五楼，莫名其妙就被人关了起来，想想也是这伙人的可能性最大。

李嘉垣是不是提起过？好像叫……喻梦？

她没说话，等着她们说明来意。

喻梦冲上来，叉着腰，不怀好意地问她："你叫江筱然?!"又拍了拍她的脸颊，"听说你跟顾予临关系很好？"

无知的人总是胆大包天，青春期的少男少女疯狂起来根本没有限度。

江筱然一边思索对策，一边问："怎么了？"

"怎么了？"喻梦上前两步，推了一下她的肩膀，"你一个交换生，胆子还挺大啊！"

江筱然竭力维持冷静，不想让自己表现得太好欺负，也不能过于有气势，拿捏着语调道："我不认识你吧。"

面前的人嗤笑："不认得我倒是真的，天天忙着勾搭男的，当然不认识我了！"

说完又想来踹她，被她一下躲过，急中生智，她已想好说辞。

"我有心脏病，你们好好说话吧，假如我出了意外是有生命危险的，你们也会被牵连。"江筱然放缓了声调，"我们可以商量，你想要什么？"

校园施暴者大多只是图个痛快，这些人大概也只是想教训一下她，并不想弄出什么大事。

肉眼可见地喻梦的气势弱下去了几分："心脏病怎么了，你以为我怕？我看你还有其他的病吧！"

话是这么说，语调也尖锐三分，但确实没有再打她。

江筱然靠在墙上，放在身后的手慢慢转移阵地，摸到了裤子口袋中的手机。

她想起来手机是贴着身体被放在口袋里的，只要不将它翻面，是发不出很亮的光的。

现在尝试录音或者呼救，成功的可能性有多大？

江筱然尝试着拖延时间："我知道你们不怕，我也不希望自己出事，但我的身体比较脆弱，假如真的出了事，牵连到你们就不好了。"

摸到手机后，她心随着手指一起颤抖。

录音功能的快捷键是什么来着？开了静音没有？会不会触发什么声响？

喻梦道："现在知道跟我讲条件了，当时怎么不管住自己?!"

长按快捷键——手机居然没有静音，在口袋里短暂地振了一下。

完了。

江筱然目光一抖，听见喻梦大吼一声："说话！"

幸好没听到。

江筱然惊魂未定地把手移出来，说："我们这是在讲条件吧，你已经打了我这么多下，不该再动我了，是不是？"

她猛地凝重起来，面前的人确实被她惊了一下，回过神来又想打她，被她避开。

她缩着身子，手按在胸口，剧烈呼吸了一下才说："你们可以提条件，这不是交易吗，我们是平等的，但你要是再动手，后果怎么样我可说不准。我心脏上有支架，出了一点意外就是天大的事，这是学校门口，省内也有少管所，不要闹得收不了场了。"

她演得其实并不真，害怕到一定程度好像已经没有了心跳，浑身上下都是冰凉的。她不知道这么多人在这里是想干什么，找来这几个男生又是为了什么，假如这些男的真要动手，无论是打她还是轻薄她，男女力量悬殊，她都没有反抗的余地。

幸好她分析得比较准，没受什么伤，那边也没什么更过分的动作了。

她拿心脏病吓唬他们，就是希望他们拿捏住分寸，可要是这些人不要命了，被她激得更厉害，她说不定……

"我也就推了几下，这就受不住了？！"喻梦上来就准备解她衣服，同身后的人道，"脱啊！"

喻梦的手刚伸过来，突然被人在半空中拦下，来人嗓音微哑，带着点愠怒，淡淡问："干什么？"

江筱然难以置信地看着胸膛还在剧烈起伏、似是跑过来的顾予临。

面前的人，是时时刻刻，只要她在困境中，永远可以像神祇一样赶来的顾予临。

她的心脏像是骤然被人捏了一下，又有一阵暖流涌上来。

没想到顾予临会突然过来，喻梦愣了下，惊慌地回头去看同伴，声音都有点颤抖："怎么不告诉我？"

同伴小声道："我们也没看到啊！"

顾予临把江筱然扶住，问她："还好吗？"

她摇摇头："没事。"

顾予临把她护在身后，转而对着喻梦，声音冷得像是从冰窖里头捞出来的，凉得骇人："我之前没有管你，是不是让你觉得，什么人你都能碰了？"

他本来就高，整个人站在那儿就有股不怒自威的气场，更何况此刻声音冰凉，越发让人望而却步。

喻梦虽然狂妄，但在顾予临面前气焰瞬时减弱了不少，她身后的男生想到顾予临之前一打五的战绩，也不由得往后退了几步。

发觉自己没了朋友撑腰，站在面前质问的又是自己最关切的人，喻梦自乱阵脚，启唇"我"了半天没说出个所以然来。因为她根本就没什么可辩驳的。

气氛正僵持着，巷子尽头突然出现一道人影，那道人影由远及近，惊喜地喊了声："哟，正热闹着呢！"

夏阮很快就知道是怎么回事了，三两步走过来，朝着喻梦说："你说你，整天正事不做，怎么总爱给自己找麻烦呢？"

"顾予临不打女人，我也不打，"他佯装叹息，"你说这可怎么办好。"

本来到了个顾予临已经让人有些慌乱，更何况夏阮是多么狠毒的人，别说德高了，校外的人都知道。喻梦彻底明白自己今天是踢到了铁板，尽管万分不甘，但也只能认怂，明白了夏阮的意思，抬手抽自己一记耳光。

喻梦脸颊通红，似乎抽得真的很用力，没过多久，一个手掌印浮现出来。

闹剧在夏阮"替天行道"后收了场，江筱然心有余悸，双腿半天才恢复了力气。

回去的路上她还有些后怕，但夜晚的风很舒适，还飘来顾予临身上令人心安的薄荷气息，她也慢慢放松了些。

临近公园，路边有自动贩卖机，顾予临走过去，投了几个硬币，给她买了罐热牛奶。

她就在一边的长凳上坐着等他，双手撑在两边，把左脚跷起来又放下去，又换右脚来一轮。

买好后顾予临走过来，她抬手想去接他手上的牛奶，谁知道他站定在她面前，俯下身，将牛奶罐的侧边横贴在了她的眼睑上。

面前的光全被遮住，江筱然没摸准他想干什么，忽然听见他说："对不起，今天不该放你一个人出来的。"

牛奶温热，贴在眼皮上，有股说不出的舒服感。

她闭着眼睛，轻声说："这怎么能怪你呢？你也不知道事情会这样啊。"

他的声音一下子靠得很近，好像就紧紧挨着她的眼皮："之前她们也教训过别的女孩子，后来那女生退学了。我今天去开会，越开越觉得不对，毕竟没有人会在这个时间送快递。过来的路上，我一直很害怕，怕找不到你。"

晚风这么温柔，他也这么温柔，这是她第一次听他说"害怕"两个字，用这么温柔珍重的语调，仿佛视她如掌上明珠般珍贵。

她的心忽然就柔软得一塌糊涂。

"我录音了，"她安慰他，"我还骗他们我有心脏病，就算你赶不过来，我也不会受伤的，而且脱身之后，我还有证据可以处置他们。"

她的脚尖抵在青草丛中，窸窸窣窣。

他忽然说："不会的。"

"嗯？"

顾予临贴着罐壁慢慢往上滑，把牛奶罐从她鼻梁处一路滚上她的额头。温热从眼睑处消失，熨帖在额前。

路灯的光终于再次透了过来。

江筱然掀开眼睑，撞进他星光熠熠的眸中。

他看着她，认真地开口："以后再也不会放你一个人了。"

蝉鸣悠扬，不知名的小虫绕在灯盏周围飞旋，清浅的夜色把他的眼睫照得根根分明，仿若梦境。

他俯下身，将唇贴在她额头上的牛奶罐前，印出一个珍重之吻。

喝完那罐牛奶，顾予临把她一路送到了楼底下。

他甚至还准备亲眼看她进家门，但是怕她父母生疑，便只给她打了个电话，并道："你到家了再挂。"

"嗯，你也累了，早点休息。"她指指楼道，"那我上去啦。"

顾予临往前踏了两步，又退回去，冲她勾了个清浅的笑出来："好。"

到家吃过晚饭之后，她却鬼使神差地一直没有挂断电话。

那道接通的电话莫名给人安全感，让她不至于空落落地在卧室里踱步。

洗完澡之后，出于某种好奇心理，她对着电话"喂"了声。

顾予临很快回答她："怎么了？"

她奇怪道："你一直把手机贴在耳边吗？"

"我用的耳机。"

她被自己蠢笑了，半天才说："那什么，你有没有订套餐啊？"

"嗯？"

"就是那种，流量啊短信费的套餐……"

"订了，"他说，"每个月电话时长都用不完，你可以不用挂。"

就是这样，每次她所想，不用全部说完，他就能明白她的意思。

这样的默契，好像足以抚平所有不好的小情绪。

江筱然睡了很长的一觉，再醒来时元气加满，决定以后更谨慎些，就不会再发生这种事了。

她刚到学校，发现桌上还摆着个抹茶蛋糕，一时有些踌躇，脱书包的动作都顿了几秒。

顾予临翻了页书，淡淡道："我买的。"要不说，东西可能就又被她扔了。

她打开盒子，独属抹茶的清淡甜味儿盈满鼻腔："今天有什么好事呀？"

顾予临看她一扫前一天的阴沉，整个人由内至外恢复了生机，这才挑眉道："没好事就不能给你买蛋糕了？"顿了顿又接着道，"不过确实有好事。"

"什么好事？"

"后天艺术节复赛，比完后陶老师请大家去唱歌。"

她正想说要好好准备一下，广播却忽然响了两声，校长严厉的声音响起："昨晚接到同学举报，我校十班喻梦在校外对同学进行恐吓及殴打，造成了极为恶劣的影响。接下来大家留出十分钟的时间，听一下喻梦同学的道歉和检讨。"

江筱然抬起头看向靠近门口的广播，不知道是谁举报的。不过喻梦既然敢做，就该想到事情会有败露的一天。

顾予临只是垂头转着笔，刘海儿半垂着搭上眼睑，并不觉得意外似的。

很快，喻梦的声音响起，大概是没想到自己玩脱了，她的声音带着沙哑和哭腔："本人喻梦，在昨晚放学后借快递之名将同学骗到校外……我对当事人同学表示最诚挚的歉意……很抱歉占用大家的时间，我一定痛改前非……"

喻梦边抖边说，三千字的检讨念了二十来分钟，狼狈又可恨。

逐渐热闹起来的班级也都被声讨声占满："喻梦这人本来就超级讨厌的，之前不经过我同意撕我本子，我说了两句她还把我橡皮扔了，简直有病。"

"也不知道傲个什么，成天一副唯我独尊的样子，不爽了就找人家麻烦。"

"她不是喜欢顾予临吗……也不想想人家顾予临怎么会看上她。你们不知道，之前有女生打水的时候说自己想申请坐顾予临旁边，她扬言要把别人腿打折，我看是变态吧，心理有问题的那种。"

"给自己立大姐大人设呗，觉得全世界都要听命于自己，毕竟她多能啊，成天扛着根棍子跟老鼠似的四处乱窜，还真以为自己多了不起，不过就是个虚张声势屁油盐没有的二流子小混混。"

江筱然挖了勺蛋糕，听见校长继续道："考虑到喻梦在学校已记两大过三小过，学校决定做出退学处理。"

全校安静了几秒，旋即爆发出一阵欢呼，就连被教学楼包围的操场都回荡着众人兴奋的感叹。

"民心所向啊这是，"李嘉垣也惊了，笑着说，"不知道的还以为是放假一周呢。"

话筒被人拍了两下，广播带出一阵刺刺的电流声："好，结束。"

明明说了结束，但班上的讨论声并没止歇，被喻梦祸害的人不少，很多女生都被她不打一声招呼地随意乱用过东西，也有男生被她要求买水买零食却不给钱，她还经常以冷为由抢人家校服穿。总之就是那些喻梦自以为"很酷"的举动，其实早已积满了民愤，除了狐朋狗友，没人喜欢她。

可就在大家讨论得热烈的时候，广播里却忽然又传来声音，大概是校长不怎么会关，而身旁也没人协助，才导致二人后续的讨论再度被播出。

喻梦的声音充满恳求："不退学可以吗，老师，我爸妈都不知道……"

"那你做这些的时候怎么不怕人知道?! 这次举报你的都是外校的，隔壁学校都传疯了说我们校园暴力，你有没有为你的学校你的班级考虑过? 你知道人家把视频传到我们学校邮箱，我看到之后有多无地自容吗？我怎么还敢留着你，留下来让德高继续以你为耻吗？！"

校长大概也是气极，讲着讲着声调也不由得抬高："你马上就成年了，不能不带脑子做事。这事没的商量，等会儿你就清书包走吧，不要再来了。"

大概是离话筒比较远，声音起先并不清晰，只是江筱然在黑板上写课表的时候隐约听到了些。谁知到后面校长彻底恼怒，声音也从广播内彻底爆发，所有在位子上笑闹的同学都停了下来，有些惊诧地看向那个正在传音的小方块。

旋即，更大的爆笑声传出："喻梦也有今天，哈哈哈！活该，当时怎么不知道悔改，现在晚了！"

广播内，喻梦仍在持续哀求，但获得的只有拒绝。

年少愚蠢，把不知天高地厚的轻狂当成了恃强凌弱的资本，自己吹出的泡沫破碎之后，才知道当时甩出的那巴掌，是回到了自己的脸上。

想必她也只是占有欲作祟，横行霸道太久，见不得别人触碰自认为属于自己的东西，可惜坏过头了就只剩愚笨，没有掌握好尺度，才将自己闹到了这步田地。

中午全班静寂午休时，门吱嘎一声被推开，江筱然那时候正解完一道题准备睡觉，抬头就和喻梦撞上了目光。

前一天还猖狂成那样的喻梦此刻竟不敢和她对视，抓着书本仓促离开了。

喻梦事件彻底结束后，萦绕在江筱然心头的那一丝丝乌云也彻底散开。

顾予临、江筱然二人投入复赛训练中，两天后圆满通过，大家在包间内玩得尽兴，差点把房顶都给闹翻了。

由于决赛日期较远，大家便收了心重新投入学业。

时间过得也越发快，转眼就到了冬天。

顾予临和她一样怕冷，冬天时除了必要的活动，都不会轻易出班级的门。

虽然这么说很不近人情——但冬天总是把人衬得格外白皙，顾予临的指节因为冷被冻得泛红，搭在桌子上的时候，有种近乎病态的美感。

现在天气冷得不行，班上有人感冒，老师又不敢开空调，开门关门的时候，冷气一阵一阵往教室里钻。顾予临自然就窝成一团，手缩进袖子里，隔着一层袖子捏笔在草稿纸上演算。

江筱然还在写题目，没写一会儿手就冷了，她一边琢磨着后头的步骤，一边放下笔，把手伸进领口里取暖。休息的时候，眼睛顺便也放松了一下。

正想跟他聊两句，谁知道身边的人突然就站起身往门外去了。

她茫然地伸长脖子去看他，那道顾长的身影在人群中格外显眼，很快就消失在人潮之中，但不过片刻再度出现，手上还拿着她的水杯。

他又被寒流袭击了一遭，鼻尖染上淡淡的粉色，嘴角却是挂着笑的。

他将杯子递给她："焐手吧，热水给你打好了。"

她心下咯噔一声，如同被什么击中。

江筱然把手从脖子上移下来，包裹住那个水杯，热度很快顺着皮肤往全身蔓延，暖和到不行。

他明明是那么怕冷的人啊。

她忽然感动得有点鼻酸，把杯子移过去一点："一起焐吧。"

他笑，手指搭过来，冰冰凉凉的："好啊。"

下午有节自习课，本来十班的人该睡觉的睡觉，该打游戏的打游戏，奈何这节课有领导来巡查，还剩最后十分钟，不少呼呼大睡的人被同桌从梦中摇醒："别睡了，阎王爷来了！"

黑板上还有老师布置的课堂作业，好多人这才装模作样地拿出本子，开始写题目。

顾予临上节课听了讲，这会儿布置的又是针对性作业，自然很快就把题目写完了。

他们俩都写完了题目，刚好还有十分钟下课，自然就到了思考那个人生重大问题的时刻——早上／中午／晚上吃什么？

她撑着头正费力思考，余光瞟到顾予临正从本子上撕下一大张纸。紧接着，他很快叠好了……一只小青蛙！

叠好之后，他从她笔盒里拿出一支笔，开始写字。

与此同时，巡查的主任刚好进来，站在讲台上，开始进行每日教育："现在都高二了，你们知不知道高二是很重要的，需要好好打基础，每天上课睡觉像什么样子！趁着还有时间，希望大家好好努力，事在人为，只要你们从现在开始好好学习，一定还是有机会冲刺好大学的……"

江筱然在下头百无聊赖，目光盯着讲台放空，突然手臂被人戳了一下，她感觉到主任的目光也似有若无地往这边瞄。

顶着上头的目光，她紧绷着神经，去看一边的顾予临。

在两摞高高的教科书的掩蔽下，顾予临把那只小青蛙放在书后面，紧接着，他伸出修长的食指，放在青蛙的尾端，轻轻用力——

青蛙一弹一跳地朝江筱然这边进发，跨过两人桌子间那小小的间隙，稳稳停在她眼皮底下。

他一脸正经，可纸青蛙的背上却写着：下课去吃火锅吗？

在教导主任眼皮子底下传这种没有油盐的小字条，如同在做贼偷情，她身上立刻起了层鸡皮疙瘩，体感温度急剧升高。

讲台上忽然传来一声怒喝："江筱然！"

被发现了?!

江筱然肾上腺素飙升，呼吸加快，以迅雷不及掩耳之势，飞快伸出手将那个小青蛙牢牢包在手里，无意识地吞了吞口水，这才敢掀起眼睑，小心翼翼地看了一眼主任："啊？"

真怕他下一句就是"你手里包着的是个什么宝贝？给我看看"，啊……

气氛凝结三秒，主任继续说："你是班上成绩最好的，平时要多起表率作用，带领大家一同进步。"

原来只是语气问题，没发现什么……

她小小松了口气，清了清嗓子，正派地回答："好的老师。"

等到教导主任走了，威严的余温尚存，班上一直没人讲话，只有笔尖触纸的"沙沙"声。

江筱然也叠了个青蛙，写好字，一蹦一跳地弹了回去："不约，叔叔我们不约。"

顾予临眉尾一挑，又叠了一个，弹过来："不约也得约。"末尾还添了个恶狠狠的表情。

最终他们确实去吃了火锅，而后相伴回家，把漫长的路走到了尽头。

二人的默契在相处中慢慢累积，互相补习也渐渐成了二人之间的日常，她会布置习题，而他也承接着每日任务，下课时主动递上自己的卷子，让她给自己讲做错的部分。

某日她抬头看了一眼床头柜贴的倒计时，还有三天就要月考了。

留在十班还是好好考试？

江筱然洗漱完出房门时，发现母亲已经提前起来做好了早餐，在面汤升腾的雾气中重复道："要月考了吧？"

她挑起了一绺面，边吃边答："嗯。"

"上次没考好没事，这次好好发挥。"

她点点头，心情复杂，飞快把面吃完了。

到十班的这段时间，父母也担心她，本来一贯不会起来给她做早餐的母亲，也担心是自己的疏忽让她成绩下降，对她关心了很多。

当天去学校，她明显有点力不从心，顾予临把她布置的作业递给她批改。

其实他学东西挺快的，只是以前根本没什么基础，所以光是给他教基础，就需要一段时间了。

她给他打着钩，听到他问："不高兴？因为要考试了？"

"嗯，我妈……让我好好考来着。"

他不在意道："那就好好考，别待在这里，在这里你学不到东西的。"

她倏地抬头："可，那你呢？"

他揉揉她的头发："你等着我啊，我很快会过去的。"

他这个人，不做就是不做，一旦许了诺，就一定会完成。

"真的啊？"她笑开，"那你一定要抓紧，反正考试相隔的时间也短，你肯定能行。"

这么一想，她高兴多了："那周末我再去图书馆帮你补课啊。"

顾予临点点头，下一秒李嘉垣抱着一摞练习卷走了进来，跟他们分享道："你们看，这卷子上居然有这么多脚印。"

江筱然立马反应过来："这不是……"

顾予临问："什么？"

"那次我们俩去拿手机，遇到巡查的人，你把我扯进办公室的时候我踩到的……"

李嘉垣啧啧称奇："你们俩还在办公室里来过这么一段？可以，够野。"

江筱然用橡皮擦砸他："乱说什么乌七八糟的，你还算社会主义三好学生吗？"

那个周末他们是在图书馆度过的。

她给顾予临布置了一套卷子，自己也在旁边做题，她写完的时候顾予临也刚好写完，解决了一下错题，一上午就过去了。

她继续做阅读理解，顾予临有点累，就趴在一边暂时睡了会儿。

他维持着某个姿势又翻了翻身，口袋里掉出个钱包，江筱然替他捡起，正好看到放照片的那一栏。

这照片看起来像是新放进去的，内容却很老，是他小时候的照片。那时候的他看起来八岁左右，双腿并拢，手搭在腿上，朝镜头笑得特别乖巧。

这张照片她没见过，江筱然伸出手指去摩挲了一下照片的棱角，又用大拇指遮住照片上的下半张脸，看着照片里的他露出来的一双眼睛。这双眼睛一直都这么好看。

很快，旁边的人动了动，沙哑又慵懒的声音递到她耳边，漫不经心中带着几分轻佻："别看照片了，这儿有真人。"

"哎，"她顶了顶肩膀，"你小时候这么乖啊？"

他答了个简短的"嗯"。

她说："看起来像是成绩很好的样子。"

她还记得之前李嘉垣提到过，顾予临初中成绩很好，但后来就不学了，具体原因李嘉垣却闭口不答，让她自己问顾予临。

果不其然，面对这个问题，顾予临答道："以前成绩好过。"

"那后来怎么不学了？"

"家里出了点事情。"他一句带过，把钱包拿回来，揉了揉她的发顶，"走吧，去吃饭。"

于是她也没再追问，继续等待着月考。

那次考试不算太难，他考到了九班，她回去了六班。

成绩出来之后，很快就要换位置了，江筱然慢吞吞地把东西全部收好，走前还看了一眼顾予临。

她的围巾塞在书包里，有一角斜斜地挤出来，顾予临顺势捏住那一角，把她的围巾整个儿抽出来，往她脖子上围了两圈。

顾予临帮她搬书，二人一踏进班门，江筱然就感觉到了一道非常强烈又熟悉的视线。

发出这道视线的人正散漫地靠在椅子上，手肘抵着桌面，眼神明亮。他不笑的时候眼睛就是勾起来的，笑起来就更放肆，衬得整个人都桀骜起来。

夏阮居然考到六班了？

果然，发现夏阮之后，她感觉到顾予临周身的气温瞬间便冷却了下来。

更可怕的是，六班的老师一贯都是自己分位置的，而她这次被分到的位置——正好在夏阮前面。

紧接着，扫到自己座位旁边的那个人，江筱然简直快要窒息了。

徐凝正低着头写东西，但已经能看出耳尖泛红，不知道是激动还是隐忍。

……这是什么神仙配置。

顾予临对徐凝的心思毫不知情，或者说，知不知情对他而言都没有太大关系。跟他最有关系的，是江筱然马上要坐在夏阮前面这件事。

他走过去，替她把书摆好，又侧头问她："东西都带好了没有？水打了吗？"

"好了好了，"她推他，"马上要上课了，你快回去吧。"

在徐凝面前，她总觉得有点说不清的愧疚。可能是在自己的人生中，总是会遇到很多这样的女孩子，她们沉默而不打眼，卑微又偏执地输出自己的爱意，但那样的爱意像是在机场等一艘船，找不到抵达另一岸的机会。

顾予临最后把她的书包摆好，这才"状似无意"地钩了钩她的围巾："系紧了吗？"

她忍不住笑："锁紧了，特别紧。"

他沉声道："保护好自己。"

顾予临走之后，这一块的气氛有点微妙。

幸好赵嘉映跟李嘉垣离得不远，两人时不时来点交流沟通，才让江筱然找到了点东西分散注意力。

她就分了三秒的神，再把目光投向黑板的时候，已经不知道数学老师在讲什么了。

数学，真是比缘分还奇妙的东西。

总算熬到了这节课下课，顾予临一进来就和夏阮迎面相撞，夏阮意味不明地笑了笑，侧身同顾予临擦肩而过，顾予临微微咬牙，偏眸看了眼。

他素来不服输，艺术节的决赛刷掉了学校的话剧，自然只剩下他的歌曲和夏阮的舞，两个节目会在不久后有个正面对决。

但他明白火花并不局限于舞台，生活中也能擦出不少——譬如此刻。

他的好胜心彻底被激起，不想让江筱然和夏阮在没有自己的情况下共处一班，于是他抬头看了眼六班的牌子，决定下一次，一定要考到她身边。

中午二人出去吃饭的时候，顾予临征求她的意见："我打算请个家教。"

江筱然头点得跟招财猫似的，嘴里包的饭还没来得及咽下去，含混不清地赞同："好啊好啊，有针对性地辅导。"

她太兴奋了，压根儿停不下来："可以重点补一下数学和英语，提分快。尤其是英语，以后肯定用得上。"

比如去国外录真人秀啊，和异国的舞蹈老师交流啊，进军好莱坞啊……虽然还挺遥远。

"你想念什么大学？"他忽然道，"定个目标吧，我们一起考。"

她手一抖，抬头看他，暖黄色的灯光投落下来，在他发顶晕出一道道光圈。

像是冥冥中有谁在做出承诺，空气里带着飘浮而落定的花香味儿。

她郑重地点了点头："嗯，我想想。"

终于在那个周末，图书馆内的江筱然看着他认真刷题的侧脸，心潮澎湃地道："我知道目标了！"

顾予临还在做英语选择题："什么？"

她把面前的《5年高考 3年模拟》一股脑儿推到他面前："来，把这些习题做完，我们一起考清华！"

"……"

顾予临默然几秒，抬头看她。

话都说到了这里，她继续劝告道："对了，以后不能打架，到时候红了会被人黑三天三夜的！"

"嗯？"他问，"黑我？为什么黑我？"

她完全进入了情境，幻想着他走上人生巅峰的时刻，又想到完美偶像应该有的标准："女朋友也是，一个就够了，你以前的理想型是什么样的？"

"你……"他顿了顿，把话说完，"今天出门，是不是没吃药？"

刷完题之后，两个人准备把《朽》再排一次。

休息的空隙，顾予临敲了敲桌面："夏阮坐在你身后这一周，有没有骚扰你？"

她这才回过神来，面对着他坦荡的目光，小声道："……没。"

排练了几次歌曲后，决赛很快到来。

决赛的日期定在周三，他们提前一天出发，因为赢得比赛可以给学校争光，学校很快批了假，并说只要能拿到一等奖，不仅全校通报表扬，还有优录的机会。

这次接送他们的是小专车，位子排得也很紧张，江筱然就夹在夏阮和顾予临中间，幸好没闹出什么事来，比赛有惊无险地结束。

两天后是下一场大考，顾予临的地理在她的辅导下稳步提升，只要不出什么差错，一定会有质的飞跃。

考试前，她试探道："下一次考试……我在六班等你？"

他一笑，颇为不屑："不需要。你下次大概能进到几班？"

"四五班的样子吧，"她想了想，"我最近几次小考试一直发挥得不错。"

他敲定了："行，那就在四班等我。"

"你真能行啊？"她道，"九班到四班，可是质的飞跃。"

他笑道："当然。"

为了配合顾予临同学的雄心壮志，考试前一天她还在用所有闲暇时间给他补习，在天台改卷子的时候被双嘉抓了个正着，赵嘉映三两步跑过来，揶揄道："哟，约会呢？"

李嘉垣起哄："就是，挺浪漫嘛。"

江筱然抬头，认真问："四个人怎么能叫约会？"

"四个？"赵嘉映看了一圈，"不就你和顾予临吗，还有两个呢？"

江筱然抽出那本《5年高考　3年模拟》和《教材完全解读》，指着编者认真道："曲一线和王后雄。"

天台上整整沉默了一分钟，以赵嘉映的破口大骂告终。

那次考试顾予临考得很好，只可惜考到了五班，和江筱然一班之隔。

按理说进步这么大顾予临应该很高兴才是，但这人看着成绩单的眼神宛如在看仇敌，全身上下散发出难以招惹的气息，江筱然安慰了半天，二人才约定下次三班再见。

期中考试时顾予临终于找到主场，和她一起考进了三班，可惜即将放假，他沉吟半晌后，才状似思虑良久道："现在我们分数一样，学习进度和刷的题也要一样。今晚的家教课……陪我一起上？"

她没有任何防备，只觉得不能放弃学习机会，快速点头说好啊。

好不容易跟着他的步伐到了家，顾予临手上恰好提了不少东西，两个人匀了好一阵子，他才空出手去开指纹锁。

楼道内窗户开着，她等了太久，被风吹得有些冷，搓搓手跺了好几次脚。

大门打开后，他却并未急着进，反而向她伸出手："手给我。"

"怎么了？"

"录一下你的指纹，免得下次我的手又被占用。"他说，"很冷。"

她挑眉："你对我这么放心啊？"

他不答，只是继续录入她的指纹。

录入完毕后，顾予临重新把门关上，说："打开试试。"

她的指腹贴上去，大门很快打开。

声控灯在这时候熄灭，面前一片漆黑，江筱然着急去摸门口的吊灯开关，又想跟他说成功了，结果一个没注意被门槛绊了下，顾予临也在这时候关上门走了进来，她一个没站稳摔到门上，他也被她挤得转了个身。

意外不知是怎么发生的，总之最后画面就变成了：她背靠着门，少年屈起腿……压在她身上。

这姿势，就像是偶像剧里经常会放的，男主将女主抵在门上马上要"讲道理"一般。

黑暗让暧昧情愫肆意发酵，她听见自己快得有些过分的心跳声，仿佛还带着重叠的回音。可又不知道是回音，还是同样来自他胸口的同频共振。

他的气息就喷洒在自己面颊，她结巴了半天，才开口问："那个，家、家教呢？"

他低沉的嗓音熨着她的耳骨，无辜又狡黠地道："哦，我忘了，今晚没有家教课。"

"……"

他的头像是埋在她颈窝，温热的气息似有若无地喷洒在她的皮肤上，一阵热流激荡。

他的气息铺天盖地地降临，她几乎快溺死在薄荷味儿的海里，感觉他的发丝蹭着自己敏感的脖颈，又吞吐道："那……家长呢？"

好像终于逗完她，顾予临直起身来，摁亮了灯："不在，我一个人住。"

一个人住？为什么？和他之前成绩跌落也有关吗？

她启唇想问，又觉得有些失礼，便抿了抿唇保持沉默，抬头去看面前的摆设。

房子不大，但很舒服，装修风格走的是极简路线，沙发上搭着两件外套和一件棉被似的羽绒服。茶几上摆着零食、乐谱、复习资料和笔。

顾予临低头换鞋，她去看他的表情——其实没什么表情，他早就习惯了。

一个人吃饭喝水看电视，一个人作曲唱歌练琴，一个人久了，就习惯了。

她出现之后，倒真的热闹了不少。

江筱然对面前的书房很感兴趣，问："我能去书房看看吗？"

"去啊。"他笑。

除了书，房间里更多的是乐器，她指着角落里的那一大堆乐器问："这些你全都会吗？"

他应了声："时间太多，学来打发时间的。"

别人听了这话肯定会觉得他不务正业，但她想，可能这么些年，他一直很孤独。

她站在原地，莫名有些失落，顾予临在她面前打了个响指："发什么呆？饿了没有，我去煮点东西？"

"你还会做饭？"

他挑眉："照你这么说，过年外卖不送餐，我在家等着饿死？"

就连过年也是一个人？

江筱然想开口问，但忍了半天，到底还是什么都没说，只想等他愿意的时候再自己开口。

那晚也不知道他是故意还是无意记错了家教的时间，但二人没有纠结这个问题，坐在书房解决了当天的所有错题，又总结过知识点，算是把家教应该安排的任务都给做完了，顾予临才送她回家。

睡前她又想到门前的那个意外，摸了摸有些滚烫的耳垂。

去了他住的地方，了解到他的生活，证明他并不把她当作外人。

这个认知让她无端地愉悦起来，一夜好梦。

为期十几天的假期开始，江筱然在家也开始了几点一线的枯燥生活，直到那天被李嘉垣一个电话给打蒙了："你在哪儿呢？跟顾予临在一起吗？我怎么打不通他电话，不会出事了吧？"

江筱然惊道："啊？"

"他上次这样就是在家里发烧了，来不及给手机充电，就迷迷糊糊睡过去了……当时是我去他家发现的，但我现在在外面，赶不回去啊，"李嘉垣咳嗽几声，"你看看你能过去一趟吗？"

江筱然立刻去衣柜里拿外套："好，我马上过去。"

父母不在家，她火速穿好衣服出门，坐电梯时还浑浑噩噩。

左右也不过是发烧而已，没什么可怕的……但，只要一想到那个人是顾予临，他可能浑身滚烫地躺在床上，身边一个人也没有，她就觉得好害怕。

关心则乱，越关心，越心乱。

匆忙拦了车，一路上她让司机师傅开快点，再快点，司机都不禁讶异："小姑娘要去干什么啊，这么慌？"

慌慌张张赶到顾予临家，幸好这锁录入了她的指纹，江筱然抬起指腹刷了刷，门很快被打开。

好在家中有人居住的气息，他没有乱跑。

径直走到他房间里，她看到他正一个人蜷在床上，身上盖了厚厚的被子，床头柜上搁着一板胶囊，还有一支温度计。

生病的滋味不好受，他的眉头紧紧皱着，以往健康的皮肤呈现淡白色，嘴唇也有点泛白。

她干涩地开口："……顾予临？"

他动了动，江筱然伸手去探他的额头，发觉他烫得厉害，鼻尖也渗出了一层冷汗。

心尖像是被人掐着，她俯下身跟他商量："咱们去医院吧，好不好？你烧得好严重。"

他眼睑动了动，身子往她这边又靠了靠："不想去。"

不过……现在外头风大，要是出门，是有可能被吹得更严重。

"那我只能叫家庭医生了，"她斩钉截铁地道，"必须得叫医生来。"

她手臂就放在他枕边，他挪了挪枕着的位置，看起来竟像是在蹭她的手臂："随便吧。"

江筱然下楼去买退烧药，上来烧了水给他喝，又量了他的体温，把数据汇报给医生。

医生半个小时之后赶来，给他挂水开药，这么一折腾，一下午快过去了。

她给他煮了粥，说什么都逼着他喝一点，喝完之后水正好挂完，她催他去洗个澡，然后再睡。

他抱着换洗衣物，问她："你什么时候回去？"

"我吗？我不回去了呀，"她抬起头来，"刚跟我妈说在赵嘉映家睡了，李嘉垣不在这儿，我走了谁看着你？"

似乎没想到这样的答复，顾予临本就因发烧动作有点迟缓，听完她的话更是步伐一滞撞到了门框上。

捂着自己被撞到的手臂，几秒后他又恢复有些玩世不恭的语调，回头笑："留下也不选个我身体好的日子。"

"……"

刚刚烧到三十九度的不是你吗大侠？现在还有心情讲段子？

江筱然费解地盯着他的背影，直到浴室里传来水声。

她把温度计放到一边，准备睡前再给他量一次体温，正清理医生留下来的药时，突然看到了个被倒扣的相框。

木质的相框，内容却被人扣在了桌上，只剩后头的一个支架，孤零零地立在那儿。

江筱然拨了拨那个支架，拼命克制自己的好奇心，却终究没有克制住，拎着相框的一角，把整个相框给翻了起来……

既然是放在这里的，可以给人看吧？

果不其然，相框里头裱的是一张合照。

幼年顾予临跟一个眉清目秀的小女孩，二人看起来差不多大。女孩子和他靠得很近，笑得甜极了，颊边两个浅浅的酒窝，眼眸明亮。

照片里的顾予临抿着嘴角腼腆地笑，模样比现在青葱不少，还没有完全褪掉婴儿肥。

说不清楚是什么原因，江筱然心中一震，而后匆匆将相框再次扣了回去。

浴室水声停止，顾予临很快穿好衣服，一边擦头发一边往外走，发梢的水还没完全擦干，汇成小小的一股，断断续续地往下淌。

等到顾予临吹完头发，她还在想着相框发呆，忽然听见少年低声道了句："挺好的。"

她以为自己听漏了什么："什么好？"

"你能来，我觉得很好，"他垂下眼睑，低声道，"……我很高兴。"

他语气柔软，让她的心也逐渐沦陷。

"其实不来也没关系，发烧了，我自己一个人睡两天就好了，等到饿了，下去买一份粥，和着药一起吞，很快就好了。"

原来被照顾是这么一种感受，他已经很久没有体会过了。那种全身心被人在乎着的感受，竟出乎意料地令人满足。

"原来是原来，那已经不重要了，现在你不是一个人了，"她尽量放缓声调，拼命想给他传递暖意，"以后生病要记得告诉我，知道吗？"

顾予临就坐在她身侧的软垫上，闻言，又朝她靠了靠。

像海上的浮木，原本只是需要一个拾柴者，只是需要一个归属。但当湍流来袭，他不只需要被拾起，更需要被抱紧。

她的灵魂朝他靠近，也在无声之中将他抱紧。

少年的身体恢复得很快，第二天起来的时候，顾予临已经好了一大半了。

双嘉二人也前来看他，那天下了雪，赵嘉映闹着非要吃烤肉，他们就坐车去了市中心一家有名的店里吃东西。

烤肉"刺啦啦"地响着，顾予临一边倒油、加食材，一边熟练地把烤肉来回翻面，烤好之后分给三人。

赵嘉映看了半天不愿意了："顾予临你好偏心啊！为什么给筱然的都是烤得最好的，李嘉垣吃最煳的？！"

顾予临状似思索了很久："可能是因为，他不配吧。"

酒足饭饱之后，他们又去唱了很久的歌，江筱然回到家已经是下午了，那个相框的秘密却还是萦绕在心头挥之不去。

是要怎样的关系，才能让这张照片被摆在最亲密的床头柜？

这个问题的答案很快得到了解答，就在一周之后，赵嘉映生日那天。

大家原本是决定在外面租个地方玩的，结果临近过年，已经没有什么小别墅出租，四个人只得转移阵地，又去了顾予临家。

李嘉垣上来就准备用指纹解锁，食指按上去，不对。

"我记得是食指啊……难道记错了？"他又把大拇指往上按，最后十根手指轮番上阵，还是没打开。

李嘉垣终于反应过来，皱着眉回头正要开骂，看到江筱然的脸，顿悟了："行，新欢把旧爱挤掉了，兄弟没人权呗，江筱然你来开！"

江筱然伸手过去，一下子门就开了。

李嘉垣在她身后意味不明地笑："江同学使命重大啊。"

今天的主角是赵嘉映，很快活动直入主题，大家纷纷送上自己的礼物，而李嘉垣送的是一套口红。

"柜姐跟我说是斩男色，"他不太明白地挠了挠头，"我只知道卖得好，但不知道到底是什么意思，你们给解释一下？"

赵嘉映抄手："就是要杀了你们的意思。"

"……"

李嘉垣哽了哽，身子一抖不敢再说话。

还是江筱然出面阐明真正释义："通俗来说，斩男色就是能俘获男生的颜色。"

"意思就是我们男的喜欢这种呗？"李嘉垣看着赵嘉映涂了圈，这才道，"是挺好看的。"

又聊了一堆有的没的，大家围着蛋糕打闹许久，江筱然被蹭了一脸奶油，顾予临的鼻尖也有，他们围着蛋糕拍了合照，而后开始自己动手准备晚饭。

双嘉那两位对做菜一窍不通，她和顾予临倒是会一点，下楼买了菜之后，顾予临拿出器具，准备煮火锅。

江筱然正捧着底料，听到他淡淡地说："给我吧，你别烫着了。"

吃饭的时候大家兴致高涨，自然也喝了点酒，酒过三巡，被暖气一蒸，就都有点上头。

赵嘉映喝得最多，最后走都走不稳，是李嘉垣把她扶到了沙发上。

顾予临似乎也喝得不少，江筱然把盘子收拾了一下，就准备把他搀进卧室。

他个子高，身子也沉，江筱然摇摇晃晃把身上这个好看的"挂件"扶到床边，结果"挂件"突然一沉，她还来不及反应，整个人就被巨型"挂件"给摔到了床上。

她的头直接撞上他胸口，仿佛有把火直接烧到脑袋，她整个人瞬间红透，像煮熟的虾子。

她后知后觉想挣扎，结果忽然有什么尖角划了一下她的手腕，她眉头一皱，迅速把手收回，吃痛地"嗞"了声。

顾予临撑着脑袋坐起身，带着些醉意问："有没有事？"

"还好，没有出血。"

他们俩这才转头，同时去看那个把她划到的东西，是熟悉的木质相框。

她的大脑里闪过无数个问句，最终探寻地开口道："这个人……我能问问是谁吗？"

本来还想说"你不想说我就不问了",但他已经点了点头。

"能。"他有些微醺,只是使不上力,但意识还算清明。

顾予临停了好一会儿,似乎是在寻一个合适的表达方式,又像是在迟疑什么,半天后才道:"是我妹妹。"

"……亲妹妹?"她怎么从来没听说过?!

"嗯,她住在D市的奶奶家,离这里很远。"他说。

江筱然似懂非懂地点头:"那她怎么会待在那儿?你父母在那边工作吗?"

他替她提了提外套,慢悠悠地说:"我接下来要说的可能有点多,你要听吗?"

她心想,哪怕你要跟我说一辈子呢。

"要听啊,"她笑,"没关系,我时间多的是。"

顾予临酝酿了半晌才娓娓道来:"那时候我们还住一起,家长虽然不经常在家,也很少关心我们,但都会给足额的生活费。家里经常就我们两个人,那时候她有个愿望,就是希望过生日的时候,一家四口能聚在一起,好好出去玩一次。"

"她六岁生日那天,求了很久爸妈两个人才答应带她出去,我记得很清楚,就在B城这边的商场,我替她买冰激凌,结果回来才发现爸妈吵了起来,他们把她弄丢了。"

江筱然双腿屈起,把头搁在膝盖上,看着他。

"我们后来在试衣间里找到了她,她迷路了,不知道该找谁,没有人发现她,她就在里面躲了五个小时。"他揉揉江筱然的头发,"后来她对B城有阴影,不愿意住在这里,爸妈就将她交给奶奶抚养了。"

她把手垫在下巴底下,问:"那你怎么不去D城跟她一起读书呢?"

"我比她大,那时候开始上学了,况且那边能教我乐器的老师没有这里的好。而且奶奶家没有多的房间,我嫌麻烦,就自己回来了。"

江筱然道:"那一个人住是因为……"

他说:"虽然后来我们找到了她,但那五个小时对我来说……是很崩溃的五个小时,你懂吗?"

她想自己或许明白。

父母常年很少关爱两个孩子，又在妹妹生日时做了那样的事情，他不愿再和他们住一起，况且住一起的时候，也和独自生活没区别。

"作为弥补，他们留下的生活费也多，我不太想留在那个家里，就自己单独租了一个房子。反正差不多，日子过得都一样。"他说，"我知道，他们对这个家没什么爱，他们都更爱自己和自己的工作。"

她不知道要怎么安慰他，抿了抿唇伸出手，又不知道该做些什么，替他将袖口散开的结绑好。

窗外夜色正浓，她想，他比自己想的还要坚强。

顾予临看出她的手足无措，挑眉道："不用心疼我，现在不也挺好?!"

这人说得大言不惭，她舌尖突然打结，眨了眨眼迅速站起："谁、谁心疼你了……我出去看赵嘉映了!"

落荒而逃的时候，她听到他在背后轻声笑。

次日，双嘉宿醉二人组终于和江筱然一起离开。之后没几天就到了除夕夜。

父母刚好因为单位的事情要值班，嘱咐江筱然要好好待在家里睡觉，不要到处乱跑。

她能听吗?

选了几件新衣服，江筱然收拾了半个多小时，才去找顾予临。

他们现在的关系已经很好，不需要打招呼也能经常见面。双嘉二人比较惨，被父母留在家里过年，自然出不来。

她其实对春节的在意度并不高，因为家人总是在一起，日子过得平常细碎了就极易没有仪式感，除了看看晚会穿上新衣服，其余都和平时一样。

但顾予临不一样，他应该很多年都是一个人跨的年。

这次她没有告诉他，打算给他个惊喜。刚开门，扑面而来的就是一片亮堂的客厅。

除了打开所有的灯，这家里真是一点年味儿都没有啊。江筱然暗叹，幸好她早有准备。

江筱然走到书房门口，看着正在写东西的顾予临清了清嗓子，刻意地敲了敲书房的门。

他身子顿了一下，很快回过头，有点不可置信："你怎么来了？"

她晃晃脑袋："我来陪你过年呀。"

说罢，就把手中的袋子放在桌上，一个个地往外拿东西："对联、福字，还有中国结，我们现在先贴一下。"

顾予临很快起身，就站在她身侧："怎么不在家过？"

"在家也是一个人，不热闹，"她把手里的对联给他，"先贴这个吧。"

他低头看了看对联，嘴角漾开一抹清浅的笑，在她看不见的角度慢慢融化："好。"

他个子高，不需要椅子也能轻易贴好对联横批。她把福字掉了个头，贴在门上。

贴好东西之后，她又变出一个小小的果盘，再从包里拿出一大堆年货：大白兔奶糖、喔喔奶糖、开心果、蟹黄腰果、苹果、橘子、小蛋糕……

一边拿还一边说："本来准备给你买新的独立包装的，但是想了想，那样不如这样有年味儿，就从我家抓来了……"

他随手剥了颗糖放进嘴里："不怕你爸妈发现？"

"就说是我吃的嘛，"她不好意思地笑，"以前过年，我一晚上能吃很多的。"

"很多？"

"嗯，大概能吃下一头牛吧。"

摆好东西之后，她又去开电视，距离春晚开播还有一段时间。

等待的时候，她就跟他闲聊："之前除夕，你是怎么过的？"

顾予临半靠在沙发上："当平常日子过，看看电视写写歌，然后去睡觉。"

他们又聊了几句，节目开始，近几年的春晚也走起了年轻化的路线，请了很多流量小生，颇为养眼。

江筱然嗑着瓜子，指着其中一个位置转头看他："你信吗，不久之后，站在那里的肯定是你。"

顾予临正在剥糖纸，闻言只是淡淡地笑了笑，然后把自己剥出来的那颗糖塞进她喋喋不休的嘴里。她只当他是嫌自己话多让自己闭嘴，含着水果糖含混不清地表态："你这是什么意思？"

"你质疑我？"她舌尖的那块糖被抵着弹来弹去，"你要出道绝对红透半边天好吗……"

时间在喧闹中静悄悄流走，一切被灯光和氛围添上柔和朦胧的滤镜，远处有烟花声此起彼伏，江筱然也被吸引了过去，二人并肩坐在阳台的藤椅上看烟花。

即将转钟时，她高举手机倒数："五——四——三——二——一——"

场景仿佛重现，不久前的某个微风拂动的夜晚，他站在办公室的窗口前，朝她伸出手，带她翻越进某个未知的世界。

那个世界有梦想和拼搏，有风雨微茫的远方，也有从不轻易宣之于口的爱和喜欢。

他是船长，跨过山川湖海、惊涛骇浪，一定会抵达自己最想要去的地方。

倒数完毕，远处跨年钟声奏响，烟花在他身后炸开，城市瞬间热闹起来。

她把手拢在唇边："新年快乐！"

他莞尔，低声回："嗯，新年快乐。"

她又忽然想起什么，跑到客厅，从自己的包里拿出最后一样东西，是她织的围脖。

"前阵子临时学的，给你们一人织了一条，喏，这是你的，"她递过去，笑着的时候眼睛里细碎的烟花色在闪烁，"新年礼物。"

白色和浅蓝色相混杂，很简单的花样，但这么看起来，又很不简单。

顾予临抬手戴好，认真看向她："嗯，很好看。"

是夜，繁星璀璨，月光如练，高楼沐入清辉，树木掩盖鸟鸣。

温柔的喧嚣，可爱的一切。

第四章

手写的初恋

过完年没多久，新学期来临。

作为一名痛苦的准高三狗，江筱然很快就得回学校补课了。

她在门口遇到了顾予临，也不知是不是在等她，总之少年见到她之后才侧眸看向腕表："走，进去吧。"

三班班主任没有排座位的习惯，二人很自然地找了个双人座一起坐下。假期刚结束，教室内乱哄哄的，大家围在一起仿佛有说不完的废话。她从包里把早餐拿出来，顾予临也取出饮料，两个人默契地交换了一下，就开始欣赏一出旷世大剧——新学期补作业现场。

演员分为很多类型。

担惊受怕型："帮我看着老师！老师来了叫我啊！"

盲目自负型："只剩十张卷子了，老张来之前我肯定能搞定，搞不定我直播被电击OK？"

冷静型："语文数学英语政治……我还差什么来着，地理还差两题，借我抄一下。"

发疯型："啊啊啊啊啊啊啊啊！写不完了！救救我！为什么会有这么多作业啊啊啊啊——"

马赛克型："我×××！他×××！作业你×××××的！"

恳求型："等下收作业你晚点收我的，求你了，我全家在这儿给你磕头了。"

自暴自弃型："我把作业撕了，就说是我家二哈吃的，我太机智了哈哈哈哈。"

…………

等到围观了一圈，老师也到了，一番混战之后作业收齐，又听了一节课的广播致辞，江筱然困得不行，趴在桌上正准备睡会儿，忽然有一行人拥了进来，闪光灯此起彼伏。

"什么鬼啊，电视台来我们班干吗啊？"

"来拍顾予临的，你别多想，又不拍你。"

"拍他？"

"德高才子啊，艺术节决赛一等奖，之前又在我们学校拿了那么多奖项，听说有一个什么含金量很高的奖，他是第三个十七岁就拿到奖的人哎，所以电视台来了吧。"

江筱然听完身后人的讨论，直起身准备看看情况，结果她就坐在顾予临旁边，还没来得及睁眼就被摄像机开的闪光灯晃花了眼，下意识缩着脖子往后躲，抬手遮了遮。

面前的记者已经坐下了，举着话筒，对着顾予临道："你好……"

没等记者说完，顾予临已经先发制人："不好意思，可以关一下闪光灯吗？你们闪到她了。"

教室里静默了几秒，忽然疯了一样地响起起哄声，记者的脸也有些红了，一脸高深莫测地看向江筱然，她无措地摸了摸耳垂。

记者装模作样地咳嗽了两声，将话筒递到了她这边："这位应该就是传说中的江筱然同学吧？听说你和顾予临关系很好，想采访一下，你觉得日常生活中的他是怎样的一个人呢？"

对着记者的眼睛，她一时有些恍神。

怎样的一个人？她恍惚地想，别人说他冷淡、叛逆、高不可攀，她却觉得他温柔、坚定、一尘不染。

但对着镜头肯定是不能说这些话的，她用着最客套的万金油："非常努力、积极……"

好不容易结束了这段十来分钟的采访，众人一哄而上在江筱然旁边念叨着什么"我临哥帝王的宠爱"，她赶都赶不过来，到了上课铃响起这些人才肯散开。

转眼到了四月，学校大发慈悲，终于肯组织一场春游让大家休息休息。

江筱然乐得不行，提前一天把所有东西都装好。

虽然双嘉二人现在都在五班，但是出游可以自由分组，只要在规定时间去班上集合就行，所以他们几个还是混在了一起。

春游是在游乐场，赵嘉映无比兴奋："我听说他们家最有名的是水上鬼屋！就是在里头自己开船选路线，就像走迷宫一样，每条路都有不一样的鬼！而且假如不小心选错了，就找不到终点，必须返航再选路！"

江筱然听得整个人发怵。

苍天为证，她胆子小得人神共愤，尤其是面对鬼屋这种，一点声音能把她魂儿都吓没了。

赵嘉映戳她，对顾予临说："我告诉你，筱然胆子超级小哦。"

"那敢情好，顾予临胆子特别大。"李嘉垣附和道。

顾予临征求她的意见："要不要去？你害怕我们就……"

她嘴硬的那股劲儿不知道怎么就涌了上来，脖子一梗，说道："没事，我不怕，你在我前面就行。"

赵嘉映使劲儿挤了挤眼睛，然后振臂高呼："那我们赶快进去吧！"

排了会儿队，来了两艘空船，双嘉先坐进前面一艘，江筱然和顾予临随后。

顺着平直的过渡区往前开，头顶幽幽暗暗的音乐声越发明显，一边的墙壁上也生出越来越多的藤蔓和杂草，感觉前方还有什么东西一闪一闪，鬼火似的。

江筱然汗毛倒竖，明智地选择闭上双眼，抓紧顾予临身后的椅背，一句"我不看了"还没来得及说完，忽然被什么抓了下，立马尖叫出声，身子往前一冲，抓紧他的衣襟："顾予临！有东西在抓我！！"

她手臂长，这么一捞倒像是在紧紧抱着他的腰，隔着层椅背的阻挡，他还是能感受到她紧贴上来的温度，以及绵软的吐息。

细软的嗓音像猫爪子，在他心上挠了一道又一道，他骤然僵住，好半天才回过神来，把她的腿从扮鬼的工作人员手中解救出来。

少女的脚踝极细，在充满冷气的空间里浸泡了一遭，凉凉的触感弥漫上他的指腹，他却仿佛被烫到，一扯回来就急忙松了手。

江筱然问："怎么了？"

"……没事。"

他只顾去解救她，自然无暇开船，再回过头的时候，船已经被水流冲到了一个死角，"砰"的一声撞了上去。

整艘船一震，江筱然的声线亦是一抖："有……有鬼把我们拦住了吗……"

他眉头一皱正想否定，但启唇说出的是："嗯，有点吓人，我得冲过去。你……抓紧一点。"

她闻言更是害怕，赶紧又往他那边贴了贴，一瞬间竟像是把下巴搁在了他肩上，气息萦绕在耳畔，烧红一片。

手怎么有点抖……顾予临艰难地吞咽了一下，终于转弯成功，进入下一条路线。

虽然整个人都有些不稳，但他仍旧不忘肯定地想，赵嘉映选的这个地方，还算不错。

没开多久，江筱然就又听到了一阵啜泣声，如怨如慕如泣如诉，逼真得就像在她耳边，而且声音还越来越近……

啜泣声又突然停下，换成了一道尖细的、柔软的，像是电视剧《聊斋》里书生走夜路听到的那种呼唤："那个……"

现在的鬼屋怎么这么逼真！

江筱然又往前蹭了蹭："我们快走吧，这声音好吓人。"

那声音还没停："我是真的人，你们可以带我走吗？"

真、真的人？

江筱然开始捶打顾予临的腰："别别别带走，咱们快走……"

顾予临提醒她："她好像也是德高的学生。"

"真的吗？"她不太信，怕顾予临骗自己，"不是真人扮的鬼吗？"

"真的，她一个人开船，船卡在死角里了。"

她将信将疑地把眼睛睁开一条小缝，先看到了俩鬼，又把眼睛闭上，做了好一会儿心理建设，再次掀开眼帘——

顾予临没骗她，有个女生的船真的卡在墙壁的死角里，好死不死那儿还有俩鬼，不但不帮她，还一个劲儿地骚扰人家女孩，吓得女孩蜷在船角哭得一抽一抽的。

"那载一程吧？"江筱然问他。

他无所谓道："你决定。"

"好，那我们开过去。"

江筱然对那个女孩子招了招手："我们来接你，你上我们的船吧。"

那个女孩子穿了一身白，长得也挺漂亮，尤其是刚哭过，声音里都带着让人怜惜的鼻音，露出来的手臂纤细而白皙，被江筱然拉上船的时候止不住地道谢："真是太感谢了。"

三个人全部坐好，就在江筱然以为一切结束，船继续往前开的时候，身后的女孩子忽然开口问道："前面坐的，是顾予临学长吗？"

江筱然脑子里蓦地冒出个问号，后知后觉地眨了眨眼："可能……是吧。"

"可能？肯定是呀。我经常在学校里看见他呢，原来高一的时候他还总是在音乐教室练习，我们班好多女生都去围观过呢。"女孩子被她逗得咯咯直笑，"没想到居然可以在这里遇到顾学长，好幸运啊，对了，你怎么会跟他一艘船呢？"

江筱然哽了几下，胡扯道："他顺便带我的，没多余的船了。"

"噢，那就好。"身后的人大大咧咧，没心没肺地继续说。

那就好？好什么？江筱然还没来得及开口，女生好似对顾予临痴迷很久，急不可耐地在后面开始了新一轮追问："顾予临学长喜欢什么啊？"

顾予临一贯不爱跟异性讲话，此刻也是一样，对着这么个漂亮姑娘的询问不为所动，醉心开船。

江筱然人很好地代他回答："睡觉。"

"别的爱好呢？"

"没有。"

"平时都……"

"除了学习什么也不干。"

"那微……"

"没有社交软件。"

"可……"

"不可以。"

"我……"

"到了，你该下我们的船了。"江筱然意有所指。

前面的顾予临似是在纵容地低笑，笑音很短促，背脊也只来得及震颤一下。

他率先解开安全带，轻巧地翻身，上了岸。

"哇，好帅。"身后的迷妹如是说。

上了岸，顾予临俯身朝江筱然伸出手，一把将她拉上了台阶。

那个女生根本毫无自觉，好像也看不懂局势，等到江筱然上岸之后，竟然也缓缓地伸出了自己的手，等着顾予临来、拉、她！

女孩子跟小白兔似的，眨巴着大眼睛，手伸出来，满眼期待地看着顾予临。

江筱然忽然心头一紧，不知道顾予临会做何反应，拉的话好像容易造成误会，不拉的话……让她一个人站这儿，好像也挺尴尬的……

正当她思索时，只见顾予临也缓缓朝那女生靠近，而后伸出了……一根食指。

他指着那姑娘手边的一根栏杆，似是真的有些迷惑："你不是可以扶那个上来吗？"

"……"

一瞬间空气安静了片刻，江筱然看着女生的脸由白转青再转红，忍笑忍得胃痛的同时，居然还有点心疼。

但是某处，又腾上来一丝丝被区别对待的满足。

短暂的春游结束，每个班都要拍张合照，拍完后现场出图，气得赵嘉映截图发了个朋友圈："只是因为在人群中多看了你一眼，你就把我拍成大饼脸。"

江筱然美滋滋地点了个赞，收获了对话框内的十二个问号，赵嘉映灵魂发问："你是人吗？"

她又跟赵嘉映贫了好一会儿，直到感觉有些晕才收起了手机抬头，意外地发现天气阴沉，似是要下雨了。

就在她和顾予临被校车放在公交站，校车绝尘而去的刹那，一场大雨也陡然而至。

天气没有给他们任何缓冲机会，江筱然被雨势袭击得后退了半步。

"怎么办？"她转头看顾予临，"这附近也没有卖伞的。"

她话音刚落，他就脱下外套，在头顶支了个小棚子，挪到她身侧似笑非笑道："还能怎么办？"

他用手肘把她往校服的遮掩下推了推，她便彻底挤进与他的这一方小空间内，心跳怦怦怦地又开始不规律，头顶浅灰色的光被他的校服遮住大片，世界仿佛隔绝开一个小空间，只容下他们二人。

"准备好了吗？"他唇边的弧度带着些桀骜的少年意气，"跑！"

她无端紧张起来，拉住他的衣襟和他同步奔跑在雨中，鞋底踏过水面激起朵朵水花，空气中掺杂着青草香气，挟带着淡淡的温软凉意扑入鼻腔。

他们并肩而行跑得很快，一路上都有行人频频侧目。雨珠溅到江筱然的鼻尖和唇角，她在他看不见的角度悄悄舔过唇角，意外地发现，有点甜味儿。

大雨在十分钟后停下，他的校服外套已经彻底被淋湿，二人的头发也均有不同程度的"负伤"，她的刘海儿被打湿，滴滴答答往下淌着水，眯住了她的眼睛。

她只能将杏眼一闭一睁，挤出条小缝去看他，模样有些诙谐，却又很可爱。

他失笑，伸手用手背抹掉她眼睑上的雨珠，说："你到家了，快上楼吧，记得保暖。"

她抿了抿唇，感觉眼皮有些发热。

"你也是，记得回去洗个热水澡。"

他好像又笑了，"嗯。"

放了一天假，很快又要回学校。

校庆即将开始，江筱然和顾予临作为高人气冠军选手，自然是要出个节目的。

那阵子粤语版的《喜欢你》走红，江筱然成天咬着一句"那双眼动人"翻来覆去地唱，顾予临便提议唱这首，可后来想到这首歌有点特殊，双人在校庆上唱这种歌大概率不会通过，练都练了几次，又急忙刹车，换了首《手写的从前》。

初恋是整遍，手写的从前。

排练这首歌的时候，江筱然总是会想到顾予临捏着笔，认认真真在小青蛙上写字的模样。后来他们课上传字条常常用这种方式，但因为上课聊天少，叠青蛙又很麻烦，所以一周也只会有十几只纸青蛙。

她每次都会把它们收集起来，带回家，装进一个铁质小盒子里。

其实顾予临做事颇有点一丝不苟的味道，不论是在音乐还是在其他事上，要么不做，要做就正儿八经地做。

字写得多了，他的字也慢慢比以前好看了，一笔一画工工整整，熨帖极了。

校庆就在这样看似平淡的日子中到来。

前一天，陶老师找到他们俩，笑吟吟地说："你们唱的歌挺青春的，我就给你们选了几套青春的演出服，你们下课去我办公室，看看喜欢哪一套。"

到了办公室一看才知道，陶老师选的是日式的那种校服，男款样式都差不多，女款的颜色也都是粉色，只是在裙子长短方面有差别。

江筱然选了条到膝盖上面的裙子，比了比感觉效果不错，见他恰好站在镜子旁边，便随口道："你觉得怎么样？"

她本就没打算真的问询他的意见，只是随便一提，而且按理来说，顾予临也不会驳回她的选择，更何况她的目光已经表露了自己的喜爱。

谁知这人居然上下扫视了一眼，最后道："不怎么样。"

她有点蒙："为什么？"

他一本正经道："礼堂空调冷，你穿这个容易冻着。"

"……"

江筱然感觉莫名其妙，觉得他说得有道理，却又好像有哪里不太对。

这时候，顾予临又严肃而客观地补充道："而且我穿的是长裤，你裙子太短了，不适配。"

最后，在真·天下第一直·护腿狂魔·顾予临的"正直建议"下，她选了那条最长的、一直遮到小腿根的裙子。

服装和歌曲都准备完毕，校庆那天准时到来。

这么大的活动，后台又基本都是学生在运作，自然有些忙乱。有人要了江筱然的 U 盘，打开确认过文件之后就猛地一拔，放到了一边。

虽然对方动作很粗暴，不过考虑到设备少工程量大，江筱然便没有说话。

还差一个节目就轮到他们的时候，有个胸前挂牌的男生火急火燎地找了过来："同学，你的 U 盘不会是格式化了吧？怎么打不开？!"

"不会啊，我今早检查还是正常的，"江筱然摸了摸发尾，"我看刚刚有人打开检查了一下，是不是那时候……"

"那要不临时搜一个？不对，我忘了这里没有网啊！"后台的人也乱成了一锅粥。

"我给你开个热点，你拿电脑连一下呢？"

"连了还要找网站下载，下载还要时间，下完还要存到这里面，"那男生摆弄着电脑，"哎，这本地文件夹里有一个伴奏啊！"

江筱然定睛一看，发现可能是刚刚整理文件的女生拖错了歌曲，居然把她之前下载的《喜欢你》给拖了出来，又把后面正确的那首给弄格式化了。

这时候终于有老师走了过来，大家本想继续商量解决办法，但台下已经等了一分多钟，眼见实在来不及，她只能将错就错，拽着顾予临上了台。

他们一人拿了一个话筒，顾予临启唇想说些什么，却发现自己手上的话筒坏掉了。

江筱然正好靠近台阶，走过去示意帮他换个好的，边走边道："伴奏临时出了点问题，我们只能换一首歌。"

换好话筒，她又走了回去："接下来我们为大家带来……"

说话间她将话筒递给顾予临，他正好面对着她取，自然而然地接道："——《喜欢你》。"

少年还维持着面对她的姿势，声音低沉，扩散到礼堂的每一处角落。

她一愣，抬眸撞进他眼底。时光有一瞬定格。

直到前排有人阴阳怪气地喊："干吗呢啊？!"

她这才反应过来，"哦对，我们接下来、为……大家演唱《喜欢你》，"又欲盖弥彰地咳嗽两声，"歌名叫作《喜欢你》。"

赵嘉映在底下笑得最大声："真的吗？我不信？"

伴奏开始播放，她大脑空白舌尖发麻，结束后都不知道自己到底唱了些什么。

顶着装满糨糊的脑袋，她和顾予临一起走下台。

而厅内的气氛却被他们掀出一个小高潮，大家又是吹口哨又是拍桌子的，江筱然强装镇定，脚步却控制不住地有些虚浮。

虽然热闹，但大家知道这只是歌名闹出的小乌龙，而且确实是意外情况，便也没有把这个小插曲闹成大事件，不过全校还是传得沸沸扬扬。

顺利结束了这个小型意外事件，剩下几次考试她和顾予临都很稳定地留在了三班，一切看似都在往好的方向发展——直到夏阮再次考了进来。

夏阮的位子离他很远，其实本来没什么大问题，直到那晚班上电卡用完，她抓着把小扇子去找老师问题目，走了几步忽然被人从身后拍了拍肩膀，夏阮笑眯眯的脸出现在视线中："江同学，你手上扇子这么多把，借我一把扇一下呗？"

她手上哪儿有很多把，不过是每个扇骨上贴了片小扇叶，拼起来才是把折扇罢了。

江筱然没理会这人的无聊发神经行为，径自走进了办公楼。

再回教室的时候，就发现教室里空空荡荡，顾予临已经不见了。

他说好要等她下课一起回去的。

她有点奇怪，问了打扫卫生的值日生，那人瞳孔一缩："你不知道呀？你前脚刚进办公楼，站在楼下的夏阮就被顾予临拎着领子拽走了。"

……拽走了？！

不用想也知道二人间剑拔弩张的氛围，高考将近，万一今天打出个三长两短要休养几个月，那就全完了……

她咬了咬下唇，焦急地追了出去，叫上李嘉垣一起，最后在废弃的篮球场找到了二人。

他们扭打在一起，难分胜负，拳头和腿是少年最灵活的部位，处在这么个荷尔蒙爆棚的时期，自然是拳拳到肉攻击凶猛，看得江筱然心惊肉跳。

她看到顾予临脸上已经挂彩，无暇关心夏阮如何，盯着他嘴角的伤口喊道："你们俩疯了是不是！顾予临！别打了！"

李嘉垣和其他几个男生费了好大力气才把二人分开，但二人很明显都没打够，顾予临仰着下巴喘息的时候，目光还是阴沉地落在夏阮身上。

两个人的气焰没有全收，在等待一个时机，再次喷薄而出。

江筱然立刻意识到这一点，她什么都不管了，站在顾予临面前："你还要打就先把我打死吧。"她闭了闭眼，"打死我你们再打，不是厉害吗？"

"……"

话一出，剩下四个人全愣了，没见过这么嚣张又直白的劝架方式。

见顾予临不说话，她直接抓着他的手往自己身上打："快啊，来打死我啊，不是很有兴致吗？从学校跑到这里打架，我跟你说，你们俩要打死在这里指不定都没人来收尸。"江筱然气冲冲地看着他的脸，"脸都肿成这样还打，你以为你是超级马里奥顶两下还出金币吗？"

顾予临先是蹙眉看向她，半晌之后反应过来，竟然没憋住，倏地笑了。

"好笑吗？"江筱然又急又气，"架到底有什么好打的？作业还不够多吗？老师还不够烦吗？教导主任还不够啰唆吗？"

送我回家还不够有趣吗？

——当然，这句话没说。

剧情发展到这个情况，她估摸着也差不多了，见好就收，于是挥手离场："行了，我走了，你们自便吧。"

顾予临跟夏阮其实也没什么深仇大恨，只是少年意气总是来势汹汹，针锋相对到一定程度，无法像成年人一样自我化解情绪，只能通过剧烈的碰撞来抒发胸臆。

江筱然见多了这种情况，也知道很多朋友都是不打不相识，所以没太当回事，毕竟不知道哪天二人又可能走到同一条道上，只是当下，还是难免被情绪支配得胸闷气短。

走了两步，她突然回头，对着站在原地的顾予临道："怎么，还不跟上来，让我一个人回家吗？"

他哑然失笑，不清楚气氛怎么忽然就变成了这个样子，垂眸摇了摇头，跟上她的脚步。当然是不能让她一个人回家的。

夏阮舌尖抵了抵口腔壁的软肉，见他们就这么走了，心里还憋着一股气，尤其是看她牵着顾予临说要包扎的模样，忽而哂笑出声，玩世不恭又不咸不淡地问："江筱然，你还真以为你自己是救世主啊？"

话不太好听，但她看了看一边的顾予临，点了点头，居然应了："对啊，我可不就是救世主吗？"

她的世界，好像也就他一个人。

救起来了，就繁华光明；救不起来，就放我跟他一起沉沦到底吧。

一刻钟后，救世主带着自己唯一的信徒坐在了公园的长椅上。

女孩子到底还是心软，天大的不快都没有他的伤重要，她买好了药，放在身侧。

虽然是这样，她还是很愤怒，在顾予临开口之前抢先道："我还是很生气，只是顺便给你上个药，免得你出问题。"

"嗯，"他应着，"但是我会出什么问题呢？"

"我管你出什么问题，"她抬头示意，"手过来。"

她拿棉签蘸酒精，在他的伤口上滚了一圈，棉签顷刻被染红。

她极力想让自己看起来不近人情些，可话说出口，又掺杂着嗔怪："痛不痛？"

他没说话，她又拿出刚买的熟鸡蛋，剥好之后抬起他的下巴，把鸡蛋放在他嘴角处轻轻滚着，用来消肿。幸好他脸上瘀青不多，敷一敷搽点药，应该很快就好了。

软软的蛋白在嘴角轻柔滚动，她的指腹也是软的，顾予临不由得勾了勾唇。

见他嘴角动了动，她立刻担心地问："痛吗？"想想觉得太温柔了，又恶狠狠地道，"痛也给我忍着。"

"不行，"他忽然看向她，不知是在说什么胡话，"我忍不了。"

合着夜晚有节奏的虫鸣声，她的心跳没来由地漏了一拍，半晌后轻咳着挪开目光："说什么乱七八糟的，别说了，我现在拒绝跟你——"

顾予临倏地凑近："嗯？"

江筱然本来认为这件事自己掌握了足够的主导权，毕竟一开始她就十分非常以及肯定的有气势，但被他冷不丁一打断，如同气球被人松了口，底气毫不意外地流泻了大半。

她轻咳一声，试图找回自己的气势："我说我气消之前拒绝和你做……"

偏偏讲到这个字被他截断，打住，他头更低了些，几乎与她平视，眼睛里装着浩瀚的星空和翻涌的海浪。他的呼吸几乎快要触到她的唇角。

没有人能拒绝盛世美颜，颜狗江筱然也不能，于是她僵在当下，眼睁睁看着顾予临又凑近半分，尾音半咬，声音放轻，鼻音浓重又带着一丝缱绻，听起来竟像是在撒娇和诱哄："不要拒绝我嘛。"

那一刹那，星空翻转倾泻而出，海浪拍打堤岸，狂风骤雨，斗转星移。

江筱然感觉自己像个炸药包，轰地被他旖旎低沉的尾音点燃，然后被炸上天幕变成了一堆游走在云盏中的碎片。

如同电流窜过全身，她禁不住抖了抖，呼吸和动作全都不自觉地放轻，小心脏颤了两下，有点想哭。

她也太没用了……

人家随随便便用自己的美色和磁性嗓音诱哄了那么两句，她居然就又被收买了，一点气都生不出来了……

回过神来之后，她愤恨地把药全部甩在椅子上，气冲冲地往前走，走出几步后又气鼓鼓地回头道："还坐那儿是准备今晚在这里打地铺吗?!"

顾予临意识到她气已然全消，收好药装进袋子，而后笑吟吟地跟了上去。

二人的影子一长一短地交叠，步伐在夜色里，像是伴奏。

越走越靠近孔明灯燃放的地点，橙色的光几乎就飘荡在她周身，给人一种极不真实的、仿佛下一秒她就会随孔明灯一同飞起来的错觉。

她抬起头，睁大着双眼欣赏这晚的夜色。

这晚的夜色啊。

那晚之后似乎有什么变得不一样了，但她琢磨来琢磨去也说不出到底是哪儿不一样，便放弃了琢磨，继续和高考模拟题战斗。

很快又迎来了一场篮球赛，并且夏阮和顾予临都在场。

球赛在周末举办，是和一中的友谊赛，但两所学校素来不和，一场简单的球赛也打出了点硝烟弥漫的味道。因为夏阮在场，所以顾予临没上，上半场输得极为惨烈。

江筱然和顾予临坐在一块儿看，后面就是一中的部分啦啦队，此刻正阴阳怪气地踩一捧一："之前就听说德高球赛打得好，看来也就这样嘛，还是不如我们大一中，我们果然是德智体美全面碾压他们。"

后来中场休息，夏阮去洗手间，路过一中学生的位置时激起一阵议论，还被人踢了水瓶。夏阮脾气也暴，当即就踹了回去，若不是被其他人拦着，只怕又要打一架。

教练再次找上顾予临："你真不上？你看他们都被摁在地上摩擦了。"

说话间，还有对面的人朝这边竖中指，嚣张得很。

学校骤然落于任人揉捏的下风，私人恩怨仿佛也显得不再重要，顾予临少年意气当然忍不了，脱下外套抬眼道："上。"

一开场顾予临就进了几个球，打得对方措手不及，一中的啦啦队也颇有些傻眼："不会要神反转了吧？"

江筱然认真仔细地看着顾予临跟夏阮的动作，生怕二人又起争端摩擦，结果发现这两个人不针锋相对了，好像还有点同仇敌忾抵御外敌的意思，甚至都配合着……进了两个球？

果然，德高面前无仇敌，他们此刻是为学校的荣誉而战，首要任务是将比分扳回来。

比赛快结束时，看着比分差，江筱然一颗心又不由得提到嗓子眼，屏息去看。

夏阮正在发一个边际线球，鹰隼般锐利的目光找到了正伪装跑位的顾予临，两个人微微对上目光，顾予临几不可察地点点头，像是确定。于是紧接着，夏阮的传球精准如手术刀，他将球轻轻往上一抛，顾予临从场上高高跃起，接过，一记扣篮——比赛结束。

场下人头攒动，大家高声欢呼："居然真的进了!! 我们赢了!!!"

果然最了解你的只能是你的对手，她没想到夏阮和顾予临会这么有默契。

球赛结束之后的庆功宴上，二人虽然还是坐得很远，但难得为球赛好好聊了两句，还夸对方打得不错，江筱然扬起一抹老母亲般的微笑。

饭局散场之后江筱然和顾予临沿着长街散步消食，聊起夏阮身旁有了新的角色，她才发现这一个月夏阮的确没怎么找自己了，好像那次打架过后他就彻底放下了她，有了新的生活轨迹。

"其实他以前对我什么感觉我也说不准，也许只是想和你对着干。既然他已经回到了自己的人生里，你们就不必视对方如仇敌了。"江筱然又补充道，"毕竟总打架也不好，你们还是一个篮球队的，和平为上。"

他"嗯"了声，没什么情绪。

他们边走边聊，绕着篮球场走了好几圈，正准备打车离开时，忽然听到拐角处传来辱骂声，还有一阵铁质物品相打击的声响，听着就让人有些胆寒。

"怎么不继续骂了？以前往我这里砸水瓶的时候不是挺嚣张的吗？你们德高的就这点本事，不在你的场子就牛不起来了？"

紧接着，夏阮的声音传来："要打就打，有种单挑！"

她很快明白过来，应该是球赛中场休息时和夏阮起了争执的人，此刻将夏阮围堵在了这里。

顾予临微微皱眉，往巷子里看了一眼，然后将江筱然塞到百米外的烧烤店内："你就在这里等，不要过来。"

"你要过去啊？"

"我过去看一下情况，这里人多，他们不敢怎么样。"

江筱然握着手机："要不我报警，你就别去了？"

"报吧，但是在警察来之前总要去看看，免得夏阮被打废了，人命重要。"

安抚好江筱然，顾予临很快抵达巷内，那会儿战局正激烈，有人手上有把生锈的铁棍子，夏阮孤身一人，难免分身乏术，虽处于下风却不肯认输。

那个人抄着铁棍子就准备往夏阮头上打，顾予临及时冲过去伸手拦住，铁棍狠狠打进他掌心，痛得发烫。

但很快他收紧手掌，用力，趁那人没反应过来，把铁棍抢了过来。

那人手上一松，意外地笑了下："夏阮，你朋友来帮你了啊，说好单挑的呢？"

"你们三个人对我一个都打不过，还有脸开口说话?！"夏阮竖中指，"怎么，眼看打不赢就抄棍子打你爸爸啊？"

夏阮说完朝顾予临微微点头："谢了。"

夏阮刚点完头，那边几个人又扑了过来，直到一声叫喊越过杂物堆，笔直而坚定地传了过来："顾予临！"

顾予临看到江筱然飞速冲到巷子口，心口一紧，瞳孔骤缩，却在看清她身后的人之后松了口气。

不知道她从哪里找来了几个警卫，那三人光是看到这些彪形大汉就有些发怵，他们来不及确认什么，怕进局子，立刻丢下棍子骂骂咧咧地走了。

幸好有惊无险，夏阮虽然受了点伤，但都是皮外伤，他自己料理完之后，三个人就一起……踏上了吃烧烤的路途。江筱然感觉人生真是一波三折。

夏阮点了不少东西，最后道："今天我请客啊，感谢一下你们。"清清嗓子，他继续说，"不是顾予临，我刚才可能就被爆头了，幸好你用手帮我挡了……"

"用手挡了？"江筱然飞快转过头问顾予临，"你手受伤了？"

顾予临安慰她道："没什么，小伤。"

看到伤口之后，江筱然坐不住了："你伤这么重刚刚应该告诉我啊，我们可以买点药啊。"

"没事，等它自己恢复一下就好了。"

她重新坐下："好吧，假如严重了你一定要说，伤到右手会影响写字什么的吧……"

他失笑道："知道了，真没事。"

三个人吃了一会儿，聊了两句，烧烤店里暖色的灯光让人感觉暖融融的，气氛也和谐了起来。

"说实话，"夏阮举杯，对顾予临说，"我一开始挺烦你的，因为觉得你特装。看你不爽就想打架，结果你又不跟我打。你越不跟我打，我就越想打，就想找你的麻烦。

"后来你的麻烦找不了了，我就去找江筱然的麻烦，可能给你们造成了一些困扰，我在这儿道个歉。"夏阮继续说，"我之前可能对江筱然动了点心思吧，但是慢慢地，其实也就没什么了，你们以后看着我也不用硌硬，我这个人一般有什么说什么。这两件事之后，我觉得你这个朋友值得交，之前是我太小心眼了。

"你要是也愿意跟我当兄弟，咱们就喝一个，之前的事就都不算数了，以后是兄弟。"

三人举杯碰杯，有酒在交撞中越过杯沿洒了出来。

他们都不在意，围着桌子肆无忌惮地笑。

上弦月挂在空中摇摇欲坠，落下满地清辉。

这世上的年少时光，从来都美艳动人。

球赛事件后一切发展得越来越好，夏阮跟顾予临冰释前嫌，真的做起了好哥们儿。

他们很快在机械的生活中迎来繁忙的高三，虽然课业负担重了很多，但偶尔也会出去放松。

那天她在家写历史作业，窗户忽然被石子敲了两下，她打开窗，心虚地确认房门关着父母没来，才看到他扬扬手臂："下来，带你去抓娃娃。"

娃娃难抓已经是众所周知的事情，所以当她站在电玩城门口时，确认似的问："真能抓到吗？"

"能吧，"他无所谓道，"我看了教程。"

"教程上说了技巧吗？"她殷切地问。

"说了，"他掏钱买币，"技巧就两个字——有钱。"

怀揣着这个"任何事都很通用的技巧"，两个人很快找了个娃娃机，开始抓娃娃。

他认真操控，她就在旁边叽叽喳喳。

"移过去一点，让它自然下降，听说这样抓力最大。"

"抓身体露在外面多的部分啊，对对对，抓那个头大的。"

没抓几次，顾予临就掌握了要领，甚至在抓到几个娃娃之后问："有没有特别想要的？"

她伸手指："你身后的那个熊。"

他从杯子里拿出五个币，一个个放进投币口里，白皙的手指靠在银白色的投币口轻轻敲击，指尖似乎翻出皎洁流光来。

调整好位置，等待爪子自然降落的时候，他似是来了兴致，玩笑般问："要是我跟这个熊只能选一个，你选谁？"

她笑眯眯的："那肯定选熊呀。"

她话音刚落，爪子徐徐降落，堪堪要抓到之前，他抬手摆弄了两下，爪子抓了个空。

少年状似遗憾地耸肩，笑得月朗风清："没有熊了，你只能选我。"

后来围观的人渐渐变多，顾予临抓得又多又准是一个原因，另一个原因则是他长得好看，不少人都围着在拍照。

甚至还有人就在她旁边小声讨论："旁边那个是他女朋友吗？"

"肯定是啊，不然抓娃娃干吗？"

她回头摆了摆手，想说不是，结果还没来得及开口，就被顾予临拽往了下一个娃娃机："别分心。"

江筱然摸摸鼻子："……噢，好。"

可转念一想，负责抓的人是他，她不就是个围观的吗，哪有什么分不分心一说？

离场时工作人员凑上前来，说他们战利品丰盛要拍照留念。照片即拍即出，工作人员又将照片钉在了墙上。

"这面墙的照片不会换的哦，你们过几年可以再回来看的。"

"过几年……"她喃喃，不假思索地脱口而出，"过几年我们还会一起来吗？"

迎着日光，少年笑了笑："会啊。"

周末过完之后，次日一大早班长就发起了上周的数学卷子，江筱然打开一看，她120。

班长又挤眉弄眼，走到顾予临身侧下发另一张："情侣分数耶。"

江筱然侧过头，发现顾予临也是120。

很显然顾予临并不满意："我写的都是对的，为什么没拿满分？"

江筱然看了一遍，发现他整张卷面确实没有一个叉，答案是对的，扣的都是过程分。

她说："过程也要写的呀，你是怎么算出来的，要把步骤排上去。"

他答得轻松而淡然："很显然，$y = 28\sqrt{3x-7}\sqrt{77}$。"

江筱然道："这么容易？一眼就看出来了？"

他点头道："对啊。"

她颇为悲凉地趴上桌面："我也想掌握一眼就能看穿最后一题最后一问的能力。"

顾予临转了转指尖的笔，而后道："那不如今晚的补习跟我一起上？我的家教很擅长教这种题目。"

今晚的……补习……又跟他一起上？

想到上次被他抵在门边的惨况，江筱然轻轻抖了抖，顾予临一眼看穿，瞧过来："怎么了？"

为了显得自己坦坦荡荡，她虽耳骨发热，还是硬着头皮道："没什么，行啊。"

放学之后江筱然先回家，发现父母参加单位聚餐去了，如此一来只要早点回家，时间还是够的。

吸取了上一次"补习"的教训，江筱然这次做了两手准备，她跳到衣柜前，开始选衣服。不管这次有没有"家教课"，准备都是必须的。

最后她选了条纱裙，白色的，尾摆绣了简单又大方的小贝壳。

换好之后，江筱然装模作样地带了一本书，又在书上扣了支笔，带好钥匙这才出门了。

刚走到车站，她听见身后传来恨铁不成钢的对话声："谁大晚上邀请异性去自己家学习啊？就是变相约会烛光晚餐好吗，你给我清醒一点！"

她心思一抖，极力说服自己保持一颗平常心，将脸部状态调整到一贯表情，可路上仍旧忍不住幻想顾予临看到自己这番模样时的表情……

江筱然已在努力控制，可无奈有些东西即使关住了嘴巴也会从步伐中流露出来，无可避免地，她整个人被一种轻盈的美妙感包围，步履都轻快了起来。

路程的后半段，她不自觉地加快脚步，偶尔有人向她投来目光，那感觉也不差。

最后，她竟然一路小跑到他家门前。

站在门外平复了一下呼吸和心跳，她伸手顺了顺自己的头发，深呼吸，伸出手指感应指纹锁——嘀，门开了。

她无意识地紧了紧拳头，竟然有种下一秒就要上战场的紧张感，呼吸有些紊乱，猜测他会说什么、做什么。

她转过身，为了刻意拖长时间，慢慢地将门关上。伴随着落锁声响一同传入耳朵的，还有拖鞋走在木地板上的嗒嗒声。

他要出来了，江筱然喉咙发紧。

脚步声停下时，她蓦然转身。

书房门口站着顾予临，没等她摆出一个温柔自然的微笑，顾予临的身后，又探出一个戴眼镜的中年男人。

"……"

沉默……是……今晚的……康桥……

空间内顷刻陷入诡异的安静，顾予临看向她的目光中略带错愕，而家教老师则陷入呆滞，两道视线同时落到她身上时，她终于明白了喜剧电影里突如其来的尴尬沉默有多么致命。

身处尬视现场之中，江筱然冒出了想下地狱的念头。

更可怕的是，她一路飘飘然，根本没想到，假如家里真的有家教，她该如何完美地自圆其说。

于是她启了启唇，无语凝噎了。

还是顾予临最先反应过来，同身侧的老师介绍："这就是您夸过的那个，过程写得很好的我同桌。她叫江筱然。"

"啊，"老师推推眼镜，赞许道，"江同学的字很好看。"

江筱然尽力摆出一个和善的微笑："谢谢老师，听顾予临说您讲课讲得很好，我来听一下。"

"好的，来吧。"

老师率先转身回到书房，只剩顾予临站在门口。

他倒也没看她，只是把头低着，细碎刘海儿的遮挡间，隐隐泛出嘴角那点笑意。

江筱然装没看见，壮着胆子往书房走，拼命给自己洗脑自己只是穿了一件正式的衣服而已，没问题的。

快踏进书房的门，他伸手，一把拽住她的胳膊。

她不得不侧头，就看到他眉眼带笑，整个人神清气爽得像是刚洗完澡。他比口型，小声问："你穿成这样来干什么？"

江筱然咬牙，抬脚狠狠踩了他一下，觉得不解气，又伸手去掐他。

越用力他越来劲儿，最后他整个人克制不住地笑开，像四月纷飞的柳絮，扫在她眼皮上。

她愤愤走入书房，顶着双重目光的压力，好不容易熬过了这为期一个半小时的家教课。

老师站在门口同他们作别："那我就先走啦，你们俩……"

"没有！"意识到老师意有所指，尴尬的江筱然赶紧随着他的步伐一同踏了出去，"我也要回家的！老师，我们一起走吧！"

对着老师镜片后锐利的目光，她再次解释："我真的只是单纯来上课的！"

"人家也没说什么，"面对着她的欲盖弥彰，顾予临沉声笑，拿起一边的东西，"我送你。"

不是你们，是你。

江筱然一张脸烫得可以煎鸡蛋，实在不好意思再和他共处一个空间，火速绕下楼梯："不用了，我走了！"

少女跑得快，声音在空旷楼梯间缭绕回荡，拉出立体的维度。

顾予临半倚着门框，停顿了几秒，忽而勾唇笑开。

临近高考，时间被压缩得越来越短，百日誓师和成人礼如期而至，倒计时被人擦了又添，从十位数降落到个位数，最后变成——距离高考还有三天。

离校之前同学录漫天飞，大家珍惜着这最后一次的相聚时间，毕竟很多人考完就出去旅游，成绩单找人代拿。

除了同学录，签校服也是非常有纪念意义和仪式感的一件事，一般来说大家会在自己的校服外套上收集全班同学的签名，签名的地方很自由，后背袖口都行，但偶尔也会有一些指定的特殊情况——

譬如此刻，有女生怀揣着暗戳戳的心思，婉约地把自己的校服递到顾予临面前，红着脸指着某一处："学长，可以给我签在这里吗？"

"哟，"路过的好事者一语中的，"这是心脏的位置啊。"

签在心脏前的名字是怎样的分量，这一点无须多言，大家都知道。

顾予临当然也知道，他拿着笔转了个方向，跃过拉链签在另一边："不好意思，我只能签在这里。"

被拒绝的女生有点害羞，但还是道谢："好的，谢谢学长……"

等他签完，女生接过校服，低着头一溜烟地跑掉。

江筱然坐在桌边，双腿轻晃："顾学长人气挺高的嘛。"

他只挑眉，看着她不说话，伸出手勾了勾。

江筱然："要什么？"

"你的校服。"

她从桌边拿起自己被签满名字的校服，顾予临不知道她是什么时候背着自己弄的，看着那一大堆满满当当花里胡哨的名字，下意识蹙了蹙眉。

但是展开，发现不管前面被挤满了多少硕大的姓名，她左胸口心脏的那一块，始终保留着空白。

他低头噙笑，三两笔签了上去。

接到之后，她倒不乐意了，哼哼唧唧两声："谁答应你签这儿的啊？"

他很坦然："我自己。"

当天晚上，有同学做了特别煽情的MV，背景音乐放的是《北京东路的日子》："开始的开始／我们都是孩子／最后的最后／渴望变成天使……"

那时候学校已经没有再分班，大家在一起待了很久，又因为要共同奋斗拼搏，而产生了革命友谊。

很多女孩子走的时候眼眶都是红的。

江筱然背起书包，跟顾予临小声说了句："走吧。"

一切都是一样的，一样的云，一样的夜，一样的不够亮的灯光，一样的路途和一样的人声鼎沸。

仿佛这样的一样过后，大家第二天，还和以前一样，坐在一样的位置上。

高考如期而至。

后来当江筱然回忆起来，总是记不清那几天具体是什么样的。

只记得自己早早到了考场，坐在外面的花坛上看那种知识点的小册子，一边看一边背，试图记住一些考点。

母亲在她旁边陪着她，顾予临就坐在她对面，只是坐在那里，就让人很安心。

预备铃响起，大家挤进校门，她和顾予临肩头短暂地相撞了一下，江筱然转头："高考加油啊。"

"嗯，"他的发丝被滚烫日光晒软，"B大见。"

历时两天的高考终于在紧张的气氛中落幕，从考场走出来时，她整个人长长地松了一口气。

"毕业啦！"赵嘉映忽然搭上她的肩膀，"走啊，去吃饭！"

她回头，似乎想找什么："……就我们俩？"

"当然不是，他们找车去了，"赵嘉映挤挤眼睛，"怎么啦，没有顾予临就不去吃了呗？"

江筱然没理会她的贫嘴，又听到赵嘉映在耳边意味深长地道："毕业啦，有没有特别想做的事？"

江筱然道："听你这语气，是替我安排好什么了吗？"

"谈个恋爱，嗯？小江同学？"赵嘉映嘿嘿笑，"毕业可以恋爱了哦。"

说话间，一辆专车行驶到身前，顾予临摇下车窗："上车。"

赵嘉映还是笑个不停，一把将江筱然推往顾予临身旁，自己坐在最边上。

解放的第一顿，他们去吃海底捞，江筱然刚夹起一个虾滑，听到赵嘉映说："筱然是不是要过生日啦？"

"嗯，"她把食物在料碟里滚了圈，"怎么？"

顾予临也在这时候发问："想要什么礼物？"

赵嘉映神秘一笑："男人。"

话没说完，被江筱然狠狠踩了一脚，赵嘉映整个人直接蹿起来："怎么，被我说中心事恼不可遏了？"

江筱然捏着她的脸往她嘴里塞了一块西瓜："吃饭吧，别说话了。"

赵嘉映又从鼻腔里哼出几句："明明就被我看穿，还不承认。"

她懒得回应，顾予临也只是在一旁低声笑。

吃完了高考宴，接下来就是放榜日。

高考成绩的发布比她生日来得更早，具体的时间却众说纷纭，江筱然索性也没管，看转钟时没出成绩，继续倒头就睡。睡到早上六点多，迷迷糊糊看了看手机，又刷了一遍，发现成绩出来了。

她立时清醒过来，拿着手机慢慢往下滑，准备接受老天的审问。

分数还没看到，顾予临的消息就发过来了："醒了？你642。"

江筱然心脏一紧，又骤然一松，歇了口气，还没来得及问"你呢"，他的消息很快跟来："我650。"

江筱然如释重负地瘫在床上，发了几个感叹号过去。

顾予临道："可以上一所大学了。"

看到这句话，好像比看到自己考出满意的分数，更高兴。

她悄悄弯了唇角，埋进枕头里无声无息地笑。

母亲很快进来让她查分，听到分数后也欣慰地拍了拍她的脑袋："值得奖励。"

"奖励倒不用了，"她笑眯眯道，"放我出去玩就好了。"

"去吧。"毕业后母亲就对她采取了放养政策，"十点前回来就行。"

双嘉不仅名字像，考的分数也很有默契，都是628，当天下午他们四个一边玩桌游一边商量学校和专业，江筱然决定报中文系，她一直很喜欢写小说，最初和他相遇的时候，好像也和小说脱不开关系。

而赵嘉映最终也决定报中文，李嘉垣随意，顾予临将目标锁定在数学系，江筱然敬他是条汉子。

出成绩后他们回学校拿成绩单，由于一路走一路闹，四个人都迟到了。

班主任在讲台上笑吟吟地看着他们："我就知道，你们几个肯定不简单。"

"就是！我不服！"班长在底下叫，"早恋都比我考得高！"

江筱然指尖一颤，立刻想开口解释，可惜一句"不是"还没开口，就被老师喊去位子上坐好。

好像每次想解释的时候都被打断，每次都没能解释成功。

算了，她想，有什么好解释的。

阳光在黑板金属的边角聚起高光，明亮的灯光把整个教室映得清晰明了。

班主任在讲台上说着最后的话："成绩出来了，大家肯定有悲有喜，但我相信大部分还是喜的……这是你们努力过的结果，以后的人生也是你们自己去把控，有分寸就好。多的我也不想说了，大家毕业快乐，好好玩，这是你们过得最长的一个暑假了！毕业了！"

男生们激动地站起来，拿出早就准备好的卷子撕得稀碎，最后大家全部放开了，在飞扬的白色纸屑里互相打闹。

江筱然坐在桌子上，感觉顾予临也翻了过来，坐在她身边。

她侧身笑着看他，他身后的法国梧桐长势正旺，绿意盎然。

他伸手过来，揉了揉她的头发。

尽兴之后，班主任站在门口温柔一笑，讲出的话却很残酷："卷子谁撕的？留下来做清洁，不然不发毕业证了啊！剩下的放学！"

为首的几个男生看着教室的惨状，鬼哭狼嚎："不要啊！！"

一栋楼都热闹无比，大家陆陆续续走出教室，参加毕业活动。

礼堂有舞蹈部组织的毕业舞会，李嘉垣有事要先回家，顾予临被陶老师叫去了办公室，江筱然自然就被赵嘉映拽去了活动现场："就你一个了，你必须陪我。"

赵嘉映在里头玩得尽兴，江筱然就坐在旁边的餐点台前，一边喝着饮料一边给她拍照，打算回去做成表情包发给她。

正当她给赵嘉映的图片裁剪加字的时候，旁边忽然又覆下一道人影，她转头一看，是好久不见的夏阮。

夏阮也发现了她，手中捏着粉色的信封，低声道："你帮我看看？等会儿我要送的。"

"送谁？"

他用眼神示意正端着面具忙前忙后的小学妹。

"可以呀，泡学妹。"江筱然道，"你还会写情书这种东西？"

夏阮和顾予临的关系已算不错，还经常约着一起打球，夏阮也没再找过她，想必大家已经变成了普通朋友的关系，她便没再避嫌。

夏阮说："就是不会写才让你帮我参谋啊。"

"行，"她伸手，"让我看看。"

替夏阮在情书最后加了句点睛之笔，又担心这人写错字，她盯着他写完，才把手上的信封还回去："去吧，祝你成功。"

夏阮："绝对成功。"

她刚递出信封，就听到顾予临在身后叫了叫自己，他一把抓住她手腕，似是有话要说，"我们回家。"

她哽了下："但是嘉映……"

"李嘉垣等会儿会来找她。"

"噢。"她匆匆忙忙应了声，被他从位置上拽离。

天色已晚，沿途都有些沉默，顾予临像是在思考着什么，始终一言不发。

江筱然有点发怵，还以为是自己递信封给夏阮被他看到误会了，琢磨着应该也不至于啊，就那么贴着墙壁一小步一小步地走着，心里打着鼓。

就在她心虚的时候，顾予临脚步忽然一顿，转向她，将她压在了墙面上。

壁……壁咚？！

她突然一蒙，吓得整个人鸡皮疙瘩都浮起来了。

他缓缓垂下头，沉声道："江筱然，我给你个机会。"

江筱然瞬间汗毛倒竖，明明也没发生什么，可听他这个语气万分危险，她倒有些退缩了："不行，我不要！"

他捏住她的下巴，停止她这个晃脑袋的动作："这个机会很宝贵……"

她伸手想去掰他的手指，无奈他力气大，她根本扯不动，只能不痛不痒地打了两下他的手背："不行，再宝贵我也不要！"

他扣住她一只手的手腕，高高举起，按在她身后的墙壁上，她还不安分，他索性把她两只手捏在一块儿，一并按在了墙上。

所以现在这个情况是，江筱然双手高举，被他挟制着，她身后是冰冷的墙，身前是少年血气方刚的肉体。

她瞬间没了安全感，下意识缩起脖子。

顾予临伸出手，指腹贴上她喉头，一路滑上她小巧的下巴，这个动作让她下意识抬头去看他。

路灯光线微弱，一切都不如这个人来得更鲜活、亮眼，他的双眼在表达诉求，是渴望、压抑和期待。他倾身而下，遮住她所有多余的视线，让她的视线范围内只剩下自己。

他声音喑哑，带着蛊惑人心的语调："现在有一个成为我初恋的机会，江筱然，你想不想要？"

哎？！

江筱然睁着眼看他，连眨眼都忘了，呼吸也不自觉停了。

好半天，他失笑，叫她："江筱然？"

"啊？啊……"她呆呆点头，"是我。"

他又问了一遍，薄荷味儿的气息盈满她鼻腔："你要不要？"

江筱然花了一秒辨认这不是梦，花了一秒想起自己转到德高的原因，花了一秒盯着他的唇瓣看。

她舌尖抵住上齿关，无意识地点着头，几秒后才想起用干涩的声音回复："……要的。"

他的吻不知道是什么时候落下来的，带着少年唇齿中微微发凉的薄荷味儿，像在喝一杯被调好的薄荷果酒，唇齿和舌尖微微烧灼，头晕目眩，腿根发软。

他的手指攀附上来，指腹托住她的耳后，轻微摩挲。

心尖随着这个动作微微发颤。

她睁开眼，看见顾予临低垂下的长长的睫毛，似一把小扇子，在她的痒肉上来回轻刷。

她微微抬眼，颊边泛红，眼底敛着一层水雾，显得清灵而娇俏，小声嗫嚅，似是确认："这个机会，我拿到了。"

他不禁笑开，俯身抵住她鼻尖："嗯，你的。"

全都是你的，机会是你的，我也是。

确认下关系的那个周末，江筱然迎来了自己的十八岁生日。

大概是确认关系后的第一个生日，再加上十八岁这个节点特殊，前一晚她竟然有点失眠，大半夜翻来覆去没有睡着。

正当她看着墙面发呆时，忽然又听到窗户上传来清脆的声音，如同有人拿着石子在砸，像是某个人的专属 BGM。

她翻开手机一看，刚好十二点。

将信将疑地拉开窗帘，伴随着微弱路灯的映照，一张好看的脸映入眼帘。

江筱然提着呼吸，做贼似的小心翼翼将外套穿好，关门时动作很轻，生怕吵醒了父母。好在他们睡得沉，她得以出逃。

少年就站在漆黑夜色之中，显得整个人更加颀长高挑，发丝被夜晚的风微微吹拂。

她小声问："你怎么来了？"

他提了提手中的盒子，笑道："给你过生日啊。"

"那也没必要十二点就……"话虽这么说，但她心里还是滋长起微小的欢喜，涟漪似的一圈圈扩散。

江筱然抿着唇，一点点笑起来，指向他手中的盒子："我们就在这儿开？"

"你想让我被你爸妈当场抓获？"他抬眉，"当然要换个地方。"

"当场抓获"这四个字很有灵性，仿佛他们做贼心虚问心有愧，之前和父母撒下"纯洁友谊"的谎轻易就会被揭穿。

她的心脏微妙地悬起，拢了拢外套跟上他的脚步。

最后二人又去了那个熟悉的公园，他们第一次脱离学校单独排练是在这里，她给他处理伤口被他反撩也是在这里，确定关系还是在这里。小小一座公园，却承载了二人之间很多的记忆。

燃起的蜡烛火光噼啪跳跃，熔化的蜡油沿着烛壁往下滴，她的心脏某处仿佛也被烤化，软绵绵地融成一摊。

她合上手掌虔诚地许过愿，然后将蜡烛吹熄。

第一愿是希望自己能永远做喜欢的事情，第二愿是希望大家都健康平安，第三……

三愿如同梁上燕，岁岁常相见。

见她许完愿，顾予临推上来一个盒子："生日礼物。"

他说得简单，她便也以为只是寻常的礼物，只是讶异于盒子之大："你不会送了我一个坦克模型吧？"看起来也像是他这种直男会做的。

顾予临沉默了会儿，道："不是。"

她撇撇嘴，轻快地打开，却是一愣。

最先呈现在她面前的，是个……小奶嘴？

盒子互相嵌套，她逐个拆开，陆陆续续看到了芭比娃娃、本子、钢笔等一系列随着年龄增长需要用到的东西，拆到最后几个，就变成了手表和项链。

这时候，少年终于坐起身来，看向她眼底："没有办法参与你之前的每一个生日，今天一次性补足。"

他沉吟半晌，似乎还有话想说，但终究没说出口，她又笑着逼问："还有呢？"

他咳嗽两声："希望你以后的每一个生日，我都能……陪在你身边。"

她轻轻抬了抬眉："准了。"

他是这样来弥补，她以前人生中他所缺席的时光。

就好像她也想拼命弥补他，在遇上她之前，人生里那段无所谓的空白。

他伸手去拿那条项链："上次看你穿裙子却没有项链，后来去商场，想着你戴这一条，一定很漂亮。"

他垂眸，把那条在灯光下泛着流光的项链戴到她颈间。

冰冰凉凉的触感，就好像是第一次牵手时，触碰到的他的手掌。

"还有手表，"他在她耳边说，"我这个人话不太多，假如以后你想听我这么认真地讲这么多的情话，恐怕很难了。所以我现在说的，你一定要认认真真地听着，记一辈子。"

她鼻头泛酸，低声答应他。

"好像……"他把手表扣在她手腕上，"是从你到来之后，我的时间，才真正变得有意义了。"

她心头蓦地一软，不敢呼吸。

他好像很少讲这么郑重的话，配合着这个独特的时间节点，恍然让人有种想要流泪的冲动。

最后，他沉声道："感谢命运把你带到我身边。"

她想，她也一样。

二人又聊又唱到了凌晨，她忽然想起什么似的问："对了，拿成绩那天，陶老师找你干什么？"

"说有两个选秀节目的名额，让我考虑一下，今天去找她拿报名表。"

"哪两个节目？"

"《余音绕梁》和《我唱我想》。"

她想了想："那我们先回去睡会儿，然后中午我再陪你去学校拿？"

顾予临微微颔首，"好。"

回去后她只睡了四个小时，可就在那么短的休息时间里，她还是做了一个梦。

梦依旧和顾予临有关，她梦到他参加了《我唱我想》，可这个节目尽是黑幕，前五名的位置都可以用钱买，顾予临不愿同流合污，明明人气和实力都位居前列，最后却连十强都没有进。他被淘汰的那期节目播出之后很多人都在说是黑幕，话题还差点上了热搜，又被节目组强行压下。就这样，他错过了一个很好的可以进入大家视野的机会，最终又混了好几年才被观众重新看到。

虽说是个无厘头的梦，但去学校的路上她都有些惴惴不安，总觉得《我唱我想》这个节目是真的会浪费他的时间、消耗他的才华。

很快，二人一同进入办公室，陶芸看见她时愣了下，江筱然这才想起："你们聊吧，我出去等。"

"没事的，"陶芸笑道，"筱然也一起吧，正好能一起选选。"

"还是我上次说的两个节目，《我唱我想》针对的是初高中生还有大学生，以造星为主，你的长相参加这个会很有优势。而《余音绕梁》是面对大学及以上年龄段人群，目的还是挑选真正有唱功实力的，你参考一下定位。"

江筱然咬了咬下唇，当然明白参加什么节目，就决定他往后要走怎样的路线。

从《我唱我想》出道，走的就是多数外形好的艺人所走的流量鲜肉路线，粉丝多来钱快，随便接几个代言就能赚得盆满钵满。但人的青年时期并不长，年纪一过就要谋求转型，而转型对偶像派艺人来说最难，转不好就只能见证自己一步步跌下神坛。

参加《余音绕梁》就没什么转型的困扰了，只不过拼实力的娱乐圈竞争激烈，而他又年轻……

顾予临看着报名表思考，陶芸又接着说道："这两年你帮学校拿了不少奖，自己写的歌也很出彩，各方面对你的评价都很高，还有电视台专门采访你。我能看出来你对音乐是真的热爱，也希望更多人能听到你写的歌，"她笑了笑，

"问句题外话，你写这么多歌，有没有什么很想做的？"

办公室里一下子变得很安静，江筱然握紧手里的水杯。

"有，"说到这里，他一贯散漫慵懒的目光突然变得坚定起来，嘴角轻轻上扬，带着自己不自知的笃定和希冀，"我希望可以作出一首歌，让别人不再觉得，中国的音乐是落后于时代潮流的。

"我希望和志同道合之人交换所有的才思，让所有人都能听到，我们中国人自己的音乐。"

顾予临这个名字，是否需要被熟知，在这个浩大的时代无须深究。

更重要的是，在渴望带领中国音乐不断飞奔的前路上，他不是一个人。

那些涌动的、汇聚的，哪怕是浅浅的暗流，只要拼死融合向前冲撞，一定会带来让所有人都无法小觑的光芒。

办公室内有片刻安静，最终陶芸笑道："你这么优秀，一定可以做到。"

"那你就和家里人商量一下，然后给我个答复吧。"

"嗯，"顾予临站起身，微微鞠躬，"我会好好跟家里人商量的。"

出了办公室，一阵热浪袭来。

江筱然顾不得热，在路上一边扛着热风攻击，一边问他："你想参加哪一个啊？"

"你能接受吗？"他问。

江筱然一时没明白他在问什么："啊？什么能不能接受？"

"我成为一个艺人这件事，"他说，"不止我承担的要变更多，或许我的女朋友，也会和常人有那么一点不同。"

她想了一会儿，可好像又没有犹豫："我可以啊，毕竟有些人原本就该站在舞台上发光发亮的。这是你想做的事业，我尊重你的所有选择。"

他居然会和她商量入圈这件事，意外之余，她又有点感动。

"回归正题吧，你想参加哪一个？"

目前《我唱我想》势头正盛，前几年都捧出了人气不错的偶像，而《余音绕梁》是个新节目，她猜或许顾予临会像梦里那样，选择前者，但她就是说不出地预感不好，正犹豫要不要说出自己的顾虑时，听见他道："应该去《余音绕梁》。"

江筱然为这合拍的默契愣了下，想知道他做这个选择的理由："为什么？"

他云淡风轻，就像在说一件再平常不过的事情："《余音绕梁》在 B 市海选录制，我可以抽空来看你。《我唱我想》太远了，不方便来找你。"

"就这？"江筱然不可置信地问。

他点头："能来见你，这个条件对我还不够有诱惑力吗？"

就这样啊，这就是全部了。

关于你的，全是最重要的。

江筱然后知后觉地"噢"了一声，看向脚下的马路。

顾予临道："假如没有你，我大概会去参加《我唱我想》，因为离这儿远。"

上车后，听见他继续道："我不大喜欢这个城市，以前留下来是因为这边的老师好，现在如果其他地方有更好的资源，我应该会选择离开。"

她皱眉道："你也不用因为我委屈自己……"

顾予临摇头："但现在不一样了，遇到你之后，我觉得这里的每个地方都很可爱，尤其是你待过的地方。"

他又说："时间也很可爱，和你一起的每一秒都很可爱。"

告白来得猝不及防，她眨了眨眼睛："你之前不是说你不爱说情话吗……"

"这算情话？"他蹙了蹙眉，仿佛也不太明白，"不是实话？"

她眉一抬。

江筱然没再纠结什么情话不情话的问题，道："你不是说还要跟家里人商量吗？等下要不要……"

他笑，嘴角微微往里陷，眼中光影重叠，连眉梢都挂上悦色："已经商量完了。"

她滞了两秒，这才反应过来，他从一开始说的"回去跟家里人商量"，就只是要跟她商量而已。原来在他心里，她是真的占有着很重要的位置。

面对着那么热爱的事物，他还能腾出理智来再三考虑她的想法，不只是说说而已，他的确将她纳入了自己未来的规划里。

江筱然心头一热。

锦绣未来长，她想，他们还有大把大把的好时光。

第五章

却敢去没天光的疯狂梦境

顾予临决定参加《余音绕梁》后，制片人非常欢迎，当晚连着给他打了三通电话，承诺他只要进了决赛后出道，节目组会安排好他的学业问题，保证他可以顺利毕业。

制片人在那边笑："你是上 B 大是吧？我跟你们校长是老朋友了，别担心，你成名了对学校宣传作用大着呢，只要以后每场考试你去参加一下，他不会卡着的。"

就这样，《余音绕梁》的初赛定在下个月十五号。

顾予临问她要不要去参加，江筱然说不用。

女艺人又累又苦还总是要担心被潜规则，还得明争暗斗抢资源，装姐妹情深为宣传，她受不了，就安安静静写自己的小说好了。之前做梦时赵嘉映说的那个梗，她反复思索之后觉得很不错。

于是准备初赛的那一阵子，顾予临练习的时候她就写自己的文章，当然更多的时间还是二人一起出去约会看电影打电动，把生活安排得井井有条。

很快，初赛就在充足的准备中拉开了序幕。

《余音绕梁》的赛制也简单，节目总共分五个赛场，B 城就是其中之一。

初赛，每个赛场有五个评委，还有六张 PASS 卡。

拿到 PASS 卡即为晋级复赛，无须继续参加初赛复选，而拿不到 PASS 卡的，需要再进行复选和终选两轮比拼，最后选出十四强。

加上有 PASS 卡的六个人，总共有二十人脱颖而出。

一个赛场二十人，五个赛场一共一百人。

复赛在一百人中大浪淘沙，选十三名优胜者，进行最后的决赛。

只要进入决赛，就有上电视的机会了，节目组会给选手好好包装一番，还会请好的老师来教导，力图让节目效果做到最好。

至于决赛就是看自我发挥了，每期淘汰一人，直到最后剩下三个人，进行总冠军的角逐。

这次比赛，不再是他们艺术节那般小儿科的比赛，节目筛选范围大，势必会出现许多能力颇高的选手。有很多选手都是科班出身，只是想要找一个地方展示自己。

但比赛越是有挑战性，顾予临越是跃跃欲试。

跳出自己那口小小的井，等待着他的，将是浩瀚又神秘的世界。

初赛，顾予临唱的仍旧是《朽》，江筱然虽然奇怪，但也没有干涉他。

刚到现场落座，她发现有些选手的粉丝已经不少，尤其是有个叫曲一的，有十几个人都是专程为他而来，举着他的牌子。

江筱然旁边刚好坐了个曲一的粉丝，那人给她科普说："他是酒吧驻唱歌手，唱好多年了，基本功很好。这是他第一次参加选秀，希望有一个好结果。"

她转头问江筱然："你是为谁来的？"

"我？"江筱然扫了一眼场上，终于也找到了一个"顾予临"的横幅，"后面那个，顾予临。"

你现在可能没听过，以后一定会知道的。

那女生点点头。

很快初赛正式开始，江筱然本还兴奋着，但初赛的质量毕竟良莠不齐，不是每个节目都能让人有继续听下去的欲望，她听着听着就有些昏昏欲睡，全靠一口仙气吊着。

眼见 PASS 卡只剩最后一张，她有些焦急地跺了跺脚，顾予临就在这时出场了。

他背着她送的吉他，眉眼干净，五官比例精致耐看，一双长腿都快高过话筒架了。

场地内的打光本不算亮，可他穿着件简单的白衬衫一出现，晦暗的灯光都好像因此明亮了几分。

看人先看脸，于是观众席上绝大多数的女性朋友沸腾了。

"这真的是唱歌比赛吗？确定不是在拍偶像剧？"

"按照我的经验，这么好看的人唱歌肯定很烂，你别抱太大期待了。"

场下的观众本有些疲软，但他的出现重新点燃了大家的热情，很多人重新认真地坐直了身子。

唱得怎么样不重要了，大家觉得，至少这么好看的人，不能要求太多。

顾予临长得高，站在话筒前，把话筒往上抬了抬。

别人做这个动作什么样，江筱然不记得，只知道顾予临做起这种简单的动作，也带着一种无法言喻的味道。

他很镇定，也很从容，整个人站在那儿，带着让人挪不开目光的气场，好似生来就该站上舞台。

"大家好，我叫顾予临，接下来为大家演唱一首原创歌曲——《朽》。"

话筒带着电流，裹着他低沉慵懒又带着点严肃认真的嗓音传遍录制现场。

他这种声音介于少年和男人之间，清澈又不老成，有种点到即止的、朦胧的美感。

他向来能够轻松操控身体中本相悖的特质，还能让这种感觉成为自己的特色，不仅舒服，而且惊艳。

果然，他才只说了一句话，前排就有人扭动起来，盛赞这声音简直多听一秒耳朵都会怀孕。

顾予临没有被尖叫声扰乱节奏，说完那句话之后，他朝江筱然笑了笑。

不重要，别人怎么想不重要，他的姑娘最重要。

笑过之后，他调整了一下吉他的角度，开始演奏。

他的声音确实很好听，配上音乐的伴奏，像山间汩汩水鸣，混杂着一两声清越的鸟叫，不疾不徐地传入耳朵。

他低垂着睫毛，扫着和弦，缓缓地唱着：

可所有的不朽／都是时间沙漏

命运忘记收走 / 留下一点甜头

当所有的腐朽 / 终将成为必修

我们步步回头 / 可已无人等候

后来终于懂得 / 命运所馈赠的

早已暗中标价 / 待你措手不及

待你无处憩息 / 终于全部失去

唱到这里，他的声音几不可察地顿了顿，过往种种溯洄而上。

他习惯失去，习惯离开，习惯自己以为的所有永垂不朽被命运抽走，他也曾以为，自己会这样度过一生。

但如果说还有什么是不朽的，如果说还有什么是值得相信的——伴奏的间隙，他猝然抬头。

江筱然感受到他的目光，也是一愣。

她其实不爱听他唱这首歌，原本的曲调有些压抑，虽然这一版改动了不少，但她只要听到歌词，还是会觉得难受。

每当听到，她都会想起他独自走过的那些岁月，感同身受他自己练习着成长的所有瞬间。

独立和温柔看似令人羡慕，但要走到这一步，需要经历的困苦和折磨不足为外人道。

那时候的他，是怀揣着怎样的心情才写下这首歌的呢？

江筱然嗓子有些堵，因为她猜到接下来，又是一段唱词重复。

正准备接受第二次窥伺他不安的灵魂时，江筱然感觉到乐声渐渐变化，竟带上了一丝轻快。

他在前面做了铺垫，此刻，正在做一个很自然的过渡。

他调整了一下，继续开口：

为你写的那首 / 却成为了不朽

记忆冲刷过后 / 依然为你保留

你让枯木逢春 / 而后万物始生

为我带来一寸一寸 / 化腐朽为神奇的吻

江筱然难以置信地倒抽凉气，最后捂住嘴。

……他竟然改了歌词？这一段她完全没听过啊！

场下的观众也感觉到曲调里微小的变化，但没有人舍得开口破坏这气氛。

顾予临在茫茫人海中准确看向她的双眼，几不可察地笑了起来。

假如还有什么是让他可以完全相信的——只能是她了。

乐声未停，他继续唱：

是因为你 / 才相信不朽

相信吹过的风 / 依然在你发间飘动

相信闪耀的星 / 依然在你眼中停留

相信那晚夜色 / 不及你生动

你是黄粱一梦 / 美得与众不同

一串旋律紧跟其后，而后收尾，整首歌完成度极高，流畅且情感到位，部分细节也处理得不错。

唱完后，他礼貌地鞠躬，然后抱着吉他离场。

台下响起震彻录音棚的掌声和尖叫声——竟然是情歌！

好似欲扬先抑，在大家接受了这首歌带点颓废的开头之后，先在内心定了一个灰色的基调，结果他完全不按常理出牌，拿橡皮把你原本定义好的颜色全部擦掉，告诉你，不听到最后，你永远不知道有什么样的惊喜。

千回百转，峰回路转，像是身处绝境之地，蓦然抬头，只见眼前山明水秀，柳暗花明。

整首歌就像一个故事，把一个人从孤独的边沿拉回热闹的尘世中，实在是很带感。

而且……情歌似乎有主儿了？他们刚刚清楚地看到，新晋男神对着观众席某处温柔又宠溺地笑，那样的感情说是爱又不完全是，比爱意还要再多上几分坚定和确定。

身为当事人的江筱然已完全石化了。

她做梦都没想到，顾予临竟然把原本悲伤压抑的歌给转换成了情歌，居然还是对她唱的……

赵嘉映用手肘推她："顾予临这词写得也太深情了吧，我是女的我一定嫁给他。"

江筱然："……你不是女的吗？"

"按照客观事实分析，我是；但在他眼里，只有你是，"赵嘉映搭上她肩膀，"对自己的定位认知清醒点，也嚣张点，好吗？"

身后的女孩子们沸腾大半，几乎都在尖叫。

"长得帅还会写歌会唱歌，这样的人是真实存在的吗？"

"太会唱了，而且歌的曲子也贼好听，刚刚他是不是看了我们周围的谁啊？我还以为在看我，白激动一场。"

"做什么梦呢，人家肯定看自己女朋友啊，让我找找到底是哪位幸运的小朋友居然能被帅哥写进歌里……"

就这样，附近一大帮人开始寻找歌曲的女主角，江筱然轻咳两声，发现顾予临已经回到了台上，接受评委的点评。

最先发言的是姚瑶，她在圈内以毒舌著名，喜欢的夸上天，不喜欢的一针见血、字字诛心。

可她对顾予临也是难得的赞许："你的切入点非常独特，词写得也很美，转折部分的处理虽然有些青涩，但很灵动。我很喜欢你音乐的感觉，非常不落窠臼。"

后面几个评委对他的评价都不错，姚瑶本来都准备发出最后一张 PASS 卡了，江筱然目光死死地盯过去，却听到有评委提议："还剩最后一位选手了，不如也请上来表演一下，再决定最后一张卡给谁。"

这么说来也算公平，于是江筱然眼睁睁看着那张卡又被塞进了抽屉里，紧接着，最后一个出战的是粉丝不少的曲一。

曲一也很高，下巴上蓄着胡子，踩着一双马丁靴，看起来就很不好惹。

江筱然没看错的话，上台前他才吐掉自己嘴里的口香糖。

曲一屈起手指蹭了蹭鼻子，这才示意可以打开伴奏，唱了首音非常高、转音也很多的《想你的夜》。他的唱功确实很好，技巧运用娴熟，一看就是漫长的驻唱生涯所带来的优势。

比赛骤然进入白热化阶段，一边是原创能力很强的顾予临，一边是技巧堪称完美的曲一，观众们都开始犹豫，就更别说台上的导师了。

最后一张 PASS 卡到底会归属谁，没人敢妄下定论。

江筱然下意识抬头去看顾予临，他也正听完这首歌，转了转身子，跟她的目光会合。

相隔这么远，她不知道他是否能读懂自己内心的焦灼和不确定，以及那点慌乱。

可他居然还是笑着的，在远处摇了摇头，对她说："别怕。"

她重新靠上椅背，闭了闭眼，自我缓解了一下。

是啊，不要怕，他已经很厉害了。

很快，顾予临和曲一并站在台上，而导师却因为曲一有了不同的意见。支持的很喜欢，体会不到的则说什么也无法点头。

"曲一技巧确实用得炉火纯青，但整首歌的情感太空洞了，你就像个旁观者，无法让人感同身受。"

"我不同意，我认为技巧之所以成为技巧，就是有着长盛不衰的生命力，观众永远是喜欢听爆炸式高音的，这一点无可否认。"

最后，评委们就"最后一张 PASS 卡到底给谁"展开了激烈的讨论。

"我肯定是支持顾予临的，他的歌让我觉得很愉快，很想听第二遍。"

"我认为曲一更能代表节目的综合水平。"

"曲一训练之后肯定能够技巧和情感兼得，注入情感是很容易的。"

"我支持原创音乐。"

"我也更喜欢顾予临的歌。"

…………

评委们讨论得热火朝天，底下的观众也开始押注，台下开始有人喊起了双方的名字，一时间场面沸腾，顾予临和曲一名字的叫喊声此起彼伏。

主持人赶快控场："好，大家安静一下，最后的结果已经商量出来了。"

此话一出，观众席果然安静了。

江筱然的心怦怦直跳。

"我们最后决定——"主持人看着镜头,拖长声音,"音乐不分流派,《余音绕梁》是一个充满包容性的节目,所以两位优秀的选手同时获得PASS卡!恭喜!"

虽然谁也没有赢,但谁都没有输,台下自然是一片欢呼。

"顾予临是真的强,跟这种几年的老油条比都没在怕的。"末了,赵嘉映总结道。

比赛完已经是下午五点多了,顾予临刚走出后台就被团团围住,要签名的呼号声不绝于耳,就连江筱然都被挤在人群外,略有些错愕。

这才唱了一首歌而已,吸粉能力就这么强了?

二十多分钟后人潮才散开,顾予临得以脱身,捏了捏眉心。

李嘉垣凑上去撞他肩膀:"这人气可以啊。"

他只是笑,俯下身牵起江筱然的手,手指牢牢将她扣住:"弱水三千,我只取一瓢饮。"

赵嘉映帮腔:"可不是嘛,后宫佳丽三千,三千宠爱在一身。"

"才三千?"李嘉垣不服,"比完赛之后顾予临微博粉丝三千万起步好吗?筱然马上就是拥有三千万情敌的人了,紧张吗?"

赵嘉映无语:"她紧张什么,她是正宫哎。"

"……嗯,有道理。"

四个人一起吃过了晚饭,这才各自回家。

顾予临送她回去的路上经过了公园,江筱然想搭观光车,顾予临也就陪她一起了。

不知为何,今天车上人很少,他们两个坐在后排,像单独开辟了一个小天地。

晚上的风扰得人渐渐有些困了,江筱然抱臂,轻声问他:"歌词的事……你怎么没有告诉我?"

"什么?"

"改了歌词,"她意有所指,"当时吓了我一跳。"

"为了给你惊喜啊,"他笑着说,"告诉你了怎么能叫惊喜。"

其实以前他对这种事并不上心，更没想到自己有一天会为了谁去写情歌，但遇到她之后，一切都变得不一样了。

他开始想要去学习一些简单的浪漫的小事，想逗她开心，想看她笑。

原本《朽》并不是一首情歌，但当他开始整理歌词的时候，脑子里却控制不住地跳出同她相关的片段：她一晃一晃的马尾辫、她笑起来时唇角和眼角的弧度、她在自己生病时陪在床边说不会走……

等他再提笔，便很自然地写完了这首属于她的《朽》。

江筱然将头轻轻靠上他肩膀，心绪起伏："歌很好听，我很喜欢。"

他喉结轻轻滚动，半天才回答一声："嗯。"

她继续说："所以我说，你这样的人生来就应该站上舞台嘛。不然别人看不到你，多吃亏。"

"可是只有你一个人看到我，不是很赚？"

"世上总没有能两全的办法嘛，"她皱起鼻子，"我也会努力站到你身边的，你等我。"

说完后她又问："复赛什么时候开始？"

顾予临道："下周。"

"复赛过了之后，没有休息的机会，马上就要开始封闭式训练了吧？"

许是想到即将分开一阵子，他到底没能把话说出口，只是点了点头。

他们是最普通的一对情侣，要为分离伤感，为未来展望，为彼此活成更好的自己。

她稍微倾了倾身，带着点鼻音道："就算再累，我们也不能放弃彼此啊。"

"嗯。"

"到了那边，不许跟女孩子多讲话。"她不依不饶。

"好。"

"每天都要看我的照片，在心里默念'江筱然是仙女'一百次。"

"行。"

她被他一本正经的回答逗笑了，退开一点，打趣道："今晚我说什么你是不是都会答应啊？"

"对，"他看着她，"你还有什么要求？"

她缩了缩脖子，像是有点不好意思，眼睑垂下去，很快又睁大眼睛，想了想，又闭上了眼。

她的眼睛是两道弯弯的拱桥，拱桥下垂着的帘幕，是河畔袅娜的杨柳枝条。

风吹开她耳边的碎发，把她小巧的耳垂露在夏夜的光影中。耳垂在暖黄色灯光的照射下，显出透明柔软的质感。

她带着点撒娇的语调说："那你亲亲我。"

他看着她。

她第一次说这种话，怕他不答应，自己很丢面子。而眼睛闭了半天，面前这个榆木脑袋还是什么动作都没有。

她忍不住偷偷掀开眼帘，只拉开一点点，看他眼中暗潮涌动，却一动不动。

江筱然觉得没意思，急于给自己找一个台阶下，刚好这时候车也停了，她急忙往下跳："不亲就算了……"

她气冲冲地往前走，可还没等到最后一个字说出口，就被人把身子转了一下，她低呼一声，后背碰上身后的小石狮。

他把她所有要说的、来不及说的，全部堵住。

她的耳垂像是他新找到的什么有趣的玩具，他用指腹轻轻地捻，缓缓地磨，上下揉搓，又慢慢地刮。

他的指腹上带着薄薄的一层茧，触碰她耳垂的每一下，都向她的身体传递心惊胆战的触感。

她不配合他，他全然是一个扫荡者，强势地侵入，像是攻下一座新城的将军，不留余地地搜刮每一样属于自己的战利品。

前面是他柔软的唇舌，后面是坚硬的石狮，石狮被人雕刻出纹路，深深浅浅的形状压在她背上。

这样的反差里，她被吻得头皮发麻。

好不容易退开一点，他不舍地啄了啄她的嘴角。

她揉揉自己的耳朵，很可怜地说："你老揉我耳朵干吗呀……都揉烫了……"

他眼里混着一层水色，低低地说："是吗？我检查一下。"

手又覆盖上来，在她耳骨那块，把她柔软的耳朵弯出一个小小的弧度，松手，耳朵像海绵，弹回来，又恢复了原状。

他又玩了两次，沉沉地笑，像是喝过酒的人，声音都染上低醇的度数。

"你这什么恶趣味啊……"江筱然伸手捂住耳朵，"越揉越烫了……"

好不容易甩脱这对她耳朵情有独钟的人回了家，给他报了平安，她站在玄关处换鞋，听到母亲惯例询问："出去干吗啦？"

"给顾予临初赛当观众加油去了。"

她常常出去，母亲便也对"顾予临"这个名字很熟悉，此刻听她说完，母亲道："你看人家本事多大，你呢，你也找点喜欢的事做呀。"

她撇撇嘴："我这不是在写小说吗？"

母亲手指一点，指向自己正在看的电视剧："我什么时候能看到你的小说改编成影视剧？"

"有生之年，会有的。"她换好拖鞋，"我回房间啦。"

跟顾予临聊了会儿她就枕着手机睡过去了，次日醒来就打开电脑继续写文章，写那本《穿到爱豆成名前》，还有一个脑洞仙侠文《幻愈》。

刚写完这两个故事的大纲，《余音绕梁》的复赛也准时开始了。

因为B城的赛场多发了一张PASS卡，所以复赛一共一百零一位选手，比赛分三轮，最后选十三位选手进行总冠军的角逐。

这次比赛的周期比较久，要五天，选手也会被关在一起进行封闭训练，虽然初复赛不是直播，但也会剪辑一些好的片段放出来。

顾予临提前两天出发，说拿到手机就会给她打电话。

江筱然一边写文章一边等电话，刚敲完一段，他的电话就很适切地拨了过来。

他们聊了些生活情况和琐碎日常，毕竟平时训练累，她希望他和自己沟通时能有相对轻松的话题。

前面两场比赛他都完成得很好，顺利晋级，江筱然也高兴，跟赵嘉映一起出去吃花甲粉。

当天一切如常，结果次日她就被痛醒，上吐下泻的，家里又没人，连手机铃声反复响起都没工夫理，吐完后整个人都脱了力，只能坐在洗衣机旁的小凳子上。

身边是洗衣机，身后是墙，这个倚靠的姿势让她很有安全感。加上头疼和饿，她渐渐有些昏昏欲睡，想到睡着了就不会饿了，她放任自己眯了一小会儿。

两个小时后，她忽然被开锁声惊醒，还伴随着熟悉的声音："谢谢师傅，钱给你了。"

钱？

不对，江筱然一晃脑袋。

顾予临？他这时候不是应该在比赛吗?!

她想去看外头的情况，结果身体一下子没反应过来，手肘撞到洗衣机，椅子也摩擦着发出一阵喑哑声。

下一秒，顾予临迅速从门口跑来，将她一把捞起："怎么了？是不是没力气？"

江筱然："我……"

"嗯？"

"睡太久……腿麻了……"

"别胡说，"顾予临说，"我叫了医生来，你先休息一小会儿。"

"我没事……"江筱然攥住他袖口，头埋在他脖颈间，狠狠吸了一口他的气息，"啊，把你的灵气吸了，我活过来了。"

"……"

"烧傻了？"顾予临伸手，发现她额头果然有点烫，"没事，等会儿就不难受了。"

江筱然虽然有很多想问的，但此时此刻，久别后的拥抱——去他的理智，先抱了再说。

她像八爪鱼似的把他缠住，下巴不停地蹭他的肩膀。

顾予临将她放到沙发上："乖，别乱动了，等医生来。"

江筱然才不依他，她攀着他后背，在他耳边呵气："我饿了……"

"想吃什么？"为了配合她的动作，他只能整个人半蹲着。

"想吃……"她状似为难地舔了舔唇，"你呀。"

顾予临看了她一会儿，权当她是烧得神志不清了，试图唤回她的意识："赵嘉映进医院了，医生说是花甲粉的问题。"

"啊？怎么进医院了？"江筱然想了想，"不对，你是怎么知道的？"

"李嘉垣打电话告诉我，说你和她一起吃的，"他说，"我打电话想问你有没有什么问题，结果你一直不接，我怕你在家晕了。"

江筱然道："所以你……马上就过来了？"

顾予临点头："对啊。"

她有点感动，但还是壮着胆子问："你今天……复赛决选吧？你比完才来的吧？"

顾予临看了她好一会儿，眼眸又深邃又黑："听说你可能有事，我马上就过来了，还管什么比赛不比赛的。"

江筱然一下子清醒了，什么别的想法都没了，她确认道："所以你没比赛?!"

"嗯，"他定定地答，"你是不是真的没事了？"

她是真的没事了，睡了一会儿就觉得精神好多了，胃也不怎么痛了，就是有点饿。

但眼下这个情况，她也不顾什么饿不饿了，立马跳下沙发走了两步给他看，又量了体温，已经退烧了。"你看，我真没事了。应该是嘉映胃不太好，我就是有点不舒服，大病没有。"

顾予临凝视她良久，这才一声叹息："那我去给你煮东西。"

她本来想跟他进厨房，顾予临回头低喝："不许跟过来，回床上休息去。"

反复强调自己真的没事之后，她还是被顾予临赶回了床上，窝在被子里给赵嘉映发消息，让她好好疗养。

李嘉垣应该就在赵嘉映旁边，替赵嘉映回完消息后，他自己就着对话框开始发问："顾予临去找你了吧？"

"哎，是啊，比赛都耽误了……"这么一讲，她还很愧疚。

李嘉垣很快道："你不知道吗？"

紧接着，她就看到那边一直在显示语音输入，还没来得及收到消息，就被顾予临没收了手机，放了碗面条在面前："吃完再听。"

她端着面吃完，觉得胃暖和了很多，便靠着床沿放空："你还能去比赛吗？"

他没回答，也钻进了她的被窝，她刚吃完面又裹了太久的被子，下意识往后躲："我热……"

顾予临垂下眼，低声道："我不能继续比赛了。"

她拒绝的动作一滞，看他这模样还颇有些可怜，便撤销了躲闪动作，滚到他旁边，还替他把被子往上拉了拉："那……那还是一起盖吧……"

很快，他的手伸了过来，将她半抱在怀里："我累了，睡会儿。"

"噢……好。"因为那点歉疚之心，接下来的几个小时她动都没敢动一下，忍着燥热陪他熬过了一个漫长的午觉，再醒来的时候，他的脸近在咫尺，胸膛隐隐喷洒出热意，她下意识往后一蹿，头磕上床头柜。

"没事吧？"

似是休息得满意，他声音里也带上了几分满足感，语调沙哑，懒洋洋的。

"没事。"她揉了揉后脑勺，赶紧挣脱出被子，看到他的眼神时又觉得自己这样好像忒不像个人了，只能又钻了回去。

顾予临颔首，打开她房间的投影仪开始找电影和她一起看，下巴就枕在她发顶上。

就在这时，她打开手机，转换了李嘉垣方才的语音："也不算耽误比赛吧，后面还有复活赛，比得好一样能进决赛的。怎么，他没告诉你吗？"

"……"

江筱然这会儿后知后觉，在落地镜内看到某人心满意足的神色，这才反应过来，自己被、骗、了。

他就是故意的！故意卖惨博取她的同情好让自己予取予求！

她就像一个清纯无知的女大学生，被白切黑玩弄于股掌之中，明明自己才是受害者，还滥用怜悯之心舍不得拒绝，被人抱着睡了五个小时。

江筱然越想越气，觉得这要是结婚了就会演变成婚内骗炮事件，愤恨地磨了磨牙，用力地用头顶撞了一下顾予临的下巴。

他肯定是反应过来了，捂着下巴靠在床沿上，笑得一派满足。

果不其然，一周后复活赛开始，江筱然咬碎一口牙坐进了观众席。

气归气，但顾予临还能继续比赛，她心里其实还是庆幸的。

复活赛的赛制很简单，在淘汰选手中选出人气最高的前五位攻擂，十三位进入决赛的选手守擂，一局定胜负，攻擂成功则取代对手的位置晋级，失败就彻底告别舞台。

很快，背景音开始介绍选手："接下来是一号选手顾予临，在投票中，他以压倒性的优势霸占了人气王的宝座。年龄虽小，台风和曲风却十分沉稳，除去高颜值的加持，他的创作能力也是一绝，可谓才艺双绝。"

赵嘉映忍不住道："这介绍词好浮夸啊。"

江筱然微微点头："……是有点。"

赵嘉映笑道："要是让你来写，你肯定……"

江筱然立马打断她，还比了个OK的手势："我可以写一千字小论文不喘气，把他从太平洋夸到北冰洋。"

她刚说完，顾予临出场，他刚拿起话筒台下就传来尖叫声，成片的欢呼声掀起了一整场的骚动，大家挥舞着手里的荧光棒，开始助威。

紧接着出场的是曲一，不知道他是因为什么没有晋级，总之不愧是酒吧驻唱，他很明白如何撩妹，上来就唱了首情歌还搭配眼神攻击，很多妹子也随之疯狂起来。

大屏幕旁正实时直播现场数据，顾予临的人气虽然高，但在曲一的撩妹攻势下，第二名的票数也昂首直上，眼看着就要超过第一名了。

江筱然咬咬唇，紧盯着数据。

赵嘉映拍她肩："安啦，别这么紧张，你看还差好多票呢。"

曲一拉完票之后又过了几个人，不知道是系统延迟还是怎么的，顾予临的票数这才慢慢地涨起来，而曲一的已经停着不动了。

曲一方才看自己的票数一直在涨，便止不住地和举着相机的观众互动，又是比心又是捧脸杀的，结果回头看到自己的票数停住了，发现没有取代顾予临成为第一名，表情瞬间有点垮，把不爽直接写在了脸上，互动也懒得做了。

李嘉垣靠在一边，很显然也是看到了，"好真实啊他，这么看重结果的吗？"

"当然看重了，不然怎么会往歌里塞那么多华丽的技巧，"赵嘉映说，"而且他是里面年龄最大的哎，可能觉得输给一个十八岁的小子掉底子吧。"

攻擂名单需要结合网络和现场投票结果产生，顾予临线上线下都是第一，毋庸置疑获得了资格，前往后台进行准备。

曲一第二，也敷衍地鞠了个躬后退场。

这次的攻擂既可以指定选手，也可以让系统随机抽取。

赵嘉映听了赛制后道："是我的话肯定选指定对手，毕竟我知道他们的优缺点，可以选择自己容易战胜的选手。万一系统给我抽了个实力强劲的我还比什么，大家来这儿不都是想晋级的吗？"

江筱然道："不过实力很强的话就不会在意这些了吧？"

"对啊，但大多数淘汰者都没有强到不挑对手就能稳赢吧？"

就在她们讨论间，第一个攻擂的选手出场，他选择了指定对手，并且攻擂成功。

第二个攻擂者选择系统抽取，这人时运不济，系统给他选了个技巧与情感兼得的实力派，结果出来的那一刻，他满脸写着四个字——生无可恋。

于是他生无可恋地唱完了一首《恋无可恋》，自然是……没有攻擂成功。

比赛渐渐变得有意思起来，顾予临在此刻出场，意味着到此为止甚至整场最精彩的一局即将展开。

主持人问他："你是自主选择还是让系统抽取？"

顾予临道："系统吧。"

他的声音颇有底气地传遍全场，赵嘉映啧啧感叹："有实力就是好！敢选！"

李嘉垣道："要是选个水平高的，肯定很刺激很有看头。"

江筱然一面希望这场比赛好看，一面又希望不要给他选个太厉害的，整个人挣扎得不行，连话都紧张得说不出口，一直盯着数字翻滚的大屏幕。

滚动幅度渐渐变小，最后停下，系统给他选择了六号选手，李珂。

李珂先上场，带来了一首《突然想起你》，轻快的曲调将舞台快速带热，这首歌的传唱度不错，很多观众都跟着一起唱，江筱然也忍不住轻哼了两句。

李珂的表演结束后，江筱然的心跳开始加速，她听见主持人不疾不徐地说："听完了李珂对歌曲的改编诠释，下一首，我们来听听顾予临的原创歌曲——《灯光》。"

似乎为了配合歌名，顾予临上台时，就有一束灯光追随着他，直到他站定。

当他站好的那一刻，灯光俱灭，而那束追光似有更亮之势。

先开始的是一阵压抑诡谲的提琴声，颇具讽刺意味，像是古堡里蛰伏的蝙蝠，只待暗夜便飞旋而出。

江筱然闭上眼，脑中开始浮现出画面：将暗未暗的夜，低低盘旋的蝙蝠，一块巨大的幕布，远处楼房里似有若无透出的一点光，以及茂密的丛林。

她在等他揭开幕布。

顾予临开口的时候，像是带着点笑意，却不似之前的那种笑，勾了点嘲讽，配着点不屑，缓缓揭下幕布：

是哪一束灯光 / 它高高悬亮

在你的头顶上 / 散发光芒

是哪一束追光 / 它追随入场

在角落尘埃中 / 把你点亮

不堪的表情要关上 / 肮脏的思想暂时放

接下来另一个你 / 就是伪装

灯光下无所遁藏 / 抛开遮挡要笑得漂亮

失了风度要假装坚强

面具要好好裹上 / 掉下来可就无法原谅

追光下万事紧张 / 何处都得到目击现场

不知摔下是否有鼓掌

还是要穿戴荣光 / 这是你仰起头的保障

华光万丈 / 卫冕称王

都是自欺欺人的表象

梦醒时惊惶 / 穿衣时慌张

扣上最后一颗扣子的胸膛

你在等待着候场

期待推开房门就有闪光

白日才刚刚到场

那不过是太阳的强光

没有红毯和话筒的配方

是否足够漂亮

在酒店门口 / 不要当喜剧之王

那一套表演 / 留给另一面担当

歌曲的尾音融在寂然无声的大厅里。

似海浪般一浪漫过一浪，大厅内灯光层层铺开，灯光乍亮的瞬间，江筱然一下不能反应过来，听觉都有片刻消失。

大家也同她一样，短暂的停滞过后，大厅内发出一阵热烈的欢呼和掌声——太好听了吧！

懒人唱腔被他演绎到极致，整首歌慵懒又戏谑，短短几分钟，作品的力量却被音乐和表达者无限放大，直击每个人的胸腔。

顾予临演绎了一个标准的"表演者"，从肮脏腐朽的现实世界，转换到光鲜亮丽的舞台上，隐藏起一切，生怕被人拆穿。整个人道貌岸然，只是一副没有思想的皮囊，仅仅为闪光灯和欢呼关注而存在。

最后，表演被他从镜头中挪到现实里，他开始分不清自己身在何处，每一秒都沉浸在表演中。甚至在梦醒后，胡乱穿好衣服推开酒店大门——还幻想着能有话筒和灯光接应。但那样一个现实世界的"背光者"，终究要袒露在刺穿人的阳光下。

这样强烈的对比，更让人忍不住拍手称快。

整首歌讽刺意味太强，像在讽刺表演者，又像在讽刺当前娱乐圈浮躁的环境。

总之，又是一首完成度很高，并且值得回味的作品。

赵嘉映感慨："连我这种只听情歌的人都觉得好听……肯定可以攻擂成功啦！"

江筱然清了清嗓子，感觉到迭起的欢呼声里，顾予临又把目光转回来，对她笑了笑。

前排的妹子高举灯牌："顾总看我了！我死亡了！"

"能看到这种仙子表演是我上辈子修来的福分。"

接下来是评委、大众评审、现场观众三方投票，后台快速统计完毕，结果交到主持人手中。

主持人："两位都是很棒的歌手，李珂擅长调动情绪，也很擅长做改编，他的音乐是非常细腻的，对情感的处理也很到位。

"予临比较全能，对歌的把控度也做得非常不错，这个年纪能达到这个水平，一定是努力跟天赋并存的原因。

"接下来宣布票数，评委投票三比三，平局。

"大众评审，李珂四十八票，顾予临五十二票。

"现场，李珂五百零七票，顾予临……七百六十票。

"恭喜顾予临攻擂成功！新的十三强选手诞生！"

粉丝们齐齐尖叫鼓掌，分散的光柱朝着舞台中央一同聚拢，凝聚成整齐而缤纷的一道强光，打在顾予临身上。

他感谢地鞠了一躬，标准的九十度。

江筱然知道，无论站上多高的舞台，他都将始终谦卑。

顾予临晋级已成定局，江筱然自然就放松下来，正准备刷微博，蓦地听见主持人询问："曲一，既然你决定自主选择，那对面的十三位选手，你想选谁当对手？"

曲一未有丝毫停顿，眼神对准擂台上才刚刚站定的人。他似乎是笑了声，又好像没有笑，头微微仰起来一点，哂笑着开口："顾予临。"

"真的假的？"观众们瞬间沸腾，有人坐不住了，以为要见证什么大场面的到来。

虽然这并没有违背比赛规则，攻擂者的确是在十三强中挑出的对手，但一般人怎么会选赢了一把刚晋级的选手，基本都是挑之前的老选手。

连主持人都没反应过来，有片刻失声。

趁台上没人说话的空当，曲一继续补充："……旁边的孙凯。"

台下一阵哗然，众人纷纷靠回了椅背上，李嘉垣嗤笑了声："神经病吧这人。"

主持人干笑两声："哈哈，曲一选手还挺幽默。那么给两位一点准备时间，舞台交给你们。"

选手准备时，赵嘉映咬唇道："他怎么又不想比了呢？"

"不是不想，他想，"江筱然了然一笑，"但是不敢，风险太大了。"

他跟顾予临各有各的优势，优势很难重叠，比拼起来风险就很大。

连她都拿不准，假如一定要硬碰硬，谁会胜出。

这次曲一唱了首《独家记忆》，情感和细节处理方面进步很大，且他的长相不错，人气虽然比不上顾予临，但在这么多位选手里也能算得上是名列前茅。

他经验丰富而老到，这次挑了首讨巧的情歌，自然是顺利晋级，还获得了姚瑶的称赞。

曲一的晋级位就在顾予临旁边，江筱然见曲一落座时暗流涌动，隐隐感觉他们之间的比拼，这才真正开始。

后面的比赛也很有看头，大家的水平不相上下，票数也追得很紧，往往上一环节是这位领先，下一环节又是另一位票数高了。

好的节目就是有这样的能力，江筱然本来就只打算看顾予临这一场比赛，渐渐地，她也被现场紧张的氛围给吸引了过去。

她跟着现场观众一起投票，选择自己更看好的选手。

最后一场比赛，在紧张的氛围中落下帷幕。

"《余音绕梁》复活赛圆满结束，新的全国十三强诞生！让我们期待他们为我们带来更加优秀的表演！下周再见！"

舞台上高高喷出几束烟花，火星四溅，现场观众全体起立鼓掌，有顾予临的灯牌在场下闪烁。

离场的时候，江筱然还听到有人在意犹未尽地讨论："之前节目组来我们学校发票我都不想要的，后来看有几个长得帅的才来了。结果竟然出乎我意料地好，精彩又好看，下一场我就算请假也要来。"

"我也觉得，尤其是顾予临那一场，我超级紧张你知道吗……感觉要上高考考场了……他的原创真的好赞，年龄也小，好厉害。"

"你这么一说，我忽然想看曲一跟顾予临正面对决！肯定巨燃吧！"

"会有机会的，他们到时候说不定争全国总冠军呢……"

身后讨论声淡下，走出场馆，江筱然才发现天已经暗了。

手机一响，是顾予临打来的电话。

她知道后台还要采访，于是接起手机就问："你采访完了吗？"

顾予临在那边清清嗓子："还没到我。我刚拿到手机，就想给你打个电话。"

她不自觉笑开，手指一边蹭着手机边沿，一边说起他今晚的战况："今晚的舞台效果很好，比赛也好看！"顿了顿又说，"我打算回去就给你做个百度百科，然后给《朽》和《灯光》也做一个，充分发扬我临吹的本领。"

顾予临："临吹？"

"就是'顾予临的吹捧者'的意思，每天夸你的那种。"江筱然给他科普饭圈用语。

她看不到顾予临的表情，只听得他淡淡地道："好啊，等你。"

"等我什么？"

他嘴角漾开点不易察觉的笑，声音压低，像是预谋一场旖旎的春光。

他薄唇轻启，吐露出言简意赅的两个字："吹我。"

没等她反应过来，顾予临继续道："我采访去了，你挂电话吧。"

"嗯。"她拿开手机，摁下挂断键。

再紧张的状况，只要他们是在打电话，顾予临都会让她挂，有时候她忘记了，通话就会连一晚上，等她睡醒才想到要切断。

他从来都不会挂掉她的电话。

《余音绕梁》反响热烈，顾予临却好像都不把这些放在眼里，空闲下来的第一件事，居然是带她去 D 市玩。

D 市有个很有名的沿江公园，她很早以前就透露过想去的想法，再加上他很小的时候在那里长大，她想要去看看他幼时待过的地方。

"带你去玩，"顾予临说，"顺便看看我妹妹。"

她对毕业旅行期待已久，一听这机会立刻点头答应，坐上飞机后才感觉好像有哪里不对……

但飞机早已穿透云层，来不及后悔了。

D 市也是不夜城，晚上八点依旧热闹不已，小吃摊和夜市上全是人。霓虹灯缤纷闪烁，天幕颜色柔和，场景温柔。

即将走进小区之前，她猛地将他扯住："等等！"

"怎么？"

"不是去学校见你妹妹？"

"现在放假了，"他笑得简单，"她怎么可能还在学校？"

"那……家里……是不是，还有长辈？"她立刻猛烈摇头，"我还没准备好！哎不行不行，见长辈怎么能这么草率呢？顾予临你放开我我要回去！！"

他不由分说地将她拉紧："还不知道在不在，有时候他们会出去散步，就我妹一个人在家。"

"那万一在呢?！"

"在就在啊，你怕什么？"他很有道理的模样，"你是决定下个月就和我分手所以不敢，还是觉得连我这么挑剔的人都会喜欢的人他们不喜欢？"

……他说得好有道理，江筱然一时间竟然无言以对。

转念一想，这个启明星都敢带她来见了，她有什么不敢的！

"好好好我跟你一起去，"她总算松了口，"但是要买点东西再去拜访吧，空手的话像什么样子。我只买了你妹妹顾雨烟的，其他人的没准备。"

"没事，"他掂了掂手中的袋子，"我买好了。"

跟着他一起走进小区，看着阑珊的灯火和身边这个人，江筱然觉得，他好像很少这样高兴。

大门叩响，来开门的是奶奶，长辈似乎并不知道顾予临会到来，更不知道他还带了个女孩，愣了几秒后很快迎她进屋。

江筱然站在门口，恭恭敬敬地鞠了个躬："奶奶好。"

"你好啊，"老人笑起来时眼尾有浅浅纹路，"快进来吧，我给你找双鞋。"

换好鞋子之后，顾予临把她领到客厅正中，厅内靠近阳台处摆了张大桌子，上面搁着砚台和宣纸，有人站在那里练书法。

"爷爷，"顾予临对着那背影说，"我回来了。"

即使年迈却依旧气宇轩昂，能看出来爷爷年轻时也是帅气英俊的。

老人点点头，看了顾予临一眼，淡淡道："嗯，回来就好。"

顾予临继续介绍："旁边站的是江筱然，我……女朋友。"

江筱然挂着笑容道："爷爷好。"

"你好，"老人音色沉稳，"不知道你们要来，准备不周，不要嫌弃。"

江筱然摇了摇头："怎么会，挺好的。"

没交谈几句，旁边一个小房间里跑出来一个姑娘："哥哥回来了?!"

顾雨烟本想冲过来给哥哥一个熊抱，结果跑了几步蓦地刹住车，有些惊诧地发现房子里还多了个陌生脸孔："哎？哥你怎么还带回来一个漂亮小姐姐？"

没等顾予临开口，小姑娘已经风风火火地伸手："你好啊。"

江筱然跟她握了握手，忍俊不禁："你好，雨烟。"

顾雨烟很快明了了情况："我该怎么叫你呢？"压低了声音，眼珠子在房里溜达了一圈，"……嫂子？"

这称呼换得太快，江筱然一蒙，下意识抬头去看顾予临，他却只是垂眼勾唇，没说话。

几秒后，江筱然清清嗓子，压制住涌出来的些许躁动，将手中的袋子递过去："给你的礼物。"

"哇，还有礼物啊。"小姑娘打开一看，震惊之意溢于言表，"MIDORI 的牛皮笔记本！嫂子你好懂我啊！"

MIDORI 家的手工笔记本质感上乘，牛皮封面天然简单，做工也精细，很适合雨烟这种文艺少女。

"你哥说你喜欢写东西，我就给你买了个他写歌词的同款，算是给你们凑一套了。"见她喜欢，江筱然也松了口气。

听完这句，小姑娘气鼓鼓道："你不知道，小时候他第一个拿到这个本子，可宝贝了，摸都不肯给我摸一下。"语毕又有些挑衅地看向顾予临，"反正我现在有了，嫂子真好，比我哥好一万倍。"

顾予临挑眉："这么快就胳膊肘往外拐了？"

"这才不算往外拐，一家人不说两家话嘛。"小姑娘声音轻快，挽住江筱然，"哎，里面还有套明信片？好好看！哥你现在才把嫂子带回来，真是我们家的大损失！"

小姑娘高高兴兴，瞬间将气氛弄得欢快了起来。

又在家坐了会儿，江筱然有些饿，恰逢长辈也去休息了，三个人便一起出门觅食，不用讲，顾雨烟肯定是借着吃东西的名义出去放风。

走出家门，江筱然这才长长地舒了口气。

里头的气氛倒也算不上压抑……只是太安静了，整个屋子里就只有电视机和他们小声交谈的声音，有种在深山老林里放迪斯科的感觉，格格不入。

呼吸到新鲜空气她才放松了不少，情不自禁伸了个懒腰，手落下去的时候就被顾予临稳稳牵住："想吃什么？"

小姑娘高举双手："烧烤。"

顾予临："没问你。"

"有了女朋友妹妹都不重要了吗？！"小姑娘气愤地踢他，"我好歹也是个准备中考的小团宠吧，顾予临你态度有问题！"

江筱然笑着看他们打闹："行啊，就烧烤吧，好久没吃了。"

他们很快抵达烧烤店，顾予临去点单，两个女生挑着位置先坐下。

顾雨烟刚坐下就凑近同她道："嫂子，你是不是有点不适应？毕竟爷爷以前是军人，奶奶也是文艺兵，家里就总是死气沉沉的，一点都不好玩。"

江筱然拍拍她的头："怎么能这么说，这种环境适合静心学习。"

"可这是扼杀我的天性！"小姑娘振振有词，拍完桌子后又小声道，"生活在我们这样的家庭，得到的爱都比别人家少，嫂子你……应该能体会到。"

她手指微微一顿，听见顾雨烟继续说："我哥以前虽然也挺好，可这次再见，我明显能感觉到他又成长了好多啊……这么多年他都一个人生活，也许并没有表面上看来那么轻松。"

顾雨烟撑着脸颊，转了圈手里的旺仔牛奶，感慨道："所以哥哥能有你陪着，真是太好了。"

江筱然一时间心情复杂，忽然感觉到自己那种平淡而温暖的家庭氛围，其实很难得。

不要说熬夜时的牛奶、疲惫时的一碗热面条，他就连能说话的人都没有，更何况这些原生家庭所给予的，看似普通到会让人忽视的爱。

视线尽头的人已经走过来，鬼使神差地，江筱然小声说："那我就把他这些年缺失掉的爱，全都补给他好了。"

吃完后，他们沿着街市散步消食。

江边灯火通明，行人脚步缓慢，惬意悠闲。

轮渡的灯光洒下来，在水面上折出一道粼粼的波光，江水涨上来一些，在石阶上起起伏伏，无声地拍打着。

冷色的天幕也被暖色的灯光渲染得柔和几分，水天相接处泛起清透的颜色。

凉风吹拂得人通体舒透，顾雨烟在岸上把鞋子脱掉，赤着脚踩上石阶，让水冲刷过自己的脚背，诗兴大发，即兴吟诵："沉默是夜的伤疤，夜是海浪的情话。"

说完之后又被顾予临瘪了两句，二人沿着岸边追逐打闹，笑声遗落在石阶上。

江筱然眯着眼，看不远处明灯高悬的轮渡，嘴角忍不住挑起。

在外面休息了一晚，次日去家里吃早饭，饭桌上聊了好些不痛不痒的话题，老爷子忽然将江筱然叫去了阳台。

她有短暂的愣怔，最后却拍拍顾予临的手背示意他放心，而后跟了过去。

关上阳台的门，老爷子先是似笑非笑地叹了口气："前几年还能听到他打架的消息，今年倒是没人跟我告状。不知道是不是你们在一起之后，他乖了很多。

"他性格里矛盾的地方比较多，成熟起来很成熟，叛逆起来谁都拦不住。这孩子，假如扶不上正道，会很难办。

"这么大了，他没有带过女孩子来家里，既然带来了，那就是足够珍惜你。"说到这里，老人的声音已然带上些惆怅，"你是个好孩子，我希望你们能长久，我们都不在他身边，只有你陪着他成长了。"

笼子里养的鸟雀在喁啾鸣叫着，她将这番话消化完毕，而后郑重地点了头："我会的。"

后来她想，大概不是这些年他从来没有得到过爱，只是这些爱太过隐蔽，不够充足，又离他太远，导致还没来得及传递到他身边，就已经隔灭了。

她所要做的能做的，好像也就是冲开那些阻隔，让他看到那些明了而清晰的爱。

又在 D 市玩了几天，临别离开时，顾雨烟还很舍不得："明年还要来找我玩啊！"

"行，"江筱然揉揉她的头发，"好好考试，考好了带你出去旅游。"

"一言为定！"

从 D 市回来之后，二人又把本市的景点全部逛完，顾予临继续投入比赛，江筱然的暑假余额也使用完毕，九月开学季接踵而至。

而在正式开学前，则是残酷的七天军训。

那几天唯一能够称得上苦中作乐的，就是《余音绕梁》节目的开播。

第一期《余音绕梁》是剪辑版，剪的是初赛、复赛和复活赛里精彩的片段，以及选手们的幕后小花絮。播出时间正是在黄金档，加上那几场比赛精彩，节目话题量嗖嗖往上涨。

江筱然就连中午吃饭都能听见身后的人在讨论这节目。

"你最近看综艺没？"

"《我唱我想》？还没播吧？"

"不是，叫《余音绕梁》，新节目，但制作贼良心，尤其几个选手帅得惨绝人寰，在舞台上搬砖我都能看一年。"

"说到帅哥，我倒是想起之前听了首《朽》，歌手长得也蛮好看的。"

"你和我说的是一个！他就是《余音绕梁》里的选手，叫顾予临，活脱脱一个脸蛋天才，跟我们每天趴在窗口看的校草一样。"

"不至于，夸张了，我们学校校草没这么帅哈哈哈。"

"这周六晚十点，十三进十二，到时候你来我们寝室一起看啊！"

就这样，两个女生愉快达成了"有机会一起当顾予临老婆"的协议，徒留江筱然一个人表情复杂，戳了戳碗里的鸡块。

不过前两天顾予临给她打电话，说节目组和学校已经协商好了，老师还特意给他打电话让他好好比赛。

看来无论是高中还是大学，他永远都有这样出色的能力。

十三进十二的比赛是直播，当晚正好是军训第三天，江筱然和赵嘉映分到了一个寝室，一切都归功于顾予临在电话中顺便和校领导说了这事。

看来有个厉害的男朋友，真是比什么都好用。

除去她们俩，寝室还有宋葵和许礼两个新室友，许礼是个很二次元的女生，喜欢动漫和 cos，讲起话来温温柔柔。

宋葵为人大大咧咧，喜欢宽松的搭配，日常是打游戏和看综艺，很好相处。

喜欢看综艺的宋葵当然也追上了《余音绕梁》这个高口碑节目，甚至还跟她们科普曲一在采访中跟顾予临呛声，结果顾予临四两拨千斤地应对回去，态度高下立判。

"但曲一也给这节目撕了不少热度，毕竟大家都喜欢看冲突……"

寝室里三个都看节目，决赛的第一场当然就变成了大家一起追，那天晚上她们快十点才被教官放回寝室，澡都来不及洗，打开江筱然的电脑，四个人齐齐整整地围成一个小圆弧坐好。

开场表演是前十三强合唱，许礼本来只是个路人，在听到乐声的那一刹捂住了嘴："天哪，居然唱我最喜欢的《如烟》……"

镜头里的少年棱角分明，鼻梁高挺，近距离的拍摄也完全无损他的高清美颜，甚至将他五官的精致程度再次放大。

镜头是很考验颜值的东西，圈里有个说法，是说在现实里看见的明星，要比镜头上好看一倍甚至几倍。很多在电视里颜值平平的艺人，放在现实里，也能算得上鹤立鸡群了。

但镜头下的顾予临，依旧好看得不可方物。

舞台上打着淡蓝色的灯光，喷出柔和梦幻的干冰，他一脚踏入，在雾气缭绕中低声唱着。

江筱然忽然想到之前看过的一句话：这个人从头到脚，每一寸都是珍奇，就连脖子上的脉络都漂亮得像上古的仙藤。

开场曲结束后，顾予临首个出场，就在江筱然期待了整整一周后，窗外的喇叭里传来震耳欲聋的哨响声："大一新生全体下楼！十分钟内土操场集合！"

赵嘉映道："啊？什么玩意儿！"

就在整栋公寓陷入质疑时，喇叭再度不近人情地肯定道："没按规定时间到的，连站三天军姿！"

"……"

就这样，欣赏舞台的计划落空，所有人争分夺秒地换好衣服，奔往土操场的方向。

赵嘉映一边喘一边骂人："干吗啊这是，害我连顾予临的舞台都不能看！"

有路过的陌生同学转头附和："就是，我等了一周呢！"

操场上瞬间挤满了几千个大一新生，密集得如同春运现场，大家跑得头晕目眩，只为了配合教官玩什么"军令大如山"的调教戏码。

在操场学完军体拳，回去已经快十二点了，《余音绕梁》的比赛早已结束，江筱然点进热搜看了重播，温习着顾予临今晚唱的那首《飞驰》。

年少时想飞驰／靠爱也能振翅／可是后来也在／尘世中迷失……

关掉他的表演页面，正好接到顾予临打来的电话。

"我刚看完你的表演你就打电话来了，"她耸肩，"今晚感觉还好吗？"

顾予临道："你没看到？"

"看完开场就被叫下去学军体拳了，气死，我只能看重播，"她愤愤难平，"都没问你那个干冰喷得好玩吗，脚踝会不会感觉很冰凉？"

顾予临哑然失笑："你就关注这些？"

江筱然皱鼻子，为自己开脱："不是，你总爱穿露脚踝的裤子，厅里面冷气又足，我怕你被吹生病呀。"

顾予临一眼看穿："其实你是觉得那个干冰很好玩吧？"

她撇撇嘴："这都被你发现了。"

他道："想玩的话，下次我带你来演播厅玩。"

江筱然立刻精神了，瞬间从椅子上坐起身来："是吗？你带我去吗？"

"嗯，到时候有微电影拍摄，如果你愿意写剧本，就可以来参观。"他说，"不仅可以参观，还可以跟我们一块排练。"

她抿了抿唇，问："微电影有主题吗？"

"没有，和我的歌一致就行。"他低问，"要不要试试？"

江筱然思索了会儿，觉得这是个很好的锻炼机会，而且还能去看看那边的新世界，于是道："好啊，可以试试。"她一向喜欢挑战未知。

军训的最后一天，中途休息时她忽然听到有人喊自己的名字，还伴随着几个箱子落地的声音："江同学，你订的战备物资到了。"

"啊？什么战备物资？"她怎么不记得自己什么时候买过这么多东西。

箱子打开，里面全是夏天军训最刚需的东西：冰袋、冰激凌、西瓜冰、冰镇矿泉水。

数了数，正好是一个班的分量。

此刻卖水的人没有来，全操场的人都艳羡地看向她这儿，但身为"物资分配人"的江筱然却站定在原地没有动弹，直到有人喊："你是不是失忆啦筱然？东西正好，怎么可能不是你买的呢？"

"笨死了，怎么可能是她买的啊，一看就是男朋友送的呗！"班长无语。

"对哦！"群众对这位匿名男友的爱立刻转移到了江筱然身上，"太体贴了，你们二位人美心善，今天我这条命是西瓜冰给的。"

赵嘉映倒是很快上道，替江筱然发起了东西："来来来，江筱然男朋友请大家解暑了啊！"

"谢谢筱然。"

"筱然今天两米八。"

"太感动了江筱然，我命令你今天回去必须以身相许。"

…………

班级新生活还没开始，江筱然就赢得了民心，当晚回去看到好多人发朋友圈夸她，还有女生给她送自己做的寿司和小零食。

无形之中忽然被加了很高的分，人际关系也因此赢在了起跑线上，晚上回去之后她给顾予临打电话时问："那些水和冰都是你买的吗？"

"不然呢？"他问，"你背着我还有别的男朋友？"

她看着自己指尖，模模糊糊哼了两声："勉勉强强。"

顾予临："什么？"

"这个男朋友……"她嘴角稍稍挑起，"勉强……合格。"

对面沉默半晌，他失语低笑："那谢谢你，给我颁发合格证？"

"免了。"她咳嗽两声，"对了，节目最近是不是收视挺好的，我看经常上热搜，十三强大多都开微博了。"

"嗯，"顾予临说，"观众要求的。"

"你怎么没有？"

"不想开。"

"……"

"艺人不开微博那像话吗？"她说，"你多少开一个啊，我看评论区就数你热度最高，多少人都是为你看节目的。不开微博到时候工作代言都不好联络你，快快快，赶紧开。"

他笑："你懂这么多？"

"当然了，我娱乐圈小说看很多好吗？微博有利于宣传和延续热度，你要是不知道怎么开，我去帮你弄。"

"行——不用你帮我弄，我跟节目组说声。"

几千万观众一连喊了一两个月都没消息的事情，她只说了不到一分钟，顾予临就同意了。

节目组想必是等待已久，第二天下午江筱然就发现他开通了微博，还挂上了热搜，只是点进去一看，主页里连张营业自拍和打招呼的内容都没有，干净得像个水军。

江筱然又给他发消息："发条微博，速速。"

十分钟后，顾予临发微博了："预祝各位国庆节快乐，记得要去见喜欢的人。"

五分钟内留言破万，表情包与彩虹屁齐飞，江筱然一看时间，才发现要到国庆了。

赵嘉映很快通报："筱然同学，什么感觉？"

江筱然又爱又恨，埋在枕头里低声道："她们根本不是喜欢他，她们只是馋他的身子。"

学校放了七天的国庆假，但江筱然默认顾予临没假，毕竟他这几天都绝口不提国庆安排的事，她怕自己问了反而毁了他的心情，便在学校和赵嘉映安排好了逛街活动。

许礼和宋葵都回家去过节了。

国庆假期第三天，她和赵嘉映在外面买了超大的螃蟹正准备回去蒸，结果走到楼梯口，赵嘉映忽然把她手里的东西一把抢过："我忽然想上厕所！你先上去吧！"

江筱然像看疯婆娘一样盯了她好几秒："你上厕所不应该把东西给我带上去吗？"

赵嘉映看了看手中的东西，发现自己借口有误，面不改色地继续圆："我不喜欢一个人上厕所，让小螃蟹陪我吧。"

江筱然："……但是螃蟹又做错了什么？"

两个人在楼梯口拉扯了好久，最后是赵嘉映一声呼号："你给我闭嘴上楼！现在立刻马上 go ！"

江筱然莫名其妙，揉了揉被喊痛的耳朵一步一咬牙地上去了。

结果走到寝室口，却在暗影里发现一个人。

他穿着最简单的搭配，额发修得干净利落，一月未见好像又长高了点，下颌线轮廓分明。

她有点惊讶："你怎么来了？"

顾予临手指一转，把手机扔进口袋里："来见你啊。"

——国庆快乐，要去见喜欢的人。

所以，来见你了。

她蒙了几秒，这才把赵嘉映的反常给连上线，几不可察地弯了弯嘴角，拍拍手掌道："那去吃饭吧。"

她选了学校附近的一家餐厅，一边点餐一边介绍："这边的冰火菠萝油和泡芙都非常非常好吃，我和嘉映晚上经常来这儿……"

他就支着脑袋看她说个不停，听她分享着与新环境息息相关的所有事件，好像自己也陪伴她一起经历了所有。

江筱然说着说着有桌人正往这边看，还伴随着浅浅的议论。她这下才想到他可能是被人认出来了，下意识要收回桌面上自己被他握住的手，他却没放，更牢地抓紧。

她小声道："万一被拍了……"

他无所谓地说："没事，被拍就被拍，我走的又不是国民男朋友的路线。"

她心里突然一暖。

其实她已经做好准备，就算这段感情注定暗中进行，她也一定不会在舆论的压迫下屈服和放弃。

其实谁不想光明正大地谈恋爱呀，但是想到对方是他，她又觉得忍忍就能过去。

但是没想到，其实他已经决定，给予她足够的安全感，不让她独自面对风浪。

餐点很快呈上，她缓缓地吃着，吃完后又问："接下来我是回去还是怎么？"

他摇摇头道："带你去个地方。"

专车把二人坚定地送到目的地，江筱然踌躇满志又带着点欢欣期待地一抬头，映入眼帘的是一家……酒店？

她错愕地转头："来、来这儿？"

"是啊，"他点头，"进去吧。"

她骤然失声，但见他坦然地迈步而入，只能硬着头皮跟上。

顾予临走得越发沉着冷静心无旁骛，倒显得她过于局促。江筱然连着咳嗽几声，为自己壮胆。

走到房门口，他坦率地刷卡，嘀一声后大门打开，一张长方形的桌子映入眼帘，很多人坐在长桌周围。

她转头去看顾予临："这是？"

"编剧研讨会。"

说完后，他像是才看出她有些泛红的脸颊，笑道："你该不会以为我要带你开房？"

"……够了，闭嘴吧。"

编剧们很快会面，大家打过招呼后，江筱然发现里面的很多人自己都能喊得出名字，是业内比较有名的编剧。

能够和她们一起工作，自己一定会成长得很快吧。

聊完剧本之后，江筱然又单独跟顾予临头脑风暴了会儿："你还记得我们之前根据鲸鱼写过一首歌吗，要不就按那个拍？"

顾予临思索片刻后点头说好，二人将故事背景定在校园，人设定为学生，也便于他进行发挥。

这次的微电影是由歌手加合作公司力捧的演员主演，顾予临外形条件好，还没开拍就已经有一大堆粉丝期待了。

江筱然的剧本很快通过，虽然有一些细节部分要改，但还是赢得了很多赞誉，职业编剧夸她有灵气，想法新颖。

剧本基调定下之后，她就在剧组安排的酒店三楼住下，顾予临住在四楼。

大家一起讨论到十点多才散场，电梯从十二楼缓缓降下，每一楼都有人离开，直到抵达四楼，顾予临走出去两步，似是发现她还站在原地，回头催促了声："江筱然？"

……叫她干什么，她不是住三楼吗？

江筱然定在原地，后知后觉感受到大家的眼神变得暧昧狎昵起来，她的耳朵隐约有些烧灼，直到电梯门开了太久嘀嘀提示两声，她才不得不跟了出去，多此一举地回头解释："我……我们讨论剧本。"

不说还好，这一说，电梯内大家齐齐笑开："什么剧本？夜光的？"

她面子上挂不住，狠狠捶了顾予临几下，被顾予临包住拳头扯离。电梯门关上后还有编剧在笑："你别说，我和我老公年轻时也这么恩爱呢。"

尽管大家打趣得厉害，但他们确实讨论了很久的剧本。江筱然根据他的性格一句句琢磨着最适合的台词，他就在一边点着东西，等到她把最重要的一场写完，发现他还在玩。

她凑近："手机上有金子啊，看得这么入迷？"

数个页面一闪而过，她看着那些烧脑的数字陷入沉思，顾予临却上滑退出，手机立刻显示回主页面。

他的壁纸是趴在桌上午休的少女，淡蓝色勾边的校服将她衬得清丽动人。

关掉手机后，顾予临淡淡道："金子没你好看。"

"噱，"尽管看到他的壁纸是自己，但江筱然还是以鼻音淡淡道，"男人的嘴，骗人的鬼。"

第二天她和顾予临把剧本定下，道具组也动作快速地花三天时间准备好，《共鸣》微电影的拍摄正式开始。

江筱然自然是跟组一起，方便进行剧本的修改。

顾予临表现不错，不少镜头都是一条过，换场地的间隙，他就坐在讲台边的桌子上，跟女演员一起听导演讲戏。

镜头内他是玩世不恭的二世祖，出了镜头他还是顾予临，清清冷冷，看人的时候也不带什么情绪，礼貌又疏离。

江筱然坐在椅子上远观，他过来喝水，问她："无不无聊？"

他那些藏笑而生动的表情，从来是对着她才有的。

她摇头："还好呀，不无聊，看你拍戏挺有意思的。你把我的男主角演活了，口头奖励一下。"

说完她接过他的水杯，也开始喝水。

顾予临道："别口头奖励了，换个奖励方式？"

他说得一本正经，江筱然咳了一下，在水里吹出一个小泡泡来。

场记路过的时候还疑惑，这小编剧脸怎么红得跟什么似的……

江筱然装模作样地放下水杯，冲场记笑了笑。

当天收工时已经到了晚上，大家各自收拾了一下准备离开，江筱然正趴在三楼栏杆上改剧本，骤然被他一拍。

她抬头："回去啦？"

他点头，又摇头，紧跟着道："带你翻教室？"

江筱然瞠目："翻教室干什么？"

他意味深长，像是想到了什么："我们第一次翻教室，是在什么时候？"

她几乎不用怎么回忆："我转过来没多久啊，因为跟主任解释你和夏阮打架手机被收了，你带我翻主任办公室……"

学校的学生差不多都走空了，顾予临拉着她闪进一旁的走廊里，走廊里没灯，暗得有些吓人，她立刻抓紧他，还有种高中时期的紧张感。

顾予临凭借身高优势，抬手打开教室窗户，江筱然心里猝然烧起一抹火光，忽然想问："那时候我们还没在一起，也没排练，估计你对我一点感觉都没有，就是不想欠我人情吧？"

顾予临不说话，她不依不饶，牵着他的手晃啊晃，忽然想搞清楚某个问题的答案："你什么时候开始喜欢我的？啊？"

他手撑在窗台上很轻松地翻了进去，还是没回答她的问题，只是伸手："我拉你进来。"

江筱然伸出手，被他一拉，整个人跳上窗台，然后——摔进了他怀里。

……她已经很了解自己的男朋友了，他就是故意的。

顾予临抱着她跳下桌子，桌子吱呀吱呀地叫，配合着这个气氛，让人有种羞耻的错觉。

他直接把她抱到座位上，自己转而坐到她身后。

顾予临道："我今天跟女演员对戏，你好像不太高兴？"

"哪儿……没……没有的事。"否认完后对上他洞悉一切的视线，她摸了摸后颈，"那一开始有点难接受不也是正常的吗？谁能接受自己的男朋友突然变成人家的男朋友，就算是在戏里。"

不过她回忆了一下，自己好像也没表现得太明显吧，只是一些镜头会眯着眼仔细观察有没有什么肢体碰触。

想到这儿，她忽然明白了顾予临为什么要带自己来这里，因为这就是他下午和女演员拍戏的场地，连桌子摆放的位置都一样。

这个人啊，虽然平时不爱表达，却把有关她的细节都记在了心里，也什么都清楚。

她忽然释怀，实话实说："其实也没什么，就是同桌拍个戏而已，青春校园又没有什么亲密戏，我没有很在意的啦，到时候就……"

他却忽然打断："想知道我是什么时候开始喜欢你的吗？"

"是我们去找陶老师练歌的那次，你走在我前面，马尾辫一摇一晃的。"

坦白来得突然，江筱然一下不能接受："就这样？"

他又说："后来唱歌，你强烈要求要摸一下我。"

"……"

"怎么说话呢？"她不服，"你怎么能这么不专业，我那是检查你发声的位置对不对！"

"不听，"他无赖似的笑，"你得对我负责了。"

江筱然无语地转过头背对他，结果左肩忽然被人一拍，气势汹汹地转头后却发现左侧空空如也，右肩又被人拍了下。

她深谙这是男孩子最爱玩的捉弄人的戏码，佯装恼怒地回头："你还想干……"

转头那一瞬，唇准确无误地被人封住。

双唇相贴，薄荷味儿的吻。

第六章

热闹和盛大

第二天，江筱然一到这个场地，满脑子就只有顾予临在身后覆过来的暗影，连月色都变得温柔了，哪儿还有空去管女主和他有什么互动，一点旁的心思都生不出来了，甚至在顾予临看过来的时候她还往后退了两步，生怕他再干出什么来。

这个微电影三天便拍完了，然后送去剪辑，她嘱托道："调色不用太梦幻，稍微老旧一些也可以，突出情怀感。"

最后还没来得及看效果，江筱然就被顾予临拖到录音棚里："本来是准备一起参加微电影的选手合唱的，但是那个女演员不会唱歌。所以这次合唱……你陪我？"

江筱然下意识排斥："合唱？我不行啊……"

他握住她的手，替她把头发理了理："没什么不行的，之前我们不是合唱得很好吗？"

她眨了眨眼："节目可是直播哎，台下还那么多观众在看。而且我没有在这么大的场合下表演过，甚至都没准备着减减肥什么的。"

顾予临哭笑不得地打断她："你这样已经很好了。"

"就是呀，"一边的工作人员回江筱然，"你已经很漂亮啦，而且脸小又上镜，腿白白细细的，我还问过顾予临你为什么不进演艺圈呢。"

顾予临也非她不可："词是你跟我一起写的，短时间内找不到比你更有默契的搭档了。不对，以后也找不到。"

说完这几句后，他使出撒手锏："你要跟我一起，我晋级肯定顺利，万一到时候导演给我配备一个唱功一般的女明星，你男朋友的未来就……"

江筱然拧了他一把："你能不能别总是诅咒自己。"

工作人员笑着说："筱然你可要快点决定哟，他身边这个位置可是很多人想上呢。你不知道，这个机会也是予临帮你争取的。"

江筱然终于让步："那我想想吧。"

想想……其实就代表她答应了。

江筱然思考了一会儿，邀请来得突然，她暂时还没做好露面的准备，某个想法也在此刻和故事线相吻合："我们可以在舞台上拉个屏风，只露出我的剪影。这样既能满足情歌对唱的要求，而且还可以点题。"

顾予临不解道："点题？"

"对啊，我们唱的歌叫什么？"她说，"《世界上最孤独的共鸣》，你想想，我们一个在明一个在暗，又是唱同一首歌，这不就点题了？"

顾予临垂眼，被她说服了，"有道理。"

因为拍微电影耗了几天时间，留下彩排的时间就很少了。

幸好他们之间太有默契，没用多久，就把这首歌给排好了。

顾予临力求将一切做到最好，明明工作人员都说效果很好了，他却还能找出一大堆问题来。

江筱然本还有点紧张，但想到自己是在屏风后面，也不怎么露脸，就没有特别放在心上。她一心记挂着微电影，但时间仓促，估计到时候看成片只能在舞台上了。

晋级赛开始的前一天晚上，江筱然心血来潮，想给顾予临刮眉毛。

缘由是她在热搜上看到了一个流量明星的机场照，流量的眉形不错，只是有几根杂毛，粉丝便在底下留言道："我哥为什么还没找女朋友？为什么还没有女朋友给他修一修眉毛？"

她转念想到顾予临的眉形也很标准，只是偶尔有几根长出了范围外，而刮眉这件事，好像也只是有女友的男生能享受的独家福利。

这么一想她立刻觉得当下进行的这件事很有必要，带上化妆包就前往顾予临房间，到门口时她兴从中来，故作神秘地敲了敲房门，捏着鼻子道："您好，请问需要特殊服务吗？"

房间内很快传来脚步声，她的笑还没来得及完整酝酿出来，不知道从哪儿蹿出了一个工作人员，看向她的目光带了几分讶异："您是做什么的？"

"……"

"咔嗒"一声门开，顾予临把脸瞬间红透的江筱然给捞进房间里。

她躲在门后，简直觉得没脸见人了，就听顾予临跟人家解释："不好意思，我家这位比较皮。"

工作人员的脸一下子也红了，看着这张好看得过分的脸，只能边后退边点头道："好的，不好意思打扰您了……"

门再度关上，胡说八道被外人撞见，她觉得一张脸火烧火燎，踮起脚去看门是不是真的关牢了。

顾予临就靠在门边，颇有兴致地打量她。

对视了一眼，气氛有些微妙。

江筱然试图把场子圆回来："呃，那个……"

顾予临不说话，绕过她直接去拿钱包，而后开始数钱。

江筱然吃惊道："你干什么？"

他挑眉："不是特殊服务吗？"

江筱然舔了舔唇，一时语塞。

没等她开口，他兀自点头道："需要的。"

顾予临数着钱问她："服务价位怎么算？我要最高档的。"

"这个嘛，"她立刻反应过来，抓了抓下巴，"一根五百，两根九百五。"

顾予临眯眼："……什么？"

她从包里翻找出修眉刀，展开微笑服务："一刀见血，不爽包退。"

"……"

"我是初次，不太熟练，假如痛的话，客人您可能要忍忍。"她指着床面，吩咐道，"你坐床边吧，方便我发挥。"

他也没怎么犹疑，自然地坐过去，为了配合她的角度还低了低头。

她一只手搭在他额头处，把他眉毛上方的肌肤略微往上提了些，另一只手用刮眉刀，自上而下慢慢地给他刮掉多出来的眉毛。

她视力不大好，为了看清楚眉毛，就凑近了些。

他们的吐息来回缠绕，他们的距离近到他能看清她的鼻尖，随着动作，她的鼻尖还若有似无地刮到他的鼻子，有些痒。

她浑然不知，所有的心思都放在他的眉尾上："怎么样，不疼吧？"

他看着她的嘴唇一张一合，低声回："不疼。"

嗓音低回婉转，像是有什么卡在喉咙里。

"那就好，"她自言自语似的轻声说，"疼要告诉我啊。"

说完，她舌尖探出舔了舔唇，粉色的一小截露出来，湿漉漉地带过下唇。

他喉结滚动。

这边刮完，江筱然很快转战另一边，换了个角度之后，她领口处细腻如瓷的皮肤映入眼帘，他送的项链在她形状姣好的一字锁骨中穿行，安安分分，乖巧得很。

或许是受到地心引力的影响，江筱然托着他的下巴往上抬："你头别这么低啊……"

刚把他的脸抬起，就对上他沉暗翻涌着情愫的目光，四目相对中有什么在发酵，她无措地眨了两下眼睛。

被人压在床面上的时候她大脑还有些死机，直到被人压着手腕要覆下来，她神思瞬间回笼，想到自己是来做什么的且明天还有比赛，于是急忙捂住下半张脸，指腹蹭过他柔软的嘴唇。

他禁锢得不牢，她很快逃了出来，夺门而出时还振振有词："我们特殊职业者也是有尊严的！哼！"

门哐当一落锁，她慌忙逃窜的模样像只兔子。顾予临躺上床面，隐约能闻到空气中残留的、她身上沐浴露的味道。

次日晚，《余音绕梁》晋级赛开始。

台下座无虚席，光是放预告片都能掀起阵阵欢呼。

今晚的赛制又和以前不同，微电影放完后歌手演唱，投票分为现场投票和网络投票两大块，现场投票则细分为评委、大众评审和观众投票。

投票前三名直接晋级，后面五位选手进入下一轮比拼，表演后再度接受投票检阅，最后一名将止步被淘汰。

第一个选手唱完江筱然还没什么真实感，直到有人喊她："下一个到你们啦。"

这种比赛出场越靠后越容易给大家留下记忆，发现顾予临是第二个表演后，她的心脏用力跳动起来。

第一个微电影是久别重逢的故事，打光少女剧情浪漫，直播间内弹幕也都表示很喜欢。

而他们这个微电影则没有切入目前最流行的市场题材，也不知道大家会不会喜欢……

江筱然咬住嘴唇，无意识地拉紧衣角。

踏上台阶的时候，她想，这是他的舞台，她总得登上去看一看他所见过的风光。

表演开始前，屏幕播放出他们用心拍摄的微电影《共鸣》。

故事里的女主本是众星捧月公主般的存在，无奈父亲从政落马，自己中考失利，不得不躲在那个小小的私立学校里，渴望一飞冲天。

虽然家道中落，但从小养成的性格并不会轻易改变，在学校每次都考第一名的她，打心眼里瞧不起这个学校和学校里的学生。

学校在市里是出了名的烂、学风差，学生大多是家里花钱硬塞进来的。整所学校的学生都无所事事，找不到几个愿意学习的。

女主角长得漂亮，气质也清冷，看人的时候用眼尾看，不自觉会透露出几分轻蔑。

一般这样的女主，作者们都会给配一个痞里痞气、成绩不好、长得好看的男主来"互补"。

江筱然也不例外，但这次，她给顾予临所扮演的男主角，加上了一个特殊的设定——他是个每次数学考"零分"的天才。

零分是假的，天才是真的。

男主对数学有独特而敏锐的感知，看到一个题目，不过五秒，就能想出解法。

但由于各科差劲儿，加上进校的时候也被冠以"富二代"的名号，导致老师们并不相信他的能力，并且在他某次数学拿了满分之后，公然质问他是从哪里偷来的答案。

后来，他习惯于泯然众人，不再想要出风头，安安静静地在一堆平庸的人中随波逐流。

因为一道题目，他们的人生重叠了。

他的出现，成为女主孤独学术路上的一抹亮光，也成为女主改掉偏激性格最重要的推力。

而女主对他而言，是一阵风，吹开金子表面的灰尘，让他的才华完全展示在世人面前。

这是一场势均力敌的爱情，男主的角色也很容易圈粉，但不太好演。

江筱然起先也有顾虑，但顾予临明确表示不需要担心他，并且做了很多功课，还问了她很多关于人物性格方面的问题。

拍摄时很多剧情都是跳着演的，此刻被剪成了流畅的顺序，故事便也就更加清晰了。

第一幕是顾予临进校门的片段，光是从眼神开始便脱胎换骨，找不到任何原本的痕迹。

第一节课的铃声已经尖锐地响起，大家慌慌张张往里跑，生怕被门口执勤的人记下名字。

而喧闹下，顾予临扮演的男主施施然从出租车上走下来，靠在车门上给钱。

他掏出钱包，就像翻牌子似的，手随意往里一伸，拿出来的钱都不过眼，食指和中指夹着钱，直接往司机师傅那儿送。

等找零的时候，他的脚还慢悠悠地打着节拍。

司机接过钱，好像是在内心算了一下该找多少。他扫了一眼自己给的面值，眉一挑，不带犹豫地说："找五十三。"

很好，这很符合男主人设。

他步伐很慢，给完钱再旁若无人地往学校里走，却像带着阵风似的。

他手搭在肩上，靠两根手指在背后钩住书包，明明是迟到了，表情却大爷得像是提前一个小时进校了似的。

毫不畏惧，优哉游哉。

执勤的学生拦住他："同学，不好意思，你迟到了，得记一下名字。"

"呿。"他眉头往上一挑，平日做来稳重的动作，竟然被赋予了另一种轻佻无畏的感觉。

他眼波一转，伸出舌舔了舔上嘴唇，一眯眼，轻慢又不讲理地笑道："不想写行不行？"

江筱然没想到他初次表演就能把握得这么好，有些愣怔地眨了眨眼。

这样痞气的角色，稍微控制不好就容易变得油腻又狂妄，让人反胃和排斥，但顾予临的表演完全不会这样。仅仅靠几个小表情和眼神，他就出神地传递出那种帅中带着坏的韵味。

平时他的笑一贯比较收，但是换到这个角色身上，就完全铺开了。

他勾着点笑意，露出一排整齐的牙齿，还微微侧着头。手指上钩着书包，一边讲话，还一边抖腿。

书包是空的，看起来就轻得要命，拉链还没拉好，里面钻出一个耳机线的头儿。

很多细节都是江筱然没有写进去的，但他基于角色自己添加了这些细节，让整个人物更加鲜活。

就连写剧本的江筱然此刻都觉得，这个角色是为他量身定制的，除了他，谁都不行。

她收敛了神思，继续去看表演。

执勤的学生听说男主不想签字，急忙摇头："不行，老师规定……"

"又是老师，耳朵都起茧了，"他捞捞耳朵，径直往前走，"那你帮我写吧，我是谁你认识吧？"

那学生追上去："我……"

他摆摆手解释道："名单上名字出现得最多的，就是我。"

他一路走上台阶，即使上课铃打响，他的步伐依旧不紧不慢。

走到窗口，他直接把书包扔给靠近窗台的同学："帮我放我位子上。"

而后，潇洒轻盈地从窗台翻了进去。

江筱然站的位置靠近后台，还能听到工作人员看微电影时的讨论声。

"不错，就连眼神都好杀啊，顾予临真的有在认真琢磨角色吧，就连拍这种小微电影也很上心。"

"人物处理方面拿捏得还挺到位的，完全不违和，跟我以前接触过的同级小生比，能力都算是出挑的！"

"哎，有人天生就会演戏，老天爷赏饭吃，没辙。"

电影里的最后几幕是慢动作，江筱然看到顾予临翻窗台进教室的时候，眼神还似有若无地往女主那边瞟了一眼。

他演的是个暗恋女主角的数学天才少年，那一个看似不经意实则蓄谋已久的眼神，就是暗恋的真实写照。

演得真的挺好，江筱然也渐渐兴奋了起来，想到转场的间隙顾予临还经常和导演商量一些细节，导演也喜笑颜开，嘴角差点咧到耳根子后头去："成！就这么演！"

后来顾予临补妆的时候，导演还跟她笑说："可惜不是正儿八经地拍电影，否则我觉得跟他合作能拿不少奖，这小子演戏太收放自如了。"

江筱然放下心来，而此刻屏幕上换了个空镜，拍到学校外的操场，画面一转，成了女主视角的特写。

女主在班上是一个人坐，就坐在讲台旁边，那本是特许给差生的位置，到她这儿，摇身一变，成了和这些纨绔子弟划开界限的工具。

有人下课嬉笑打闹，撞到了她的桌子，她微微皱眉，把书本扶正以后，冷眼睨他们："要闹一边闹去。"

男生们也被她的气场给镇住了，过了半天才退到她背后，对着她的背影比中指。

顾予临揉了个纸团，一下打到那男生身上。

那男生痛得一缩："神经病吧！干吗啊？！"

他头往后仰，微微一笑："你挡我光线了。"

那男生离开以后，他又往她那里瞟了一眼，确定她身边没有人打扰后，才松了口气，继续低头玩手机了。

江筱然注意到，就连游戏他开的都是数独，而且还通了很多关，应该就是特意为这一刻准备的，真是细心又敬业。

而故事仍在继续上演，台下的观众也看得入迷：

上课铃打响，国歌奏起，到了每周一升旗的时候。

女主角正好解开手里的题目，把笔收进笔盒里，第一个走出教室。

广播里还在放："今天国旗下讲话的同学是……"

报完她的名字后，同桌小声跟他抱怨："国旗下讲话没人愿意去啊……她这是第几次上台了？就跟数学里的循环小数似的，三次内她必定出现一次。"

他剥了块口香糖扔进嘴里，手交叠在脑后，嚼了几下后才道："你懂个屁。"旋即又笑着打趣，"哟，你还知道循环小数呢？"

同桌皱眉："怎么还瞧不起人呢？"

顾予临把手上的包装纸揉成一团，盯着门口，眼里仿佛有一丝光亮。

他关掉手机上的数独游戏，粗鲁地踹了一下同桌的板凳："走，出去升旗。"

同桌在后头不太情愿地回答："你也是循环小数，三次内必定要出去升一次旗……"

循环小数当然会重叠，因为他喜欢她。

升旗台上的她踩着匡威简单款帆布鞋，耳机是头戴式，长发翩然，文艺而出挑。

旗下讲话没多少人愿意听，尽管她嗓音澄澈，不疾不徐，似清晨一股微风，缓缓而来。

这次，她讲的是一个点题的小故事：

1992 年 12 月 7 日，惠德比岛海军观测站捕捉到了某个信号，这信号大约可称得上是一首歌，一首来自鲸鱼的歌。

这首歌的频率是五十二赫兹，信号的发射者应当是一头蓝鲸，但蓝鲸的频率在十五到二十赫兹。

那就证明，这头蓝鲸无法和同类沟通。

后来，观测站的人又发现，在接下来的十几年里，这首歌的频率从五十二赫兹降低到了五十赫兹。

但鲸鱼始终没能和它的"同类"们一样，发出可以沟通的、相同的频率。

它的运动轨迹，也和所谓"同类"完全不一样，作为独行侠的它，是广阔海洋里唯一一只这样的鲸。

它并非不合群，只是生来就无法与群体沟通，因为要寻求共鸣，太难了。

她只是最后撂下了这么一句话，然后转身下台，连"我的发言完毕"这种话都没说，留底下一堆人，该抠手指的抠手指，该发呆的发呆。

同桌跟顾予临讲："虽然我不太在乎她在说什么……但她肯定是在贬低我们吧？她的意思是……在我们中间，她很孤独？找不到共鸣？"

他嬉笑敛尽，低声说："在我们这些人里头孤独，证明她还有救。她应该为此感到高兴。"

同桌一脸蒙："你在鬼扯些什么呢？"

他无所谓地笑笑，继续跟这些狐朋狗友勾肩搭背："没什么，说了你也听不懂。"

只是那个笑里，分明有掩藏不住的失落、认命的无奈和怀才不遇的自嘲。

层次逐渐深入，若要仔细去探究那个微笑下的失落，就会意外地发现，在失落里，他还藏了一层浅浅的情绪。

那是找到同类的惊喜。

这一幕结束，大家的表演渐入佳境，剧情也迈入正轨：

女主角拿到了学校数学竞赛的名额，老师语重心长，满心希冀："你是我们学校水平最高的学生，这唯一的名额给你，我问心无愧，你也要好好珍惜。这是很大的一个奖，能拿到就能出国深造，最后归国为科研做出贡献。你们年轻人不就是想在世界上留下自己的印记吗？这个题向全国各地公布，先解出来就先拿到出国的名额，一定要快，还要准。假如解出来了，你的人生就已经在伟大上迈出一步了。"

她用力点头："我一定不辜负老师的期望。"

女主角开始跟这道题目死磕，没日没夜地计算。

遇到解不出的算式，她就起身去外面逛一圈，回来再继续写。

顾予临扮演的男主就坐在她身后不远处，他看她时不时抓抓头发，敲敲脑袋，不免觉得好笑。

等她出去之后，他按捺不住好奇心，手撑着桌子想站起来——

却不知道这个行为是否妥当，自己纠结了一下，迈出去的脚步又收回来，最终在犹豫中选择了迈出那一步。

如同做下什么重大决定，他带上一抹温柔的浅笑。

这本该是个完全不属于这个人物的笑容，温柔，和煦，像是春日融融的暖光。

但他融合得太好了，一贯不将温柔显山露水、一贯习惯粗暴的人，只有在对待喜欢的人时，才会有这样不同的反应。

爱一个人，就会有反差萌。

能够仔细而深入地分析这个人物的表面性格与潜藏性格，是一个优秀演员所必须具备的特质。

他走到她位子旁边，想看看她回来没有，有点忐忑，发现人没回来之后才放下心。

他装作不经意地瞟了一眼，发现是一道数学题。

他的眼神很快发生变化，像是看到猎物的猎人，提起弓箭，清清楚楚地对准目标。精湛的技法让他对自己的每一个动作都充满确定性。

于是，顾予临抬腿将椅子往外钩了钩，凝眉，拿起笔开始在纸上演算。

动作行云流水，演算也一气呵成。慢，却又有力量。

这样的气场，让大家都确定，他肯定会成功。

题目正好写完，女主回来了。

他指尖的笔抖了一下，但很快被他稳稳捏住。

他知道，讲台和第一排的地板罅隙仿佛一道分界线，他们从不彼此招惹。

但他由于自己的私心，和对数学的那股子执拗的、发自内心的热爱，而选择了坐下。

所以他的眼睛里出现了片刻慌乱，但是很快，慌乱被他藏好，换上招牌式的无所谓笑容，可放在桌上的手，却不自觉地抠住了桌子的边角。

女主角愣了片刻，旋即皱眉，语调里全是不耐烦："你坐我位子干什么？"

不喜之意，溢于言表。

他的表情只是凝滞了一下，那个小表情稍纵即逝，快得让人只来得及惊艳一眼。

他手肘抵在桌上，笑得痞里痞气，拿最烂俗的一句话回她："怎么，这位子写了你的名字啊，小鲸鱼。"

他讲话拉长尾音，一字一顿往上勾，喊她小鲸鱼。

她板着脸看他："我不觉得我们的关系可以起这样的外号。"

他脚踩上桌子中间那个横杠，手掌撑着桌面边缘，往后一仰，整个椅子就翘了起来，仅靠一只椅腿支撑旋转。

他嬉笑着回她："这不是你给自己起的名字吗？"

她站到他身后，把椅子一推，三只椅腿落了地。

她认真地说："请你离开我的位子。"

他原本也不想打扰她，只是在听了她这句话之后，想给自己找个台阶下。

他垂下眼睑扫了一下自己写的过程，撑着桌子站起来。

他吊儿郎当地笑道："你肯定还会再来找我的，小鲸鱼。"

这次的台词里，透露出了三分笃定和七分不甘。

一贯不认真的人，认真起来才有种独特的魅力，让人不自觉期待，他究竟掌握了什么。

而女主对他的嫌弃，就如同对这个学校的任何人一样，这让他有些不甘。

他觉得自己和那些人应当不一样，而为了证明自己的不一样，他才选择了说这句话。

顾予临的台词拿捏得恰到好处，凸显了人物的性格，却不会让人觉得太过刻意。

他很快离开，留女主角一个人站在原地。

她坐回位子上，愤怒地发现自己压在书本底下的草稿纸被翻出来了，忍不住将眉头皱得更紧了些。

但愤怒不过几秒，她发现……困扰了自己很久的某个卡住的思路，被他解开了。

混乱的草稿纸上，那些公式后被她打了一个又一个叉，他却另辟蹊径，写出了一排清晰明了的算式。

她试图计算他的过程是否正确，结果发现自己解不出来。

她愣了好半天，不得不接受这个事实：他写的这个解题过程，她真的看不懂。

她一拍桌子，起身，去公告栏上找他的名字看。

他在教室后面，笑着欣赏她的举动。

场景重新转到公告栏前，这次是女主角和成绩单的特写。

女主角不可置信地念出来："倒数？数学零分？！"

她气得简直说不出话来，但须臾又想到那个定理，只有知道铃铛在哪里的蝙蝠才能避开铃铛。只有知道正确答案，才能全部避开。

她若有所思地往他那边看了一眼。

这一镜结束，很快换到下一镜，是午休时间学生们鱼贯而出的场景：

"下课了下课了！出去吃中饭！"

大家三三两两挤出教室，没过多久，教室就空空荡荡的了。

阳光盈满空旷的教室，随着金属笔身的晃动，在桌上投下清晰的光点。

坐在位子上写题目的她忽然停了停笔，回头去看教室的最后一排，他正趴在位子上睡觉。

她思前想后，手抬起又落下，再次尝试着解那道题，然而还是解不出来。

她深呼吸一口，拿着那张草稿纸和一支笔，走到他面前。

见他没有转醒的意思，她用笔戳了戳他裸露在外的手臂。

顾予临手臂动了一下，这才不情不愿地抬起头，额前刘海儿被他睡乱，他浑然不觉，伸出手将它扒得更乱了些。

意识慢慢回笼，他勉强将眼睛睁开些，却因为强光陡然而至，不得不抬手去遮住眼前的光。

身下的卷子粘在他手臂上，他用另一只手的手肘压住，把皮肤和卷子粘连的部分一点点拉开。

他调整了一下姿势，这才完全适应正午的光线，把手移开。

他揉了揉眼睛，看清面前的人，这才笑着冲她说："你还真来了啊？"

有点迷糊，却尽力将自己往清醒的边缘拉，目光逐渐清明起来。

江筱然看着他这一连串的表演，忍不住惊叹，真是教科书一般的睡醒现场啊。

非常细腻又真实化的表演，自然得就像排练过无数次。

以前看电视剧，江筱然总觉得主角们醒来得太假，却又想不通真实的样子该是什么状态。但此刻看着他，忽然觉得这样就是了。

江筱然去看女主角的反应。

剧本里的女主应该在这时候动心了。

果然，女主角在细节方面处理得也不错。

她把草稿纸递过去，问："这过程是你写的？"

她的手在微微颤抖，音调也在竭力控制，目光闪躲了一下。

他照例剥了块口香糖扔进嘴里，头放在水瓶上，边嚼口香糖边点头："怎么，我解的有问题？"

她鼓起很大勇气，才说："没问题，问题出在我。我看不懂。"

"哟，"他似乎是惊诧，眉高抬，语气里有掩不住的意外，"您还有看不懂的过程？"

她冷眼看他，像被踩到尾巴的波斯猫，瞪人还必须优雅。

"得，可以了，"得逞后他拍拍身边的位子，"看不懂就坐过来，我给你讲。"

她下唇微翕，无语又羞愧。

他缩脖子："怎么，你来不是这意思吗？那你说个解决办法？"

一贯气势凌人、掌握绝对主动权的女主，此刻竟有些无所适从。

无所适从了一下，她最终还是屈服了，选择坐下。

他十拿九稳地笑。

顾予临讲题的时候，把所有轻佻的目光和表情全都收了起来，就好像是他本人对待音乐时那样，严谨、认真、确定、一丝不苟。

他把这个本就单薄的角色，从优点到缺点分析透彻，从而让这个角色真正地丰盈立体起来。

老师们说得没错，他的表演有灵性，这样的把控能力是与生俱来的，任何后天雕琢都难以完成。

讲完题目，女主角在回味，他在等待时也没闲着，竟然就这么顺着把题目写了下去。

只见他一会儿皱眉运算，一会儿茅塞顿开般点点头重新行云流水地解答。

女主角难掩目光中的震惊，却不敢开口打扰。

同学们陆陆续续地回来，看到他们俩，揉了揉眼才发现是真的："我去，这什么搭配啊?!"

他没去管那些讨论声，始终低着头写题，一直写到快上课。

她说："题目留给你吧，我先回位子上课了。"

女主站起身离开的时候，他在她身后说："其实 Alice 不是唯一一只。"

她不明所以，回头问："什么?"

"你说的那只鲸啊，五十二赫兹的鲸鱼，它叫 Alice，"他转着笔回答她，"后来别的观测站在海域里，发现了符合它模式的鲸歌。那鲸歌同时出现在了两处，证明宽阔的海域里，不是只有 Alice 一个在孤独地吟唱。"

他抬抬眉，意有所指："要寻找共鸣其实并不难，只是得等。"

她攥紧手中的草稿纸，看着他整齐的笔记，眼神忽然飘忽起来。

她咳嗽了两声，目光也变得柔软："知道了。"

两个人因为这道数学题，交流开始慢慢变多。

后来，他直接把桌子移到她座位后面，组成了一个奇怪的阵列。

同桌惊诧："你干吗啊?"

他无所谓地一笑，熠熠生辉："好好学习。"

前面的女主角会心一笑。

那个题目经由他手之后，很快就被解开，剧情也得以完全展开。

接下来的戏份轮到老师上场。

老师笑着问女主："题目运算到哪里啦? 给我看看。"

女主支支吾吾，抽出写有题目的那张纸，却一个不慎把草稿纸全给扯了出来。

沈老师把纸都收了起来，本来不打算看，不承想只是扫了一眼，便已经十分惊诧："你解出来了?!"

女主低着头："还……还差一点……还没整理好……"

沈老师激动地握住女主的手："已经算解出来了! 你不知道，你不知道……"连话语声都有点颤抖，又喜又激动地不住摇着她的手，"我们这一片十个学校，没有一个学生解出来，你是第一个啊!"

她脸一白，撑起一个笑："是吗……"

"对啊，"沈老师把人物演得活灵活现，眼中几乎快要蓄起泪花，"老师就知道自己的决定没有错！你果然没有让老师失望！这可以算上一个成就了，我们学校这么多年了……才算是出了你这么一个好苗子啊！"

沈老师继续说："赶快上报！免得被人抢占了先机！你这功劳太大了！"

女主嘴唇隐隐泛白，好像只是沉默了一秒，随即抬起头，说："好。"

她没有报他的名字。

她在似锦前途的诱惑下，选择了自己。

就在她出办公室的时候，正好遇到打球归来的顾予临。

他抹了一把汗，问她："你在办公室干吗呢？脸怎么这么白？"

她却避而不答，且在那之后有意疏远他。他能够感受到，于是没有再打扰，把桌椅重新搬了回去。

原来的同桌不解地问："你怎么又回来了？"

他嚣张跋扈却还是少年意气的模样："要你管？"

说完却笑了笑，掺杂着几分无奈与委屈。

女主虽然没主动邀功，老师却在某一节课上将她大肆表扬了一番。

"看看别人，再看看你们，人家都成咱们这一片第一个解出来国际难题的人了，你们一个个成天连方程都解不出来！"

越表扬，女主角头越低。

顾予临饰演的男主此刻又开始纠结起来，他不知道该不该说自己其实已经知道实情。

假如他不说清楚，她会陷入自责；可假如他说清楚了，又会伤害到她的自尊。

这次他没有通过眼神表达情感，而是通过解题来侧面表达纠结。

老师表扬完女主之后发了题目让大家写，对他来说轻松的题目，他却怎么都解不开，边写边涂，摇着头继续写下错误的算式。

好的演员能够传递情感，因为自己代入了人物，散发出的感情是真实的，因此屏幕外的观众也能感受到他心思混乱。

忽然，他笔一停，像是想到了什么，紧锁的眉头终于解开。

果不其然，当天下午打球的时候，他顺利找到女主。

打球是假，装作接近她是真。

一看到她远远走来，他立刻放下球，装作要离场的样子。

收拾书包的时候，观众能明显从他快速拉上拉链的动作中感受到他的焦急。

二人擦肩的瞬间，他笑着说："恭喜你啊。"

没有任何不快，他真真正正为她高兴。

她猝然抬头，撞进他那双笑意璀璨的眼眸里。这才后知后觉地更加厌恶自己，眼泪涌上来："你很讨厌我吧？"

他皱眉："为什么要讨厌你？"

她低头沉默，手指死死抓着书包带。

他的目光放在她泛白的手指上，这才说："你为了那道题的事躲我？"

旋即他摇头安慰她，却因为很少那样温柔地安慰一个人，显得有些笨拙。

"没必要的，我解题本来就是为了帮你啊，你不需要觉得愧疚。"开始的几句话还是有些生硬，到最后，他语调才慢慢变得温柔起来，"像我这种人，就算说了那题是我解的，别人也不会信。别哭了。"

她咬紧牙关，赌博似的问他："可是你想让别人知道吗？"

"什么？"

她又说一遍："你想让人知道你的能力吗？"

他这才笑，拍拍手里的篮球："肯定想啊，谁不想？但是我们这种人……"

女主突然松开手中的书包带，像是解脱了。

可能这么久了，她是在等一个契机。

人生中总会做很多个选择，只是头脑一热才走上了错误的道路，却因为没有一个机会回到正途，而不得不咬着牙越走越远。

他说了这句话，给了她面对自己的勇气。

"既然你想，那一定可以。"她抬起头，目光坚定，"走，我们去找老师，把话说清楚。"

他面带讶异之色，却被她拽到办公室里站好。

所有老师都把目光放在他们身上，女主如释重负地开口："老师，那道数学题还没上报吧？"

老师这才指着手里的单子："我准备等下就去……"

"不要去了！"她说，"题目不是我解开的，是他解开的。"

女主丝毫不吝啬自己的赞美："他是我到现在为止见过的、在数学上最有天赋的人。假如能出国深造，必定大有造诣。"

老师们集体愣住，显然有些不信："……他？"

他对着她无奈一笑，好像在说：看吧，我就知道是这样。

她却继续为他争取："是真的，您如果不信，可以给他出几套卷子做。"

最后，老师给他出了几套卷子，一套套做下来，几乎全是满分。

老师眼睛里闪着光，不可置信："你能力这么强，怎么不早点告诉老师？！"

他愣了愣，最终也没有说话。

出办公室的那一刻，他以为自己该高兴，可始终无法觉得自己真正解脱了。

直到看到坐在双杠上等自己的她，他轻车熟路翻上去，坐在她身边。

她问："老师相信你了吧？"

他点头。

"那就好，我不用愧疚了。"她笑了笑，"其实你的能力真的很出众，不该这么低调的。"

他道："其实不是没有展示过，几年前进校分班考，我数学考的是满分，被叫到办公室，老师问我是从哪里偷来的答案。"

他盯着自己脚尖晃动的光矢，说："也不能怪他们，就好比你在珍珠蚌里挖到了一颗珍珠，你会很惊喜；但你要是在广袤的沙漠里看到一颗珍珠，最开始的反应也是不会相信的。

"反正我爸妈也不觉得学习重要，他们就想让我拿个文凭，然后去继承家业做生意。我之前也难受过，当时志在四方啊，哪儿能接受自己的兴趣就这么被扼杀了？后来想通了——要一个个跟人解释我是沙漠里的那颗珍珠，又苦又累，还不如沉默，反正我们这种人……"

发觉他是第三次说出"我们这种人"，她皱着眉，冷声打断："你们这种？什么是你们这种？"

他转头看她，目光有些意外和不解。

她一字一顿："你这种人，以后会是为国家和社会做出贡献的人。你不要把自己跟他们混为一谈，你们不一样。"

想了想，她又说："我以前也觉得人分等级，可遇见你之后，我不这么觉得了。"

他背着光笑问她："那你怎么觉得？"

她说："遇见你之后，在我眼里，就只有你，没有其他人。"

她说得隐晦，像是在说学术上的事，又像是在说爱情。

那天回家的路很长，没有人把话说穿。

分别的时候，夕阳把彼此的影子拉得绵长。

她最后说："你说 Alice 遇到了频率相同的那一只鲸鱼，可是搞不好，那只鲸鱼唱的歌，Alice 也听不懂。"

他不清楚她想说什么。

她低头："你比我厉害得多，说我跟你有共鸣，其实是抬举我了。

"但是我不后悔，虽然这道题目我们两个都有功劳，但是我刚刚想通了，假如一定要选一个人，我希望那个人是你。

"你应该走得更远，我需要你走得更远，所有人都需要。"

她看向他，眼睛里的光很亮。

他出国的那天，天高云淡，空气清新，她去送了他。

机场里大家做着不痛不痒的寒暄，她给他送了份礼物，是支钢笔。

"记得要用这支笔解题，这样到时候拿奖了，我还可以安慰自己，我也是参与了你的研究项目的。"她装作无所谓地一笑。

他点点头，不想把离别渲染得太悲伤，转过身便大步流星地往前走。

走了几步，到底觉得不忍心，又放慢了脚步，闭上眼，好像唯一的心愿，就是和她再呼吸同一片空气。

无数种情愫在他眼睛里来回翻滚：不舍、犹豫、歉疚、失落……

最后，通通归为一个无力的笑容。

只能这样了，还能怎样呢？

顾予临对面部表情的拿捏恰到好处，就算要一起表达那么多情感，他的面部管理也不会失控，反而能让人从他细腻的表情中，感受到人物情绪的递进。

如顺水推舟，平缓地前进。

男主角后来在国外的生活过得乏善可陈，每天除了吃饭睡觉，就是研究写题。

他的很多工具都光洁如新，侧面表现出了他学业上的用功，但那支钢笔却已经非常老旧，可他依然坚持使用着。

苦日子终于熬出了头，同伴偷偷告诉他："我们马上就要回国啦！听说科研所有一个保密研究要交给我们做，这种任务做好了，咱们就能名声大噪啦！"

他皱着眉问："保密研究？"

"是啊，就是在那一两年间，不能对外联系的。但是想想以后，我觉得这也不算什么。"

那时候他正在写一封给她的信，犹犹豫豫吞吞吐吐，最后一句是"等我回来"。

钢笔停在纸张上，墨水止不住地往外洇开，留下很大的墨点，仿佛句号。

而他的眼睛里，已经没有了爱情的光彩。

时间一晃，几十年打马而过。

那年他五十三岁，眼角留下岁月的纹路，表情也不似少年时稚嫩无畏。

颁奖人念出他的名字，还有至高无上的颁奖词："孤身一人潜心研究数十载，他终于将桂冠捧入手心。这是数学界的一小步，人类的一大步。"

台下掌声整齐而庄重，他穿着西服，上去领奖。

获奖的那一刻，站上顶峰的那一刻，他带着自己的算数纸，就像是带着她一起，走上荣耀的殿堂。

顾予临的身体里有一股稳重的气质，虽然这气质一开始并不属于年少时的男主角，但在眼下这个需要沉稳气质的情况下，就派上了用场。

他站在台上，感动而礼貌地微笑。

他背脊挺直，浑身散发着睿智而自信的气息，给他整个人增添了无法言说的魅力。但当他垂下眼看到手中的纸张，孤寂却无法掩盖。

屏幕短暂一暗，场景切换，变成了他的黑白照片。

相片安安静静地挂在灵堂正中央，上了新闻，标题是"著名数学家逝世，享年七十五岁，无妻无子"。

这时的女主正在家洗苹果，洗好之后端到丈夫和孩子们面前，无意间看向电视机，手一滑，苹果骨碌碌地往地上滚。

小女儿对着新闻点评："无妻无子多可怜啊，还是我妈好，名校毕业，一线城市白领，有车有房，还有这么可爱的丈夫和孩子。"

她张张嘴，说不出话，眼眶中蓄起眼泪。

新闻还在持续介绍："他为国家奉献了自己的一生，常年居于研究所之中。他的同事说，也想过给他介绍妻子，但都被他礼貌回绝。他认为要专心钻研学术，势必会无心兼顾家庭，他不愿耽误任何一位姑娘。"

她也曾给他寄过书信，但最后都得不到回复，原来竟然是这样。

"逝世时，他仅留下了两封遗书，一封给自己的亲人，另一封……像是情书，投递给谁，已无从可考。"

最后一幕是那封情书的特写。

她老眼昏花，颤抖着去摸索桌面上的眼镜，来不及再仔细辨认一眼，眼泪已经夺眶而出。

情书上，"等我回来"被划掉。

他自嘲似的跟自己对话："我好像没什么理由要你等我这么久了。"

又划掉。

最后留下的，是一大一小两只鲸鱼，后面那只大约是母鲸，被他恶作剧似的画上了一个蝴蝶结。

前面那只鲸鱼，在回头看着那只母鲸。

最后一行字可见颤抖，不知是在怎样的情况下写的。

是他哭泣着写下的，还是临终前没有力气，强迫自己记录的？

"无论相隔多远的海域，我将一直守望你。

"很开心接受你的共鸣，但恕我，不能有回音。"

最惊艳的少年带来最刻骨的开篇，却回赠给所有人一个平淡如斯的结尾。

像他这样的人，明明就该意气风发地过完一生啊，明明永远都要横冲直撞，敢爱敢恨，怎么最后，反而成了一个人呢？

台下的观众陷在这样的震撼中，久久没能回过神来。

顾予临将人物塑造得非常到位，从一开始的无所谓到面对女主时短暂的无措，再到对待热爱时从骨子里散发出的不服输和确定劲儿，以及最后一个人上台领奖时那些微的怅惘，还有死亡来临那一刻时的留白，让人不断地遐想。

台下断断续续传来吸鼻子的声音。

趁热打铁，二人迅速登台演唱。

观众已经受不住了："不会这个歌还要虐我一把吧……我年纪大了再经不起折腾了啊……"

屏风后的剪影被虚化成黑色的一小块，形状瞧上去像只鲸鱼。江筱然站在后面，顺着前奏切入歌曲：

> 像闪烁辰星 / 落入幽蓝河底
>
> 像呼啸的风 / 就停在了这里
>
> 像一个梦境 / 连呼吸都放轻
>
> 忘了告诉你我有多欢喜
>
> 当来路终于有人可依
>
> 当有你气息驱散孤寂
>
> 当我终于可以和这世界温柔地言语

与此同时，大屏幕上播着刚刚微电影没放出的片段，是两个人日常生活中的一些小细节。

这样的琐事并不适合放在快节奏的电影里，却能在 MV 中扮演很好的角色。

观众代入感更强，彻底进入这个故事，而顾予临也没有回头看她一眼，轻合双眼跟着唱：

> 你说这是世上最孤独的共鸣
>
> 两个人并作一个漂浮的岛屿
>
> 别人不能靠近我们也不能抵达陆地
>
> 像独守一隅秘密

他的声音柔软而低哑，带着些微不可言说的惆怅，加深了歌曲中的遗憾。

江筱然很快切入，与他的声音相呼应：

> 可世上哪有绝对安全的距离
> 当我又在海底寻找你的声音
> 发现没人听懂我的声音泪流在心底
> 在充满回忆的地方／遗忘你
> …………
> 你不是搁浅在岸上的游鱼
> 是大浪淘沙留下的珍珠雨滴
> 你要朝着更光明的地方去
> 也不必记得我曾与你同行

顾予临走到屏风前，与她相隔，但仍旧看着她的影子。

这并不在设计的台本之内，她却能感受到他的视线和人物的感情，江筱然伸出手贴在屏风上，想起电影里，女主与男主看似靠近，却始终隔着难以逾越的距离，忽然心里一酸。

如同午夜钟声奏响，如同野兽舐舐伤口发出的呜咽声，如同繁华历尽后只剩一人登台，他也伸出手贴住她的手掌，缓缓唱出声：

> 只是这世上有太多的可惜
> 于万千人中捕捉到你共鸣
> 我接受这共鸣却不能有回音
> 唯恐旅途艰辛你须陪我风霜历尽
> 我只能独自向更远处游去
> 只是深海空旷阔无人际
> 我一回头／就又看见你
> 假如来日再相遇
> 即使目光迷离再看不清你
> 即使失语后道不出你美丽

　　即使步履蹒跚失去了力气

　　可你一生美满老有所依

　　便是我全部期许

　　歌曲到最后，屏幕上显现的，竟然是男主角临死前的一幕。

　　他插着呼吸机，心律已渐渐减弱，不知是想到了什么，他挣扎着抬起手，松弛的皮肤泛着并不好看的色泽。

　　护工为他取下面罩，有人问他："您是想要说什么吗？"

　　泪水从他布满血丝的眼睛里溢出来，人之将死，连身处何地、年龄几何也搞不清了。他嘴唇翕动，一字一句道："我刚刚做了个梦……"

　　"一个梦？一个怎样的梦？"大家咬着牙问。

　　声音喑哑老旧，像是搁置了很久的大提琴，布满灰尘，呕哑嘲哳。

　　他干涩的嘴唇抖动，因为回味，脸上竟然慢慢地，带上了一点笑意。

　　他梦到了自己最爱的两样事物。

　　"我梦到在空旷的教室里，陪她在写一道数学题。"

　　"嘀——"

　　漆黑的屏幕里，留下心脏已停止跳动的那一道声音。

　　屏风撤开，江筱然走入后台。

　　她整个人被一种难以言喻的情绪拖着，像是心下吊了块巨石，止不住地往下坠。

　　台下也有很多女孩子在哭，弹幕更是爆发出历史最高值：

　　"太好哭了，微电影和歌曲都表现得太好了。"

　　"这个编剧是谁，你出来，我们谈谈人生。"

　　"看完电影我本来觉得自己虐点挺高还挺得意的，看着大家哭还挺有优越感，结果一听歌忽然被虐到飙血，歌词杀我！！！"

　　…………

　　台上顾予临正在接受姚瑶的超高点评，江筱然在后台翻着微博，发现自己的账号居然被大家扒出来了。

"只有我注意到了吗，编剧江筱然，词江筱然顾予临，演唱江筱然顾予临。这个江筱然到底是何方神圣，竟然在我家顾总前面？"

"终于找到她微博了，编剧@临江仙，传送门不谢，让我们给虐文编剧一点关（刀）爱吧。"

"临江仙＝顾予临＋江筱然＋欲仙欲死？哈哈哈哈我这脑洞也是够大的。"

江筱然匆匆退出去，点开临江仙这个自己临时申请的工作号。

她没注意到顾予临已经接受完赞美到了自己身边，只看到后台噌噌狂涨粉，然后私信那栏右上角，一个小小的"N"。私信也爆了。

坏了坏了……她要被寄刀片了……

顾予临在她身后好笑地问："临江仙，你在进行什么暗示？"

江筱然慌张地眄他一眼："临江仙的意思是'临时申请的江筱然仙女的小号'好吗？！什么欲仙欲死，现在的小孩子怎么动不动就开车！"

说完又蹭了蹭下巴，问他："你说咱们俩，被扒出来的可能性有多大？"

"很大。"他说，"现在的狗仔怎么这么不敬业，我已经等他们很久了。"

江筱然已经做好了十足的准备，但还是说："虽然我也无所谓，但觉得还是过阵子你稳定后再公开比较好。你现在正在上升期，新闻什么的最好还是以作品为主，等到你已经是票房收视保证之后，感情生活再一曝光——跟初恋修成正果，那国民好感度绝对会一路狂飙。你觉得呢？"

说完，顾予临没说话。

江筱然眉头一皱，回头轻轻眯眼："你要是跟我说没准备跟我谈这么久，我就踹你。"

她的手指正巧触到他手掌，顾予临反手握住："手怎么这么冰？被吓到了？"

"没啊，空调吹得我有点冷而已……你别总是把我想得这么脆弱，我很强大的好吗？"

他俯身，直接趴到她的椅背上跟她说话："我怕不公布你会没有安全感，我也问了圈里一些前辈，他们很多都是进了娱乐圈，女朋友受不了，就分手了。"

"也许他们的女朋友还没有准备好呀，"江筱然说，"我准备好了，从跟你在一起的时候我就准备好了，这些都是我必须面对的。我不想让我成为你的阻碍和担心，这些东西我自己能够消化，也能够处理好的，你好好地做你喜欢的事就好了。

"而且那些公布了就成天秀恩爱的，结果也没见得都很好啊。最主要的还是双方的感情够不够牢固，彼此有没有强大的承受能力。等你事业稳定了，时机成熟了，到时候公布一定没问题的，我承受的压力也会小一些。"

两个人正说着话，有人敲敲门进来了："曲一表演了哎，形式和你们还有点像。"

曲一今晚表演的是《1874》，舞台上的呈现手法确实和他们有些类似，表演完毕统计票数时，大家纷纷在微博里猜测第一会花落谁家。

争议最大的就是顾予临和曲一的节目，各有支持者。

今晚的成绩换算成了打分制，主持人穿着礼服站在台上，某个时刻有点像非要把衬衣扎进裤子里再别一串钥匙的数学老师。

"第三名 89.97——"主持人邪魅一笑，"恭喜曲一！"

江筱然抬眼，没想到曲一这次连第二名都没拿到。

毋庸置疑，第一又是顾予临，本场第五的金晋已经开始吐槽他了："又是第一啊？你每次能不能留点悬念，别总得第一，观众都没期待心了。"

顾予临对着江筱然仰仰下巴："这回你去跟她说，得第一完全是靠她。"

江筱然还在聊天，听到他在说自己，抬起头颇为茫然地"啊？"了一声。

金晋玩味道："临江仙大编剧，我说你能不能管管顾予临，给我们这些小透明留点活路啊？在他的光芒下，第二名都会被甩开一大截……我这次才第五名！差点就小命不保了！"

江筱然本想回复，却蓦然发觉什么重点："临江仙？你怎么也知道这个号？"

金晋朝她挥挥手机："都上热搜第十五名了，我能不知道吗？"

江筱然这才登录微博，发现这会儿热搜第十四，还前进了一名。

第一次上热搜，江筱然内心激动又忐忑，点开后发现除去对二人关系的猜测，更多的还是有关微电影的讨论。

悲剧总是让人回味，尤其是这种短故事运用悲剧会更有力量，她永远也无法忘记赵嘉映初中时偷看短篇杂志被抓包，就是因为憋了一眼眶的泪看向黑板，而老师那天讲的是个幽默作文。

她正想看看大家给她发的私信，余光看到顾予临换了衣服，得知今天先晋级的可以率先离开。

于是她便收起手机，跟他有说有笑地同步离开，打算回去再继续看。

演播厅不远处就是酒店，霓虹灯高高挂起，树木长势旺盛，像是这盛世繁华下开的一响礼花。

顾予临的手机一路都在振动，像是有什么重要的工作在洽谈。

江筱然忍不住问："什么事啊？"

"DYM找我签约的事。"

DYM是顶级的娱乐公司，江筱然作为专业吃瓜选手自然有所耳闻，知道这家公司口碑好，捧艺人也是尽心尽力，为艺人规划长远发展，而非图一时之利。

"挺好的公司吧，你准备签了吗？"

"嗯，"他道，"虽然最近很多公司找我，但衡量过后还是DYM最好。而且要是签约成功，下一部陈咸主演的《覆国》，我可以拿到配角。"

陈咸是DYM旗下影帝级的人物，而《覆国》更是鸿篇巨制，未拍先热，关注度高得不行。身为新人的顾予临如果能在这种IP中拿到配角，简直是无数人艳羡眼红的好资源。

她点头："蛮好的，我今天还听很多人说想让你演戏呢，你这张脸不上大银幕确实是浪费了。"

"接下来应该会有两部大男主电影和一张专辑，本来还准备给我电视剧资源，我推了。"

"为什么推了？"

"电影和专辑都要认真做，一项三个月起，我不会轧戏敷衍。"他道，"剩下一点时间，可以陪陪你。"

她颇有些受用地耸了耸肩，又道："这么说的话，你以后不就走正剧小生的路线了？不走流量这条路了，那肥沃的粉丝经济就不发掘了？"

正剧小生是靠作品说话，大家为作品买单；而流量艺人则是卖人设为生，大多是男友人设，有一批以他们为梦想的粉丝，无论他们做什么都会花大把钞票为其买单，前提是人设不崩塌。

前者更有生命力，走得也长远，但后者一旦走红，赚钱就是千万起步，薪酬高到离谱。

顾予临低头问她，嗓音低哑迂回："我要是走流量小生路线，就会有很多女友粉。你能接受别人喊你男朋友老公？"

她吞了吞口水，死鸭子嘴硬道："我……我可以吧……"

"你愿意是你的事，"他伸手揉了揉她的头发，"我不愿意。"

"我始终属于你一个人，从过去到将来。"

他眼眸漆黑，神色认真，她本想贫两句，最后却也打算让沉默发酵成二人世界中的另一种浪漫。他们沿着马路各怀心思地走着，不说话，却很美好。

听完了顾予临对未来的谋划，她更加心安，回去后翻看着爆炸的私信，挑了一些进行回复，还发了条微博感谢大家的喜欢。

这部微电影的成绩是她没想到的，不仅播放量迅速爬上了月榜，更是有很多学校组织学生在午休时观看，同名歌曲下载量在各大音乐网站排名榜首，雷打不动。

"江筱然"这个名字，也开始有了一定的知名度。

她陆陆续续收到了一些其他剧本的邀请，挑了一个比较靠谱的组，答应下邀约。

她初来乍到，没什么经验，但好在善于学习也谦虚，很快就上了道，只是有时候改剧本改到半夜，她都觉得自己眼睛里散发着诡异的光。

剧本好不容易过了，剧组开始筹拍，江筱然这才闲下来。

那会儿《余音绕梁》已经抵达最后的比赛阶段，只剩下四位选手。

顾予临的光芒越发彰显，在整个B城都有了名气，甚至在某个高校调查问卷里被评为"国民初恋"。

所以在寝室门口再次发现顾予临的时候，她的反应比第一次还要大。

这个人，一点自己正当红的意识都没有吗？

"你怎么站这儿？快快快，跟我进去，被发现的话你会被堵死的。"

他垂着脑袋笑："嗯。"

江筱然刚带他回了寝室，正准备把门关好，就被人反压在了门上。

顾予临把她身子一转，她还来不及反应，感觉视线一暗，他欺身下来，手顺势绕过来，托住她的后颈，大拇指搭在她耳后。

他的唇压下来，像是久旱逢甘霖，这个吻带着点凶狠的意味。

一个月没见了，她真是要想死他身上的一切了。

江筱然伸手搭上他肩颈，吻正要辗转深入时，外面传来一阵中气十足的呐喊，还伴随着捶门的动作："开门了啊江筱然！别躲在里面不出声，我知道你在家！江筱然，江筱然，江筱江筱江筱然！"

…………

大门被捶得叮当狂响，江筱然连身子都跟着节奏开始一颤一颤，顾予临沉吟片刻，指尖稍滞。

她寝室里住着的都是些什么妖魔鬼怪？

江筱然认命地叹息一声，正准备转头去开门时，又被他重新压住："别管。"

然后他的气息再次覆下，又是一轮失氧运动。

运动开始不到三秒，外面传来掏钥匙的声音："不在寝室吗？那我只能自己开喽。"

江筱然这会儿不打算继续了，问他："你要不要躲起来？"

"躲？我为什么要躲？"他语带不悦，"就十分钟。"

"嗯？什么十分钟？"

江筱然起先没懂，直到看见他伸手，把里面的门闩扣上了。

赵嘉映本来连门都打开了，冷不丁听到门闩声，忽然想起李嘉垣上午好像和自己说过什么，顿时抓着宋葵和许礼飞速逃离："快走！"

"哎——为什么呀——嘉映……赵嘉映！"

一阵混乱的吵嚷后，走廊内终于重新安静下来。

江筱然抬头，看他微微皱起眉，竟像是小孩子在撒娇。

他低着声音，不满道："我还没有亲够。"

"……"

服务到让这位当红"炸子鸡"满意之后，二人进场去看电影。

今天看的是陈咸的《倒数笔记》，她看剧情，顾予临就顺便学习一下电影的表演方法。

二人蜷在私人影院的小沙发上，这种警匪片多是刺激的大场面，她却因为前一晚没休息好而渐渐睡去，睡着睡着又有点冷，忍不住往暖和的地方拱了拱，再醒来的时候，就是在顾予临怀里了。

电影早已放完，他低垂着眉眼看她，眼睫被投落的灯光漾出根根分明的暗影。

"醒了？"

他手肘搭上来的力道温柔又自然，舒适得让人并不排斥这样的亲密姿势，她没有想要逃，只是裹着自己的小毯子，低声答了句："嗯。"

说完后，她接着道："我刚刚又做了个梦。"

他问："什么梦？"

"梦到我们是有上辈子的，"她轻咳一声，虽然自己也知道这样讲很荒谬，但转念一想不过是梦境而已，说一说也无妨，"我梦到你进圈很早，成名却是在几年之后，我只是你银幕外的一个小粉丝，看着你从拥有几百个粉丝到几千万粉丝。你或许不会记得我，但我参加过很多关于你的活动，我探过你的班、参加你的签售会和演唱会、跟你短暂地说过几句话，然后拼命追上你的脚步，却在给你接机的时候遭遇了踩踏事件，然后重生了，回到你刚十六岁那年，打算替你消灭所有的黑历史，陪你走上人生巅峰。"

他顿了会儿，这才笑问："然后呢？"

"然后我就醒了。"

她咬了咬下唇："你是不是也觉得很扯啊？第一次见你那天我淋了大雨，回去就高烧了，在医院做的就是这样的梦，所以才把校牌递给了你。

"我也知道这都是梦，但是好真实，真实得就像是……像是真的发生过一样，"她渐渐不明白自己到底想说什么，"算了，你肯定也觉得我脑子不太正常吧。"

头顶的呼吸声酝酿了许久，一片漆黑中，她听见他的回应："也许我们真有前世也说不定。"

她自己都觉得荒谬，说出来也不知道是想获得怎样的认可，只觉得他无论怎么回好像都很奇怪，但在听到这句话的那一刻，她倏然抬头。

他目光沉沉，真挚又清澈。

她想，或许她要的就是这样的回答，哪怕是她自己都拿不准的胡话，他也是会信的。他信她。

江筱然轻轻往后靠了靠，将头搁在他的肩上，轻声道："那我前世肯定很喜欢你吧。"

他抬眉："多喜欢？"

她想了想，伸出手指抚过自己的锁骨。

"想到就心脏疼的那种喜欢。"

"还有这种喜欢？"

"有啊，"她蜷起身子，重复道，"有的。"

当作信仰的喜欢，当作光和热那样缺一不可的喜欢，当作灯塔一般追逐前进的喜欢，因为你想要变得更好的……那种喜欢。

"嗯，"他说，"那应该是报应。"

"什么报应？"

"前世你这么喜欢我——所以这一世，换我这样喜欢你。"

影院内灯光很暗，四周的隔音效果很好，他的声音便显得更轻，但从某种程度上来说，又很重。

她坐起了些，想到了另一件也很重要的事，问："决赛是不是马上要开始了？曲一总是想针对你，你到时候打算怎么办？"

他笑了下，并不怎么在意："以其人之道，还治其人之身。"

她抬头，额头正好抵到他下巴："怎么讲？你这次打算唱什么？"

"有几首备选，还没选好。"他道，"但应该不唱原创。"

江筱然一震："不唱原创？原创不是你的优势吗，放弃它不等于你高考放弃数学吗?!"

"这哪里一样，我不唱原创，只是为了……"停了停，他噙笑道，"让曲一输得心服口服。"

"他觉得你能到这个地步都是靠原创？"

"嗯，他已经不止一次含沙射影，说原创天生有优势，即使基本功不好大家也能理解，不像其他的歌手需要各方面做到最好才能获得认可。"

江筱然撇嘴："可原创也是要费时费力去钻研的啊，这人唱歌怎么还唱出优越感来了。"

顾予临又道："而且唱了这么多期全是原创，大家几乎都给我打上了标签，我想做点不一样的东西出来，证明我不是因为唱功不好才唱原创的。"

听完了他这段话，她忽然意味不明地笑起来，顾予临瞧了她一会儿，问："怎么，你梦里的世界我也是这样？"

"你怎么知道？"她失笑，"梦里的顾·顶级流量·予临也不喜欢大家给自己打上烙印，人家说他只能唱歌跳舞，他就去演戏；人家说他只能演古装剧，他立刻演现代剧；人家说他角色固定，他就总是接一些截然相反的角色……"

幕布上开始播起了温柔的爱情片，他就这样听着她碎碎念讲着自己的梦境，或者是另一个时空的故事，自己也抵在她肩上短暂地闭上了眼，同样做了个梦。

不知道是因为听她念叨了太久还是因为别的什么，他的梦和她的连为一体，共用一样的时代背景与所有设定，如同男主视角般的续集。

梦中如她所言，他成绩不好，没有考上大学，还喜欢打架。

参加的第一档综艺节目收视不错，他能力出挑，却没有进前十。而且他还把赞助节目的某个高层给打了一顿，原因是高层想包养他。

后来签了个小公司，经纪人尽心尽力，无奈唱片市场不景气。他条件好，经纪人给他接戏，说你尽量好好演。

他上了几节表演课，老师夸他演得好，其实不是演得好，是因为那些角色和他本人很像，有些是抑郁少年，有的是失孤青年，活着，就为了一口气。

有个角色很适合他，有棱有角，叛逆又乖张，后来却逐渐被岁月磨去了棱角，眼里再掀不起什么波澜。

试戏的时候试的是什么呢，是说那个角色到最后，遇到一件根本就咽不下气的事。他把纸扔到桌上，最后摔进沙发里，闭着眼说："随你们吧。"

那场戏导演赞不绝口，说有一种倔强着妥协的味道。导演不知道，老爷子让他回 B 城一个人住的时候，他也是这个状态。

他一直觉得自己活着很奇怪，有时候自立到谁都不需要，再孤苦难熬的夜也挨过，说不上绝望，也算不得涅槃。但偶尔冲动上来了，也能血气方刚地跟人干上一仗。

有的人实在太难沟通，除了揍，他没办法泄愤。

后来打高层的视频不知道谁给爆出去了，他突然就红了，而且红得一发不可收。

他开始有接不完的通告、拍不完的戏，片酬高涨，人气一路飙升。

　　拍电视剧，收视率破了有史以来的纪录；拍电影，票房在当年所有片子里排第三。

　　他什么都有了，却好像什么也没有。

　　这话说来大概像无病呻吟，但做艺人做到这个程度，他不知道自己还能追求什么。幸好他对音乐还有热爱，一两年就出一张专辑。

　　也不是不喜欢这个行业，他想过，跟这世界上所有的职业比起来，他是喜欢唱歌和演戏的。但有人骨子里，就是不太喜欢这个世界，做什么都提不起劲儿，因为感觉没有很重要的人，没有特别明确的支撑。

　　他也见过很多人，再漂亮的和再有才华的都见过，倒追他的不少，他却一个也不喜欢。只是辗转梦醒的时分总会记起一张脸，瞧不清那人的五官，只记得自己爱逗她，翻来覆去最爱说俩字——作死。

　　"希望我……作死？"

　　"怎么，这次不希望我作死了？"

　　最后一次见面是在机场，他想近距离看一看她的模样，她却顷刻淹没在人潮之中，仿佛一瞬间离他很远，又很近。

　　梦境至此戛然而止，他睁开眼，发现有人正站在不远处。

　　厅内太黑，或许是不想开灯惊扰他，她只开了个手机的手电筒，远远看去，如同镶嵌在夜幕中的，唯一的一颗辰星。

　　如同从一个可怖的梦境中脱逃，睁眼就看见拯救自己出泥淖的人，陪在自己身旁。

　　夜很长，但终究会有星光，也很快就会天亮。

　　他想到要唱什么了。

第七章

夜空中最亮的星

就在顾予临准备总决赛时，江筱然也投入工作，拿到了一个古装大项目的剧本工作。

那段时间除了上课她就是在改大纲写剧本，忙得一秒恨不得掰成两半用。

《余音绕梁》总决赛那天，正好收到剧本大纲人设通过的通知，她满足地伸了个懒腰，希望今天能来个双喜临门，再看到顾予临夺冠。

傍晚时话题就上了热搜，大家开始兴冲冲地讨论谁会拿到第一。看到评论区几乎全是顾予临的粉丝，江筱然确定他已经红到了一定境界。

当然，点赞曲一夺冠的人也很多，毕竟唱了几首有名的翻唱，他粉丝不少。

而除了曲一，现场还有个选手被扒出有投资商的背景，一时间冠军奖杯到底会花落谁家，哪怕是业内娱乐人士也无法妄下定论。

况且节目微博还提前官宣，说曲一会带来一首风格颠覆之作，让人不由得怀疑他到底拿出了怎样的必杀技。

很快，悬念揭开，主持人站在台上慷慨激昂道："接下来有请曲一带来原创情歌——《想》！"

短暂沉默几秒后，观众们大声尖叫起来。

要知道曲一连着唱了十几期别人的歌，冷不丁在这么个情况下选择了原创，不就明摆着是在跟顾予临做正面挑衅吗？

而作为节目金牌创作人的顾予临，在如此直观的对比下，会优势尽失吗？

报幕完毕后，曲一穿着白色的西服走上舞台，随着大提琴声切入：

听 / 耳机里回旋的

那首你最爱的歌

我 / 又不自觉唱着

仿佛你就 / 近在眼前了

…………

这首歌写得不错，曲一又是天生的好嗓子，唱得了高音，情感代入也进步了不少。

一贯专注唱歌的歌手突然唱起了原创，对观众和评委来说无疑是非常新鲜的，大家都对他的创作能力表示了意外，同样，因为惊喜，观众们听完这首歌也是连连点头。

"这算什么啊？写的也就那样吧，大家是不是对非原创歌手要求太低了点？顾予临拿屁股——"李嘉垣大声说到一半被赵嘉映捅了捅，这才小声说完，"顾予临用屁股都比他写得好。"

"顾予临马上就出场了，我倒要看看我们家小顾会怎么碾碎他，"李嘉垣做了个握拳的手势，"碾碎他们，志在必得。"

然而当主持人介绍完顾予临要演唱的歌曲后，观众席内更是陷入了一阵喧哗。

"我没听错吧？顾予临唱逃跑计划的《夜空中最亮的星》？他居然不唱原创了？"

"今天究竟是个什么玄学夜晚，曲一唱原创，顾予临飙高音？！"

"到底谁能赢啊？越来越期待了。"

深蓝色的灯光慢慢点亮，顾予临出现在舞台正中央，他身后的屏幕里是银河与星空，银白的一道点缀在天幕里，散发着清幽的光辉。一两颗星子陷入如丝缎般柔软的天空里，发不出耀眼的亮光。

他整个人像是跟星空融为一体，构成一幅美得惊心动魄的画面。

有人低声惊叹："太好看了，好看得我连单反都拿不起来……"

他闭着眼，随着前奏和歌词一同浮现在脑海中的，还有她。

那一年跨年夜，他一个人在家写东西，本已习惯这样的冷清，却突然听到门锁打开的声音，他不可置信地抬头，竟真的看见了她。

那晚她的鼻尖被寒风吹红，脸颊也是，只有那双眼睛，明澈透亮，满载光辉。

就像是夜空里，最亮的星。

夜空中最亮的星 / 能否听清 / 那仰望的人 / 心底的孤独和叹息……

他的嗓音沙哑，夹杂着些许不自知的温柔，如同溪水中被冲刷的鹅卵石，质感独特。

江筱然知道他不会唱原创，故而并不意外，但也明白他不会打没有准备的仗，既然选择了这首歌来应战，他就一定会给出惊喜。

她相信，所以手心发烫地紧盯着台上。

顾予临的情绪饱满而脆弱，将歌曲所需的感情拿捏得恰到好处，而他每唱一句，身后深蓝色的灯光就暗上一分，隐约让人有些期待，他唱到最后时全场一片漆黑的效果。

大家随着他的歌声，陷入他的气场和星球中，那个世界里万物萧瑟，黑暗荒芜。

可倏然，他身上挂着的星星灯一盏盏亮起，浅黄色的灯光顺着他的眼睫一路游走，一部分被筛下，细细密密地落在下眼睑上，而幸存的那部分亮光再度前行，在他睫毛尖处留下成片的光点。

每当我找不到存在的意义 / 每当我迷失在黑夜里 / 夜空中最亮的星——

顾予临后退半步，昏暗的灯光里，他们四目相对。

好像身处宇宙之中，脚下虚无，手可摘星，黑暗的时空渐次重叠，又逐渐抽拉出，一道绵长的明光。

那一秒像是一万年，而万年之后，他对她唱：

……请指引我靠近你。

只是那一刻，电光石火，火光迸现，情绪汹涌澎湃，像黑暗里穿行的一只大手，准确地攫住她的心脏。

就在这瞬间，整个舞台旁的烟火突然绽开，伴随着刺目的光急速冲上云霄！

顾予临拉远话筒，背脊微弓，向大家展示了一个以往他未曾开辟过的、全新的音域。

台下传来骚乱，众人被惊艳得头皮发麻："是高音吗？顾予临居然真的会唱高音？！"

"嘘！闭嘴，我花钱听帅哥唱还是听你乱号啊，不要耽误我给耳朵做'马杀鸡'！"

顾予临发力时还隐约能看到脖颈上突出的青筋，那抹青色扎根在白皙的皮肤里，透出一股野性而内敛的性感。

尾音不断上扬，他气息沉稳，高音饱满，像一柄破空而来的利箭，刺破空气，准确入靶，尖端狠狠扎进去，入木三分般深入。但尾端因为惯性，来回有劲道地摆动了两下。

他的音乐就像这样，狠狠扎中你，却又给你留有震撼的余地。

你一面坚定于他精妙的诠释，一面为他精湛的技法而震撼。

余音绕梁？这就是了！

演唱完毕后，他按例鞠躬，大家却久久不能回过神来，静寂几秒后，全体起立鼓掌。

就连很多不算粉丝的男性观众都连连称好，评委都直白地表示"好听到想骂脏话"。

季军早就被淘汰出去，所以冠军是在顾、曲二人中产生，很快全场进入投票环节。

李嘉垣一直紧盯着数据，实时播报："开始两个人差不多，曲　唱歌的时候反超了一点，现在顾予临唱完了，就领先很多了……肯定是顾予临赢嘛，不然岂不是爆冷？"

就在江筱然也觉得百分之九十五是顾予临赢的时候，紧张的计票过后，主持人走上台："结果已经产生，大家安静一下，听我宣读票数。评委票顾予临与曲一持平，大众评审票，顾予临五十八，曲一四十二。"

"最后是观众票，顾予临一共获得一万五千六百票，曲一一共获得……一万，五千……"

场下安静得只剩呼吸声。

"七百票!

"恭喜曲一成为全国总冠军，顾予临成为全国总亚军!"

一阵诡异的安静后，曲一的粉丝站起身来欢呼，竟像极了喜剧电影内的反串，所有人都抬头看着他们。

很快讨论声此起彼伏，李嘉垣斩钉截铁："肯定有问题!"

这一吼，全场肃静了三秒。

江筱然问："怎么，你发现什么了吗?"

李嘉垣道："幸好我截图了，你看! 顾予临唱完歌那时候，超过曲一3000多票，而且曲一已经是表演完毕点评完毕了，怎么可能会在顾予临这么精彩的表演之后，突然得到投票高峰，然后反超顾予临呢?!"

"也就是说，曲一的票有问题!"

李嘉垣离评委席很近，此刻评委席上没人说话，场馆也安静，他这道声音很容易就通过话筒扩了出来。

一石激起千层浪，很快，场馆如沸水出锅般沸腾了。

"节目组是故意用争议制造话题吗?!"

"曲一的票到底是真是假? 粉丝突然涌入投票也不是没可能?"

"要不再进行一次投票?!"

"把票数公开透明一下吧，对曲一负责，也是对粉丝和观众负责，别让无辜的人背锅啊!"

…………

眼见群众的情绪越来越激动，主持人立刻控场。这主持人有经验，三言两语就将观众安抚了下来，并道："后台已经在研究了，马上会给出公开透明的票数信息，再加上网络投票都是一人一票实名制，希望大家相信我们会给出一个公允的答复。"

这时候大屏幕又开始重播二人的表演片段，等到放完两个表演，大屏幕上也显示出了江筱然看不懂的代码和数字。

"后台网络投票确实在某一时间段涌入了大量陌生 IP，并且全部进入某一位选手的投票中，而这些 IP 在今天之前都没参与过与节目相关的任何活动。"

曲一几不可察地捏紧了话筒。

主持人道："但是为了不冤枉任何人，我们再次细致地搜查了一遍，最后查到了操控这些投票的电脑地址，并用了一些手法，找到了刷票的订单。"

"很遗憾，购买者与我们的三号选手曲一同名，证件号也一致，基本可以确认。"

江筱然沉默地看着台上，双手交叠。

赵嘉映先是无语，紧跟着居然扑哧笑出了声："蠢死算了，下单还用自己的账号，不会让朋友帮刷啊？"

"很难和朋友开口吧，而且没想到能查到他头上，毕竟粉丝攒票在最后关头冲刺也有可能。"江筱然说。

李嘉垣道："之前就看爆料说他初中都没读完，法律意识未免也太淡薄了些吧。做得这么明显肯定会被发现啊！他均匀地一点点刷不行吗？"

"你还给他出起主意来了？"

"我没有，我实在是觉得这个操作智障得令我费解，我用脚都能处理得比这好。"

台下有阵小小的骚乱，但更多的，大家还是关心后续处理结果。

"其实犯错很正常，我们都偶尔会被情绪或者欲望所驱使，做出些自己也不能理解的行为，可结果或许也会因此发生巨大的变化。"主持人说，"我以前也试图去改过老师给我批阅的分数，但后来我发现，假的就是假的，怎么改都不能变成真的。

"我们并不拒绝每个人修正自己的错误，但人也需要对自己的每一个决定负责。《余音绕梁》毕竟是一档大型的节目，一个错误给我们带来的麻烦是不计其数的，也耽误了大家宝贵的时间和精力，在人力和物力上都给节目带来了很大的折损。人总是要为自己的错误付出代价，希望这次过后，每一个人都有承担自己责任的勇气。"

曲一最初或许还想解释，但看着屏幕上铁证如山的证据，知道这时候再用谎言掩盖谎言是更大的错误，还不如任嘲，于是低下头没再说话。

主持人接着道："所以我们决定撤销曲一的比赛名额，第二名由季军金晋获得，季军的位置由第四名替代，以此类推。并且，台里将永不再录用曲一，也不会播放他参与的任何节目，算是给大家一个交代。

"撤销掉近四千票的无用票后，一号选手顾予临依旧以绝对领先的优势登顶。让我们欢迎实至名归的全国总冠军，请姚瑶老师为他颁奖！"

江筱然旁边的女生惊讶道："撤掉曲一的作假票数之后，顾予临竟然领先了那么多哎！"

而顾予临只是站在那里，仿佛在无声地宣告——我是这个舞台的王，即使放弃我的优势，我也能在你的国度里完全打败你！我要你输得心服口服，俯首称臣。

顾予临接受颁奖时，曲一灰溜溜地退了场，没人知道他去了哪里。

姚瑶站起身，从工作人员手里接过奖杯，朝舞台上走去。

荣光满身，他就站在舞台中央，接受所有人的欢呼和尖叫。

礼花、烟花、一排排镭射灯光交错辉映，江筱然捂住胸口，难以掩饰心中的澎湃之情。

她是真的陪他走上了这个地方。

欢呼过后，顾予临接过话筒，发表感言，然后和一起拼搏过的"战友"们同唱了首《最初的梦想》。

最初的梦想，绝对会到达。

江筱然眼眶泛酸。

有生之年，定有一天，见你君临天下。

在主持人宣布比赛结束后，场馆灯光亮起，观众们收拾着东西，有秩序地退场。

许礼和宋葵今天也来了，是江筱然给的票，不过不和她坐一起，在比较后排的位置。

此刻宋葵站在台阶正中央："走啊你们！还坐着干吗！"

江筱然摇摇头："等会儿。"

赵嘉映抬手招呼她们坐过来，几个人先是叽叽喳喳讨论了一会儿节目，宋葵嗷嗷叫着"好精彩"，许礼也放出自己录的视频反复体会。

江筱然最近确实是累着了，休息时间也没多少，本想参与一下她们的话题，谁知道她们的声音就像数学课上的公式，听着听着她就失去了意识。

直到被赵嘉映用力捅醒："别睡了别睡了！"

江筱然一惊，睁开眼就看到顾予临朝自己这边走来。

宋葵的第一反应也是吓得一激灵："怎么办，顾予临过来了，不会是要赶我们走吧？"

"应该不至于吧，筱然不是还和他合唱过？"许礼说，"筱然，你们关系应该还行吧？他不至于当众给咱们难堪吧？"

"哎呀都说不要在这里睡了，再困我们回去睡嘛……"

许礼和宋葵完全不知道他们之间的关系，毕竟顾予临去学校找她的时候她们从来没碰上过，而那次《共鸣》一起表演过后江筱然也没说什么，她们便默认江筱然是顾予临曾经的朋友所以去帮唱。再加上感觉室友和大明星谈恋爱这事有点荒唐，假如是真的，身为当事人的江筱然肯定也会四处炫耀，便更加确定顾予临这会儿走过来，是因为被看到了下台时的懒散模样来要求她们删照片的……

而且他看向别的位置时目光冷淡，还有点冷漠和生人勿近的意味。

就在宋葵和许礼打算拽着江筱然先道歉然后逃之夭夭的时候，顾予临将手中的外套搭在了她身上，温柔道："怎么不去车上睡？"

宋葵和许礼惊讶地"啊？"剧本是这样发展的吗？

这时，顾予临也看到了她身旁的人，问道："这是你室友？"

江筱然点了点头，还没睡醒，讲不出话来。

顾予临也奇怪："她们不认识我？"

"认识的！"宋葵道，"你是顾予临嘛！筱然是你粉丝来着！"

"她不只是我粉丝，还是我女朋友。"

偌大的演播厅，寂静了大概十五秒。

赵嘉映忙着在一边嗑没嗑完的瓜子，嘴不得空，还是宋葵最先犹疑而震撼地开口问："女、女朋友？哪种……女朋友？"

赵嘉映无语了："女朋友还能是哪种女朋友？还能有盖着棉被纯聊天的女朋友吗？问的什么问题！"

江筱然用力掐了赵嘉映一把，这才醒过神来，揉了揉肩膀道："忘记介绍了，顾予临，我男朋友，开学时那水就是他送的。"

许礼还石化在原地，如同一尊雕像。

宋葵也消化了很久，以往一些觉得怪异的点此刻也能说通了，但认为合理的同时又觉得这事也太不合理了："你和顾予临谈恋爱？怎么不早说啊！！"

"我以为你们知道啊……"江筱然也被问蒙了，"你们不知道吗？"

"不知道啊！"宋葵说，"我以为就是关系还可以的同学！"

江筱然道："那你们以为这内场票是从哪儿来的？"

"我们以为是你特殊渠道搞到的，比如高中老师赠票或者同学群抢红包，"宋葵想想又改口，"虽、虽然男朋友这渠道也是挺特殊的，但是不是也太特殊了点……"

江筱然发觉自己的室友已经有些表意不清了，又问："那你们以为我们坐这么久没人来赶又是因为什么？"

宋葵笑得有些想死："我没看过演唱会，以为可以一直留到关门的。"

"那我平时在寝室打电话……"

"我们以为你男朋友也是个比赛很多的艺术生！你打电话又没有喊过顾予临我爱你我是你的女朋友！"

江筱然无语道："……谁打电话会喊那种东西？"

宋葵都急了："谁能相信你在和顾予临谈恋爱啊！顾予临哎，我们女寝四分之三的虚拟老公，是你……男朋友？！"

江筱然讪笑着，摸摸鼻尖："那你们现在知道了。"

许礼则持续陷入震惊状态，从头到尾一言不发，讲不出话来，最后还是被宋葵搬走的。

不用想，赵嘉映今晚肯定会面对这俩人的狂轰滥炸，一晚上别想睡了。

不过今晚她和顾予临一起过，就让赵嘉映先面对这些人生中的风雨吧。

出了场馆，她发现《余音绕梁》并不意外地上了好几个热搜，一个热搜是"顾予临全国总冠军未来可期"，点进去全是彩虹屁，以及期待着他璀璨的星途，而另一个热搜，则聚焦了今晚令人震撼又无语的"刷票行动"。

大家本来就爱看负面新闻，此刻有关曲一的热搜中充满了让他退圈的骂声。

"怎么还不道歉？想把事情就这么了了？"

"别想着洗白了，互联网有记忆，躺平任嘲吧各位。"

"曲一这个名字起得好，只要他一天不道歉，我就会锲而不舍地让他这个名字得到彻底的发挥：'一'个代言没有，'一'天不得宁静，'一'辈子跟着骂声和黑历史，'一'点翻红的机会都别想有。"

"哈哈哈哈哈哈，四个曲一政策是吗？"

大家直接把"曲一刷票"的话题送上了第一位，除了怒其不争，更多的人还是为他担忧："现在内娱选艺人都这么随便了吗？这种智商居然还能放到这么大的节目里比赛？我为我自己和他呼吸的是同一片空气而耻辱。"

被挂在"微博城楼"上骂了两天两夜，本来就要面子的曲一心态崩了，发现这事是过不去了，只能弄黑了头像和简介，清空微博发了句"对不起"就蒸发了，连简介里工作联络的邮箱都删掉了。

以后大概是没脸再活跃在公众视线内了，毕竟什么成绩不好、穿搭不好、私生活混乱之类的黑点，都没有他这个刷票举动的影响力大，智商是硬伤，尤其是涉及人品问题，一旦被爆出就很难继续在娱乐圈混了。

见曲一退场，江筱然愉悦地关掉手机，问顾予临："比完赛之后你能休息多久啊？"

顾予临道："还没定，你想让我陪你多久？我可以休息长一点。"

"你这说的是什么话，"她正色道，"你现在正是要趁着热度干票大的关键时期，休息一下就可以了，忙要紧的事去。"

他说得轻巧："你就是我最要紧的事。"

四十多分钟后，二人到了他家，时间直指十二点半，江筱然揉揉肚子，发现自己有点饿了。

她问他："你饿不饿？要不要煮点东西吃？"

他转而走向门口："那我去买点东西上来。"

很快他买好东西回来，江筱然坐在沙发上往厨房里看，发现他脱掉外套，打算给她煮吃的："想吃豚骨味的还是番茄味的？"

这个人在万千人面前宠辱不惊，不苟言笑，像个神仙。

转眼却站在她面前，一身烟火气，问她想吃什么口味。

她忽然有些动容，走过去扒拉袋子："你买了几种口味？"

关键的还没来得及看到，她发现了一盒接吻糖。

感动荡然无存，她咬着牙抬头："……我就知道你这人不简单。"

她还感动?! 她感动个屁呀！她被人生吞活剥了还在感谢幸好他扒皮的速度够快！

"我怎么了？"顾予临凑过来看了眼，半晌后才笑着用四个字为自己解释，"人之常情。"

"我常情你个头。"

为了庆祝顾予临得了冠军，次日，众人一起去度假山庄玩。

今天一扫前几日的阴冷，有斑驳日光挂上枝头。

顾予临阔绰地包了场，大家先钓鱼然后烧烤。

收拾渔具的过程中，江筱然问赵嘉映："许礼和宋葵怎么没来？"

赵嘉映道："她们俩说不给我们做电灯泡了，让顾予临好好享受一下来之不易的宁静时光。没事，以后我再带她们来，有的是时间。"

顾予临和李嘉垣帮她们搬板凳，江筱然看李嘉垣手里拿着两个板凳，再转头一看，顾予临手里就一个。

什么意思？

李嘉垣解释说："那个，我刚去拿板凳不小心把门锁了，工作人员又全部被支走了，就这样吧……筱然你凑合一下……"

"我也没怪你，就是这要怎么凑合？"江筱然问，"我坐地上吗？"

李嘉垣停了会儿，旋即笑开，像是想到了什么绝妙的点子："你可以坐顾予临腿上嘛！"

江筱然下意识要拒绝这种不太正经的提议，往后退了两步，结果忽然踩到什么东西跟跄了几圈，又摔回了顾予临身上。

李嘉垣呵了声："动作还挺快。"

顾予临的腿部肌肉匀称，大概是最近为节目一直在健身，她甚至能感觉到自己坐上去时他的肌肉收缩用力的微妙变化。

即使隔着几层衣裤的阻挡，她还是觉得羞耻难当，即将赧然起身之前，又被他按了回去。

"坐下吧，总不能看你坐地上。"他语调淡然，似乎是在为她考虑，并没有任何私心，"再说你生理期要到了，坐地上不好。"

李嘉垣帮腔："就是！"

还没来得及等她继续纠结，沉浸在自己小世界里的赵嘉映也开口了："我实在不懂我们几个社会主义接班人，为什么要进行这种像老年人一样的娱乐活动。"

李嘉垣道："我是为了顾予临着想啊，他喜欢钓鱼。"

李嘉垣说完之后，江筱然忽然看到平坦地面上有一个装钩子的小包裹，她刚刚明明把这个收起来了，为什么会出现在这里？

……回忆几秒后，她想起自己刚刚就是被它绊倒的。

再回忆一下，她之前在和赵嘉映聊天时，余光好像看到顾予临将东西踢到了那位置。顾予临将东西放过去的时间也很巧妙，正好是他坐下之后，这人甚至好像还丈量了一下距离，觉得 OK 之后才摆放好了障碍物，等她乖乖"意外"摔到自己腿上。

她就说为什么自己倒下时他能刚好接到……原来这人就是个早有预谋的腹黑怪！

李嘉垣说得对，但这人不是喜欢钓鱼，是喜欢那种设置好诱饵，看猎物一步步上钩的感觉。

她气极地坐在原地，感觉自己又被坑了，还是个甜蜜陷阱坑，摔了都没办法喊疼的那种。

就在江筱然回忆顾予临恶行的时候，李嘉垣已经钓到了不少鱼，见他们这边没什么动作，还以为是鱼不够多："你们那边是不是鱼少？不如到我们这边来?!"

终于回过神的顾予临抖了抖鱼竿，看向这个视角下的、她微微泛粉的耳垂，被阳光照得清透。

他低笑了声，回复李嘉垣："不用了。"

这里……风景独好。

在度假山庄玩了几天后，大家又忙起了各自的事情。

顾予临有很多通告和节目得上，还要忙着上基础的表演课和台词课，为即将开拍的《覆国》做准备。

江筱然在写新剧本《山河》，那两个月每天早上八点起来，晚上十一点睡觉，除了吃饭睡觉上课，就是在写剧本。

两个人一起忙的好处就是，不会有任何一方有多余的空虚的时间乱想，他们一起在不断地努力。

转眼大一上学期结束，江筱然的剧本也完成了一半，拿到了第一笔不菲的编剧工资。那本《穿到爱豆成名前》也顺利卖出了影视版权，收到了高昂的费用。

拿着自己挣到的两笔钱，她打算偷偷去探顾予临的班。

她运气好，去得早，当顾予临下车的时候，她正好在人群前排，发现他今天的造型师特别上道，给他弄了个逗号刘海儿，显得他一张脸又小又精致，还有几分少年的洒脱与恣意。

旁边的粉丝们都尖叫起来，江筱然揉了揉耳朵，扛起单反就开始拍照。

他比较照顾粉丝，一直在往这边看镜头，保安也护送着他走进演播厅，参加访谈节目。

江筱然打算给他个惊喜，就没有告诉他自己来了，想在附近转了转，看能不能找到什么新灵感。

吃过晚饭之后，她回到酒店，坐在房间里修图。

其实顾予临的颜很能打，所以不用怎么修，只须稍微调下色，把比较乱的人群模糊虚化就行了。

就在修图时，江筱然意外地发现，不知道是不是自己运气好，她的每一张图……顾予临居然都在看她的镜头！

要知道粉丝众多的艺人要面对的镜头也是成千上万，粉丝能拍到正脸就不错了，哪还敢奢望自家哥哥恰好准确看向自己……的镜头？

四舍五入那就是爱的对视啊！

江筱然摇摇头，暗自感叹自己初次追星居然就能有这么好的运气，又给几张图调了色，突然有点想玩什么的意思，开了个微博号，简介是：一个无人问津无人宠爱的顾予临资源博，不常更。

她原本也不打算费力经营，就是现下有点无聊，给自己找点事做。

很快她发了个九宫格，全是今天拍的照片，什么字也没配，就发在顾予临的超话里。

五个小时后，江筱然的资源博炸了，点开一看全是粉丝的留言。

"我！的！妈！神！仙！运！气！顾总居然张张看镜头！拜一下，希望我有生之年能拍到顾予临看我镜头的图。"

"姐们儿你被顾总关注了，你被翻牌子了！你红了！娱乐圈有史以来第一个被正主翻牌的资源博，我哭着大喊这有什么可嫉妒的，我一点都不嫉妒！"

江筱然后知后觉去看顾予临的微博，发现他到现在一共关注了俩人，一个"临江仙"一个这个账号，甚至连自己的公司和经纪人都没关注。

难道被发现了？

与此同时，顾予临的电话打进来。

那边的声音依旧慵懒温和，带着点淡淡的宠溺和无奈："怎么样，这下感受到有人问津了？感觉到宠爱了？"

江筱然愣了半晌才找回自己的声音："这你都能猜出来是我？你有读心术吧?！"

"不对，"他纠正她，"从我下车的那一瞬间，我就看到你了。"

江筱然不解道："你知道我去追你行程了？"

他笑："不然你以为，我会张张看你镜头？"

江筱然心脏被猛然一击，忽然被这句话甜到，坐立难安地站起身来，开始在房间里踱步。

她用手给自己扇风："那么多人，你怎么一眼就看到我的？"

"不知道啊。"他语带调侃，"不知道从什么时候开始，人再多，我都能在人群中一眼就找到你。

"大概是，你天生就有吸引我眼神的魔力。"

江筱然哼了声："无事献殷勤，非奸即盗。"

顾予临这下倒是接得快了："我不盗，所以可以……"

江筱然正准备批驳他厚颜无耻，谁料他话锋一转："给我开开门吗？"

江筱然走到房间门口："不会吧，你连我房间号都打探到了？"

顾予临笑道："这倒不是，是托李嘉垣找赵嘉映要的。"

"……"

托李嘉垣找赵嘉映要的。

其实顾予临的分寸一直掌握得很好，每次向赵嘉映打听她的事，都是通过李嘉垣。

他总是这样，在小事上也能让她完全放下心来，觉得这个人心思细腻，值得交付。

房门被轻叩了两声，紧接着，听到他温润内敛、一本正经的声音："请问需要特殊服务吗？"

她打开门，一跃，跳进他怀里，他稳稳接住。

顾予临掂量了一下："瘦了啊，最近不好好吃饭？"

她凑到他颈间，去嗅他的气味。

他好笑地说："别闻了，没有别人的味道。"

她攀着他，像一株丝萝把他紧紧缠绕："节目录完了吗？还有什么通告吗？"

顾予临道："暂时没什么重要活动了，《覆国》剧本没写好，推迟开机了。这次我来找你，也是要说这个事。"

"啊？《覆国》跟我有什么关系？"

"主编剧常欢喜说里面的感情戏写得不好看，刚刚他给我打电话，说觉得你的感情戏写得不错，问你想不想给《覆国》做编剧，主攻感情戏。"

江筱然好半天才消化完，感觉迎头砸下来一个人家求都求不来的绝世好资源："我？编剧？覆国？"

"不仅是给你的戏当编剧，而且还是给《覆国》这种几十个亿投资的大IP当编剧？"

顾予临颔首："严格意义上，是这样的。"

"那我当然可以，我太可以了。"她直接从他身上跳了下来，"《山河》剩下的任务不多，我抓紧下时间可以结束，到时候就跟你一起进组啦。"

很快，常欢喜就给她打了电话过来，双方先是简单进行了一段商业互吹，然后常欢喜给她讲解了一下《覆国》的剧本和中心线，二人讨论了许久，常欢喜对她的思维模式颇为满意，挂断电话后给她发了个文件，算是"入班测试"。

"这里江沉舟要跟妻子分离上战场，你把这段感情戏改一下。"

江筱然回完"好的"，终于放下手机跺了跺脚，打算坐到电脑前正儿八经地修改。

忽然意识到房间内太过安静，她回头，发现顾予临已经睡着了。

这段时间他行程多，大抵实在是太累，所以才会靠在床沿就睡着了。

但她也明白，他同自己一样，内心是喜爱这种拼搏和不断向上的感觉的。

江筱然将他身子往下挪了挪，替他盖好被子又擦了擦脸，这才开始手上的工作。

既然是要上战场的感情戏，那么势必要豪横中不失细腻，用微小的场面撩动观众心中的那根弦，临别之际将那份担忧越掩藏，营造的反差就越令人感动。

她想了三个不同的角度，最后挑出了其中最特别也最有张力的一段进行扩写——这是她以前学来的技巧，为了避免写到别人常写的剧情，使自己的东西变得平庸，所以重点剧情可以切换角度多想几个，再选出最好的。

这一写就到了深夜，她将文档发送完毕，这才回头看了眼。

顾予临已经睡熟了，她舍不得打扰，小心翼翼掀开被子一角，动作轻缓地钻了进去，生怕吵到他。

他睡相其实不错，但偶尔极累的时候会变得松散随意，将全部的被子都压在身下——这是江筱然观察发现的。

譬如此刻，顾予临右边的被子全被他压在身下，但潜意识仍然为她留存了几分宠爱，左边的被子他只用腿虚虚拢住，空出一块来，像是要给她睡的，胳膊还伸直垫在那儿，给她当枕头。

但他似乎忘记了，自己就睡在左边。

所以此刻，床铺的整个右边都是空出来的，而左边压根儿无法睡人，他的手腕都快悬空了。

江筱然弯唇看着这一幕，忍俊不禁。

她轻手轻脚地坐到右边，尝试着将被子慢慢抽出来。

他睡得熟，按理说不会被这小动作吵醒，但发觉她躺在身边，还是下意识翻了个身，用被子将她拢住。

他毫不介意自己将睡得最热的那部分全都给了她，自己重新适应了一会儿左边冰凉的被窝，腾出点意识来，低声问她方才的动作："怎么了，冷吗？"

她心里一热，笑着摇摇头，往他怀中钻了钻，感受着被子上来自他的温度，将手轻轻搁在他腰上。

"不冷。"她轻声说。

一周后，江筱然抓紧时间写完了《山河》的剧本，也通过检验顺利进入了《覆国》的编剧组。

常欢喜对她改写那一段表示很满意，说不用再修改，演员照着那段演就可以。

那天顾予临去试戏，女生们都发了疯地往外冲。他们低调，还是有很多人不知道二人的关系，还和江筱然在那儿讨论帅哥的诱惑力有这么大吗。

江筱然站在人群里，本来想试验一下他到底能不能准确发现自己，谁知下一秒他的目光真就黏在了她身上，笑道："过来。"

"叫谁呢？"

"不会是叫我们吧……"

旁边的女孩子们叽叽喳喳，江筱然抱着一沓资料，过去了。

他揉揉她的头发："吃饭没有？"

"还没，等你试完一起吃。"

顾予临这次要试镜的人物是个热血的将军，名叫赵程。

赵将军自小习武，精忠报国，无奈誓死效忠的君王胸无大志，整天只知道饮酒作乐，挥霍父亲留下的江山。

赵程内心愤慨难当，不顾君臣之礼，冒死觐见，将美人怀里醉醺醺的君王一番劝诫，君王似醒非醒。

总有能人挽狂澜于既倒，扶大厦之将倾，但一个已经腐朽了大半的国家，任能人如何匡扶，都是没有用的。

赵程最后死在敌军的剑下，原因是拒绝投降。

但敌军的将军十分器重他，以将军之礼厚葬，将他送回故乡。

这是个很悲惨但很讨喜的角色，这种角色演不好就窝囊，演好了，就是大时代下囿于命运之人无奈的悲歌。

顾予临这次要试的戏，就是劝诫君王的那一场。

灯光和摄像机的机位调整完毕，他准确捕捉到机位，走位很精准。

第一个表情，是看到君王享乐时的无奈。

然后无奈之情积攒到顶峰，迎来了第一次爆发。

"卫晁国仅凭三千将士，横冲直入夺取了䣭城，前线奋勇杀敌的将士死了大半，他们的母亲与妻儿无人安慰，我国百姓如蝼蚁，在他人的践踏下活得苦不堪言，陛下您却还在这里饮酒乐甚，丝竹长鸣！

"臣接旨，不日便要赶赴沙场，臣的士兵同臣一样，为国誓死效忠。"说到这里，也许是预料到自己终将战死沙场，他声音渐弱，染上一丝悲凉，"可是臣绝不愿意看到您终日淫靡无度，愿陛下……三思！"

说完，决绝转身，头也不回地离开。

他的台词真的有很大的进步，这么听来，其中阳刚之气非常重，是常年习武所练就的沉稳，少了他平日里说话漫不经心的语调。

情绪层层递进，到更深层的愤怒时，声音不由得提高，表情也更加严肃。

但语调并非毫无灵魂的不断加强，在说到自己的死期时，他有片刻的停顿和不忍，声音渐小，而后再次强调自己的观点，留下一句意味深长的话。

表演和台词都可圈可点，导演也情不自禁点头："不错，人物的理解和表现都很到位。"说完又转头问工作人员："那个……何一离来了吗？"

导演话音刚落，视线尽头出现一行人。

那人本事不大，阵仗倒不小，保镖开道，经纪人在左侧，助理尾随其后。那人位于正中央，妆发精致，甚至还有些烟熏妆的味道，看身高只有一米七出头，在保镖和一众艺人中显得越发矮小。

江筱然身边的编剧震惊道："真人也太矮了吧，百度上不是写一米八的吗？

这怎么可能有一米八？"

江筱然想了想："踩高跷的话有可能。"

那编剧被她逗乐，低头笑得直抖。

跟顾予临的长相相反，何一离长相和气质偏阴柔，瓜子脸，眼眸狭长，薄唇一字眉。

他赶上了好时候，出道时正好碰上国内偶像市场刚起步，再加上长得不差，被公司一捧就有了很多粉丝，在流量里打头阵。

虽然被粉丝经济捧到了金字塔顶端，但他演技不怎么样，接的戏也多是偶像剧。

江筱然还没来得及开口，就有人问出了她的好奇："何一离演谁啊？"

"你不知道吗，他也是来试赵程的，他们团队也看上这个角色了。"

"啊？他居然跟顾予临试一个？"

长发妹子点头，八卦地说："他们团队说想给他接个霸气一点的角色。但是这个角色本来是给顾予临的，团队好说歹说，争取到了试戏的机会——也不知道赵程最后谁能演。"

两个人居然争一个角色，定谁完全是看谁演得更好。

何一离为人倒也礼貌，和工作人员打过招呼后就开始试戏了。可惜他一直在用偶像剧的表演方式演正剧，过于控制自己的面部表情，偶像包袱放不下。

台词僵硬，情绪不到位，能看出来尽力了，但整个人演得很出戏。

要说什么比顾予临稍微强一点，可能就是拍戏拍多了，走位比顾予临更熟练吧。

江筱然想，要不是看中流量们会带来粉丝购买力和话题度，其实很多大导演是不愿意用流量艺人的，毕竟业务能力是硬伤，不是谁都能和顾予临一样有天赋并愿意努力的。

何一离演完之后，导演没做什么评价，只是说："大家辛苦了，回去等通知吧。"

很快，顾予临将东西放在车上，然后跟她一起去吃饭。

坐在位置上等他点菜的时候，她手机响个不停，是编剧组的人在八卦，她扫了眼，同顾予临说："她们说何一离的团队请导演吃饭去了。"

顾予临笑："嗯，我知道。"

"真不愧是成熟艺人，老江湖了，收买剧组倒是有一套。"江筱然转了转菜单，"你是喜欢这个角色的吧，万一真被他抢走了呢？我觉得你演得比他好多了，压根儿不是一个档次的。"

"拿走就拿走了啊，我不在乎，"他说，"真正的演员什么角色都得尝试的，人设是其次，磨炼演技才最重要。曲一当时还不是拿走了第一，后来怎么着了。"

他讲这话的时候，有种拿捏全局且试天下的感觉。

江筱然撑着脑袋看向他，半晌后意味悠长道："你知道我最喜欢你哪点吗？"

他抬眉："哪点？"

"你从技术上碾压别人时候的那种眼神。"

他略做思索，而后道："那你知道我最喜欢自己哪点吗？"

她配合地问："哪点？"

顾予临道："从技术上碾压你的时候。"

…………

吃完饭，他得去上表演课，而她也被关进"小黑屋"改剧本了。

想想，假如顾予临没有拿到赵程这个角色，那么应该会扮演付光。假如他真演了付光，大不了她给他加一段出彩的感情戏，还不是一样能爆。

反正不进则退，逆境也是机遇，就看自己能不能把握住了。

江筱然放松下来，把进度发给常欢喜检查报备，常欢喜很满意，让她按照自己的节奏继续。

听说赵程这个角色最后还是定给了顾予临，是导演、副导演和主角投票所得的结果，江筱然还挺意外，没想到何一离钱白花了。

据说在讨论时，陈咸还盛赞了顾予临，这才让这个角色彻底拍板定下。

江筱然心情好，那天提前把任务完成后去片场围观，看看自己踹掉后台的争气男友是怎么演戏的，结果刚看完一场拍摄，正巧撞上顾予临听陈咸讲戏。

陈咸三十出头，整个人被一种成熟的气质包裹，那是沉淀过后才会有的气质，稳重，坚毅，却让人觉得舒适。

他问顾予临："你这个人物在片子里有几场戏？"

顾予临尊敬回道："不多，几十场。"

"可以，证明你认真看过剧本。"陈咸说，"赵程这个角色编剧着墨不多，虽然对整个剧情没什么大的推动作用，但是少了他这个剧就不完整。比如，你刚刚演这个戏，练兵只是一个细节，剪出来可能就一秒钟，但是你加上设定，就不一样了。"

顾予临思考了一下："您的意思就是，我自己加设定？"

"是的，人物是框架，设定是血肉，你往里头填充得越多，这个人物就越丰满，表达情绪也会更加饱满。比如，现在我要你加，这个赵程的父亲死在战场上，母亲守寡，家里还有个几岁的弟弟，你再演，是不是就不一样了？"

顾予临接收得很快，再去拍了一条，瞬间就能看出进步和变化。

他有气吞山河的霸气、有对敌人侵占国土的愤恨、思及亲人的悲怆和对未来的惆怅。

冯导说："这孩子是可造之才，教他点东西很快就会了。"

陈咸拿着保温杯感叹："关键是愿意学，还有想法。赵程这个角色给他挺好的，他比何一离适合，何一离还是适合付光，温温柔柔的。"

不知道是哪句话戳到了点，冯导哈哈大笑。

顾予临的戏果然不多，一上午就一场，但他在一边不停地看剧本背台词，还在剧本上一直记录着什么。

江筱然为了不打扰他，就一个人偷偷在边上坐着。

好不容易收了工，顾予临跟工作人员道过谢之后才准备走，她在这时候突然出现，抬手跟他打了个招呼。

他走过来："什么时候来的，怎么不告诉我？"

她笑眯眯："工作时间嘛，我就不打扰你了。"

"休息好了？"他毫不避讳地牵起她的手，"那去吃饭吧，想吃什么？"

他正红，就连剧组里都有很多粉丝，但他见到江筱然从来坦坦荡荡，没想过遮掩，甚至为了感谢陈咸所开的饭局，都是带她一起去。

陈咸还看着她笑，揶揄道："怎么，带家属来啊？"

她不好意思地支支吾吾两声，慌忙摆手想说不是，被人一把揽着往怀里摁了揪。

"是的，家属。"

《覆国》的拍摄过程极慢，冯导绝大部分时间都是在重拍，顾予临戏份并不多，但每一幕都拍摄了十多遍，拍摄时间半年起。

为了防止偷拍，七十米外冯导就拉起了警戒线，每三十米，就安排一位工作人员守着。剧组的车辆上，也是写的其他片子的片名。

这么大阵仗，这么精细讲究，在当下这个速食时代，真是格格不入。

正因为格格不入，江筱然才对导演和剧组更加尊敬，觉得他们是真的在认真拍电影，而不是一心向钱。

遥想那一年年夜，就是在忙碌中到来的。

过年那两天拍的是陈咸的戏，顾予临过年的时候刚好有假，导演让他回去休息。

假来得太突然，两个人一时间都不知道做什么。

江筱然本打算回家，计划也被顾予临突如其来的放假给打乱了。

顾予临不在意，说："你还是回去跟父母一起过年吧，我没关系。"

"那怎么行啊，"她手撑在背后，"我说过的，以后的每一年，我都陪你过。"

说完这句话，江筱然收拾东西的手一停，她忽然想到了什么好办法，回头道："我带你回我家吧？"

顾予临一顿："你父母不是在家吗？"

她点头："对啊，所以带你回家嘛。"

他沉吟："……你爸妈知道我？"

"我们以前不是经常一起出去玩吗，知道你的名字，也知道我们经常去看你比赛。"江筱然翻了翻和母亲的聊天记录，"上次她在电视上看到你，还拍照发给我了，说你们班这同学长得好看。"

"女人……应该……隐约有点预感吧？"

"毕竟我每次见完你回去好像都挺雀跃，就算她不知道我们谈恋爱，应该也知道我对你……"

说到这儿她卡了壳，顾予临挑眉："你对我怎样？垂涎已久？"

"得了吧！你少自恋，"她拧了他一把，"反正闲着也是闲着，回去看看也好，就算一起被从家里赶出来，睡天桥的话也有个伴。"

"……"

对着女友过于豁达的人生态度，顾予临陷入了沉默。

俗话说得好，一鼓作气，再而衰，三而竭。

江筱然迅速把他带上了回程的路，就连礼物都是临时在商场里买的。

顾予临没做准备，站在柜台前还有几分踟蹰，她是第一次见他这个模样，饶有兴致地支颐观察他。

他垂了垂眼，目光掠过展柜："买什么比较好？"

江筱然看着橱窗里一水儿六位数往上走的价格，感觉很肾虚："会不会太贵了？"

"价格不用担心，"他说，"你男朋友别的没有，就是钱多。"

《余音绕梁》冠军不菲的奖金、商演、代言、片酬……江筱然想起，他最近给她买的裙子，价位也都偏高。

"我突然有一种被包养的错觉，"江筱然啧了声，"不然咱们买套房送他们吧？"

顾予临道："好主意。"

说完他立刻转身要走，江筱然一把扯住："哎哎哎我开玩笑的，随便买个小礼物就行。"

最后给江筱然母亲买了个翡翠手镯，顾予临问她："你爸喜欢什么？"

"炒股。"

…………

江筱然心情好，整个人飘飘然，说："你再问我一次我爸喜欢什么，快点。"

顾予临倒也配合："……你爸喜欢什么？"

江筱然下巴一抬："我。"

"别的可以给出去，"顾予临将她牵紧些，"你不行。"

最后二人买了块手表。将东西带回去，已经到了吃饭的时间了。

江筱然拉着他的手，站在电梯里，忍不住轻轻用手指挠他掌心："哎，你紧不紧张？"

顾予临低头看她，笑问："说实话？"

"当然说实话呀。"她耸肩。

他捉住她捣乱的手指："这是我人生里第二次这么紧张。"

她好奇地问："第一次呢？《余音绕梁》总决赛？"

他摇摇头，玩味道："第一次……是跟你告白的时候。"

电梯门打开了，她深呼吸一口，满脸的英勇就义，回头问他："……准备好了吗？"

顾予临看着她的小表情，不由得失笑："嗯，准备好了。"

她低声安慰了一下自己："我妈心里你的形象那么好，她总归不会有什么意见的……"

她舔舔唇角，敲门了。

这是她喜欢了很久的人，和这个人在一起的每一刻，她都觉得这样的人生绝不后悔。

她想和他一起度过未来的每一刻。

门打开，江母一见到女儿，喜笑颜开道："编剧回家啦？"

看到江筱然身后的顾予临，江母虽有片刻愣怔，但还是很快认出："这是……顾予临？"

"妈，"她拉拉顾予临的衣角，说，"这是我男朋友。"

这句话缓缓从她口中讲出，再钻入江母耳内，江母定在原地消化了几秒，那几秒对她来说仿佛漫长的煎熬，而后，她听见母亲道："知道啦，快进来吧！"

这会儿站定在原地的变成了江筱然，她骇然地定在门口，好半晌才找回自己的声音："就这？"

江母嗔怪："不然呢？"

"你为什么不惊讶啊？"虽然是好消息，但江筱然还是感觉自己此刻的世界观遭到了重塑，"你不会偷偷看我手机了吧？"

江母宠溺地笑："你是我生的，你什么心思以为我看不出来？那天帮你洗书包，看到你在最内层别了个人家小顾的校牌，你当妈妈瞎子啊？"

江筱然霎时失声，直到身后的顾予临意外开口问，还带了几分揶揄："我的校牌？"

"没，没有的事，我怎么可能把你的校牌别在书包里呢难道你以为我要牌子那时候就喜欢上你了吗你别听我妈瞎说，"江筱然欲盖弥彰一口气说完，然后快速把顾予临扯进门内，"进来换鞋吧！"

他靠在门框上，垂着眼，眼尾流出浅浅一帛温柔目光，笑得月朗风清，但不说话。

当场被家人拆穿，江筱然尴尬得头皮发麻，幸好母亲有说不完的话，开口替她救场："小顾，你那个唱歌节目我看了，非常好看，微电影也不错，之前还听筱然说你在拍戏……"

顾予临恭敬道："是的，最近在拍《覆国》，筱然是编剧。微电影的编剧也是她。"

客厅里的江父听到动静，问了句："小顾来了？"

顾予临弯唇："叔叔好。"

江父走过来，看了他一眼："赶路辛苦了吧？快坐下吃顿饭，筱然她妈妈今晚做了很多菜。她妈妈做红烧鱼是一绝，筱然很爱吃，不知道你喜不喜欢。"

顾予临笑道："我不挑食的。"说罢，把手中的盒子递过去，"第一次见，不知道您喜欢什么，听筱然的意见给您捎了块表，平时可以看看时间。"

江父的嘴角都快咧到耳根了，又在极力收敛："你太客气了，平时一个剧组，也要拜托你多照顾筱然。她很少离家，一个人在外面我们也总是担心，怕她吃不好睡不好。"

他点头："照顾她是应该的。"

江筱然不满地辩驳："爸，我在剧组里被伙食喂肥了三斤。"

江父皱眉："光吃不运动也不行，小顾你要带着她多运动运动。"

"嗯，我尽量多督促她……运动运动。"他不甚自然地咳嗽了两声，这才拿出手镯给江母："这是您的。"

那手镯通体透亮，一看就是极好的质地，被屋子里亮堂堂的灯光一打，淡而剔透的玉石仿佛发着光。

"筱然胳膊肘往外拐，成天想着怎么帮你收买我们。"江母意有所指，"当时你比赛，她可没少跟我夸你。"

"打住！"对着顾予临了然的眼神，为了避免自己老底被揭光，江筱然决定转移阵地，"我饿了，开饭吧。"

坐上饭桌，掀开锅盖，各式各样的食物在火锅的沸汤水中翻腾。

江家的家庭气氛素来很好，虽然江筱然父母都是老师，但并没有多严厉，多数时候都是热热闹闹的。

顾予临一瞬间有些恍惚，记不起自己的家庭究竟在什么时候，这么热闹地吃过一顿年夜饭。

他看着她在灯光下更加柔美的脸部线条，看她夹了一个丸子，结果被烫到，一边咬着丸子不撒嘴一边拿手扇着，还试图吹气来舒缓。

江母哭笑不得，语带嫌弃："这才多久没在家里吃饭，跟只饿狼似的……"

江父慈爱地抽了张纸巾递过来。

突然，有人夹了一颗丸子放到他碗里，江母道："快吃啊小顾，也不知道家常菜合不合你的胃口，你们平时吃的估计比这好多了。"

他愣了下，半天才回过神来，笑道："平时吃的都不怎么好，我挺喜欢吃家常菜的。"

只是一贯没什么人做而已。

家里冷清，他性格也冷清，不大擅长和人交往。

江筱然这样明朗的性格，也是受这个优良的家庭氛围影响吧。

江母笑眯眯道："喜欢就好，以后常来吃啊，除了有时候加班，我们都在家的。"

江筱然也催他："快吃呀，再不吃就凉了。"

灯影憧憧，明亮而温暖，他恍然间觉得，这里好像真的如同自己的家一般，热闹又温馨。

好似某种心电感应，她凑过来轻声说："别见外，从今天开始这儿就是你家了。"

我们，一起的家。

江父咳嗽一声："说什么悄悄话呢？"

江筱然脖子一缩，立刻抱着碗讪笑："我让他快吃，不然菜都凉了。"

吃完饭之后，顾予临起身收拾，江筱然坐在位置上没动。

江母急急忙忙从他手里夺过碗："你是客人，哪能干这个，我来吧。"

顾予临道："没事的阿姨，我平时也经常……"

江母看向江筱然："平时我们家筱然都是这样让你伺候她的？"

江筱然敲碗："这话说得就不对了啊，这怎么能叫伺候呢，平时我做饭他洗碗，分工很和谐啊……"

感受到顾予临制止的目光，江筱然一蒙，后知后觉地发现自己说错话了。

这不就暴露了她之前说去嘉映家其实都是去他家吗？！

她探头去看母亲的反应，发现母亲没有捕捉到话里的重点，眉一皱："你怎么一点爱惜之心都没有，人家那手是弹钢琴的大明星的手，哪儿能干活。"

江筱然把自己的手伸出去："那我这手也好看啊，是敲键盘编撰人生哲理的手，细皮嫩肉纤纤玉指激扬文字……再说了，洗碗不是有手套吗，没事，妈你让他去洗吧。"

"你成天就知道奴役别人。"

"行行行，我来收拾碗筷他来洗行了吧？"江筱然怕了，噌地坐起来，"人家第一次来，你应该让人家表现一下，而且他洗过的碗多增值啊，人家求都求不来，给你还不乐意呢。"

江母叹息着转向顾予临："我们家筱然，成天就知道贫。"

"挺好的，"顾予临笑道，"可爱。"

江筱然收拾好碗筷，在厨房里叫顾予临："来洗碗啊，我洗洁精倒好了！"

"不用那么大声，"他的声音细腻柔和，伴随着水声冲进她耳膜里，"我一直在你背后。"

"那你不早说，"江筱然搅了搅池子里的水，压低声音问，"我妈呢？"

"跟叔叔一起在客厅看电视呢。"顾予临看了一眼她手里的东西，"你在忙什么？"

江筱然嘿嘿一笑："包饺子呀，你没有包过吧？"

他摇头，把洗干净的瓷碗放在水槽外："确实没有。"

这话说得她心里一酸，暗暗想着，自己提起这种要跟家人一起做的活动，实在太不明智。

她一边搅着肉一边说："没关系，这个很好学的，一下就上手了。面皮你也没擀过吧？我一起教你。"

顾予临洗完碗时，她已经调好了肉馅，把东西搁置在一边，而后准备擀面皮儿。

她揉了两把和好的面团，听他沉声称赞："形状不错。"

"当然，江筱然同学上得厅堂下得厨房，文能提笔武能揍人。"她拍拍手，然后开始擀面皮了，"压下去然后打个圈，你看，这就好了。"

一个圆圆的小面饼搁在案板上，她侧头问："要不要试一下？"

顾予临接过她手中的工具，很快就上了手，看着他逐渐提高的效率，她满意道："再弄一会儿就可以包了。"

客厅里传来唱歌的声音，有小孩子在外面嬉笑打闹，偶尔有一两声极其兴奋的尖叫划破夜空，洒下星星点点的夜光。

她站在他旁边哼着歌，把他的成品一个个叠起来观赏。

他情不自禁勾起嘴角。

面皮擀好之后，江母到厨房里来叫他们："在包饺子了吗？到外面来包吧，看看电视休息下。"

江筱然忙不迭应声，顾予临也端着东西随她一起出去。

大年夜，四个人一边看春晚一边包饺子，气氛很温馨。

江筱然教他包饺子，先把中间捏起来，两边用大拇指和食指钳紧。

包过之后，她还会笑他："你包的还行吧，就是没有我包的好看。"

江母在一边低笑。

活动结束后两个人去洗手，手才洗到一半，顾予临的电话就来了，是雨烟："忙什么呢哥？"

顾予临道："在你嫂子家包饺子。"

雨烟在那边惊叹道："你也见家长啦?!"

江筱然凑近回："怎么了，你也想来？"

"我当然想去，但他们不准，而且马上要考试了，我都没有假。"她气鼓鼓的，又很委屈。

江筱然双手撑在身后的台子上："没关系，等你放假了再来，我带你去玩。"

"好呀，"雨烟语调轻快，"嫂子，新年快乐！"

江筱然和顾予临对视一眼，笑着说："嗯，新年快乐。"

顾予临道："怎么不祝我？"

"祝了嫂子就等于祝你嘛，"她讲得头头是道，"你们要一直在一起啊，否则我就不相信爱情了。"

"你的爱情观就这么脆弱，全靠别人支撑？"

她不服气地哼道："那是你们的感情太牢固了，我才会有这种感觉！"

顾予临没再说话，江筱然凑上去问："你们今晚干什么呢？"

"爷爷奶奶看电视，我在房间里写作业。对了嫂子，你上次寄过来的那些笔都超好用，特别顺滑，做题的时候感觉如有神助。"

顾予临偏头问江筱然："寄笔？你什么时候寄的？"

江筱然道："就是上上个月我看到了，想起自己以前喜欢用，就给她寄了一点过去。"

他笑："你倒挺会收买人心。"

"我现在已经是嫂子的铁粉了，你们吵架我站她的那种。"雨烟倒戈得很快，又问他们，"还有什么事吗？"

"你把电话拿出去给爷爷吧……"江筱然抿唇，"我们给他们拜个年。"

很快电话转到了爷爷手上，江筱然站在阳台上，一边踮脚呼吸着外头的新鲜空气，一边道："爷爷过年好，祝您身体健康呀。奶奶也是，祝奶奶永远年轻。"

她挨个儿问了好，这才指了指手机，看向顾予临，用唇语问：你要说吗？

顾予临略做沉吟，而后点头。

这是他第一次在过年的时候给家人打电话，接起却不知道说什么，沉默了好半晌。

江筱然小声提醒："新年快乐，福寿安康，万事如意，随便问候一下呀。"

他看了看远方的灯火，手上一热，是被人握住了手掌。

江筱然拉着他的手，给了他一个坚定的目光。

他开口："奶奶？"

那边应着："哎，在剧组伙食还吃得惯吗？"

"挺好的，吃得惯。"顾予临说，"祝您新年快乐。"

"好啊，你在那边也要照顾好身体，多休息。"

他低声说："嗯，知道了。"

老人担心的总归就一个话题，很快那边说："我看电视里你怎么好像瘦了啊？"

"那是健身了，为了上镜好看一些。"他道，"您别担心。"

"好，我不担心，你出息了我们都高兴着呢。"老人说，"你等等，爷爷也有话要和你说。"

电话那边传来一阵杂音，应该是手机在交接。

爷爷的声音一如既往地雄浑："今年怎么想到给我们打电话了？"

顾予临顿了顿没说话，爷爷又道："是江筱然那姑娘要你打的吧？"

他们俩好像素来没什么话讲，寡言是一方面，家庭培养出的鲜少表露感情的性格是另一方面。

那端的爷爷兀自说道："人家姑娘挺聪明的，也很懂人情世故，她在你身边我就放心了。你记得压力别太大，适当放松一下，我看你最近到处跑，总是坐飞机……太忙了可不行，不能仗着年轻挥霍啊，不然老了身体就不硬朗了。"

没想到爷爷也还关切自己的行程，他抬了抬眼，而后缓声回："知道了，您也多注意身体。"

电话挂断后，他却没有立刻反应过来，瞧着漆黑的屏幕一言不发。

江筱然凑近："怎么啦？"

"我以前……没有给他们打过电话。"他说。

她耸肩："猜得出来。"

顾予临收起手机，看向她，郑重道："我一直觉得自己生活得很多余，也感受不到任何关于家庭的关爱。所以，谢谢你。"

让我重新感受到那些以前被忽略掉的爱。

夜晚的风徐徐吹拂，她的鼻尖被发丝挠得有些痒，很多所谓执念和误会在此刻仿佛全然冰释，场景静谧，她想，他摆脱了很多束缚。

江筱然正想说些什么感性的话来收场，猝不及防打了个喷嚏，这才跺脚："好冷啊，快进去吧。"

入夜，顾予临本想离开去酒店睡，却被江母安排留在了书房。

趁母亲去整理东西的空当，江筱然回房间整理东西，顾予临也跟着她走了进来。

四下打量之后，他的目光定格在墙中间的照片上。

照片里的女生只有十多岁，站在钢琴旁边，朝着镜头有些拘谨地笑。

虽然面容青涩，但依稀能够看出姣好的五官。

他似有所思："你这个房间还挺有艺术气息。"

江筱然顺着他的目光往那边看了一眼："这都是之前拍的了，我得找个时间清掉。"

"为什么要清掉？"

她笑："放你的海报、我的作品，还有我们一起参与的项目图啊。"

说到海报，她又自然地道："那次开学，寝室楼下有那种卖装饰品的，你的海报很快就被抢完了。"

"怎么？"

她摇头："我只是觉得，追星并不是什么不好的事情，起码很多女孩都能在追星的过程中找到自己完善自己，找到前进的勇气。你超话里有条微博是'入坑顾予临的原因'，我心情不好的时候就会点进去看看，发现你总能教会她们很多，比如坚持、低调、不浮躁，其实她们是在追你也不是在追你，你是她们理想国的具象化，人都是追求美好的事物。"

话题突然切到这里，顾予临也随着她的话凝眸思索半晌，这才道："不只是她们对我，我在你身上也学到了很多。"

"我？"江筱然一边把睡衣叠好一边说，"你在我身上学到什么？"

顾予临道："积极、乐观还有……爱与被爱的能力。"

互相弥补，大概是岁月让他们相逢的初衷。

第八章

好梦不醒

洗完澡之后，江筱然躺在床上刷微博，顾予临坐在她床头吹头发。

她点进微博，发现何一离竟然上热搜了。

可他最近除了《覆国》也没有别的大事了啊，难道是拍的偶像剧要开播了？

怀着较为疑惑的心情点进去，江筱然发现这个热搜……的确和《覆国》有关。

按理说，何一离在《覆国》的戏份少得可怜，扮演的角色更是没什么热度可炒，带着这电影上热搜，就不在情理之中。

她往下翻，发现是何一离发了一条微博。

　　大年夜也在"加班"，跟《覆国》剧组一起过年，大家辛苦了。

配图是《覆国》剧组的合影，工作人员和一些主演全都在里面。

因为冯导要对电影的各方面进行保密，所以演员们的衣服和背景全部被虚化了，只留下脸。而正因为电影神秘，大家便更加好奇，加上何一离粉丝多，这个话题很快就有了超高的热度。

电光石火间，江筱然明白了这条微博的意义。"何一离的团队好聪明啊。"

顾予临关掉吹风机，抖了两下头发，有一滴水珠落到她手背。"怎么了？"

江筱然把微博内容给他看，然后撇了撇嘴："别看微博就几十个字，关键词多着呢。关键词一，加班，表现了何一离老师的敬业和努力；关键词二，过年，表现了何一离老师在过年时也坚守岗位，令人感动；关键词三，辛苦，表现了就算拍戏很累，何一离老师也能不惧艰难，突破自我。"

顾予临沉默了一下，似乎明白了她的意思。

"真会做营销啊。"江筱然说，"我去问问工作人员。"

语毕，她打开微信，找到了一个跟自己关系很好的剧务："彭彭，你在吗？"

三分钟后彭彭回消息了："刚到酒店，怎么？"

没等江筱然开始问，彭彭又说："折腾到现在才回，烦死我了，何一离可够事多的。"

江筱然问："我正想问你何一离怎么去拍戏了？今天不是没他的戏吗？"

彭彭道："我也奇怪咧。平时拍戏他迟到，今天没有他的戏，他卡着我们收工的点来了，非说拉着工作人员照张相，不知道的以为皇帝微服私访体恤民情呢，我们是不是该磕个头说句吾皇万岁万万岁？"

江筱然心中的猜测得到证实，她道："如果你也好奇何一离今晚为何会忽然出现，或许热搜第三会告诉你答案。"

一分钟后，彭彭给她发来了霸占整个对话框的感叹号："这人还要脸吗？！明明是他自己跑到剧组来，导致我们的收工时间不得不推迟，他还好意思说这是加班？他不来我们加个屁的班！全程就来了五分钟，把整个片场搅和得一团乱，还嫌我们笑得僵硬，完事自己拍拍屁股走了，工作人员撤布景撤得累死。"

江筱然安慰了彭彭几句，然后去问了另一名工作人员今晚的情况，那人更直接："哦？你问的是干啥啥不行、炒作第一名的炒作艺术家何一离吗？"

这形容太到位，江筱然忍俊不禁地发过去个表情包，而后对顾予临晃了晃手机："我猜中了，何一离今天没戏，是故意去摆拍的。"

整个剧组最没资格发这种微博的就是何一离，除了他所有人都很认真敬业。但他不仅一口气轧了三部戏，除了近距离镜头都靠替身来拍，甚至还在大家都为了这部戏学武术的时候，他还在偶像剧里跟人风花雪月。

他并不是主角，也就几分钟的戏份，对自己要求不够高也就罢了，毕竟没有耽误剧组拍摄。谁料这人不仅态度不端正，还敢瞎卖敬业人设！

照理说他卖人设是他的事，和江筱然无关，但让人愤怒的点在于——这不单单是何一离一个人的事情。

《覆国》里只请了两位当红流量，除了何一离就是顾予临，早在官宣演员表那时候，底下就已经开始了讨论和比较。

顾予临和何一离资源对撞厉害，拿来比较也是常事，顾予临身正不怕影子斜，该做的不夸大营销，没做的不会揽到自己身上，工作人员和导演心里都有一杆秤。

但这次合影里重要角色全部到齐，唯独差了顾予临，何一离发的微博还那么有深意，不让人想歪都难。

江筱然点开那条微博，果然，评论区大部分在夸奖何一离，也有几个粉丝踩一捧一，内涵何一离比"某流量"认真得多。

顾予临拿走她的手机，俯身去看她的表情："生气了？"

"有点，"她抿了抿唇，说，"但是我更期待。"

"期待什么？"

"人设啊，"她嫣然一笑，"瞎卖人设一时爽，可一旦事情败露反转，曾经靠虚假人设吸引的好感只会加倍反噬到自己身上。我在等待他墙倒以后，众人推之的那天。"

当然，顾予临的工作室也不是吃素的，第二天他们刚赶到剧组，某个穿皮衣的男人就迎了上来。

顾予临介绍道："钱飞哥，我经纪人。"

钱飞倒是一眼认出江筱然来了："江筱然是吧？怪不得当时顾予临跟公司说，让所有工作人员都找男的呢，怕你吃醋。"

江筱然怕自己引起什么误会，摆手道："我没有提这种要求啊……"

顾予临对她说："不是你提的，是我自己提的。"

江筱然后知后觉，心里一暖。

说完后，顾予临又转向钱飞："怎么这么着急，有事？"

钱飞道："你倒是淡定，也不看看微博上讨论你讨论成什么样了？"

江筱然猜测："是不是有人带节奏刷话题了？"

"看到没，"钱飞撞了下顾予临的肩膀，"你女朋友都比你敏锐！"

很快，三人进到房间里说这件事。

钱飞道："何一离发的微博你们知道吧？本来不是什么事，大家随便看看就过了，结果今天有人带节奏说顾予临消极应付拍戏，顺便狠狠夸了一通那个给自己加戏的何野鸡。但除了他们公司养的带节奏的营销号，大多数路人还是站在我们这边的。"

"毕竟之前塑造的形象在那里，何一离的演技也不咋的。"钱飞说，"我们本来准备把话题撤下去，辟个谣，但是刚刚商量了下，又有了个新方案。"

"新方案？"

钱飞悠然一笑，靠到椅背上："圈里有句名言叫捧得越高，摔得越狠；黑得越狠，洗白越红。我们就让这何野鸡和他团队一起炒，炒得越厉害越好。"

江筱然不解道："那后面呢？"

"后面自然会败露的，现在媒体这么发达，想要什么拍不到？只不过需要点时间而已，"钱飞拢了拢手，"一个人风头越盛，就有越多的人想把他从山顶打下来。被那么多双眼睛盯着，除非是特别自律的艺人，否则都难逃被暴击的命运。

"所以我们现在不要有任何动作，让何一离没有阻碍地飞向蓝天，然后被大家踩到地面。"

作为艺人，最怕的就是工作室懦弱，但如果工作室太狠又容易树敌，敌人多了，就不利于在圈内的口碑积累。

钱飞的解决方法无疑是最好的，既有办法反击，又不亲自出手。

他们本来可以阻止何一离炒人设，但现在并不阻止，而是利用市场的规律，让对方自己跌落，确实很聪明。

"行了，"钱飞跟顾予临说，"我跟你说一下解决办法，顺便让你安下心，别被网上的事影响了，事态发展什么的都在我们的控制之中。你还是按照你的计划好好工作，工作室绝不拖你后腿，会做你最坚固的盾牌。"

"嗯，"顾予临笑，"谢谢飞哥。"

钱飞道："这都是我们该做的，我带过很多艺人，你是苗子最正的，一定不能浪费了。"在圈里待了很久，他这点识人之力还是有的。

钱飞拍拍顾予临肩膀："我说完了，先走了啊，你加油。"

到了剧组，终于再次忙碌起来。

"敬业王"何一离早已不见身影，只看到替身演员在各个机位下忙忙碌碌。顾予临正在一边看陈咸影帝演戏，这时候他正在跟宋影后飙戏。

为了更深入地了解剧情，他把整个剧本都看了好几遍，根据台词，依稀能辨认出这是要演哪一场戏。

陈影帝演的是江沉舟，这场感情戏，是江筱然写的。

丈夫要上战场杀敌，妻子打心眼里不愿他前去，镜头里的女人眼神涣散了一下，紧接着抚上自己的肚子："你就不能等博儿生下来再去吗？你就不想看看自己的骨肉吗？"

那是个没怎么读过书的女人，在那个封建社会，女性几乎都是男性的附庸品，以家庭完整为生存的意义。

那样的女人是卑微的，说话的时候语带乞求，秀眉微蹙，含胸，迈小步，连语言都不敢生硬，更别说体谅什么男人家国天下的胸怀，体恤凄惨的民情，她们眼界很窄，守着这一方屋子。

问完那句话，她眼中出现迷茫神色，仿佛真的不能理解，为何这时候丈夫一定要狠心离去。

顾予临认真看着，不时做着笔记。

影后就是影后，把人物的性格和背景不动声色地融进表演里，靠一句简练的台词，就表达了这么多东西。

他去看陈咸的反应。

男人叹息一声："你不懂……"

"我是不懂，"她谦卑地低头，道，"我只懂博儿是我的孩子，我比任何人都盼望着他平安幸福地长大呀。"

说到这里，女人放缓语调，尾音拉长。女人言语里是对未来的憧憬和期待，那是一个母亲对新生儿的渴望和喜爱。她眼睛里有光，仿佛看见远处起伏的山峦，就能看见未来和平美满的生活。

男人皱着眉打断她的构想："你想要博儿平安地长大，我又何尝不想。这世间千千万万的父母，哪一个不盼望自己的孩子成长为国之栋梁?!"

女人愣了一下。

江沉舟继续道："可是假若千千万万的人都似你，不愿丈夫上战场，只希望维系着这短暂的、看似风平浪静的生活，那谁来奋勇杀敌抵御入侵？谁来捍卫和平？谁来保全这天下江山，保全所有人的安宁?!"

"倘若我死了，那是死得其所，我为天下和平而牺牲。牺牲了一个我，会有成百上千人继续前进，我……"

"够了，"女人轻声打断，鼻翼翕动，一滴眼泪毫无征兆地落下来，"我放你走了，你可是不会说这些咒自己的话了？罢了，罢了，你走吧……"

她摇头："我不懂你讲的这些，我只希望你不要为难。左右也不会如何，博儿我会好好地生下来，还请将军保有一丝念想，记得回来看看我们……"

说完，女人退后两步，迈着小步走入正厅。

男人本欲拉住她，追了两步，最终还是停下了。

纵使追上了，也不能给她一个美好的许诺。他苦笑一声，望了望碧蓝如洗的天幕，咬牙走出了屋子。

"咔!"

冯导一贯严苛，此番也忍不住鼓掌："两位老师太厉害了！一遍过！准备下一场吧！"

顾予临正在细细体悟两位老师的台词和神态，陈咸披上外套，不期然拍了拍他的肩："想什么呢？"

他被吓了一跳，抬头看："陈老师。"

陈咸在他旁边坐下，轻点下颌："你都记了点什么？给我看看。"

"没记什么，就是细节处理的手法，我觉得很形象。"顾予临说，"我估计演不到这么细腻的程度。"

"演戏靠的是带，是记，"陈咸又拍他的肩，"我刚刚拍你肩的时候你是什么反应？记下来，在下一次演被吓到的情况就可以参考。对演戏来讲，老师教导和看书学习都很重要，但更重要的是体会生活，要永远记得表演的意义是真实。"

陈咸感慨道："我早年间要演一个被朋友泼了水暴跳如雷的角色，不知道怎么演，就站在我朋友门口，那几天挨个儿泼他们水……泼完就把他们的反应都记下来，再道个歉，大家都是朋友，也没什么。后来我就在那些反应里挑选最适合人物的，你猜怎么着？"

顾予临虚心问："怎么？"

"后来我靠那个表演第一次入围最佳男演员。"陈咸站起身，"偶像剧跟正剧表演方法不一样，这要靠你自己琢磨，要有心，要留意生活。"

顾予临也站起身送他："好的，谢谢陈老师。"

送走陈咸之后，他一回头，发现江筱然正在他的位置上看笔记。

他笑着拍她的头："你怎么来了？"

"我早就来了，没打扰你而已，"江筱然说，"剧本后期没多少感情戏了，我任务也不重，可以经常过来看看你。等《覆国》拍完我得进《山河》剧组了，那边挺严的，我可能抽不出多少时间陪你了。"

顾予临皱眉："那我可以去找你。"

她耸耸肩："你到时候不是要去美国弄新专辑的事吗，肯定很忙吧……"

"忙也能抽出时间去见你，"他说，"不过就是坐个飞机的事而已。"

"你能抽时间就好了呗，"江筱然又问，"你今天一上午都没戏啊？"

"嗯，在看老师们拍戏。"他说，"不过下午就有我的戏了，还挺重要，大概要拍很多天。"

她走过来，小声跟他咬耳朵："何一离没有来吧？"

他环顾一圈："应该是。"

"我看到替身了，"江筱然说，"你下午那场戏是跟他打斗的那场吗？"

"嗯。"

"那我估计就是远景替身拍，近景后期补了。"她猜测。

聊天的时候不小心碰到他的手臂，他吃痛地皱了一下眉，表情虽然不明显，却没有骗过她。

她隔着厚厚的羽绒服，不敢捏他，只敢拈一下衣服里头的羽绒："你怎么了？受伤了？"

他安抚似的拍拍她的手："没，只是练武打戏的时候碰到了。"

他在《覆国》里演的是将军，由于他对武打鲜有涉猎，为了更好地演绎这个人物，便一直在跟着老师学习。

江筱然咳嗽两声："给我看看。"

他本不想，再三拒绝，但又拗不过她，还是扯起了袖口。

不是大伤，但瘀青的范围并不小。

她虽有些心疼，但知道这是他工作的一部分，于是没有小题大做，只是凑近吹了两下，轻声道："还是要买点药膏抹一下，会好得快些。"

说罢还是有些愤愤，真正敬业的人伤都受了，不敬业的人却买营销号黑人，真是坐等何一离人设崩塌。

"这都是小伤，"顾予临说，"很多艺人吊威亚都容易受伤，我这点伤不算什么。"

"我知道啊，可你毕竟都还没开拍，以后万一经常拍戏，受伤肯定会变成家常便饭。"想着想着她叹息一声，"受伤也行，你别让我知道啊……"

顾予临低笑："心疼我？"

江筱然只顾着查看他的伤口，心想这还不显而易见吗："对啊。"

他凑近几分，沉声诱哄："我们小时候有个偏方。"

"什么？"

"受了伤，亲一下就不疼了。"

"人家的偏方都是吹一下，到你这儿怎么变成亲了？"江筱然用力将他往后推了推，"我就知道你这人喜欢滥用纯情女大学生的怜悯之心骗人。"

话没说完，极有磁性的声音忽然贴向她耳边："吹一下，也行。"

她还没来得及反应，一阵热流便袭上她耳郭，还带着他独有的薄荷味儿气息，她耳垂瞬间烧着，忍不住抬手一捏，热得不行。

……怎么就变成他吹她了？顾予临噙着笑起身，心情愉快地朝前走，仿佛受伤的根本不是自己。

江筱然无语半晌，又揉了揉自己的耳垂，这才心有不甘地站起身。

这人还真是……所有人眼中的正人君子，她一个人的衣冠禽兽啊。

下午，顾予临的戏份开拍。

拍的正是跟何一离扮演的付光正面打斗的一场落水战斗戏，冬天水冷，江筱然把手伸进去想要试试水温，却被冻得一哆嗦。

她只用了一小截手指都感觉有些麻，顾予临整个人掉进去，那当不是……

她有点担心，往那边看了一眼，顾予临还在跟冯导商量戏。

看样子他也不会让替身下水，估计是亲自下水吧。

工作人员在一边说着闲话："顾予临戏不多吧？我看他场场都在的样子。"

另一个人说："是不多啊，他跟何一离戏份差不多，其实态度一般的话跟何一离一样就行了，反正当时签合同也没签多久。轮到自己的戏拍一下，其他能替身完成的就用替身吧，反正他们这种正当红的，损失一分钟都是损失很多钱。"

"顾予临算很认真的了，我到现在都没见过哪个流量明星像他这样……"

确实很认真，江筱然心想，推掉了不少偶像剧的本子呢……

偶像剧可是来钱最快的速食剧，不然何一离也不会一年接几部了。

不过偶像剧发展的狭隘之处也很明显，随着年纪的增长，假如不转型到正剧，偶像剧又会被更年轻的小生分掉市场，那艺人可就不上不下，尴尬得很了。

像何一离这种演技不怎么好的，只能趁还年轻多捞点钱，等偶像市场淘汰他之后，就得想别的办法了。

顾予临虽然走的不是偶像小生的路线，但依照他现在的知名度，片酬也能拿到不错的价位，假如以后能有国民度高的奖项加持，人气和实力一把抓，那到时候可就是……稳稳妥妥地站上神坛，甩这些流量小生一大截了，而且发展前景会比他们要好得多。

所以还是不能贪图眼下，目光长远才能走得更远。

就在她思索间，这场戏开始了。

几个小时的妆发过后，顾予临已经换上了甲胄和头盔。

他穿上白衣是翩翩公子，举世惊鸿；换上盔甲是常胜将军，驰骋沙场。演公子时他潇洒俊逸，演将军时他目光狠厉。

古装扮相不可谓不绝色，一个眼神就很有戏。

他翻身上马，高举宝剑，一边御马一边与人过招。

这场原本是和何一离的打戏，但何一离太忙，只能由替身先完成，然后等他来了再补拍必要的镜头，所以顾予临在和替身对戏。

几番鏖战之后，顾予临扮演的赵程用剑将"何一离"扮演的付光挑下马——付光跌落下马，用力砍了一下马腿，马长嘶一声，赵程亦从马上跌落。

"扑通"一声，两个人一起摔进刺骨的水中，平静的水面漾起一圈圈波纹。

"咔！"

听到指令，两个人浮出水面。顾予临率先上岸，转身拉了替身一把。

他穿的是铠甲，又进了水，江筱然都能猜到他身上现在有多重。

铠甲被水洗得发亮，边沿处，有水止不住地往下滴。

江筱然匆匆上前，把毛巾和热水递给顾予临："怎么样？"

冯导道："辛苦了，赶快去洗个热水澡吧。"

在冰水中泡了太久，顾予临面色虽有些发白，但还是抬眸道："我觉得刚刚入水的姿势不太好，要不再来一场吧。"

他转身去询问替身的意见，替身演员说："我没关系，我们这行经常下水。"

冯导目露赞许："好，那再来一场吧。"

最后那场落水戏拍了三次。

陪顾予临回房间的时候，江筱然抓着他的手，就像抓着一块散着寒气的冰块。

到房间后他径直去洗澡，洗完后江筱然指了指桌上的姜汤："工作人员送来的，快喝吧，预防感冒。"

房间里开了空调，他一身清爽，端起姜汤一饮而尽。

有水珠从他发梢滚下来，行过后颈，陷进衣服里。

吹完头发，他不经意问她："你还有多久去《山河》剧组？"

江筱然道："三四个月吧，那时候刚好课少，不定时可以去剧组看看。"

他撑在桌边笑了笑："昨天飞哥还跟我说，不只是我厉害，我女朋友也很有本事。"

"那当然，"她抬了抬脸，"我现在要好好磨炼，争取早日变成能独立完成优质剧本的主编剧大大。"

她注视着他，目光炯炯，字字句句掷地有声，意有所指。

顾予临挑眉接道："然后给我写剧本？"

"不是，然后你求我给你写。"

第二天，江筱然拉开窗帘，发现外面居然下雪了。

这场雪来势汹汹，不过一晚，窗沿上已经积起了厚厚一层，道路两边的树也被银白覆盖。

听说顾予临今天没戏，也不知道会干点什么。

她用卡刷开他房间的门，扑面而来的是一片黑暗。江筱然往里走了几步，发现他还躺在床上。

她担心他是因为落水过多而发烧，伸出手去摸他额头，幸好体温正常，她松了口气。

正准备把手收回来，突然被人一拉，她没用上力，直接躺在了他臂弯里。

紧接着，某人悠闲的声音在头顶乍响："请问江医生，我的体温……"

江筱然挣脱不得，只得恶狠狠道："一百度，快死了！"

他眉一挑："那你的手还保得住？"

江筱然气鼓鼓："我的手倒是保得住，也不知道顾演员的脸保不保得住。"

他笑着点点脸颊："你亲一口就知道了。"

晨间剧场还没演完，江筱然忽然接到电话，是父母来看她了。

她立刻和顾予临收拾了一下出门，四个人一起吃了顿饭，聊了下近况。

顾予临还有戏要拍，吃完后便有礼貌地道了别，前往拍摄现场，江筱然则陪着父母四下转转。

顾予临刚离开没多久，江父忽然问："小顾每天都这么忙？"

"他每天比这忙多了……"讲到这儿，江筱然意识到不对，回头问，"怎么了？"

"别说你爸，我也有点担心，"江母说，"他这种职业很忙，很难抽出时间陪你，现在戏份不多就这么忙了，以后真的红了，怎么办？"

她立刻明白父母这一趟的来意，他们终究还是有点不放心自己这段感情。

"他是很忙，但是我们的生活轨迹经常可以重合啊，你们看，我们现在在一个剧组里，以后应该也会时常在一个组里工作。"江筱然打消他们的疑虑，"而且，他总是会抽出时间想办法陪我，之前比赛那段时间，我们一个月也能见一次。

"我觉得这样的状态挺好的，不会过于频繁地见面，保持一点神秘感。"

江母道："但是他这份工作要面对的诱惑太多了，你想想，一个组里有多少女演员？更何况他又长得这么好看，安全系数太低了。"

江筱然不同意这个观点："那我们学校还有很多男生呢，也没见他成天操心我。只要人坚定，是不会被大环境影响的，比起他身边的人，你们更应该看重的是他的品行，不是吗？"

"妈妈懂你说的，"江母道，"但你现在毕竟年纪还小，很多事不明白……"

"我已经认识他好几年了，就算不能够把他整个人看得清清楚楚，也能看出个大概了吧，"江筱然抬头，"你们觉得我阅历浅，那你们觉得顾予临是什么样的人？"

父母双双沉默。

好一会儿，江父才说："小顾确实不错，谈吐大方，也比较有礼貌，会为别人着想。其实他很适合做男朋友，但他的职业太特殊了。"

"我知道你们是为我好，想让我好好考虑这段感情。但我又不傻，你们说的这些问题，我全都思考过了，"江筱然说，"你们可能觉得他做的不是最佳的结婚职业……但是这一路走来，我们一起面对了很多，也经历了很多，就算是以后，他做的也不一定就会比正常的丈夫少，感情这件事没有最优解的，适合和相爱才最重要。

"我相信他会做得很好，时间也会证明。"

她很少这么郑重地阐释自己的观点，父母也思索了很久，最终江母道："既然是你的生活，那就由你做主吧，我们毕竟希望你少走弯路，幸福就好。出了问题要记得及时和我们说。"

江筱然点头如捣蒜："放心吧。"

江母又问："对了，怎么一直没见你提起他的家庭？"

见她沉默了，江母不甚确定道："单亲？"

"不是单亲，"江筱然摸了摸后颈，"正常家庭，还有个妹妹。但是他父母特别忙，所以他们关系不是特别好……"

江母倒是想得远，问："那以后结婚怎么办？"

"……这才哪儿跟哪儿啊，"江筱然发笑，"应该……会慢慢解决的吧，毕竟血浓于水，只要他父母愿意多沟通，还是可以一点点解开的。"

江母又接着打探，把之前没问过的问题一口气都问了出来。

解决完这一大堆问题，终于送走了父母。

江筱然歇了口气刚到酒店，门铃就被人按响。

她看着顾予临："这么快就拍完啦？"

"嗯，戏很短，"他又往房间内看了看，"……走了？"

"你说我爸妈啊，刚送走，"她如释重负地倒在床上，"我好累，休息一下。"

他坐过来，手掌垫在她后颈上，帮她按摩了一下："看这样子，刚刚说了很多？"

江筱然喟叹着点头："我用我的机智和口才说服了一对思想保守的父母，现在很有成就感。"

他顿了顿："他们是对我的工作有什么……"

"嗯，"江筱然一直和他坦诚相待，"觉得诱惑太多，你太忙了呗，怕我掌控不了你。"

她说完，肩膀动了动，"按得挺舒服，肩膀按一下。"

按完肩膀之后她翻了个身，又顶了顶腰："腰按一下，职业病。"

顾予临笑道："如果他们看到这一幕，恐怕就不会有这样的担心了。"

顿了顿，他又道："你把我吃这么死，该担心的人应该是我。"

"不错，"江筱然埋在床单里说，"趁还有点年轻资本，好好讨大爷我欢心……"

说着说着声音渐弱，顾予临来不及跟她算账，她就趴在枕头上睡着了。

灯光将她的睫毛筛得根根分明，又在她鼻尖落下清浅的光。

他忍不住亲了亲她的鼻尖，这才把她整个人放平，给她把被子盖好。

次日醒来元气加满，江筱然修了几个小时剧本，今天的任务完成，她出门去看顾予临拍摄得如何了。

抵达片场，她发现顾予临正在拍一个很简单的镜头，导演都说可以了，他却还是希望再拍几次。

今天融雪，天气更冷，江筱然坐在原地看他反复地演，等到这镜结束，已经是几个小时之后了。

他接过助理递来的羽绒服，看见她的时候并不意外，问："冷不冷？"

江筱然扯了扯身上被子似的羽绒服，说："不冷，穿可多了。"

她跺跺脚："就是脚冷冰冰的，不过我冬天一贯脚冷，穿多厚的绒鞋都没办法……"

顾予临问："贴暖宝宝了吗？"

江筱然回："……没。"

他把手上的水壶递给她："拿一下，我这儿有。"

她帮他拿着水壶，看他从口袋里拿出两个暖足贴，然后单膝跪地。

他撕开包装袋，把暖足贴放到一边膝盖上，伸手去脱她的雪地靴。

她一下没反应过来，就那么任由他动作，看他的手指剥开胶纸，然后一只手抓着她的脚踝，把东西贴在了她足底。

他贴得很慢，江筱然都能听到旁边的人窃窃私语。

"顾予临亲自贴暖宝宝，我这辈子还有机会吗？"

"有的，梦里。"

"你说什么呢，真伤人。"

"我说的是实话，你又不是人家女朋友，人家只宠女朋友的。"

…………

给她贴好之后，他又把鞋子拿来给她穿好，一边穿还一边嘱咐："要注意保暖，尤其是脚，知道吗？"

她忍不住发笑，一本正经地回答："知道啦知道啦。"

弓了弓脚背，有暖意传来。

他们还没来得及聊两句，不远处忽然传来骚动，是何一离这尊神来了。

江筱然蹙眉问："他今天有戏？"

"嗯，"顾予临点头，"拍那次下水的镜头。"

顿了几秒，她道："那他下水吗？"

"不下，他只拍特写。"

"拍特写？那你不用去了吧？"

"得去，"顾予临说，"要对戏。"

何一离去化妆室做造型，两三个小时之后出来了。

陈咸说得对，他还是不大适合这种扮相，这么看来他有点阴柔美，不像个将军。

因为有了微博合照那事，剧组人员都有点微妙的硌硬，表面寒暄就省了，直接开始拍戏。

打斗戏不好拍，一场戏拍了一下午，各种角度远景近景，收工时已经到了傍晚。

彭彭给江筱然发消息："看到没！这就是何大佬的演技！就这样还拉踩顾予临，我看他心里真是没点数。"

江筱然回："还好戏份不多，不然这电影质量堪忧。"

彭彭回："幸好是配配配角，不然导演都不会请的吧。我在这边看到冯导的表情了，第一次见他变脸三次哎，集尴尬、无语、得过且过还有嫌弃于一脸，好精彩哈哈哈哈！"

江筱然耸肩，如果不是投资商点名要何一离，再加上当红小生有流量，以冯导的脾气肯定现场拍着桌子让他滚蛋。

收完工，事务繁忙的何一离马不停蹄地坐房车离开。

陈咸有夜戏，做完妆发出来，看刚刚两人的对手戏，禁不住拍了拍顾予临的肩膀："你进步很大，演技也很不错了……一离还不行，有点浮。"

冯导叹了口气，摇了个不可说的头。

一晃一个月过去，江筱然的假期用光，又要再次准备返校，顾予临的戏份也还有一个多月就要杀青。

她收拾着东西，顾予临就在身后看着她。即将离开时她嘱托："要记得睡觉，不要忙起来找不着北。"

他笑："知道了。"

"觉不睡够很影响身体的，"她脱口而出，"容易生不出孩子。"

顾予临沉默几秒："……生不出孩子也怪我？"

她这才意识到自己的话题飘得太远，拍了拍桌子示意他集中注意力："重点是身体，不是孩子。"

"是吗，"他漫不经心，"真的不是孩子吗？"

江筱然伸手去揍他，被他拉住裹进怀里，就这么拉拉扯扯地上了车，她一拉开车窗帘，就看到对面商场悬挂的何一离巨幅海报，而和何一离相对的，则是另一侧的顾予临的广告牌。

这建筑还挺有代表性，他们俩确实是如今流量市场的两根顶梁柱。

她情不自禁道："如果何一离团队是真的很想踩你的话，为什么不把我们的事说出去？毕竟你恋情曝光，还是很有话题度的啊……"

他低头卷着她肩上的一绺碎发："也许他们不敢呢？"

"不敢？"

"你觉得我们的恋情公布了，我是掉粉更多，还是涨粉更多？何一离一开始走的就是男友路线，确实圈粉。"他娓娓道来，"但我不是走那个路线的，就算恋情曝光对我影响也不大，而且……你这么好，我觉得我的粉丝一定会很喜欢你。"

他接着说："到时候不但没有给我一击，反而制造了话题，他们团队才不会做这种没把握的事情。"

江筱然撑着脑袋："你们资源对撞挺厉害的，我总觉得他们工作室，不像什么善茬。"

不久后车开到了寝室，顾予临扣了顶帽子陪她上楼，幸好楼梯间灯光微弱，没什么人认出他。

宋葵和许礼正在洗杯子，看到顾予临生生吓了一大跳，叫又不敢叫，猛地咽了回去，咳嗽着说："筱……筱然早啊，早上好。"

"早。"她笑得明朗，"给你们带了礼物，放桌上了。"

"太客气了！居然还给我们带礼物，"许礼说，"床单铺了吗，墙要记得擦一下，有灰。"

"哦对了筱然，我刚刚看到你床帘的扣子掉了颗，捡起来放你簸子里了，你等会儿记得装。"

江筱然拍手："行，那我现在来吧。"

结果还没踩上床梯，顾予临将她往后拉了拉，低声道："我来吧。"

他刚上去，对面纱帐蓦地掀开，李嘉垣一张脸冒了出来："Good Morning！"

顾予临嫌弃地往后退了退，蹙眉道："你怎么在这儿？"

"我来给嘉映铺床啊！"李嘉垣咬牙，"你都不关心我！我昨晚给你发消息才说了的！你是不是没听我语音！"

双嘉二人也在上大学后不久走到了一起，李嘉垣完全沦为赵嘉映的奴仆。

李嘉垣又说："我还问你要不要给筱然铺……怪不得你没回我。"

"江筱然谢谢，"顾予临淡淡道，"别整天筱然筱然，跟你不熟。"

李嘉垣啧啧道："这就吃醋了？"语罢又扔来一包零食，"看给你饿的，多少吃点东西，光吃醋容易躺着。"

顾予临无言，把零食又砸了回去，然后在床上朝她伸出手："床单给我。"

江筱然问："干吗？"

"给你铺床。"

宋葵吓得把鞋垫抽到了许礼脸上，许礼气愤地抹了两把她的脸，而后二人一齐维持着震撼的表情与姿势，目睹这个拥有几千万粉丝的人站在床梯上，给女朋友……铺床。

顾予临走后，宋葵猛地一拍桌："我宣布竞价开始！"

江筱然莫名其妙："竞什么价？"

"顾予临铺过的床，起拍价一百万，有加价的吗？"

许礼："两百万。"

赵嘉映："五百万。"

"五百万一次，五百万两次，"伴随着鼠标猛地落桌，"成交，恭喜赵嘉映女士以五百万的高价拍得，先货后款，后台交费谢谢。"

"有意思吗，"赵嘉映一语道破天机，"买到顾予临铺的同一张床又怎样，还不是只有江筱然能跟他同一张床，而且我有男朋友了也没钱，谢谢。"

江筱然本来还没反应过来，直到把前几句话品味了几遍，这才缓缓地转过了头："你又在这儿给我瞎说！"

赵嘉映嘻嘻一笑："说的实话。"

开学之初永远是最忙的一段时间，忙碌的头俩月一过，顾予临在《覆国》中的戏份也顺利杀青，电影进入紧张的制作期。

大一下学期似乎走得格外迅速。

也许是两个人的工作全部进入状态，所以时间也过得又快又充实。

顾予临为了准备新专辑，去美国练舞排舞，由江筱然编剧的《山河》也正式开始拍摄，主角是《余音绕梁》时和顾予临关系不错的金晋，真是巧。

《山河》是古装偶像剧，拍了三个月，很快杀青。《穿到爱豆成名前》也接档开始了拍摄，但江筱然就不参与了，交给了其他值得信赖的编剧。

江筱然忙起来连看手机的时间都没有，只能挤时间在睡前跟顾予临打打电话聊两句，但他是多了解她的人，一听就知道她困得不行，没聊两句就匆匆让她去睡觉了。

很快，《山河》的杀青宴如期举办，江筱然配合着气氛喝了点酒，也有些醉，步伐不稳地被其他编剧送回了酒店房间。

刚开门她就一个踉跄，差点栽到地上，幸好有人动作快速地将她扶住，一股清冽的气息扑面而来。

"喝酒了？"

她摸索着去找墙上的开关，灯光乍泄的那一瞬，下意识眯了眯眼。

面前模糊成好几个影子的面容，终于得以慢慢重叠起来。

顾予临垂下眼睑："怎么，才几个月没见就不认识我了？"

她被酒意蒸得有点燥，嘟囔着："你还知道好几个月没见啊……"

"我当然知道，"顾予临将她扶到椅子上坐下，"倒是你，你知不知道，嗯？"

这段时间她可是过得风生水起，金晋跟他说，自《山河》开机以来，各方面都对她赞誉有加。她工作又很努力，经常一个镜头改很多次，只要派给她的任务，她从来都是快速又高质地完成。

一工作起来什么都不顾了，真是个没良心的。

"我当然知道呀，"她下意识伸手扯住他，手指搭在他手臂上，瓮声瓮气道，"你怎么好像瘦了？"

"才知道我瘦了？"他伸手去捏她的鼻子，"你没了我，生活倒是过得有滋有味的。"

她立刻睁眼，眼睛里布着一层浅淡的惘然，眼瞳跟琉璃珠似的，像小孩子。

她问："你过得不好吗？"

他很认真地点头，就像以前雨烟问他"哥哥我一直哭真的会有大灰狼来抓我吗"一样。

想想，觉得点头这个动作不够有说服力，他严肃道："是啊。"

其实也不是不好，新专辑那边的事一切都进行得很稳妥，只是总想见她。

她手臂又搭上他肩膀，讨好似的笑："我错了。《山河》已经拍完了，下个剧本还没开工，我有时间陪你啦。"

他看着她，不明所以就想笑，半晌酝酿了一个笑出来："没关系，你没时间来找我，我就来找你。"

大概是喝了酒，她嘴唇带着层透明的质感，隐约透出饱满的橘粉色，像只待人采撷的小番茄。他喉结滚动，俯下身去触了触她的唇角，她也轻轻缓缓地回应着，窗外月光烂漫。

她今晚乖顺得过分，他手指微微下滑，直到局势有些收不住场，顾予临这才猛地退开，将她扔进浴室中打开花洒，声音沉哑："……你赶紧洗澡，洗完了休息。"

她迷茫地"哦"了声，眨眨眼，天真无邪又略带不解地开口问："但是你为什么要开冷水浇自己？你很热吗？"

次日醒来时她头还很疼，但还记得些零碎片段，想起顾予临淋冷水时忽地从床上弹了起来，然后在一边的沙发上发现了他。

幸好沙发够长，只是宽度不太够，他手肘垂在一旁，她凑过去看。

他的手虚虚地握了个拳，大拇指搭在食指第二个关节处，手掌微微上翻，露出交错的指纹。

她伸出手，用手指把他的食指往外弹了一下，他的大拇指就顺势落在了中指上。

她继续，把中指往外弹了一下。

他清晨的嗓音灌满阳光，被光照熏陶得又干又脆。

"……好玩吗？"

被抓包的瞬间，江筱然吓了一跳，但还是维持镇定地换了个话题："我没玩，我是……是……"

"是怎么样？"

"是想叫醒你，然后问问你期末考怎么样。"说完，她为自己反应敏捷深深地点了点头。

"嗯，"他坐起身来揉了揉肩，"都过了。"

说完他点开手机，似乎是想看有没有人找自己，结果不知看到了什么，眉头蹙起。

江筱然凑过去一看，发现是微博页面，何一离和顾予临都在榜，热搜前十占了三个，分别是 # 何一离顾予临 ## 顾予临赵程 ## 何一离付光 #，热搜最后一名还是"覆国"二字，看起来阵仗很大，似是有大事发生。

她找到自己的手机，正准备打开一探究竟，听见顾予临说："他们团队开始争番位了。"

江筱然道："争番?！"

身为资深八卦协会会长，再加上写剧本这段时间也了解了不少，她知道番位就是片中的演员表顺序，一般演员名字越靠前的，就代表番位越高，地位越高。

一番就是第一主演，二番则为第二主演……

而顾予临所说的争番，就是争夺名字在演员表上的先后顺序。

海报中，主演是这么排的：陈咸、容诚、宋晚、顾予临、何一离。

大多数情况，番位跟演员的名气戏份直接挂钩，顾予临和何一离的戏份差不多，谁更靠前就证明谁更有分量，或者团队更厉害。

而何一离团队争的就是排名先后的面子问题。

微博上，一些营销号正在集体爆料："精彩的来了！于去年一月开始拍摄的大制作《覆国》，将在今年年底上映，并提前公布了海报。海报中，顾予临的番位在何一离之前。据知情人透露，何一离的团队以'当时何一离的定妆照先发布'为由，暗中表明希望剧组将何一离番位提前，否则将很难配合宣传。这次你站谁?"

微博还有配图，是何一离团队和某方的聊天记录截图，一字一句显示得非常清楚。

　　虽然签约时只说了在五番之内，但按照一贯情况来看，定妆照的发布顺序就决定了番位。当时定妆照我们家艺人是第四个发出的，不知为何现在又变成五番了呢？

　　另一位艺人初入演艺圈不久，影视方面除了一部微电影再无作品。而我家艺人主演了三部收视破一的电视剧和两部票房破亿的电影。

　　私以为，无论是从年龄、资历还是作品来讲，我家艺人都可称得上是"前辈"。现在剧组将"前辈"的名字放在"后辈"之后，这是否失之偏颇呢？

　　我家艺人一直很配合剧组的宣传，甚至不惜推掉高端杂志的封面拍摄，把行程安排给了《覆国》剧组。可假如剧组认为我家艺人无关紧要，并且一再做出这样的事情让我们寒心，我们是否可以不赶赴"无关紧要"的宣传呢？

大意就是：定妆照何一离在前，现在官方海报里顾予临在前面了，我们团队不高兴了。因为何一离拍的电视剧和电影很多，所以何一离是前辈，前辈就要排在前面，不然有失颜面。假如你们不排，我们就不宣传了。

江筱然看完后直接笑出声："前辈？他们还好意思说自己是前辈。"

豆瓣上电影评分一水儿的三点几，一点口碑都没有，全是粉丝刷的票房，这也能理直气壮地说自己是前辈？

而且当时先发定妆照，是因为团队说他家一离忙得要死，要赶下一个百万通告，没有时间等人，然后就恬不知耻地把自己提前了……

先拍完自然先修图，修完就发，不是很正常吗？

退一万步讲，争番位也能理解，毕竟番位就是艺人地位的变相反馈。

但争得这么难看就有些本末倒置了，更何况顾予临虽然也只是几分钟的戏，但他在剧组待了三个月，而何一离在剧组的时间加起来，都不知道有没有七天。

这还好意思争？

江筱然点开那条有两万评论的微博，看看大家是怎么说的。

"又是据知情人透露？谁知道真的还是假的……"

"这一看就是何一离经纪人说的，我以前有个朋友是干这个的，说他们团队特不好相处，碰到相同量级的艺人一定要压别人一筹，可能是所谓优越感吧，无语。"

"博主又出来挑事了？怎么哪里都有你？两家粉丝别掐行不行，别被人带节奏。"

"希望是假的，不然何一离说自己是前辈……哈哈哈哈演的啥玩意啊，还好意思说自己是前辈，我放张面饼在镜头前都比这面瘫会演戏，顾予临虽然入圈不久，但演技和态度什么的都比他好多了吧。"

"不知道大家在撕什么，纯路人，表示这片子主角也不是何一离吧，第四与第五有区别吗？有时间干这些无聊的事情，不如好好提升一下自己的演技吧，尴尬。"

很快，钱飞也赶了过来，和他们商量对策。

"我们现在有两个计划，看你选择哪个。第一个是跟何一离团队死磕，这个胜算有百分之七十吧，我们刚刚算了算，你在剧组的时间比他长，戏份比他多几分钟，而且《覆国》角色的讨论度，你的赵程排第一。"

顾予临道："不太想选这个，第二个呢？"

钱飞道："第二个——就是让番，让他到你前面去。"

江筱然后背一热。让番？开玩笑吧？

钱飞看了她一眼："你看你紧张的，我话没说完呢。"

"啊，"江筱然摸了摸耳垂，"您继续说，然后呢？"

钱飞继续道："发微博，以一种书面化的形式，向何一离表示尊敬，然后说作为后辈，我们对前辈保持绝对的尊敬。"

顾予临点头："我也这么想。"

背上的那一把火烧到了头颅中，江筱然身子一热。

她知道他是什么意思了！太高明了！！

钱飞看江筱然突然坐直，笑道："你懂了？"

江筱然舔舔唇："不知我分析得对不对……

"首先发微博表示我们愿意让，先是说明，何一离争番确有其事。而后是表明，我们愿意为了电影做让步。

"好处有很多，第一个是，这符合顾予临比较淡泊的性格；第二，就是大家反而会觉得何一离那边咄咄逼人，我们却把心思放在工作上不愿争辩是非；第三，无形之中……又给电影加了热度。"

钱飞点头："真聪明，但是还有第四。"

江筱然坐得更直："第四是？"

"第四就是长远打算了，等《覆国》全片一出，演技孰高孰低一看便知，以顾予临的演技碾压何一离很简单。"钱飞说，"对比之下，你觉得大家会怎么想何一离，怎么评价顾予临？"

江筱然道："大家会觉得何一离把心思放在这些乌七八糟的事情上，怪不得演技不好，会对他心生抵制，而且觉得他的演技配不上四番。而我们这边，就轻松坐收渔翁之利？"

钱飞笑道："对了，到时候都不用买通稿，大家会自动成为顾予临的水军，替他只排到五番感到可惜。你看现在何一离捞到多少好处？敬业人设？番位靠前？演技担当？到时候，观众会让他有多高，摔多惨。"

从头到尾，钱飞并没做什么动作，却轻松掌控了大局。

江筱然不由得感叹："您真的太厉害了。"

钱飞补充道："哦，还有个原因。就是我猜到顾予临肯定不想跟何一离争这种肤浅的东西。"

顾予临和钱飞同时道："演员还是要靠演技说话，争这个没用。"

江筱然目瞪口呆地看钱飞跟顾予临同步说出这句话。

钱飞一拍手掌，满意地指向顾予临："我说吧，我连他要说什么都猜到了。"

顾予临笑："微博什么时候发？"

钱飞站起身："这就不该你管了，我会督促他们好好写的。你好不容易休息两天，好好陪陪女朋友吧。明天下午事情保证办得妥妥帖帖的，你等我好消息。"

"嗯，"顾予临点头，"那就等你好消息。"

钱飞走后，江筱然还是没缓过神来。

她靠在椅背上，依旧在感叹："这团队真是……办事效率太高了……"

好的团队，真是能帮艺人把事情处理到最好的程度。

顾予临送走钱飞，折返回来，提醒她道："现在已经不是工作时间了。"

江筱然疑惑道："嗯？"

"做点别的？"他问，"看电影或者出去玩？"

"看电影？"她不知道他怎么忽然提这个。

顾予临道："平时李嘉垣跟赵嘉映在一起时干什么？你有没有想做的？"

……原来是这样。

那些大学普通情侣能做的事，他也想做。

他想尽力弥补她因为自己工作所带来的在感情方面的缺失。

江筱然眨眨眼，说："那我们去做饼干吧，手工烘焙的饼干。许礼好像在烘焙店打工，我看能不能包一下场。"

许礼在烘焙店做兼职，碰上工作日，人就不太多。

他们今天运气好，店里刚好没什么人，多花了点钱，老板就答应包场了。

在门上挂上"暂停营业"的标牌后，老板问他们："需要我教你们吗？"

江筱然道："不用，我之前来过，大概会做。"

老板点头："行，那我就去隔壁了，有事给我打电话。"

桌上摆着配比好的原料，而顾予临显然没碰过这些，一时站在原地没有动。

江筱然差使他坐到对面，然后开始一板一眼地教起来："你先把这些揉到一起，揉碎。"

女朋友说的话自然只能听，顾予临将黄油、面粉、蔓越莓干揉到一起，重复着机械动作十几分钟后，他顿悟似的忽而道："怪不得。"

她停下手里的活，问："怪不得什么？"

顾予临道："有天李嘉垣发朋友圈，说谁再叫他揉面团，他就杀了谁。"

她哽了会儿，抬头道："……揉这个难道没有意思吗？"

"这有什么意思？"想想他又补充道，"不过你喜欢就行，你觉得有意思，对我而言就有意思。"

毕竟有性别优势，江筱然很快就揉好了，而且拿模具刻出了形状。

她的饼干烤好之后，顾予临才进入刻形状的环节。

洗过手，江筱然一边看他有点笨拙地用哆啦A梦模具刻花，一边笑眯眯地拍照，打趣道："我现在要是用其他账号发微博，说'顾予临现在正在跟我一起做饼干哟'，大家肯定觉得我已经到了臆想症晚期了。"

她明明是在开玩笑，他的手却一顿。

"公开吧。"他突然说。

江筱然惊道："啊？"

他把手中的东西放下，看着江筱然说："挑个合适的时间，我们公开吧。"

不需要连发张照片都要思忖再三，在相册里选了又选，最后挑出一张单人的照片，只敢在影子里透露我的存在。

不需要连看电影做游戏都需要包场，入场时望了又望，怕有摄像机藏匿，怕有哪个路人发现了我在你身边。

不需要每一次会面都暗中进行，戴上口罩和帽子，全副武装。

我需要告诉所有人——

等我有了庇护你的能力，就不用在身后为你举伞挡雨。

我会光明正大地站在你的身前，为你遮挡未知的风浪。

江筱然一怔，眼眶忽然热了热。

他知道，他都知道。

知道就算她表露得再浅，说到底，也希望把这段感情摆上台面。到底是女孩子，还是需要完全的依赖和归属感。

他轻声叹气："你总是为我考虑得太多，其实偶尔任性一下也没有关系的。生气了就来跟我闹一闹，我会哄你的。

"总是这样，我会觉得什么都是你一个人在扛……我心里会很不好受。

"偶尔作一作，也许很可爱。"

最后，顾予临总结："不要忍着就好了。"

江筱然喉咙酸涩，半天抹了一把脸，说："那好吧，那我作一作。"

她入戏很快，瞬间板着脸道："三天不许抱我，你太高容易遮着我灵感接收。"

顾予临略做停顿，手稍抖："……我收回刚才说的话。"

"全部收回。"

她偏头，笑得很缱绻："晚了。"

那天是有纪念意义的一天，那夜也是有纪念意义的一夜。

江筱然首部挑大梁的古装偶像剧《山河》，全网首播了。

开播前，她用"临江仙"的账号发了条微博："《共鸣》之后有很多姑娘来问我，还写不写剧本了？为什么这么久都没有作品？回答一下，这一年多主要忙了两部作品，这部《山河》就是其中之一。它耗费了我最多的心血，用了最长的时间，查了最多的资料，做了最多次修改。然而我相信，好作品无须通过后期制作的辛苦与悲惨来获得大家的认同，效果好才是最重要的。今晚八点不见不散，假如有好的意见或建议，欢迎给我私信。"

发完之后，她踢踢他："帮我打个广告呗？"

话没说完，顾予临就已经转发好了。

他说："打广告可以，就是我的广告费比较贵。"

江筱然想了想，跟他说："江大佬吃霸王餐，不付钱的。"

顾予临抬起眼睑，凉悠悠道："没钱可以，人抵给我。"

她随手一刷，顾予临在圈子里的很多朋友都帮着转发了一下。

江筱然惊讶道："他们怎么都来转发了？"

转眼，她发现了他在朋友圈里的奥秘。

他在朋友圈里发了一张转发这个微博的截图，大意就是：女朋友做编剧的剧要开播了，大家看情况支持一下。

江筱然道："手机给我看一下？"

他没秘密，把手机递过去。

江筱然点进那条，去看他朋友的留言。

金晋："男主角非常帅，帅得直逼顾予临。"

钱飞："自己广告不打，老婆的广告打得倒是很殷勤，你让我咋想呢？"

李嘉垣："打广告都是分享图片，大哥，多说几句话是能死咋的？"

顾予临回复李嘉垣："李嘉垣真丑。"

李嘉垣回复顾予临："呵呵，拉黑了。"

圈内朋友A："第一条朋友圈就是秀恩爱，秀得如此低调而张扬，不说了，我去帮你转发了。"

朋友 B："不愧是顾总，秀恩爱都这么与众不同。"

她边看嘴角边止不住地往上扬。

回头一看手机，陈影帝居然也转发了："很认真的小姑娘写的剧本，适合排忧解闷。换个视角，也许世界就变得少女心了。"

常欢喜转发陈咸："世界有点甜。"

不知道在说陈咸，还是在说江筱然的《山河》，还是仅仅接陈咸的那句"少女心"。

陈咸和常欢喜的 CP 粉也在几秒后到达战场："我家咸喜转发即发糖，同框即上床，互动一句子孙满堂！"

"回楼上，是喜咸！！"

一个小时内，《山河》就已经被推上了热搜。

当晚首播，五个小时内网络点击破亿。

每一集她都看得津津有味，毕竟是自己写的东西，场景具体化之后还是很值得品一品的。

《山河》播出三集之后，播放量一路飙升，讨论量也开始膨胀起来。

古装偶像剧的受众群很明确，所以只要演员颜值和演技在线，剧本不出大问题，调色干净好看，剧情简洁明快，偶尔有点朦胧暧昧的感情戏……就能算是有大爆的潜质了。

《山河》这些方面都做得不错，所以观众口碑一路上升。

更巧合的是，《山河》刚好对撞了何一离的一部古装剧。

何一离作为流量担当，一开始的收视当然是他高一筹，但随着演技瓶颈，观众也渐渐进入疲软期，后期力不从心起来。

何一离拍普通的戏还好说，可一旦拍到需要情绪起伏的哭戏，那么他的表演技法用十六个字就可以简单总结：

眼泪不够，情绪来凑；情绪不够，狂吼乱斗。

所以，当"何一离怒吼"几个字挂上热搜的时候，江筱然并不意外。

……她奇怪的是，为什么大家现在才发现何一离的表情那么搞笑。

大家为何一离送上了第一波嘲讽，并精准地点评他的演技为双杀式演技——不仅杀了自己，还杀了观众。

当然，要彻底否定他的演技，仅凭一部戏，是不够的。

接下来，就等年底上映的《覆国》了。

暑假快结束的时候，顾予临带江筱然去了一趟他的舞房。

在美国学习了大半年舞蹈，他的舞技虽然不能算是非常精湛，但假以时日练下去，一定会有成果。

她问："新专辑做到什么程度了？什么时候能发？"

"小样已经做出来了，就差录 MV 和其他一些琐事，大概还需要几个月。"顾予临面对一面大镜子，问她，"想看我跳舞吗？"

她点头："好啊。"

他打开音箱，有节奏的乐声回荡在空旷的舞房中，雅痞，又不失俏皮。

节奏处增加了管弦乐团的缓和，又加入各式键盘音色，让整首歌听起来轻快又悠扬。

这是他对于全新曲风的尝试。

他的舞步精准、有力、蕴藏玄机，抬手时，隐约可以在镜中看到他的腹肌和人鱼线。

头顶的灯光一束束射在他脚下，他踏灭一盏，脚步轻移，又任由光点明亮。

音乐停下的那一刻，他的动作也恰到好处地停止。

他擦了一把额上的汗，回头看她。

江筱然就靠在门框边，好半天没反应过来，被他盯了半晌才想起来要说话："节奏和律动感太好了，真的，看来这段时间你的确在认真练，而且……"

"而且什么？"

"你什么时候练的腹肌和人鱼线啊？"她不太自然地轻咳，"还是我看错了？"

"江筱然同学，"他好整以暇地抄手，"你关注点都在哪儿？"

"不是我故意要看的！你一个男孩子跳舞把手抬那么高干什么，衣服也不扎好！"语毕，她走上前去把他的衣服塞进腰带里，好证明自己的本意确实不是垂涎他的肉体，结果他的衣服又薄又透，她塞了几下，感觉到不对了。

　　隔着薄薄衣料，她好像能感受到手指底下一块块的凸起，以及弧度延伸的……

　　顾予临似笑非笑："好摸吗？"

　　她慌忙抽出手，往楼梯口跑："你自己练吧，我才不感兴趣！"

　　结果那一整晚就连做梦都是在他腹肌里走迷宫、在他人鱼线里游泳，醒来之后，江筱然哭了。

第九章

再说爱意

暑假就在打打闹闹中结束，大二伊始，不少同学已经跟着导师做起了项目，抑或在学生会里混得风生水起，参加各种各样的比赛。

江筱然虽然先他们一步，但大家也都有了各自丰富多彩的"副业"。

那会儿《山河》正播得热烈，照赵嘉映的话来说，就是："出去坐公交或者地铁，五个看剧的四个看的是《山河》，居然还有男孩子看！"

而宋葵正发疯地要求她剧透："是不是要开虐了？沈念她姐姐是不是反派？然然你说话啊！"

只有许礼在默默猜测："我猜这次然然又要把主角都写死，我有个小小的请求，把沈念写死，萧寒留给我好吗？"

"你这是什么疯狂想法？"宋葵极为不齿，"萧寒是我的请你搞清楚。"

两个人争了半天，江筱然轻咳一声，小小剧透道："也算是圆满结局吧……"

宋葵早已对她没有任何信任："宁可相信男人都不能相信你不当后妈好吗?!"

《山河》的故事线庞大而跌宕，宫廷剧总逃不了姐妹相争的戏码，贵为天子的男主萧寒因一场意外与女主沈念在牢中相识，她以为他是人中龙凤，殊不知他一声令下，人中龙凤亦要跪地请安。获知他的身份后，她不愿去往充斥着阴谋诡计的深宫，也不想承接天子有始无终薄情寡义的爱，萧寒却用真心打动了她，入宫后佳丽三千他只宠她一人，她却因获得独宠而被传言为妖女。

适逢胡人入侵，沈念同萧寒一起上了战场，将士们却意外患上怪疾，她恰巧有位庶出的姐姐精通医术，唤作沈婉。沈婉很快医治好将士，朝中上下拥簇称其为神女，群臣进谏下萧寒不得不封沈婉为妃。后来沈念才知，传言妖女和给将士下毒都是沈婉做的手脚，而沈婉对她怀恨在心也仅仅是因为从小到大所有风头都属于沈念，而自己什么都没有。

沈家早有谋反之心，沈婉也是沈家派来加害萧寒的棋子，当沈家发现沈婉对萧寒动心后赠了她一支致死的毒钗，将她永远埋在了深宫之中。但这一切全都是局中局，萧寒早知沈太尉有了二心，于是刻意接近沈念，却也没料到铁石心肠的自己会对她动了心。后来他赐死沈家却独独避开沈念，有人造反时也怕他们伤了她，伪造出沈念已死于宫殿大火的假象，差人悄悄将她送了出去。可沈念只以为全家都死在这深宫中，心如死灰。

这深深的宫阙，见证了她年少时代的梦想与期盼，却也亲手埋葬了她的韶华与天真。

萧寒死后女主才得知实情，而江筱然将观众狠狠地虐了一把之后，也没有让一切显得太过绝望，又为主角安排了一见钟情的来生，开放式结局。

《山河》和何一离主演的电视剧同步结局，后来居上，《山河》的收视率更高。

当晚《山河》就上了热搜，大家似乎已经熟悉江筱然的套路了。

"编剧江筱然嘛，早有预料是这么惨的结局……不过虽然做好准备但还是被虐到了，幸好这个结局也蛮引人回味的，还算美好。"

"我的寒念夫妇要说再见了啊，泪目，真的舍不得。"

"编剧真的挺会讲故事的，从阿念的角度来看，无奈又凄婉。从萧寒的角度看，能看出雷厉风行的王霸之气，有手段，会谋略，其实只要他不爱上沈念，会是个狠辣果决的君主。从作死的女配姐姐来看，就是阴险毒辣。这么复杂的梗，一点一点抽丝剥茧地展开，每个人物都有不同的命运和归宿。大概这是唯一一部，满含玻璃碴我也要拍手叫好的剧了吧。"

写完《共鸣》之后，她就想尝试这种完全不同的题材，看自己是否有足够的能力驾驭。《共鸣》相对清新、简单，而《山河》更加复杂，要把老梗写出新意来，她也下了很大功夫。

"像他们这种身份，这样已经是最好的结局了。"宋葵理性评价，"秀恩爱死得快，还是单身最痛快。"

许礼道："就别这么安慰自己了葵葵，你刚刚还哭了呢。"

"我没哭，我只是那个瞬间忽然被生离死别触到了泪点！"宋葵为自己辩解。

许礼一针见血地戳穿："可是你从昨天就开始哭了……"

江筱然就坐在位置上看私信，大家多数都是在表达对这个故事的喜爱，哭喊着让她下次写个结局好点的故事。

而《山河》的收视率，竟然甩掉了第二名整整一个点。

果然，第二天，《山河》就霸占了很多娱乐新闻的头条，大家称它为今年夏天大爆的黑马电视剧。

有剧评人这样形容："简单来说，《山河》的优势在于男女主人设讨喜，虽然后期金晋饰演的萧寒不得不'黑化'，但作为上帝视角的观众，看两人在误会中相互折磨，确实是揪着心又心痒难耐。敢于大胆尝试这种题材，糖中带玻璃碴，还能让观众吃得津津有味的，功劳当属编剧江筱然了。并非科班出身的她，在《共鸣》中初次显露了她与众不同的思维，用悲剧题材在满天撒糖的微电影中杀出血路。同样，《山河》的成功，剧本和演员缺一不可，加上良好的播放平台和宣传手段，形成了其收视狂潮。"

分析得挺有道理，江筱然就是抓住了悲剧的市场。

目前市场上悲剧题材稀缺，纵观近几年大热起来的电视剧，以轻松喜剧为主。轻松久了，观众也会感觉到审美疲劳。

况且国内偶像剧青黄不接，抛头露面的总是那几位小生小花，甚至还有当妈了还在拍偶像剧的，这样的组合就容易让观众出戏。

《山河》采用全新的高颜值演员，首先就让观众耳目一新，加上半个娱乐圈都在宣传……想不红都难。

后来，这部剧为江筱然拿到了一个比较有含金量奖项的提名，获知时她还有些意外。

参礼的前一晚她还跟顾予临打电话："我为了参加这个颁奖典礼，连夜赶到E城来，明明知道自己也不会拿奖吧，但还是有那么一点点期待……"

顾予临才练完舞，语调都是喘的："为什么不会拿奖？《山河》写得非常好，我舞蹈老师还跟我说，他女朋友每天在家里守着看。"

她有点窃喜，握着听筒装模作样地问了句："真的啊？"

顾予临轻笑，有些骄傲地说："嗯，然后我告诉他，这是我女朋友写的。"

迎着微醺的夜色，仿佛醉酒，江筱然耳尖发烫。

他声音似夜风，透过细密的电流落进她耳中："喜欢你，是一件很骄傲的事情。"

她想起，这句话，好像很久之前她说过。

她揉揉耳朵，低声笑："怎么跟哄小孩似的？"

但恍惚间又觉得，所有为这个剧本熬过的夜、耗费过的心思，为角色红过的眼眶，都得到了与之对应的意义。

她从前以为，她努力的意义，是想要追上他，和他比肩，成为他的爱情。

后来才知道，原来她喜欢的是那种成为更好的自己的感觉。在成为更好的自己的过程中，拥有他的爱情。

他们相互扶持共同前进，没有人是在前方，二人比肩而立。

那场颁奖典礼是直播，顾予临拍完戏就匆匆往房间里赶。

钱飞一路还在笑骂："走那么急干什么，赶着回房间见老婆？"

打开电视的那一刻，江筱然正好出现在镜头里。

钱飞顿悟："嘀，真是见老婆啊。"

当晚，江筱然只穿了件简单的抹胸礼服，锁骨呈一字，细瘦又漂亮。

黑色面料把她衬得越发白皙，在灯光下，她的肩膀甚至染上一层浅浅的粉色。

头发被造型师烫出小波浪，波浪垂散在脸颊边，给她添了几分娇柔，又不失清丽。

她妆并不浓，点到即止的眼线恰好显出她的明眸善睐，勾出的眼尾似一只翩然欲飞的蝶，两团苹果肌被扫上淡淡的腮红。

清水出芙蓉，天然去雕饰。

她对着镜头勾唇，虽有些青涩与羞赧，但还是很好看。

她随着剧组一起从红毯尽头走来，旁边传来粉丝的高呼："这个组连编剧都这么好看，天选剧组了！"

钱飞看着镜头里的江筱然，问顾予临："哎我记得，之前她跟你一起上台表演的时候，说自己不想露脸……怎么这次肯上镜了？"

顾予临看着镜头，直到她签名完毕，镜头移到下一个剧组身上的时候，他才开口。

"此一时彼一时，现在她有代表作了吧。"

他知道，她想等到自己真正有能力了，再以编剧的身份出现在镜头里，还有他身边。

而不是在当时的表演中，以一种空降者或关系户的感觉，出现在大家的视野里。

他们之间的很多事，无须挑明，就能互相理解。

钱飞在一边感叹："可以啊，你玩得挺溜的，从高中到大学啊。"

"飞哥。"不知多久，他忽然叫了声。

"怎么？"

"我想公开了。"

不是"我可以公开吗""公开会对我有多大的影响""假如公开会怎样"……

那是个陈述句，带着一往无前的肯定和绝不回头的凛然。

直播中，主持人正在引出悬念："获得最高人气编剧奖的是——"

大屏幕里放出几个编剧此时的表情，有期待的、装作若无其事的、笑着的，还有紧张深呼吸的。

可她却用独属于自己的、认真而专注的目光，看着主持人。

就像是很多个月色如水的晚自习夜晚，她做完作业偷偷用书本垫着写小说，目光中也是这种对待热爱的真挚，侧脸被镀上一层温软的光。

她不知道，她那样子很美。

他后来见过越来越多的所谓美人，才明白美人不在皮，在骨。

想到这里，主持人念出答案，一声抬高语调的"江筱然"环绕在场馆内，她完全没料到会是自己，瞳孔放大，木了片刻。

看到屏幕上投放出自己的脸，这才后知后觉地站起身，四下有掌声传来。

顾予临忍不住笑："她没想到是自己，大概连获奖词都没提前想。"

钱飞不信道："真的假的？"

"不过她随机应变的能力很强，"他又说，"大概这几步路里，她就能想好说什么了。"

钱飞嗤笑道："敢情又是在这儿跟我秀恩爱呢？"

他笑着不说话，看她提起裙摆走上台阶，双手从颁奖老师手里接过奖杯。

她伸手调了调话筒，已经挂上标准的笑容。

"没想到能拿到奖，激动之余又很庆幸。这是我第一次提名，也是第一次拿奖，我觉得这个奖杯不只属于我，更属于剧组的每一位工作人员。也许大家是从《共鸣》知道我的，或者是从《山河》中了解我，又或者是从今天起才认识我……没关系，以后时间还很长，我会把我的故事，全讲给大家听。"

台下涌起热烈的欢呼，灯光倾泻在她眼底，融成一团光晕。

她曾经在台下作为观众欢呼过，未曾想到，有朝一日，她的作品会获得大家的肯定，站上这样的舞台，只凭借她自己。

当晚江筱然接到了很多祝贺消息，赵嘉映她们一起给她打视频电话，语调里都是兴奋和期待。

"我单方面宣布你是我们中文系之光！"

她耸耸鼻尖："这又不算什么大奖，看把你们激动的……"

赵嘉映道："可是你才大二啊！这样已经很棒了！"

许礼也说："对啊，你值得的！我们在寝室看剧看小说的时候你一直在写，放假也在寝室写，我觉得不得个人气奖，也可以拿个敬业奖什么的了。"

面对着姐妹们不遗余力的商业吹捧，江筱然眨了眨眼："既然你们这么喜欢我，那么年底上映的《覆国》也请拖家带口多多支持啦。"

"肯定的！"赵嘉映说，"我请她们看！"

许礼撇嘴："我可不信。"

年底，《覆国》上映。

江筱然等了大半年，终于如愿坐在影院里。

这场是点映，她和顾予临提前感受一下这部电影最后呈现的效果。

《覆国》的场景做得精细，3D 特效也很好，每一个场面都能感受到剧组的用心，还带着电影独特的质感。

虽然江筱然知道故事的走向，但当画面呈现出来的时候，她还是感觉到了震撼和惊喜，并且依然有想要接着看下去的欲望。

七十七分的时候，迎来了顾予临最重要的一场戏，是一场连贯的、震撼的、为时不短的杀伐戏。

他是将军赵程，与他正面交锋的，是陈咸饰演的江沉舟。

他们皆忠心于自己的君王，亦对对方抱有钦佩之情，只可惜这场仗，是两国对阵。

那是赵程的最后一仗，他纵马疾驰，手上握着一柄泛着寒光的剑。

浮尸遍野，马蹄踏过将士们的甲胄和尸体，踏过翻涌的黄色泥沙，溅起泥水。

他脸上全是伤口和血渍，暗红色的血痂一小块一小块地凝结在他的皮肤上，好似血泪。

他牙关紧咬，目露狠色。两军交战，喊声震天。

大家怒吼着，为自己寻求最后的气势："杀啊——"

兵刃相接，一片混乱，赵程与江沉舟飞快地过起招来。

赵程一剑直劈江沉舟命门，江沉舟抬剑阻挡，以柔克刚，将他的利刃拨开，转而去攻击他。

那一剑不偏不倚要刺入心脏，赵程向后平仰躲开，几乎只是须臾的工夫，他用剑砍断江沉舟的马腿！

江沉舟及时翻身下马，目光一凛，杀意渐起。

赵程被他逼下马时，身旁已经围了不少将士。

大家将赵程团团围起，刀尖对准他，而他面无惧色。

江沉舟沉沉开口："若你愿降……"

赵程哂笑，目光冰冷："纵使会死在异国他乡，我赵程，决不投降。"

纵然赵程身手了得，但还是无法应付车轮一般的打法。

他逐渐体力不支，目光游离。

江沉舟一剑下去，赤红的血贴着刀刃飞溅而出，有一滴朱红沾上镜头。

赵程一声闷哼，双腿一软，终于倒下。

——倒下的那一刻，他依旧不甘心。

剑刻入黄沙几寸，他双手握紧刀柄，试图再次站起来。

江沉舟复述："若你愿降……"

赵程再度开口，声音嘹亮，盘旋于九天之上。

"不降！"

不知是身后谁给的一剑，没入他后背，自胸口探出几寸。

他身子猛然一弓，像是受过的所有痛楚，都在这一刻得到淋漓尽致的挥发，喉头乍然涌起腥热，他试图平复，却适得其反，那股子腥热须臾扩散，飞速侵入五脏六腑——

他背部一抖，咳出一大团殷红的血来。

血沿着他的嘴角往下淌，一滴一滴，逐渐累积，连成丝线。

有人踩上他的背，用力拔出那把剑。

他被迫后仰，双眸紧闭，闷着咳了一声。

倒下的那一刻天地翻转，耳畔有短暂的安宁，景色掠过眼底，被血色映红的天幕，空旷的山谷，微弱的光……

噼里啪啦燃烧着的火堆，有人靠近的脚步声，靴子摩擦着碎石的声响……

他慢慢闭上眼，感觉力气一点点流逝。

没什么可恨的了，他用尽自己的生命，为国家争取了最后一丝尊严。

最终的最终，他攒出了一个笑。

痛苦？悲悯？无奈？……后悔？

留给观众品悟。

直到顾予临伸出手握住她的时候，江筱然才发现自己哭了。

她的胸腔内依旧弥漫着自己说不出的情绪，很闷，说不出话来。

漆黑的影院里，顾予临安慰她说："都是假的。"

然后探过身来给她擦眼泪，柔软的指腹，擦过她的脸颊。

这场杀伐，以赵程的死告终，卫晁大获全胜。

银幕上，江沉舟看着倒在地上的将军，叹了口气："若生于我国，加以提拔，必成大器。"

即使敌对，他仍旧为赵程惋惜。

有人应和："这赵将军，倒是个烈性男儿。"

江沉舟退后两步，对着赵程的尸首拜了拜。

真正的英雄，不分国界，不过是囿于时局。

"遣送回乡，以将军之礼……厚葬吧。"

播到这一段，影院里传来一阵阵吸鼻子和拿纸巾的声音。

假如之前，江筱然还可以理智地分析一下，顾予临对赵程这个角色的把握好在哪里，那么此刻……所有华丽的语句顷刻间变得苍白。

他已经成为赵程本人，从身体到灵魂，全都密不可分。

散场的时候，观众还在讨论，声音也分为很多类。

一种是特意为顾予临来看的，那一类通常看完都比较疯狂，呐喊着："顾予临这什么神仙演技我吹爆！"

或是拼命向同伴安利："怎么样，是不是帅到根本挪不开目光？荷尔蒙爆表了吧？演技好吧？甩出其他流量小生一大截吧？"

也有年龄层稍高一些的，在理智地讨论。

"幸好我选了这部片子吧，果然没押错，超值啊。"

"陈咸的影帝真不是白叫的，好多场我看他不眨眼都能掉眼泪，演技与真实的结合。还有顾予临，出乎意料，演得还不错。"

"演赵程的那个演员吗？真演得不错，胜在年轻又有灵气啊。"

"相比之下另一个青年演员演得就不怎么样了，好生硬，而且感觉很多都是替身。"

就连赵嘉映看完之后都给江筱然发消息："出了影院有一大部分人都在骂何一离，可没把我们笑死。"

江筱然问："顾予临呢？"

赵嘉映道："顾予临评价挺好啊，他死那段好多人都看哭了。"

《覆国》正式上映后，票房十个小时破亿，二十四个小时破三亿，可谓势头极猛。

话题度也不甘示弱，微博上热搜就没下来过。

电影上映的第三天，终于有某个粉丝很多的良心影评号第一个发言，批评了何一离："《覆国》大家都看了吗？算是今年的良心制作了，全篇恢宏大气，每一条人物线都很清晰，剧情跌宕又不失情怀，战斗引人入胜，感情戏部分也处理得不错。三位前辈老师的表演不必多说，值得细品，可以载入教科书。点名表扬顾予临，实在超出我期待值太高了，饰演的赵程将军非常生动，完全突破了自己的框架。批评何一离，还在拿演偶像剧的那一套演正剧，挤眉弄眼，跟整部剧一点都不搭调。个人评价，粉丝不要掐，掐了我也不怕。"

底下是大家的回复。

"不是为顾予临去看的，但真的被他吸引了。我记得发布会上冯导说，他是唯一一个戏不多，但是在剧组里面待了三个多月的演员。别的不说，敬业这点就值得称赞。"

"何一离的粉丝还有三秒到达战场，挺住。"

"终于有人说出我的内心想法了，反正看到何一离表演的时候我内心就一个想法：这演的啥玩意儿？我放个智能机器人上去都比他演得好，这种演技也能混进《覆国》剧组啊？这种演技也能压顾予临一个番?！"

没过多久，有博主做了整理："邀您欣赏著名表演艺术家何一离的演戏集锦——离の吼。"

里面总结了何一离在偶像剧里的浮夸表演，最具代表性的则是看见挚爱离去的那一场戏，唇角下弯，努力挤出眼泪，仰天长啸，如同猿人。

还有《覆国》里有人录的片段，是跟顾予临打斗的那一场。

其实单独来看，没什么很大的问题，但所有的事情最怕的就是对比，一个镜头中，顾予临跟何一离一对比，就显得后者什么也没有了。

属于将军该有的狠厉、面对敌人时的气势、一往无前的勇气……没有，通通没有。

何一离只是努力瞪大双眼表明自己愤怒，用捏紧刀柄表示自己已竭尽全力。

对何一离来说，这仅仅是一份工作，拍完这部分戏，他就可以好好地投入下一个剧本中了。不过是几分钟的戏码，他在剧中并不会扮演什么重要的角色，所以他并不需要非常认真，更不需要去钻研付光这个人物生长的环境、性格、心理活动。

那么最后，观众给了他什么样的评价，他都不该有抱怨。

《覆国》上映的第十天，票房破十亿。

没有任何暗箱操控，何一离被观众推上了风口浪尖。

那天早上江筱然一起来，就发现何一离的名字到了热搜第一。

钱飞猜得没错，本来他安安静静地等待电影上映就不会有任何事，但他偏偏要搞出一件争番的事情来。

就好比考试时，有人耽误时间阵仗很大地让大家给他腾出第一排的位置，只因为那里光线好，结果成绩一出，那人甚至都没及格。

这样的反差足够激起民愤，就连推送的娱乐新闻，何一离的名字也挂上了头条。

南城娱乐是一家很大的娱乐公司，发表的观点大多针砭时弊，很能切中要害，并且在整个娱乐圈里很有地位。

当天，南城娱乐发布头条新闻，再次点名批评了何一离——

> 艺人争番无可厚非，但将番位之战闹得满城风雨的，恐怕只何一离团队独有。相比起来，顾予临团队的让步就显得很有绅士风度，再加上顾予临在片中的表现确实亮眼，而何一离的演技却不能同步跟上剧组的水平，背负了所有的骂声也就不足为奇。
>
> 这也为所有的小生提个醒，不注重业务水平，成天只想着做表面功夫，是无法走得长远的。别说四番了，只要演技好，往后一番的大制作剧本，还用愁吗？

这篇评价写得比较中肯，迎来了两万转发和五万评论。

群情愤慨，替顾予临抱不平：

"我还是同意以前的海报，顾予临四番名副其实，至于何一离……我觉得连七番都排不上，他演得还没有那匹马好，微笑。"

"作为粉丝也吹不起了，看了这部电影脱粉了，粉他四年一点长进都没有，轧戏轧得飞起，拍《覆国》的时候同时拍三部剧，这演技能好吗？还老自视清高，喜欢拿身份压人，拜拜了您嘞。"

"讲真，何一离早年还是有点演技的，可是后来面对金钱的诱惑，他毫不犹豫就走上了挣快钱这条路。从第三部戏开始就再也不做笔记了，也不提前背台词了，唉，怒其不争啊。"

江筱然去找顾予临的时候，正巧碰到经纪人。

钱飞冲她笑："怎么，我没说错吧？何一离最近被骂得很惨吧？"

江筱然想想都觉得可怕："真的很惨，脱粉的好多。"

钱飞道："我们不搅这浑水，一根手指都没动。怎么着，何一离还是走上了把自己作死的道路了吧？"

江筱然说："不过还是路人缘败坏得比较多，我看他还是有很多粉丝……"

"时间早晚问题，"钱飞摆摆手，"粉丝不可能养他一辈子的，多情又薄情，很容易就变心了。我见过很多活生生的例子，你没见过，不知道此一时彼一时、三十年河东三十年河西的惨况。

"我原先见过一个艺人，当年红到什么地步呢，几乎可以说十个人里六个粉丝两个路人粉，出门都被堵得水泄不通，可圈里更新换代太快了，他现在已经无人问津了，演配角都不一定有人要。"

争番这么一件事就炒得这么火热，真不知到时候敬业人设倒塌之后，何一离会沦落到什么地步……

"再说了，"钱飞继续说，"就这短短半个月，何一离丢了两个代言和三个杂志封面，还有很多想找他的电视剧都放弃了。等敬业那件事被人扒出来，他可就要被骂得底朝天了。而且何一离在某些不可描述方面作风很乱，多少狗仔在后面拍呢，你看等拍到了他还有活路吗？

"与此对应的是……我们接本子接到飞起啊，看都看不过来，现在正在谈一个微奢的代言，估计很快能拿下。"钱飞努努嘴，示意江筱然看桌上摆放的一大摞剧本。

江筱然问："接下来的计划是什么？拍电影吗？"

这次换顾予临回答她："嗯，拍电影，加上做专辑一起。"

钱飞看了小情侣一会儿，这才很识趣地站起身来："得，我不打扰你俩了，我一单身狗得去工作了。"

钱飞离开之后，江筱然翻着他桌上的剧本，问他："拍哪部定了吗？"

"还没，这个不着急。"顾予临也道，"你最近有没有新工作？"

江筱然说："没，我想休息一阵子，然后尝试一下新的题材。"

他来了几分兴趣："什么样的？"

她努着嘴想了想："谍战。"

他抬眉："你喜欢就行。"

没说多久，顾予临提起另一个话题："《覆国》应该开庆功宴，你去吗？"

"已经确定开了吗？"江筱然说，"想来也是，票房很高，估计等下映能有三十多亿了。"

"会开，而且会有很多媒体到场。"他又问了遍，"去吗？"

江筱然对他来回两遍的问法有点奇怪，好像是在确认着什么似的。

她哑然失笑："去啊，再怎么说我也是编剧之一。"

顾予临点头："好，那我帮你订礼服。"

次日，江筱然到他家的时候发现家里没人，正想打个电话问他去哪儿了，门锁咔嗒一声，是顾予临回来了。

他手上还提着一个小袋子，包装很少女，还有船帆标志。

她下意识想到了礼服的事："这么快就买好啦？"

他垂眼，低声说："不是礼服。"

"那是什么？"

"路过看到，就顺便帮你买了，"他声音越发沙哑，掺杂着某种难以言明的压抑，"你试一下。"

江筱然一手拿着纸袋子，一手把衣服扯出，东西暴露在光天化日之下，她不由得倒吸了一口凉气。

……水手服？！

他为什么会给她买水手服？！她展开上衣看了眼，紧接着，又扫过底下配套的百褶裙，整个人瞬间爆炸。

这裙子不就是上次校庆选衣服的时候，里头最短的那件吗？！

他居然……居然在这儿等着她？

他嘴唇贴着她的耳垂，轻轻呵气，像是轻而易举复燃火星点点的木条。那声音低哑又迂回，带着他惯有的那点得逞的笑意："乖，穿给我……看看。"

"轰"，江筱然整个人被烧成了灰烬。

"我……"她的声音细如蚊蝇，低得自己想羞愤而死，"那你别贴着我呀……贴着我怎么换……"

他闭着眼睛，在她看不到的地方，喉结滚了滚，又滚了滚，半天才说出口："你今天……是不是穿了打底的里衣，还有打底裤？"

他真是把她摸得透透的。

"我……"她咬了咬唇，认命地说，"嗯……"

她乖巧软糯的样子真是快把他逼疯了，他忍得脖子上青筋都快起来了。他亲了亲她的脖子，柔声说："那我来给你换。"

他快疯了，真是快疯了。

该遮的地方全遮得严严实实，越遮越好看，看得他头昏脑涨。

把上衣给她套好，她整个人像早春开的垂丝海棠，粉得娇艳欲滴。

最后，他抖开那条裙子，把她抱到沙发上，说："抬腿。"

提着裙子的腰线，从她腿中穿过，他的手指凉得骇人，还在颤抖。

肌肤似有若无地轻轻触碰。

江筱然绷着腿，整个人已经完全放空了。

宇宙大爆炸，银河系毁灭，坦克炸地球……

身子又一轻，她被人抱上桌子。

趁着这个力道，顾予临顺势将裙子往上提到她腰侧，一气呵成地扣扣子，拉拉链。

双手撑在她身边，他退开一点，目光从她的发顶开始胶着，一路慢慢往下滑。

果然，当初没让她穿短裙子上台是对的。

光是想到她这个样子只有自己能看，他整个人就被一种巨大的满足感填满。

传说中的占有欲，他真是体会到了。

"很好看。"将她整个人欣赏一遍之后，他的声音渐渐变得更加沙哑了，像是砂纸来回打磨过的。

紧接着，他整个人以一种毋庸置疑的态度，把她抱进卧室放到床上，而后头也不回地往外走。

江筱然还很羞赧，摸不清他想干什么，下一秒卧室门落锁——他把她单独锁在里面了。

江筱然敲门："顾予临？"

他的声音从外面传过来："你别出来，让我一个人冷静一下。"

江筱然靠着门，半晌后反应过来什么，挠了挠木质的门，然后整个人重新摔进床里。

叫他自己作死吧……反正跟她也没关系……

她抠了抠手指，好一会儿才下床，贴着门问："我可以出去了吗？"

外面没声音，她整个人踌躇又振奋，慢慢地挤开一条门缝，再开一点，往外探头。

客厅里没人，她奇怪地在家里找了一遍，还是没有看到人。

直到跑到阳台，这才看到小区里，有人沿着绿化带在跑步。

她撑着头，突然就笑了起来。

庆功宴当天，媒体记者把门口围得水泄不通。

顾予临给她订的是一件烟粉色的连衣裙，因为是定制，所以非常合身。

尾摆一层层地晕开，好似一捧烟霞，腰际有简单刺绣，但看得出下了不少功夫，云烟刺绣贴着她的腰一路下坠，消失在最后一层薄纱之中。

她刚一下车，就遭遇了媒体的围堵，编剧被围堵还是头一次，她被摄像机搞得头昏眼花。

"有观众注意到你和顾予临曾经合唱过，这次又合作一部戏，请问你们两个是什么关系？"

"业内传言你是顾予临的专属编剧，请问属实吗？"

"作为《覆国》的编剧之一，这次电影成绩这么好，有没有什么想说的呢？"

"这是你获奖之后首次现身，下一步对剧本的打算是什么呢？"

……………

她笑着说了句"谢谢大家的关心"便被保安护着往里走了。

好不容易到了现场，听主持人庆贺了一大堆，然后轮到主创们发言。

首先是陈咸，陈影帝表示没什么可说的，问常欢喜有没有话说。

常欢喜也觉得没什么可说的，思前想后，说："江沉舟这个角色是我为陈影帝量身打造的，看来反馈还不赖。"

庆功宴放了好些粉丝来，底下的粉丝卖力尖叫，叫得满脸通红。

接下来容诚发言完毕之后，轮到宋晚："很少演这种不怎么独立的女性，后来看到角色被吸引了，她的身上有种温婉宁静的魅力，算是我给今年的自己交的一份满意的答卷吧。"

今天何一离没有来，大概被人给批评成那样，面子上实在挂不住，不想再站在一堆演技派演员里了。

下一个发言的是顾予临，不知为何，江筱然总觉得他今晚格外正式。

发言完毕的前辈们按次序退场，台上只留顾予临一人。

起先，江筱然并没有意识到什么。

顾予临站在台中间，笑了笑："一开始拿到这个剧本我就挺喜欢的，虽然赵程这个角色戏份不多，但我还是想用自己的方式去还原这个人物。感谢冯导对我的指导，也感谢陈老师和常老师对我的栽培。最要感谢的，是底下坐的这位编剧，江筱然。"

他伸出手，摊平手掌指了指底下的她。

江筱然一滞，有瞬间失聪。整个人像是站在水中，被什么力道压着沉入水底，咕嘟咕嘟的水争相涌入鼻腔和耳道，堵住她的听觉。沉默、静谧，安静得仿佛置身海中，只剩下海浪拍打礁石的声响，一浪浪，一次次。

而后从水中猛然站起，海水极速流出，耳边似是"吧嗒"般小小响了声，喧哗悉数涌入。

"啊啊啊啊　　"

粉丝们的尖叫声发疯似的窜入她的耳朵里，猛烈、迅疾，穿透力极强，像是能径直钻入她脑中。

灯光暗了几分，他站在舞台中间，目光坚定地看向她。

可以确定是在看她，因为那样的目光，他对别人没有过。

可以肯定是在想她，因为那目光没有在他人身上做片刻停留。

直到他周身灯光开始向下蔓延，最终泼洒到她身上，她整个人被点亮。

光在他们之间，织出了一道绮丽烂漫的银河。

像是婚礼上的通道，她顺着亮光朝前看，终点就是他。

顾予临在此起彼伏、几乎可以说是沸腾的欢呼声中继续轻缓地开口。

"一开始赵程这个人物不够丰满，你陪我一遍又一遍研究，最适合人物的家庭背景。后来这个背景，在我处理人物的过程中，发挥了很大的作用。

"可以说，能称之为我的代表作的作品，其中都有你的身影。无论是最开始的《共鸣》也好，《覆国》也罢，或者说音乐方面的《朽》《世界上最孤独的共鸣》，还有翻唱的《夜空中最亮的星》……

"很感谢……"

"感谢"二字才说出口，他笑了笑，兀自摇摇头，否定了自己："也不用说这么多客套话，毕竟都是一家人了。"

血液回流，心跳空了一拍。

犹如惊涛拍岸，河水逆流，一帧帧画面加速倒退，在江筱然眼前，重重落下伏笔。

江筱然眼眶湿热，有种尘埃落定的归属和满足感。

如鲠在喉，她说不出话来。

粉丝席上，大家已经抢先替她疯了，颤抖着拿摄像机录制这一期一会的公开现场：

"我就说江筱然是他女朋友吧！有生之年见公开！！"

"等等，他怎么下台了？！"

顾予临噙着笑，走到江筱然旁边。

或许是长久陪伴的默契，让她即使并没有任何想法，却还是明白顾予临想让她做什么一般，她和他一同转向观众席。

他伸手，指尖钻进她虚握的手掌里，然后向下，和她紧扣十指。

他的声音柔软干净，却清晰坚定，对台下的粉丝开口道——

"我想你们肯定会喜欢她，毕竟我这么喜欢她。"

欢呼声如潮涌，几乎要把整个场地用呐喊声劈开，大家用分贝表示了对江筱然的满意，以及对这段恋情的期待。

另一边，正在观看直播的亲友团也全数陷入震惊。

李嘉垣从椅子里跳起来，如同一只炸毛的猴子："怎么回事？我一个男的居然心动了？"

赵嘉映也被感动得鼻尖泛红："筱然真幸福啊……"

李嘉垣瞬间凑过去："你是不是也少女心萌动了？！"

"你为什么就不能跟人家学学？"赵嘉映沉默地看了会儿他，"唉，没有比较就没有伤害。你先出去吧，让我一个人冷静下。"

"冷静什么？"

"冷静我为什么会找到你这样的男朋友，连人家顾予临衬衫纽扣上的一个线头都比不上。"

李嘉垣当即拍案而起："你说什么？！"

赵嘉映眯眼："你凶我？"

李嘉垣立刻面色柔和，乖巧地将上一句补充完："……我都爱你。"

被赶出门的李嘉垣怒火中烧，随即抄起手机，编辑了一条微信："顾予临，破坏我与女友感情的最大毒瘤！"

而"最大毒瘤"此刻正在众目睽睽之下，秀恩爱。

全场沸腾之后，话语权被主持人拿走，顾予临也懒得上台，就坐在江筱然旁边。

台下的位置分成一个个小圆桌，江筱然就坐在写有自己名字的编剧桌旁，面前摆了些水果。

可能是躁动过后的余韵，她有些口干舌燥。

顾予临有读心术似的扫了她一眼，而后问："吃橘了吗？"

她正要伸手，几秒后又缩了回来："算了，不好剥，手指容易黄。"

他当即道："那我给你剥。"

摄像机在此刻挪了过来，江筱然来不及阻止，眼睁睁看着顾予临连一个眼神都没施舍给镜头，满心满眼都是她要吃的那个橘子。

摄像大哥将头探出来一点，用眼神表示自己好像有点委屈。

顾予临浑然不觉，所有的心思都放在剥橘子上。许是有强迫症，他剥的橘子皮也特别整齐好看，一瓣一瓣的大小很匀称。

江筱然看了一眼，就想到以前看的电视剧里，观音从一片片舒展开的莲瓣里，升腾而起的样子。

……这都什么跟什么。

将果肉与皮完整分离之后，他把外皮放置在桌面上。

摄像大哥心道：一个橘子剥了三分钟，终于结束了……可以看镜头了……

还来不及歇一口气，他又看见顾予临抬手，骨节分明的手指开始撕起了白色的橘络，指腹一点点黏拉着往外扯，认真又细致。

摄像大哥无语凝噎。

他终于忍不住，用唇语问江筱然："我死之前能等到他剥完这颗橘子吗？"

江筱然不好意思地轻咳了两声，用手肘推了推顾予临，示意他别忙活了。

谁知这人头也不抬，只噙笑问她："想吃了？等一下，我这片马上好了。"

她头皮发麻，想到此刻屏幕前几千万的观众……就这么目不转睛地看着顾予临……给她剥橘子？

传出去她还怎么做人？明天的头条会不会是"顾予临妻管严实锤了"？她启了启唇，正想说顾予临你不能这样，结果还没来得及开口，一张嘴，顾予临就把那瓣橘子塞了进来，酸中带甜的清香立刻盈满口腔。

……大意了。

他笑问她，卧蚕轻弯："甜吗？"

她差点被呛到，用手肘碰了碰他，示意他往前看。

前方——是一个黑色的摄像头。

摄像头对他来说已经是司空见惯的东西，顾予临早已视若无物，所以并没明白她想表达什么。

他侧眸，微微皱了皱眉头："嗯？"

江筱然十万火急地盯了盯他手上的橘子，又将视线冲击到镜头上。顾予临顿了几秒，犹疑地同摄像大哥开口道："可以挪开一点吗？她想吃橘子。"

什么啊!!

她火速吞下，将他手里的橘子抢过来放在一旁，硬着头皮讲明："现在还在拍摄，别喂我吃橘子了……"

顾予临这才反应过来，强忍着笑意，嘴角要弯不弯地学着她的模样坐端正了。

好巧不巧，那时候主持人正说到他们俩的事，镜头也切了过来。

"予临为了今天的现场也是煞费苦心，委托了我们好几次。其实到我这个年纪，就会特别羡慕他们年轻人，敢做敢当，义无反顾，他们在片场也是特别默契恩爱……"

主持人说话间，屏幕中转播的正好就是他浑然不知地给她剥橘子的场面。

弹幕中腥风血雨：

"看完这段我要得糖尿病了，住院费给报销吗？"

"顾总同款情侣坐姿哟！"

"偶像剧拍摄现场！我疯狂爆灯！编剧大大也好美好灵！！"

江筱然不知道，就在公布恋情的短短半个小时内，大家已经顺利把他们送上了热搜。

当庆功宴结束之后，他们已经攀升到话题第一位了。

华宴散场，大家陆陆续续离开。

这场庆功宴江筱然收获了不少东西，比如……一整个甜橘子……

他把她牵牢，低声问："一起出去吧？"

她点点头。

她的裙摆有点长，他怕她不方便，索性直接帮她把裙摆提起来，然后搀扶着她往外走。

钱飞在一边跟助理耸肩，小助理埋着头一个劲儿地笑。

刚出场馆，闪光灯此起彼伏，江筱然眼前白光一片。

她有点昏，下意识想要往一边避，顾予临绕过来，站到她身前，替她挡住了灯光。

媒体记者不放过任何一个八卦连环轰炸的机会。

"请问两个人在一起多久了呢？为什么要在这时候公布呢？"

"有传言二位是高中同学，请问高中的时候就在一起了吗？"

"有结婚的打算吗？"

饶是江筱然做了充足的准备，这会儿也被应接不暇的问题给绕得头昏脑涨。

顾予临扶她进了房车，微微欠身，回头道："有结婚的打算，今天她比较累，就不接受采访了，谢谢。"

媒体记者又问："二位是要一起回家了吗？已经共筑爱巢了吗？"

钱飞出来圆场："不好意思，艺人要先回去休息了，过几天会做正面采访。请大家先回去休息，各位都辛苦了。"

车门被人关上，所有的嘈杂声终于被隔绝在外，江筱然放松地靠在椅背上，长嘘了一口气，脑海中却回荡着那句——有结婚的打算。

她抿了抿唇，提起肩上的衣服，下半张脸藏在他外套中，酝酿出一个笑来。

还有那句"共筑爱巢"，这词用的……

眼见着手机闪了两下，是赵嘉映发来的消息："上热搜了，还是爆，你看了吗？"

她正准备去看热搜，忽然发现顾予临正点开微信，她看到了李嘉垣在一个半小时前发送的："顾予临，破坏我与女友感情的最大毒瘤！"

顾予临回复："丑，破坏李嘉垣与女友感情的最大毒瘤。"

片刻，李嘉垣的消息传来："滚蛋!!"

看完顾予临和李嘉垣日常相杀，江筱然又点开了微博，发现热搜上热闹极了。

各个八卦账号都插了一脚，庆祝《覆国》票房飘红，又庆祝顾予临公布恋情。

当然，关于当红小生公布恋情这种事，虽然大多数都是祝贺，但也有少部分营销号唯恐天下不乱："有多少女友粉脱粉了？"

结果却并没有如他们的意：

热评一，六千赞："从《余音绕梁》开始喜欢他，可以说是资深一点的饭了。很遗憾，不会脱饭，永远不脱；而且对于他公布恋情我感到很开心。妹子又美对他又好，还有才华，我没理由不高兴啊……而且说句老实话，但凡追他久一点点的饭都知道他和江筱然的关系，他不公开，我们也不会去打扰妹子本人就是了。"

热评二，五千赞："没错，其实我们大部分早就知道他恋爱了，而且两个人暗搓搓的小互动简直不要太萌，我现在已经是 CP 粉了。"

热评三，四千多赞，惊现赵嘉映："麻烦博主不要带节奏，爱豆找了个能扶持自己事业的女友，粉丝们都会庆幸的好吗？而且在正红的时候公布给女方安全感，顾予临很有担当。"

江筱然把赵嘉映那条评论点开，楼中楼果然有李嘉垣："么么哒。"

今晚，他们的亲友团都很兴奋，却也很合时宜地，没有打一通电话来破坏气氛。

放下手机，江筱然揉了揉脸颊："你每次都这样，一点准备机会都不给我。"

他垂眸笑，瞥见她染上蜜粉色的脸颊，忍不住伸手捏了一下："给你准备机会了，还怎么叫惊喜？"

虽然那一刹那真的有种冲上云霄的感觉，但……

江筱然"啊"的一声埋进衣服里："我那个时候表情一定很傻，不行，我得去看看。"

说完她就去微博里找回放，顾予临说完之后镜头给了她一个面部特写，她的表情先是愣了下，然后微微瞪圆双眼，所有茫然的情绪齐齐射向他，在和他目光相对的那一刻，目光又忽地柔软了下来。最后，带上了一个三分怯七分甜的笑。

灯光流转在她眼尾，显得她双眸亮而明澈，如一弯皎洁的月。

顾予临不知何时也钻进了衣服里，看完后声音近在耳畔，还带着热意："傻吗？我觉得很美。"

拨雾见月，美得很治愈。

她的表情管理确实好得超出自己的预料。江筱然垂眼，忽然想到那句歌词——原来就是，恋人的眼光。

只有爱，能让黯淡无光也散发光芒。

恋情公布之后，大家本以为顾予临会开始疯狂秀恩爱，卖二十四孝好男友人设。但是并没有。

第二天他有通告，而她有学校的课。

公布恋情这件事，仿佛只是他们人生中的一个小小插曲。

他没有忘记自己的本职工作，他依然是一名艺人，不需要凭借炒作和高度曝光来吸引大家的视线，不需要用恋情来为自己增加一个热门标签，仅仅是开诚布公地告诉大家，我恋爱了。

在给予女方安全感，给予粉丝完全的坦诚后，他将回归自己的生活里。

他很清楚，能让一个人在娱乐圈走得长远的，并不是一时的欢呼和精美的包装，而是脚踏实地的勤勉，源源不断的填充和积累。

江筱然当天去上课的时候，招来了不少艳羡的目光，叽叽喳喳的讨论声不绝于耳。

"哎，江筱然在那儿，你不是喜欢她吗？"

"真的是真人啊？比电视上还好看，啊啊啊我有点紧张！你觉得我去要签名的话会被拒绝吗？"

"不会吧，她看起来人挺好的。"

女孩子一路小跑到江筱然身边，声音有些颤："我超级喜欢《共鸣》和《山河》，可、可以给我签个名吗？"

"可以呀。"江筱然接过本子，开始认真签。

她笔尖在纸上沙沙滑动时，赵嘉映在一旁问："你是什么时候开始喜欢我们家筱然的啊？"

女生兴奋又羞赧："最开始在节目里看了《共鸣》，本来只是喜欢她的剧本，后来颁奖典礼上看到她的颜了……"

赵嘉映自来熟地替她补充："然后就变成颜饭了是吧？"

那女生一个劲地点头。

赵嘉映搭上江筱然肩膀，笑得春风得意："那是，我们家筱然人美歌甜，就是写的剧本虐了点。"

那女生道："我就喜欢虐的！当时看剧在寝室哭了好久，太爽了！"

江筱然签完之后，把本子递给她："好啦。"

女生把本子捧在胸前，特别诚挚地说了句："谢谢大大！"然后一溜烟地小跑远去。

赵嘉映揽着江筱然，一边走一边说："年少看虐不眨眼，老来偏爱傻白甜。我年轻的时候也有过只看虐文的辉煌战绩啊。"

两个人朝着教学楼走去，离开之后，刚刚的女生停住了脚步，翻开本子仔细研究她的签名。

"你没近距离看真人吧，真人超有气质，笑起来可美了。"

同伴笑道："这么喜欢的话，到时候把它裱起来贴在床头激励自己啊。"

上完两节专业课，已经到了吃午饭的时间。

铃声刚响，江筱然开始清书包，清着清着打了两个喷嚏，正准备伸手去拿纸，纸巾包已经被另一双手覆盖住了。

白皙细瘦的一双手，隐约能看清皮肤下蛰伏的青色血管，那双手贴心地替她撕开纸巾包上沿，抽了张纸巾出来。

她还陷在喷嚏带给自己的一瞬茫然中，接过纸巾，用完后才意识到什么……

刚刚，似乎蹭到了那双手的指节处，感觉到了一层薄薄的茧。

她不可置信地抬起头。

灯光揉碎在他发顶，铺成一片细碎的明亮，顾予临把纸巾包装进她书包里，替她把包背好："最近降温了，多穿一点。"

"噢……"江筱然顺从地点点头，看他转身要走，扯住他，"你，你是怎么进来的啊？"

他像是听到什么好笑的话，笑着说："我从门口进来的啊。"

与此同时，大家这才终于意识到什么，骚乱从四面八方涌来。

"B大镇校之宝来了?！快快快发消息通知寝室，小年知道他来了非得乐晕不可！"

"别乐了，人家只是来找女朋友的，看看，多体贴多温柔啊，还没有架子，我的心融化了，今天开始我也是顾予临预备役女友。"

"……你刚刚不是说了人家都有女朋友了吗？"

"替女朋友背包了，作为一个男的看到这个场面真的太玄幻了。"

"替女朋友背包哎，作为一个女生看到这个场面真的太宠溺了。"

忙着出门的学生匆匆收回脚步，大家窝在门口那一块，齐齐把目光投向顾予临，却又不敢上前。

江筱然小声问他："你没带保镖吗？万一出乱子了怎么办？"

"带了，在门外。"他处变不惊地拉起她，"我还没有在食堂吃过东西，你带我去试试？"

江筱然回头看赵嘉映："那嘉映……"

赵嘉映了然道："没事，刚刚顾予临跟我说了，李嘉垣在外面等我呢。"

李嘉垣此刻正从人海中杀出一条血路来，站在门口，看了一眼里边的情况。

有人正嘀咕："能上去要个签名吗？"

他笑着提醒："人家小两口好不容易在校园里见一次面，大家就不要去打搅了嘛。这样吧，大家给我留下联系方式和名字，我那儿有签名照，到时候随便抓阄给大家送点福利，也省得麻烦了。"

"好啊！"大家配合着一哄而上，全部到李嘉垣那里留联系方式去了。

江筱然从后门出去的时候，还一个劲儿地笑："别看李嘉垣平时老跟你闹，关键时刻还真能派上用场。"

他道："不是免费的。"

她抬头："啊？"

顾予临牵了牵唇角："他要我包他一周的自助餐。"

"那他可真会算账。"江筱然耸肩。

"嗯，"他淡淡地应着，"我后来想，为了见你，算了，便宜他吧。"

江筱然早已经习惯他跟李嘉垣的互相嫌弃模式，也没太在意，带着他往食堂的方向走，一路上都是大家低声吸气的哗声。

因为有保镖守着，大家也没有轻举妄动，只是举着手机不停拍照。

而且今天上午有课的班级比较少，校园较以往更加安静一些。

在班上耽误了好一会儿，教学楼又比较远，等到了食堂，人已经不太多了。

江筱然指着一个自己常吃的窗口说："吃这个吧，我觉得这个应该比较对你的胃口。"

顾予临站到窗口处看菜单。

本来正在付钱的女生随便侧身一看，吓得往后退了两步："顾……"

这字一出，立即引来大波想看却又不敢仔细看的眼神，大家围在顾予临身边，脸上的表情分明写着"是我疯了还是这个世界疯了"，瞳孔都在跟着地震。

他早已经习惯这种目光，双手插在口袋里，继续挑选。

今天天冷，但他不怕冷，只穿了一件加绒的连帽衫，配一双运动鞋，看起来就像正儿八经的学生。

这正儿八经又帅得有点过分的学生转头问她："你吃什么？"

江筱然指了指："石锅拌饭。"

最后二人点了一样的东西，他端起餐盘往最里面的位置走。

B大的食堂往里，单独辟开了一个小区间，以往人多，位置总是抢不到，今天刚好有空位。小区间是偏欧式的大气设计，从雕花的窗户往外看，还能看到众人围在一起瞧着这边不住讨论的样子。

坐下后，有几个男生频频往这边看，一边看还一边不停地说些什么。

江筱然不知道他们为什么如此兴奋，更不知道男生间有个永恒的话题，是即使不认识明星也能讨论得孜孜不倦的重点——鞋。

"看到那鞋了吗，限量版的！不知道弹跳性怎么样。"

"废话，这双鞋除了贵没有其他缺点。好想上去摸一下啊，能试穿下就更好了。"

"喜欢就攒钱买啊。"

"买不起，他那衣服也抵我一年的生活费了，这是不是从哪儿来的欺骗学妹感情的富二代？长得还挺帅。"

…………

江筱然收回目光，锅里的饭还在嗞嗞冒着热气，石锅的余温烘烤着米饭，带出电流似的声响，香味中还裹着股啤酒的味道。

她把饭拌匀，见顾予临一直看着自己，还带着点意味不明的笑，摸了摸脸颊问："我脸上有东西吗？"

他笑着摇头："没有。"

"那你老看我干吗？"

他答得坦荡："你好看。"

她把头发别到耳后，谁知道是慌张还是因为什么，总有一小绺头发掉下来，他伸手帮她弄好。

她的头发，好像只听他的话。

后来两个人又一起上了节课，在学校里逛了两圈，跟所有的校园情侣一样在树下坐着晒太阳，什么通稿都没发，也不宣传。

然而即使他们已经非常低调，依然还是不可避免地上了热搜。

当晚的热搜还有另一位加盟，宣布这个喜讯的是钱飞。

钱飞将一沓照片扔上桌面，道："你们自个儿看。"

照片中的背景是夜店，光怪陆离，而相机聚焦的正中央沙发上，纠缠着两个人影。

下一张照片，带着女伴的身影在酒店门口消失，再往后，那身影第二天一大早再次出现。

随着不断后翻，照片中男主角的脸也一点点显现出来。

何一离？钱飞耸肩："为了拍这些照片，有人蹲了何一离五个月才终于全拍下来。"

"我说了，何一离本来就爱乱搞，原来没人曝光，一是没拍到实锤，二是他粉丝多，流量大，有人不敢搞。现在这情况，他因为耍大牌得罪了不少人，前段时间因为演技差还给人骂成那样……墙倒众人推，圈内一向这样。"

"更逗的你知道是什么吗？这家狗仔还找到人家炮友，就照片里这女的，还采访了！哈哈哈哈！等着看好戏吧，明天一醒，迎接何鲜肉的将是大批头条和……大把脱粉。"

末了，钱飞总结道："想到就很爽了！"

何止是爽，简直大快人心，通体舒畅。

不作不死，何一离这样爽快地自己大作，还能在娱乐圈蹦跶这么久，已经算奇迹了。

第二天一起来，果然，何一离的话题已经在微博上炸开了。

不只有照片，还有音频，音频里的何一离很丧。

"现在全一个劲儿地来骂我，我有什么问题啊？这戏是老马（经纪人）要给我接的，又不是我自己要接的。再说了我在里头就五分钟的戏份，顾予临他不赚钱我还得赚钱呢，一个工作室等着我养！他倒是清闲地在剧组待着，老子得跑三个组，那段时间都累得没人样了！我也想休息啊，你看我能休息吗？！

"骂我没演技，同档里多少没演技的，我要不是缺钱我能干这职业吗，整天面对一堆乌七八糟的事。骂我的多了去了，我在乎这几个吗？！

"而且整个圈子就是这么浮躁，老子只是流水线上出来的一个捞钱的工艺品，赚完快钱捞完流量老子就不干了。他们也不反省一下自己，市场这样还不是他们给惯出来的吗？！说我没演技演得烂，到时候我新电影上了，还不是一个个上赶子去看。嗬，说不定票房更高了！"

大概是喝了点酒，何一离讲话有些迷瞪，说到最后已经彻底醉了，开始想到什么说什么，完全不过脑子。

听完这十几分钟的音频后，江筱然获知了一个人生各阶段都通用的道理：不要轻易跟还不熟的人掏心窝子，尤其还是在不小心喝醉酒的情况下掏心窝子，一般这时候掏的就不是心窝子了，是黑历史。而且你还不知道人家什么时候会打开录音键。

江筱然赶了个巧，刚听完这一段，何一离的话题又开始了第二轮公布。

橘子娱乐："实锤第二弹！你曝光照片，粉丝说是P的；你发布视频，粉丝说是剪的；你公布音频，粉丝说我不听我不听，有关爱豆的都是假的！好呗，那就采访一下阿优，来看看她跟何鲜肉不得不说的秘闻。"

阿优是位网红小模特，也是照片和视频中的女主角，与当事人何一离维持着不正当的男女关系。

作为何一离最亲密的"枕边人"，她知道得不少，爆料得也很多："因为《覆国》被骂的事情，他心情一直很不好，那晚就把我叫出去聊天，一边说一边喝了很多酒。我们这种关系保持了大概有一年，当初因为是一个地方的，然后打拼的经历差不多，就比较有话题嘛。说着说着他就喝醉了，然后就说要去休息。"

记者："他有没有跟你说过他的感情史？"

阿优："说过，他女人缘一直很好的，但是他跟我说之前是之前，我会是他的最后一个什么的。"

记者："那是什么促使你接受我们的采访呢？"

阿优："因为这一整年我们都是保持联系的，然后他还经常来找我，或者我去找他……前天我问他我们是什么关系，他一直没回，我昨天再给他发消息的时候，发现他把我给删了。我们这几个月来可以说是无话不说，他也向我表白过，我还真以为我们是那种（恋爱）关系，现在看来可能是我想多了吧，觉得自己这段时间为他尽心竭力的样子蛮好笑的，想让大家看看他的真实面目。"

女人一旦狠下心，什么都做得出来，阿优继续说："之前他拍《覆国》的时候发了条加班微博，其实不是的，过年他一直在陪我，照片是临时拍的。当时说的比唱的好听，没想到换来的结果却是这样，我给他发微博私信也不回，迫不得已才想用这样的方式……"

事已至此，其实一切已经非常清晰。

何一离乱搞男女关系是事实，而这件事对一个流量艺人来说几乎是致命的负面新闻。至于这位阿优当然也有问题，看似是受害者，其实不然，女方不过是想用踩他的方式再为自己博得最后一点流量罢了。

或许，也有那么点被辜负了想让渣男身败名裂的意思。

这个热搜从早挂到晚，热度根本降不下来，大家全在讨论。

"才说等何一离煳，这么快就煳了，好尴尬哈哈哈，倒是撑久一点啊。"

"现在才有人爆吗？何一离真的睡粉啊，而且是那种标准渣男嘴脸，跟你在一起时对你超级好，说你是第一个也是最后一个值得他用心对待的，最后删人删得比上床还快。别问我怎么知道的，闺密家很有钱，之前认识过他，恶心。"

"不会嫩模圈大半部分都被他睡了吧？我也是看清之后才知道他寻花问柳的，之前在伦敦朋友介绍认识过，呵呵，住我房间里的时候态度比谁都好，回国之后连消息都不回了。我这儿还有照片，给大家看看。"

"评论比正片还高能系列……"

"何一离脸也太大了吧，这么确定我们不看你的新电影不能活？！科普，何一离新电影《我们恋爱吧》三月十二日上映，抵制起来，让他知道乱卖人设触怒观众是很可怕的。"

"这里太脏了，我要去隔壁看看我的临然夫妇洗洗眼睛。"

看到这里，江筱然才突然反应过来，刚刚热搜上似乎还有她和顾予临的名字。

真是腥风血雨的一天啊……

不过他们的热搜平和许多，里面放的是他们在 B 大牵手漫步和吃饭的照片，当然，还包括撩头发的场景。

甚至还有人扒出了他们高三在电玩城抓娃娃的照片："看我在 B 市的电玩城发现了什么好东西！少年时期的顾总和筱然大大！就挂在照片墙上，太可爱啦！顾总抓了超多娃娃好羡慕！原来那时候关系就很好了吗？从校服到婚纱，从默默无闻到成名，这陪伴太甜了吧！"

照片里她穿着红色条纹短袖，顾予临一身浅蓝色衬衫，头微微向对方侧着，颊边的弧度青涩，但很耀眼。

底下的讨论出乎意料地暖心，全都意外于在混乱的娱乐圈也有这么真挚的爱情，再加上跟何一离那边的八卦一对比，他们这边的路人好感度噌噌往上涨。

何一离这回确实是惨遭滑铁卢，就连娱乐报纸都被他的负面新闻充斥。

钱飞把报纸扔桌上，笑道："他团队疯了，花大价钱要压新闻，没压下去。何一离手握八个代言，这么大的事一出，就是违约了，违约金都要赔一大把。"

这个江筱然知道，很多代言合同里都会写，要求代言期间艺人不能有负面消息。

钱飞道："他代言的那个什么饮料的广告，放视频软件里播来着，现在全撤了。代言商加急做了新广告。"

这事一出，可谓满城风雨。

何一离在热搜上挂了三天三夜，被欺骗了的观众们唇枪舌剑，甚至还开了一个抵制何一离的话题。

粉丝们全在等待着工作室发一封掩耳盗铃般的律师函，又指望着自家偶像站出来辟谣一句"都是假的"，这样他们还可以陷在自己的理想国中，什么也不听，高举利剑为他冲锋陷阵战死沙场。

可惜没有，什么都没有。

何一离推了通告，不上微博，工作室没有声明，那段时间像是蒸发了一般。

大批粉丝出走，只剩下小部分负隅顽抗，不厌其烦地阐述观点："成年男女约一下也不犯法吧，本来就是你情我愿的事，就算是明星也有需求啊，只是那个阿优太心机了而已。"

明星本就是高曝光度的职业，享受着天价片酬的同时，势必需要付出没有隐私的代价。想三个月就赚几千万，又想像个普通人一样生活，哪里有那么好的事。

况且，大家愤怒的也不只是乱搞男女关系这一件事，还有何渣男欺骗感情的龌龊嘴脸，以及不把观众放心上的欠揍态度。

三月十六日当天，何一离新电影《我们恋爱吧》上映，票房惨淡。

饶是粉丝们一人十张票地刷票房，还是没扛住舆论，直到影片上映结束，票房只有凄惨的四千四百万。

票房是最好的证明，何一离这次确实把自己给作死了。

赵嘉映把这个消息讲给江筱然的时候，一脸的看热闹不嫌事大："这扑街扑得好惨啊，我听说连本钱都没赚回来哈哈哈哈！那个阿优也开始接广告了，微博粉丝还挺多呢。"

经此一役，何一离虽然没有退出娱乐圈，但身价大跌，从一线小生的行列中彻底被踢除。

那个周末，江筱然给顾予临打电话，他正在录音棚，透过听筒，江筱然能听到那边的乐声。

她问："在忙吗？"

他语带漫笑："你找我就不忙，正好连轴转了很久，休息一下。"

这几个月他主要在忙新专辑的事情，除了客串，好像没有接戏。

她又忍不住开始一板一眼地嘱托："虽然忙，但是也要好好休息。"

"知道了。"他应着，"等专辑做完，我就带你去旅游，想去哪里？"

"嗯……"她抬着眉想了想，倒进床榻里，"加拿大？或者你呢，你想去哪儿？"

因为工作，他经常去往各地，所以对他而言，没什么好挑的。

于是顾予临只是抬了抬发带，说："无所谓，酒店舒服就行。"

他讲得随意，江筱然却像是听到了什么不得了的东西，应激似的坐起身来："你在讲什么啊？！"

他沉吟了几秒，这才道："我说的就是字面意思，因为我睡觉比较挑。"

"……"

意识到好像是自己想歪了，她轻咳两声没再说话，忽而听他又道："不过你刚刚问我每天都在想什么，这个问题我可以认真地回答一下。"

少年尾音缱绻："想你啊。"

顾予临即将发布专辑的前一天，江筱然去了趟工作室，一切都在有条不紊地进行着。

钱飞看她来了，还在跟她开玩笑："我跟你讲，何一离新电影不是扑街了吗，他们那边还不死心，花高价雇狗仔跟拍顾予临……想拍到一些私生活混乱或者劈腿什么的丑闻，结果跟了一两个月屁都没拍到，赔了夫人又折兵。

"结果他们嫌那家媒体不够好，又换了一家，狗仔一听是拍予临，立刻说'这活难度太高铁定拍不到'，给推了。后来他们又想去找他上学时期的黑历史，结果顾予临学生时代唱歌也挺好，学习也挺好，架也没怎么打，他们钱又白花了。

"我当时差点没笑厥过去。"

江筱然低头藏笑，声音里带着点了然的骄傲："是啊，我们家顾予临，本来就没有黑历史。"

或许，还要感谢她当时有点愚笨的、一腔孤勇的直觉。

顾予临不知道什么时候绕到她身边，听了她这话，眉一抬，悠悠问道："你家顾予临？嗯？"

她不知道哪里来的胆子，侧头就扯住他的耳朵，踮脚靠得更近了些，声音抬高："对啊，我家顾予临，没有黑历史。"

他耳垂被她捏得泛红，只好捉住她正作乱的手，哑着声音在她耳边道："嗯，拜你所赐。"

江筱然背脊涌起一阵电流。

情侣果然不能太久不见面，不然听什么都像是在调情。

一旁的钱飞还在盯专辑进度，开口说："这专辑费的工夫太大了，光是找老师就找了好久，还磨合了几个月，推翻了三四个版本……别说新歌手了，老歌手都没几个敢尝试这种新风格的。最重要的是还一点都不赚钱，唱片市场萧条成这样，哪儿有影视来钱快。"

"不过胜在国际化。"钱飞又拍拍顾予临肩膀。"这条路万一走通了，你就是能划分华语乐坛时代的鼻祖。"

江筱然想，其实鼻不鼻祖对他来说没什么，他最想做的，只是带着赤诚之心向光明处前行而已。

从他十五岁那年开始，他所有的努力，全都是为了那个结果而已。

——他想让世界听到，中国人也能赶上流行浪潮的音乐。

同年十月，顾予临的新专辑 Flame 发布，中文名简单粗暴，叫火焰，和他一样，和他的理念一样，和他的梦想一样，火焰一般燃烧跳跃，所过之处寸草不生，一往无前。

那张专辑历时一年多，辗转国内外，邀请多名世界级的编曲、编舞老师以及幕后团队重金打造。

不再局限于比赛时原创的舒缓情歌，他迈向了国内少有人敢尝试的空白领域。

这张专辑走的是国际流行的、潮流尖端的音乐路线，在 EDM、当代 R&B、另类 R&B、嘻哈领域里大胆尝试，曲风也广泛涉猎了这个时代最国际化的风格与包装。

他和团队都有着开阔的视野与眼界，而且对音乐一直保留着严肃而诚挚的态度，并没有因为顾予临是多栖发展的路线就在音乐上敷衍了事。

中国的流行乐与世界相比，其实还是落后的。传统音乐仍旧占据主导地位，把华语乐坛拉着往后拖，但后方是普罗大众极其高涨的热情。

他想做的，就是将中国绝大部分的歌曲，拉上国际音乐的水平。

这注定是一个不算太容易的过程，但成绩超出了江筱然的预料——不到一个月，顾予临的电子专辑销量破百万。

在美国某权威性的歌曲下载排行榜上，主打歌获得了第四名的好成绩，这也是迄今为止，华语歌曲在此榜单中的最好成绩。

MV 点击破百万，顾予临是达到此成就最快的中国歌手，一口气破了两项国人创下的纪录。

专辑发完之后没多久，顾予临放了个假，带江筱然去加拿大采风。

飞机上，江筱然还在跟他说专辑的事情："现在大 V 们都疯了，天天都能看到夸你的。"

旁边似乎有人在偷偷拍照，但他们都不在意了。

顾予临靠在椅背上，一边玩她的头发一边应答着："嗯？"

他知道她有话要说。

果不其然，她开口道："他们都说你是奇迹来着，能在中国把这种音乐流传出粉丝群体，在国外取得那么好的成绩。虽说没火到尽人皆知的地步，但已经很了不起了。

"但是只有我知道你为这张专辑准备了多久，熬了多少夜，其中的任何一个细微的想法可能都是你积攒了五年的喷发……

"每一个看似轻松的成绩，其实你都付出了很多的努力。"

她比任何人都懂他，他笑吟吟地点头："嗯。"

很多时候听她说话，让他觉得，就算有人不理解他也没有关系，她理解他，那样就够了。

说着说着，江筱然枕着椅背睡着。

飞机冲上云霄的那一刻，有细碎的光淌在她的面庞上，柔软，安宁，却极其强大。

他明白，他们之间能相对平淡而安稳地走到这一步，依仗的都是她的强大。

身为艺人的女朋友，需要有极其强大的心理素质和很强的克制能力。

在恋情还未公开时，需要矜持而克制地忍耐，不乱说，不乱做，不去澄清无关紧要的绯闻，不随便耍小脾气，不随意吃醋，因为小不忍则乱大谋。

除此之外，她还必须对他保有绝对的信任和坦诚。

其实这是很难的事情，不是人人都能成为她，在不甚明晰的感情中突围，并且还能将自己的事业驾驭得风生水起，她的辛苦大概也不输他。

假如重来一次——或是怎样的人生都好，就算是重来千千万万次——

他想，能够陪伴和等待着自己的，也只有她了。

自魁北克而起，从圣劳伦斯河一路向前蜿蜒，是加拿大著名的枫树大道。

枫叶红如晚霞，透过天光密密麻麻地绽放，自下而上望去，像一朵一朵亮丽的火红云盏摇曳在天幕中。

风一起，枫叶四下飘舞，发出窸窸窣窣的声响，宛如恋人的私语。

有树叶打着旋儿降落下来。

"听说，抓住降落的树叶，就能和同行的恋人抵达此生的圆满。"江筱然念出赵嘉映发来的肉麻句子，身子一抖，"这都是从哪部韩剧里学来的句子？"

收好手机一回头，顾予临已经伸手抓住一片枫叶。

她唇角一抽："……你动作还挺快。"

他垂着眼睑朝她笑："当然，事关重大，不可不快。"

她眯着眼笑，背过手好整以暇地问："那万一没抓住呢？"

"抓不住就算了，能抓到你就行。"他把树叶辗转到另一只手上，腾出来的手稳稳把她牵住，"毕竟要不要达成圆满，还是你说了算。"

江筱然仰头，揶揄道："不向枫叶之神许个愿祈求点什么吗？"

"不求，"他低下头，凑到她耳边轻声说，"我向来只求另一半。"

他的气息浅而清冽，只有在他身上最好闻，"另一半"三个字密密麻麻电流似的窜进耳朵里，她的血液仿佛都在噼啪作响。

沿着枫树大道一路前行，走到一半时，江筱然回头望。

有光顺着树影婆娑一地，把路面切割成明与暗的一个个小方格，漫山遍野的红与橘黄，像是洇开的水彩画。

这里难得安静，难得闲暇，难得一切都放慢了步伐。

回头一看，像是走过了自己的小半生。

曾在明亮中砥砺前行，在黑暗中挣扎而起，在光与影的炫目中，也曾有过迷失自我的片刻。犹豫、彷徨、踌躇，但幸好能拉住他的手。那样就够了。

到酒店的时候，钱飞那边正巧传来捷报："不得了了，你拿到回声奖最佳男歌手提名了！"

视频通话的那端，经纪人的欣喜之情溢于言表。

"回声奖？我怎么没……"话说到这里戛然而止，江筱然看向屏幕中的钱飞，"不会吧？国外的奖？！"

钱飞激动道："是啊，美国的，歌曲界的奥斯卡！第一张专辑居然可以拿到提名，简直是奇迹。"

"通知老师们了吗？"顾予临说，"还是要多多感谢他们，毕竟整张专辑的曲风和脉络什么的，他们有很大功劳。"

钱飞呆滞了几秒："我的小祖宗，整个工作室开心坏了，正跟媒体联系呢。你怎么就能这么处变不惊地要我去感谢一下老师们?！"

他声音仍旧很冷静："提名而已，又不是真正拿奖了。"

钱飞咆哮着试图让他重视起来："你今年二十一岁！中国人！拿到提名是从古至今的第三个！这还不膨胀你等啥时候膨胀呢?！"

顾予临笑了笑，摆手道："知道了，还有事吗？"

钱飞立刻明白了他还有更重要的事要做，于是比了个手势："OK，后天有采访，别忘了就行。我订的酒店还可以吧，风景特别好。"

顾予临挂掉电话。酒店怎么样，还是要试过才知道。

他将视线转向某个猎物，而后者浑然不觉，正躺在床上看手机。

她声音清晰："我查到啦，你真的是第三个拿到提名的哎，上一个还是二十年之前的某位前辈，好像只有一个是拿了奖的……不过我觉得拿不到也没关系啦，起码能提名就很棒了，你今年才多大……"

说到兴起处，她从床上弹了起来，捧着手机继续朗读。

洁白柔软的床垫，因为她而微微陷下去，又在边沿处蓬蓬松松地鼓起来。

她大腿并拢，小腿却向外撇开，一寸寸的莹白跟背景色相得益彰，看得人喉头发痒。

发现他在失神，江筱然清清嗓子，略微不满地拿手敲了敲床垫："……你有没有在听我说话啊？"

他终于挪回目光，眼神定焦："为什么坐起来了？"

江筱然完全不明白他在问什么："啊？"

他脱下外套，慢条斯理地开口："反正最后都要躺下去的，就不要坐起来了吧。"

直到他凑近，唇压下来，她才明白这所谓套间只有一张床的真实原因。

这是很长的一个吻，他攻城略地，而她溃不成军。他的吮吸起先还轻柔，到最后则有些克制不住地用力，吮得她舌根都有点发疼。

漫长的吻结束，房间里的温度已经逐步升高，气氛也变得旖旎又蠢蠢欲动。江筱然手勾着他脖子，抵着他额头喘，喘着喘着睁开眼，正好对上他压抑又渴望的眼眸。

眼光往下滑，她盯着他的唇珠，一吻过后，唇珠丰盈欲滴，像悬而未落的一颗小水珠。

她想，她应该接住这颗水珠。

她凑过去，有些笨拙地、学着他那样，轻轻咬着他的上唇，最后又被他夺回主动权。

热烈的吻中，他的手转移阵地，从她的锁骨向下跌落，停在她被包裹着的曼妙曲线上轻揉。一道声音已经卡在喉咙口，却被她生生忍住，她咬住下唇，把破碎的声音咽了回去。

他低头贴上她脖颈，留下浅浅的草莓印记，声音像被打磨过无数遍，嘶哑又性感。

他说："别忍着。"

气流迅速汇聚，对他的话产生极其热情的回应，变成音节从她嘴里逸出。

其实她很早前就幻想过，假如到这一刻，她该是什么状态，做什么表情，一切要怎样开始才显得顺理成章。但是真的到了这一刻，她内心只有柔软和安宁。

她想她已经做好了准备，从很久之前开始，就做好了把自己完全托付给他的准备。

甚至在这趟旅程之前也早有预感，换了好看的内搭……

顾予临看向角落里蜷成一团的小布料，大概也是发现了她的小心思，似是在低声笑。

"你笑什么！"她慌忙抬手遮住他的眼睛，"我这是以备不时之需！"

"嗯，你准备得很好，"他嗓音低沉，鼻音很重，"那个有准备吗？"

江筱然脑子里刷出一排问号："你别告诉我你没带？"

顾予临点头，指尖扣在纽扣上旋开，好像打算彻底放飞自我："那就算了吧。"

"这怎么能算了！"江筱然掰住他肩膀，"我们冷静下，这不行。"

他把她往下按："箭在弦上，不得不发了。"

她声音都在颤，感觉面前有白光闪现，喉咙口发干："顾予临！！"

似是逗弄成功，他笑得整个身子都在颤，而后拉开抽屉，一大排新鲜的小盒子乖巧地躺着。

"要什么味道的？"

"……"

"款式呢？"

"……"

"还是，每种都试一次？"

"……"

他将她轻柔地放在床上，伸手脱掉白色衬衫，流畅的肌肉线条被月光映照，泛出好看的光泽。

她鬼使神差地伸出手想要触摸，忽而被他扣住双手，抵在头顶。

他手心烫得吓人，又俯下身，吻密密麻麻地落下。

加拿大的夜色，同样媚人。

第十章

一瞬动心就永远动心

回国后，顾予临的专辑宣传很快进入尾声。

Flame 的整张专辑，靠着顾予临在年轻受众中极高的知名度，和团队纯熟到位的宣传手段，以及高制作的水平打底，在众多抒情歌曲中脱颖而出。

在各大音乐软件的快歌当中，排名榜首的不再是欧美日韩的标志性歌曲，而变成了他的"顾式音乐"。

整张专辑的传唱度和知名度也渐渐打开，新的风向标一旦树立起来，千千万万躁动着的音乐人也将重整旗鼓，昂首跟上。

新鲜的音乐带着国际元素如雨后春笋般冒出。

自顾予临发布新专辑起，往后再数一年半，媒体回顾的时候，戏称这是"华语乐坛的爆发年"。

没人能想到，这场如原子弹爆炸一般带领乐坛变革的人，是一位年仅二十二岁的青年歌手。

那一年，他们大四。

紧张的毕业季没有为江筱然带来过多的压力，学校的老师都劝她要放松，因为她全神贯注的，是自己手中的新作品，谍战剧本《蛰伏》。

当然，从《覆国》开始之后，顾予临也陆陆续续接了一些角色磨炼演技，市场反响都不错，但是他始终缺一个特别亮眼的剧本。

团队给他的定位是在精不在量，随着这几年的积累，他的粉丝群也逐渐壮大，口碑稳步提升，想要彻底大爆，其实只是时间的问题。

毕业那年，恰好赶上《蛰伏》开拍。

这个剧本江筱然忙了两年，开机仪式上，她看到有人从房车上一步一顿地走下来。

时光没有改变他多少，依然是她最熟悉的那个样子。

但他的体形更加匀称，肩膀更加宽阔，眉眼褪去青涩，已经是能够担起一方天地的模样了。

唯一没有改变的，还是那双笑意盈盈的、望着她的眼睛。

她笑着朝他招手，顾予临走过来。

江筱然耸肩，佯装意外地说：“好巧，你也在这里啊？”

他不置可否地点头，挑眉轻声道：“是啊，多谢江编剧提携了。”

一边的钱飞只是远远看着，拍着手跟小助理说：“看这样子，以后我们的剧组日常里又要加一项了。”

小助理似懂非懂，还真以为有新的工作，望了那边一眼：“啊？什么？”

钱飞拍人家头：“看小情侣日常秀恩爱啊，傻不傻啊你。”

小助理挠着头，笑了。

《蛰伏》拍了六个半月才杀青，江筱然改了无数次剧本，反反复复地跟导演磨合。

其中有场爆破戏很危险，但顾予临坚持不用替身，最后惊险地拍完了。

各方面都对这部电影抱有极大的希望，因为从导演到演员全是精挑细选过的，就连剪出的先导预告片都让人期待不已。

想来也是，这几年顾予临断断续续拿了不少奖，最佳男主角也拿了好几个，但是级别最高的华金奖，还是只拿了个最佳新人演员奖。

倘若这次能在华金奖中拿到最佳男主角，那可就是实至名归的影帝了。

《蛰伏》的杀青宴上，大家兴致高涨。

“这次是临然夫妇公布恋情后第一次合作啊，必须得来个开门红！”

“就是，红红火火是必要的！”

江筱然看着工作人员们觥筹交错推杯换盏，自己心情好，也喝了几杯。

临了散场时，大家还喊着有空再聚。

顾予临就站在房车门口，转头问她：“上车吗？”

"算了吧，吃了好多，"江筱然提议，"沿路走走？"

他们已经很久没有这么轧过马路了，原来没曝光时自是不必提，后来曝光了，二人却全都忙起来了。

走了大半天走到了市中心，沿途灯火通明，俨然是不夜城。

江筱然慢悠悠轻飘飘地回忆道："我们第一次约会，准确来说是在哪儿？"

"公园？"他也跟着她回忆，"那是第一次去除了学校的地方。"

她笑着说："那时候我说要赢那个比赛，你不屑一顾，最后还是为我作了弊。"

他看了前路一眼，这才接话道："那时候并不知道，求我的是我老婆。"

"给你脸了？"她嗤了声，"谁答应当你老婆了，你自己还喊上瘾了？"

他正要说什么，被她一下打断："吃炒酸奶吗？"

很快，江筱然走进炒酸奶的店铺，还不忘回头跟他说："我好久没吃到正宗的炒酸奶了。"

店里人不太多，服务员发现进来的是哪两位之后齐齐傻眼，暗慨原来在女生爱去的地方能发现顾予临是真的，顾总宠女朋友也是真的……

要不是保镖看起来有点凶，真想上去要签名啊。

买好东西之后，两个人就匆匆离开了。

江筱然把杯子递给他，顺势问道："杀青了之后，就要继续做第二张专辑了吧？"

《蛰伏》开拍前他就在做那张专辑，只不过是行程搅乱了他的脚步，现在电影杀青了，他的重心应该会继续回到音乐上。

第一张专辑虽然没有拿到回声奖，只是获得了提名，却切实地为华语乐坛掀开了新路途的幕布。

这次的第二张专辑，工作室加足火力，准备比第一张做得更加震撼。

顾予临低头挖了块酸奶，递到她嘴边，点着头回答："这张专辑应该会做得更久一些。"

"更久吗？那岂不是可以跟《蛰伏》首映的日子碰上？"

这话说得没错，两件大事真的就碰上了。

那会儿刚好是半年之后。

新专辑的小样江筱然已经听过了，的确比上一张更好，而且他的唱功也提升了很多，可以稳定地唱 A4 以及更高的音区。

除了电音元素，这张专辑开始变得更加精巧、柔和、氛围化，节奏明快、氛围统一、结构精巧、格调上乘，音乐质感清新，少见而经典。

第二张专辑一经发行，便以一种更猛烈的形势席卷了乐坛。

电子专辑周销量破百万，在各大榜单上一往无前，打破了所有他自己创下的纪录。

《蛰伏》正式上映那天，迎来了第二个好消息。

钱飞兴奋道："又提名了，最佳专辑奖！这次肯定可以拿到!!"

江筱然问他："怎么这么确定？"

"这张专辑确实做得好，拿奖是理所应当的。虽然在国内成绩还行，压了上一张，但是在国外成绩太好了，尤其是美国，榜单前三没跑了。"钱飞伸出一根手指，"而且我研究了一下，那边的评委确实喜欢这种高级一点的曲风。"

他很少讲话这么自信，这么来看，这张专辑获奖的希望的确很大。

最后，他总结似的道："知己知彼，百战不殆嘛。"

而这句话，恰巧是《蛰伏》开头的台词。

《蛰伏》是谍战电影，环环相扣步步紧逼，写的时候江筱然的脑细胞都要死光了。

去电影院看的时候，她还在和顾予临开玩笑说："我觉得写这个比做数学题还费脑子。"

当年写完一张数学卷子后，身体就像被掏空了一样，因为十分疲惫，所以沾枕头就能睡着。江筱然一般都将做数学题当睡前催眠。

但是她的辛苦没有白费，首映第一天，票房破一亿五千万。

"不得了了，这票房太猛了吧！"饶是钱飞这么多年什么大风大浪都见过，此刻还是难以压抑心中的澎湃之情，"五年了！今年肯定是爆发年了!!"

这话一出，江筱然才后知后觉地意识到，从他跟 DYM 签约开始，居然已经过去五年了。

这五年没有什么突如其来的爆红，他始终一步一个脚印，踏实地走好脚下的每一步路。

没有抱着什么一夜爆红的幻想，如同置身天梯，不腾云不驾雾，只是一级一级地踏上台阶。

他们都明白，台阶的尽头，一定光明而繁盛。

顾予临出发去回声奖颁奖典礼的那天，天气尤其好。

那种天气总是让江筱然想起，从高考考场出来的那一刻，突如其来的耀眼明光。

他走出房门的那一刻，有种宝剑回鞘的稳重。

当天的颁奖典礼是全英文直播，江筱然英语底子不错，大部分都能听懂。

她本以为自己已经做好了所有准备，就好像尽人事听天命一样，自己努力的部分已经做得够多了，那么一定会有结果返程。

但她没想到，在镜头切到顾予临起身的时候，她会刹那间红了眼眶。

在金发碧眼的异域面孔中，独属于东方的脸孔是一抹最鲜明的区分。

没有为了融入场合而刻意打扮，如同在国内的每一次颁奖典礼，他就连服装都带着浓厚的华人气息。

主持人念出他的英文名，大家报以祝贺而礼貌的掌声，而顾予临弯了弯腰，就朝舞台走去。

那是他在少年时期，曾无数次渴望过的舞台。

它那么大，又那么遥远。

可它又太小太挤了，逼仄到这么多年间，也只有一位华人登上而已。

在流畅的英文报幕中，在恭贺的英文对话中，他手捧奖杯，开口了。

"大家好，我是顾予临。"

她猜到他会说中文，于是扬起一个足够明了的笑容。

因为今日的他，将不再代表他自己。

"我十岁的时候有个梦想，我想有一首自己的歌，后来它实现了。

"我十五岁的时候换了个梦想，我想出一张个人风格很强的专辑，后来它也实现了。

"十七岁的时候，我有一个卑微又宏大的志向，我想让世界都听到我们中国人自己的音乐。也许并不需要很完美，但起码证明，我们能够做到。这个梦太空泛了，我只说起过一次。

"今天，此刻，这个梦实现了。

"这个奖不属于我，属于每一位付出过的老师，我无法一一感激，只能鞠躬回报。"

果真应了那话——那些涌动的、汇聚的，哪怕是浅浅的暗流，只要拼死融合向前冲撞，一定会带来，让所有人都无法小觑的光芒。

"我相信还有很多对音乐抱有赤诚热爱的歌手，希望你们也能遇到志同道合之人，交换才思，为一个崭新的时代添砖加瓦。

"谢谢大家。"

他的灵魂曾在与音乐碰撞的过程中，无数次激荡；也曾在所有静谧如水的夜中，安宁地回响。燃起来时是一团火焰，沉下去时是一泓清泉。

他的音乐如是，他的人生亦如是。

江筱然泪盈于睫，与有荣焉。

后来的选手都说了些什么，她已经不在意了，所有的精力都用来听着门口的脚步声，等待她的英雄凯旋。

门刚一打开，她树袋熊般一跃而起，稳稳把他抱住。

他差点没能接住，然而身体先于他适应这个过程。

他托住她，笑问："怎么了？"

她埋在他肩上，说："顾总，你今天好帅哦。"

江筱然深切地怀疑，在自己的人生中，是不是因为有些事太过于重大，重大到足够遮掩所有微小的片段。所以当自己回忆起来的时候，就好像分声调一般地，那些突出的片段，便格外清晰。

譬如，要她仔细回忆《蛰伏》的上映过程，以及在这个过程中，票房是怎么疯狂上涨的，她真的不大记得起来。

要真的回忆，也只能回忆起赵嘉映给自己发的一长串感叹号。

或者说，要她回想一下《蛰伏》是怎样收官的，收官时创造了几项纪录……因为她早有预料，也记得不大明晰。

唯一记得清楚的，是华金奖的颁奖典礼，那是她第一次参加含金量那样高的颁奖典礼。

《蛰伏》是当晚提名最多的电影：最佳男演员、最佳女演员、最佳女配角、最佳导演、最佳编剧……

这部电影火到什么地步，口碑有多好，似乎从这几项提名里就能看出来。

且不说能不能拿奖，就是提名了，也是莫大的荣耀。

工作人员有心，特意安排她和顾予临坐一起，而最先开始公布的，居然是最佳编剧。

江筱然不大紧张，毕竟她对这方面看得很淡，获奖的话最好，没有的话也能以平常心对待。

主持人还在镜头前卖着关子："获得第五十三届华金奖，最佳编剧的是——"

江筱然盯着台上，没注意到身侧的某个人，神情比她还紧张。

顾予临目光一动不动，很清楚这个奖项的结果将直接关系到等会儿的计划……到底是选 A 还是 B。

众人屏息等待的时刻，主持人看着台本确认几遍，这才神秘一笑："江筱然！恭喜！"

江筱然显然有些意外，朝镜头笑了笑，提起裙摆就上了台。

一路上都感觉不太真实，她没听清有关自己的介绍词，上了台之后，感觉步伐还有点虚。

她清清嗓子，朝镜头微笑示意，将话筒递到唇边："靠《蛰伏》第一次提名华金奖，没想到真的拿到了。写了这么多年东西，很庆幸每一次提笔都能不忘记自己的初心，也很庆幸自己喜欢的每一部作品，最终都能在工作人员的努力下呈现在大家的面前。最后借用《蛰伏》里的一句话吧——我们每个人都不是单独的个体，我与你们同在。"

台下掌声热烈。

从前辈手中接过奖杯，江筱然感觉手上蓦地一重，此刻所有的感觉才逐渐清晰起来，她的心也随着一沉。

她穿的鞋子跟高，走路都是迈着小步的，加上舞台又很大，导致当她走到舞台边沿的时候，已经开始公布最佳男主角了。

这次公布最佳男主的，是今年没有作品上映的陈咸。

"获得第五十三届华金奖，最佳男主角的是——"

江筱然起先本不紧张，这会儿倒是紧张得手心渗出汗，连步伐都不由得停止了，就站在舞台边看着大银幕。

顾予临垂下眼睑，拢着手指似是在思索什么，又像在筹划什么。

她觉得奇怪，毕竟他平时对奖项不会这么在意，鲜少有能够看出他紧张的时刻。

江筱然思索间，陈咸揭晓谜底："恭喜容诚！"

底下传来大家一致的掌声："实至名归！"

跟容诚合作过《覆国》，他的演技确实不错，江筱然还有记忆。

正当容诚站起身要往外走的时候，陈咸笑着继续道："我还没说完，还有一位——顾予临！"

底下传来哗声："今年居然双黄?!"

江筱然这才回过神来，整个人被一种巨大的惊喜所包裹，惊诧地看着从座位上站起身的青年。

飞哥说得没错，今年果然是爆发年。

"容诚，凭借在《他是冰火》中出色而有张力的表演吸引了观众，他……"

大银幕随着解说词放出精彩的演技片段，江筱然听不清，只是满心期待着播放顾予临的部分。

很快，她最期待的部分到来："顾予临，在《覆国》中凭借刚正不阿的将军赵程，入围华金奖最佳男配角。在《蛰伏》中扮演有勇有谋、善良果敢的有志之士孟回。前期安静沉稳，后期极富爆发力，角色层次很深，表演难度极大。"

国内的气氛果然好，江筱然随着大家一起尖叫庆祝。

只是顾予临一路走，还一路跟容诚说着什么。

宋晚是颁奖的女主持，此刻笑着打趣："两位喜事盈门，看来是在交流感想啊……"

陈咸不让气氛冷掉，也在讨论："毕竟当初一起拍过《覆国》。"

宋晚猛地彻悟："这么一说，我们四个竟然都合作过同一部戏，今天还能在这个舞台上遇到，真是缘分……"

一上台，容诚和顾予临直奔陈咸而去。

宋晚道：“这不，又开始寒暄了。”

寒暄了几句，陈咸一愣，随即点头，跟顾予临握了握手。

握完之后，顾予临转身，也跟宋晚握了握手。

宋晚笑着点头，说了两句话，大概是鼓励。

容诚是前辈，自然先发言："感谢华金奖，在我多年前迷茫的时候给了我一个鼓励。在我一年没拍东西回归之后，又给了我新的肯定。"

底下有他的好兄弟在死命鼓掌，宋晚给他颁发奖杯。

要到顾予临时，陈咸拿起话筒，却是朝着台下说的："各位，要不我这个奖杯，给江筱然编剧来颁吧？"

江筱然愣了一下，这才摇摇头，示意自己不行。

颁奖的一般都是前辈，她一个小编剧哪儿能做这种事。

但底下的艺人和工作人员们都是看热闹不嫌事大的，关键时刻闹起来，比普通人还有气势，最后甚至很有节奏地喊起了她的名字："江筱然！江筱然！江筱然！"

江筱然扛不住，为了礼貌，还是上台了。

她小声跟陈咸说："陈老师我不行，这样会坏了规矩的……"

陈咸道："规矩算什么！规矩是灵活的啊，不信你问问大伙问问负责人？"

"大伙"对这种八卦显示出极其入迷的态度，负责人也点点头，示意可以把奖杯给江筱然。

负责人旁边站着钱飞，钱飞悄悄地给顾予临使了个眼色，大意为：我这边搞定，接下来看你表现了。

江筱然自然是来不及看飞哥，也来不及看顾予临的，被大家起哄了太久，她有些头晕，笑着说："那我恭敬不如从命了。"

反正大家都玩得开，对她而言，这也没什么。

她接过奖杯，发现陈咸径直退到幕后，余光看到宋晚和容诚也不见了。

……怎么回事，难道颁奖是一个个颁吗？

来不及多想，因为顾予临要开始说获奖感言了。

他调了调话筒，音色温柔而绵长。

那声音随着话筒去往场馆的每一个角落，一字一顿，掷地有声。

"江筱然。"

没想到他开口就是自己的名字，江筱然握着奖杯愣了下。

怎么回事？这次颁奖词也要感谢她吗？这个场合叫她名字是不是不太对？

下一秒江筱然就发现自己想错了，因为顾予临说的是一个完整的句子——

"嫁给我吧。"

江筱然，嫁给我吧。

她有一瞬间失去了感知的能力，电流通向四肢百骸，在每一寸骨血里砰砰砰地炸开。

到底是谁在放烟花，在她眼前点开一团极其庞大的白光，以一种靠近而震颤的姿态，给她带来极强的、刹那间仿佛空白的刺激。

——疯了，真是疯了。

她胃里甚至有点痉挛。

下一秒，白光撤退，五颜六色的光点剧烈碰撞，给她生生撞回现实，如同死而复生。

她什么也没有做，却像被人抽走了全部的力气。

她没有意识到自己在这短促的时刻，早已经红了眼眶。

怎么有这样的人啊，你要他发表感言吧，第一次，他说"没有江筱然就没有我"；第二次，这么重大的场合，他的获奖感言是希望她嫁给他。

顾予临勾勾手，示意她把奖杯拿过来。

她大脑死机，只能顺从他的指示，把奖杯递过去。

他没有接，而是从里面拿出了一个方方正正的戒指盒。

她再也忍不住，抿抿唇，眼泪就滚下来。

这都什么时候计划的啊……

今夜的灯光安静又温柔，只有一束，将他们安静地笼罩。

一切景物在他身后仿佛被虚化，顾予临单膝跪地，目光是她从未见过的真诚。

那一刻她想，没有人能拒绝这样的场景吧，每一幕每一帧都恨不得死死刻在脑海里，永远不要忘记才好。

这个人从不低头，也无须低头，他永远是最耀眼的那一个，带着满腔热忱和明晃晃的清高，没有什么事会让他低头，也没什么事会让他慌张和紧张。

可是那一刻啊，四目相对的那一刻，她清楚地看到他举着戒指的手腕，居然是颤抖着的。

他明明在笑，她却拼命想哭。

顾予临举高戒指，就连声音都带着微微的颤抖。

"很奇怪。"他说，"我本来觉得这世界很糟糕，可是幸好，这世界把你带给我了。"

我一直觉得命运亏欠我很多，但后来我知道了，原来它只是为了让我遇到你而已。

他的声音清冽，又掺着低沉的沙哑，一如初见。

他再次重复，目光诚挚："嫁给我，好不好？"

那道声音沿着时光的洪流溯洄而上，跟某个场景准确无误地重合。

同他第一次参加艺术节比赛时，她主动请缨，说自己会弹一段钢琴。

一曲完毕，他虽在评价，却难掩言语中微小的雀跃："跟我一组吧。"

而那时候的她说了什么？

江筱然举起话筒，学着那时候的自己，保有着绝对炽烈明艳的爱意和拼命掩盖的故作矜持，嫣然一笑，开口说：

"好啊。"

狄更斯说，这是最好的时代，也是最坏的时代。

但她想，只要和他在一起，那就全都是好的。

这将是美好的、漫长的、风光无限的一生。

属于他们的未来，还有大把大把的好时光。

（正文完）

番外一

婚礼

颁奖典礼是怎么结束的，江筱然已经完全没印象了。

台下的观众和艺人们是怎么大声尖叫拼命鼓掌的，她也不记得了。

只记得被顾予临牵下台的时候，整个人如同刚从梦境中抽脱出来，每一步都像是要飘起来。只有相握的手掌中，夹杂着他们彼此渗出的汗意让她有些真实感。

回到座位上，他依旧牵着她，将她的手搭在自己的手掌上。

没什么不一样的，但是好像什么都不一样了。

满座喧哗中，她没有抬头去看台上的盛况，于她而言，她整个人已经是吸够了水的海绵，再也没办法将注意力分到其他地方去了。

顾予临也许跟她讲了什么，她也许回应了，总之一切都记不太清了，她只是有些怔怔地，去看无名指上的那枚戒指。

台下灯光暗，但被切割成完美形状的钻石依旧璀璨夺目，比台上的流转灯光还要亮。

她忍不住动了动手指，调适角度，从各个方面欣赏它折射出来的光。

这枚戒指设计感很强，不是流于俗套的普通婚戒，一看就是定制款，而且尺寸刚刚好。这个款式跟她见过的婚戒都不大一样。

她猜测，为了这一刻，他一定瞒着她准备了很久。

而且刚刚准备工作都那么明显了，她居然一点都没有发现，真是迟钝得可以……

江筱然忍不住，抬起手捏了捏鼻梁。

顾予临看了她一眼，低声问："困了？"

"没……"刚刚那么激动，这会儿自然不可能困的。

他靠过来，轻声跟她说："媒体采访我都推了，等下颁奖典礼结束了，我们回去好好休息。"

今天不知道是怎么了，她好像不太能说得出话来，半晌才点点头，说："嗯。"

她猜，可能是这惊喜大得超出她的预期，让她没有完全做好准备。

典礼结束之后，江筱然刚坐进车里，就看到赵嘉映的轮番轰炸。

"老天爷，你还好吗？"

"我已经被感动坏了！！"

"Hello？顾太太？还在吗？"

看到夹在最后一句话中的三个字，她瞬间清醒："你乱叫什么呢，吓我一跳。"

"你终于回我了！"赵嘉映问，"怎么样，戒指戴着爽不爽？"

江筱然失语："你就关心这个？让李嘉垣给你买一个呗。"

赵嘉映道："我叫他买哪有现场突然求婚来得震撼？你不知道，你哭的时候我也跟着掉眼泪了，真好，咱们家小江终于找到了自己的归宿啊。"

江筱然噙着笑："你这话说的，好像我之前都没找到归宿似的。"

赵嘉映道："啧，不得了了，现在开始跟我秀恩爱了。来来来，我给你看看微博上都是怎么评价你们俩今天的求婚的……我发现你们只要一干啥，一定承包热搜，而且可以承包一整天。"

赵嘉映发来几张截图，是网友的评论：

"我觉得顾总真的好贴心啊，以这种名义，在女朋友化了美美的妆的情况下求婚，比女孩子素面朝天还得面对摄像镜头好多了，直男朋友们学起来啊。"

"顾总情话满分的技能是不是跟筱然学的？"

"当初拍《覆国》的时候还没公开，就有朋友给我发顾予临单膝下跪给老婆贴暖宝宝的图。我没有哭，真的。"

"我最近只要一看到他们同框就会傻笑，我是不是没救了？"

"你不是一个人。"

…………

江筱然边看边笑，顾予临凑过来问："笑什么？"

她收起手机，假装不想给他看："就……开心啊。"

他挑眉："还有更开心的。"

江筱然一怔："什么？"

他靠在椅背上，笑得月朗风清："带你去个地方。"

他好像跟司机提前说过，连个地名也没有报，车子一路平稳行驶。

她一下车就被人蒙住了眼睛，几乎是抓瞎一般往前走。

如同即将要进鬼屋一般，惊险又刺激，还有点兴奋。

不知道前方等待着自己的会是什么，也不知道惊喜里到底是惊多一点，还是喜多一些。

她不禁问："到底是什么啊，这么神秘。"

束缚在此刻被人解开，他说："可以睁眼了。"

睁眼的那一瞬，她发现是新家。开阔的、灯火通明的、属于他们的新房。

"早就买好了，"他这么解释，"但一直没机会向你求婚，而且书房和花园也一直没布置好。"

来不及进行更加深刻的感动，江筱然看着空白一片的房子，指着唯一被装修了的两个地方问："为什么只有这两个地方装修了，其他地方都没动？"

"这两个地方比较重要，需要我亲自把关。"他沉吟片刻，"其他地方没装修是因为……不知道你是不是喜欢这种风格，怕装错了，想让你先看看成效。"

江筱然观察了会儿，发现了不太对劲儿的地方："你怎么还给这两个地方起了名字？"

他眉心微蹙："我不是说过，以后我的家，花园就叫百草园，书房就叫三味书屋。"

江筱然问："然后呢？"

……然后？

然后在后来无数个辗转的日夜，顾予临让她切实明白了，什么叫——从百草园到三味书屋。

婚礼定在八个月之后。

赵嘉映、许礼、宋葵，还有和江筱然玩得很好的两个编剧来当伴娘。

伴郎是李嘉垣，还有四名演员，常欢喜也在其中。

婚礼的延迟跟婚纱有很大关系，毕竟她的婚纱需要定制，一针一线都得细细地来，自然耗时很长。

裙摆是最大方的 A 字设计，从收腰处一路往外层层蓬开，显得轻灵。

薄纱上的绣工繁复精致，栩栩如生，有含苞的蕾，亦有盛放的花。

造型师替她仔细地别好头纱，开门之后，在外面等待的伴娘们都坐不住了。

她眼波似水，肤如凝脂，似笑非笑的时候，最好看。

赵嘉映都看直了眼睛："都说穿婚纱的人最美，果然是这样。"

宋葵也说："看得我都想结婚了。"

许礼捧住脸："婚纱好梦幻啊，你穿上更好看了。"

宋葵拿手肘撞赵嘉映："我说，干脆你和李嘉垣今天也办了？"

赵嘉映但笑不语，咬了咬牙，宋葵见她这样子问道："怎么？"

"提他我就来气，"赵嘉映摆摆手，"大好时光别逼我骂人。"

宋葵拍腿狂笑，许礼赶紧制止："葵葵，你现在穿着伴娘服，不要做那么豪放的动作。"

宋葵立刻坐正："是了，今天也是可爱的文明葵呢。"

办个婚礼，伴娘们比新娘还高兴。

婚礼接近中午的时候正式开始，那时候宾客已经坐满了。

婚礼的背景乐是顾予临自己编的，清澈、流畅、舒缓，带着满满的幸福和归属感。

江筱然被父亲牵着，从另一端缓缓朝前走去，神圣、庄重、肃穆。

随着大门轻轻打开，顾予临侧头去看，他的新娘就出现在光影重叠的日光中。

她的身影在过度曝光的白光中模糊成一个点，终于渐渐清晰。

他知道，无论相隔多远，她都会在时光的荒野中找到他，然后靠近他。

就像他不用看都知道，她今天一定很美。

纪念日与孔明灯

结婚后的第一个纪念日，总是格外有意义。

为了让那首个纪念日圆满而充实地度过，江筱然提前三周便开始准备，规划了好几条路线，还采购了不少浪漫小物，甚至将浴室和露天阳台都细致装点了一番，纱幔与星空灯毫不吝啬地点缀铺满飘窗，玻璃杯与上等的红酒亦是早早地摆进了橱柜里。

每当顾予临问起她在忙什么，她都是神秘一笑，只字不答。

纪念日当天她起得很早，虽然前一晚没怎么睡好，但她还是克服了自己想继续和被窝枕头缠绵到正午的欲望，打算为这天腾出多一点的可利用时间。

结果她刚挣扎着从床上坐起的时候，又被人给一把拉了回去，身子摔回柔软床褥上，还弹了两下。

顾予临懒洋洋的声音从耳畔传来："再睡会儿。"

"不能睡了，"她试图引导一下他，小声问，"你知道今天是什么日子吗？"

"还能什么日子？"他眼睑抬也没抬，闭着眼淡声，"什么日子都得睡觉，快睡吧。"

她还有话想说："但是今……"

今天是我们的结婚纪念日啊。

可还没等她说完，顾予临又将她往怀里搂了搂，像是完全不在意她要说什么一般，全然调整成了继续入眠的模式。

她的嘴唇抵上他温热的胸膛，想了想，总觉得纪念日这东西由女方提出来有些难以启齿，纠结了半晌，方才没完全被扼杀的困意卷土重来，将她拖进了梦里。

等她睡饱再醒来，时针已经直指十点了，整个人也有精神了很多。

顾予临神清气爽地从浴室走出，身上还带着洗漱过后的薄荷香气，白衬衫袖口微微挽起，手臂下青筋的走向性感而明晰。

江筱然心尖一跃，轻声问："你……要去干吗？"

"不干吗啊，"他垂着眼笑，"不起来吃饭吗？还是你觉得我在家就不能穿衣服？"

这都什么乱七八糟的，江筱然迅速坐起身，又气又恨地丢了个枕头过去砸他："你脑子里一天到晚就没点好东西！"

他察觉到她意有所指，挑眉："比如？"

江筱然指了指墙上的年历："你就没想起来什么特别熟悉的东西？"

她觉得也正常，男人嘛，都不讲究什么仪式感，肯定不会有意识地去记忆和标记这些东西，稍微引导提醒一下就可以了。

果不其然，顾予临盯着年历某处沉吟了许久，这才状似顿悟地轻轻"啊"了声，转头对上了她殷切而期待的目光。

顾予临道："你是说快到我下部戏进组的日子了？没事，还能在家留几天。"

江筱然气呼呼地重新躺倒在床上，感觉就像是一拳头打在了棉花里，连回声都听不到，整个人周身弥漫着一股遭受重创后的颓废，又愤懑地使劲儿在软垫上折腾了几下，换了个侧身入睡的姿势。

顾予临好整以暇地看着她："怎么？"

"我怀疑是我一大早起来的姿势不对才会这样，"她又铆足劲儿翻了几个回合，"重新起来，重启一次看看。"

就这样，顾予临站在桌边看着自己的妻子自欺欺人般闭上眼再睁开，试图将生活重新启动，连坐起身的方向都不一样。

重启了几次之后，江筱然觉得这回应该对了吧："你还是什么都没感觉到？"

"感觉什么？"顾予临在她胁迫的目光下又开始了新一轮检索，二十秒后才接收到指令，"嗯，我感觉我有点饿了。"

啊啊啊啊啊啊！江筱然猛地揉了几下头发，一跃而起钳住这人的脖子，双腿死死环住他的腰，软绵绵的指腹捏紧："顾予临你这人没有心的吧?!"

"有啊，"他恬不知耻地捏住她的手腕，贴在自己左胸腔上，"这不跳得挺好?"

这人毫无自己做错了事的自觉，浑身上下弥漫着一股迷之满意，任她如何明示暗示就是想不到结婚纪念日，还敢优哉游哉地给她穿好鞋，将她抱到了车上。

江筱然看着窗外倒退的街景，还保留着一丝不切实际的期待："开车是什么意思?"

宇宙第一直男毫不留情地戳破了她的幻想："没什么，就是前天新买的车，今天试开一下。"

如果不是车行驶在高速路上，而高速路上不能抛物，江筱然一定会将自己打包成河豚从车内扔出。

她抄着手转向右侧，背对着顾予临，再也不想跟他多讲一句话，怕自己气绝身亡。玻璃窗上倒映着她气鼓鼓的脸颊，她忽然想到恋爱期和婚前的顾予临是多么体贴温柔，可这才结婚刚满一年，他居然就变得如此敷衍又不上心……

想着想着，她还觉得有点委屈。

接下来的几个小时，江筱然都过得十分别扭，就连吃完午餐之后都没发现，顾予临带她来的餐厅正是上个月她说过很想去但预订排位很难的那一家。也没有发现顾予临"随手"从后座拿出来的包包，是她上周点赞的那一款。更没有发现，当天色渐暗，他们居然回到了曾经最熟悉的地方。

她还陷在自己的世界中，思考着这段婚姻是不是即将步入倦怠期了? 倦怠期的下一步好像就是相看两生厌，两生厌的下一步是什么来着?

好，她和顾予临马上就要一拍两散一刀两断速分家产孩子归谁……

就在她独自脑补出了一部长达七十二集的《由纪念日引出的婚姻缺陷之男人为什么那样》时，肩膀冷不丁被人拍了一下。

她想也没想就脱口而出："你真的不知道今天是结婚纪念日吗? 而且还是第一个，你为什么都不记得了你以前不是这样的你是不是不爱我了?"

她一连问了五个问题，最后三个还是一口气说出来的，如同一张密不透风的网笼罩下来，顾予临失语片刻，而后沉沉笑开。

"你还笑？我跟你说这么严肃的问题你怎么还能笑……"

她还没来得及说完，身子忽然被人掰着转了转，顾予临手指垫着她的下巴，示意她往前看："你看这是哪儿？"

面前的场景很熟悉，公园内的陈设没怎么变，晚风轻柔地拂过树梢枝叶，树影婆娑，浅黄色灯盏悬挂垂落，晃出一地斑斓微光。

她眨了眨眼，意识到顾予临带她来的，是他们第一次约会的公园。

"你知道今天是什么日子？"

"娶你的日子我能不知道？"顾予临好笑地问，"你还真以为我忘了？"

她转头，看向他眼底："那你今天为什么装不懂？"

他笑吟吟地挠她下巴："逗你好玩啊。"

当然，也有想让她多睡一会儿的私心。

"况且你不觉得……"他又笑着说，"一起床就按部就班地为了过纪念日而过纪念日，没有这种突如其来的未知浪漫吗？"

刚刚还在幻想"我们这段婚姻是不是要走到尽头了"的江筱然立刻遮掩着轻咳了几声，摸了摸鼻子道："好、好像也是。"

"好像？"他笑，牵着她的手带她往更加喧闹的岸边去，"走，带你去放孔明灯。"

江面上飘起一盏又一盏的摇曳光灯，江筱然抬头去望，灯光映亮天际，将半边天幕都烧出了温柔颜色。

她曾经上学时路过这里，每次都在想，等她有时间了一定要来放孔明灯，顺便许许愿，可惜到毕业也没能完成，没想到顾予临今天却替她实现了这个小心愿。

大家都忙着仰头去拍照和欣赏，顾予临又戴着帽子不易被发觉，于是他们就这样融入了人潮，像任何一对普通情侣，牵着温暖明亮的孔明灯走到空旷的地方，然后抬笔在灯身上写下愿望。

惊喜来得突然，江筱然一下不知道要写什么了，踟蹰半响，忽而探出头来问他："哎，你写的什么？"

顾予临正收笔，闻言顿了会儿，这才看向自己面前方才用毛笔郑重落下的几个字。

"我希望……"他磁性声线中裹着半醉的月色，顺着河面涟漪徐徐飘到她身边，听起来，又像是许诺，"可以永远陪在你身边。"

关于吃醋

年底的时候，江筱然受邀去参加一场初中的同学聚会。

中学时代距离现在的她已经有些遥远，按理说可去可不去，毕竟身份特殊，还可能被围堵。但由于当年毕业时大家约定了十年内再聚，故而当她接到班长邀请时，还是未做多想就点头同意了下来。

她的心态很轻松，没有什么攀比或者秀优越的想法，唯一的念头是：一别近十年，不知道门口那家餐厅的味道变了没有。

怀揣着这样的想法，那天早上她稀松平常地随手化了个妆，然后准备出门。

正在看剧本的顾予临抬头："去干什么？"

"同学聚会，"她头也没回，"之前不是跟你说了嘛。"

客厅内的电视不知道在播着什么剧集，某个重要的配角正在对主角进行规劝，言辞真挚条理清晰："同学聚会最容易滋生奸情了，你想想谁学生时代没有喜欢的人？隔这么多年一看，发现嘿原来你也在这里，是不是容易一点即燃？而且人的本质都是怀旧的，有的人吧被怀旧滤镜一衬托，立马就显得不可错过了起来。你觉得我说得是不是有点道理？"

主角觉得有没有道理顾予临不知道，但他是觉得有那么点道理。

怀揣着"四处逛逛了解一下她的过去也好"这样的想法，顾予临从沙发上站起身来："我跟你一起。"

一只脚刚踏出家门的江筱然愣住："你和我一起？"

他眯了眯眼："不行？"

这么怕他去，难道还真有什么昔日遗落的旧爱在城市角落里等着她？

"可以是可以——"江筱然说，"但你又不是一般人，到时候粉丝把我们整个班堵在餐厅里了怎么办？"

粉丝数即将破亿的顾某人戴上帽子和口罩，低声说："不会的。我读的不是你们那所学校，她们认不出来。"

江筱然想着面前的免费司机不用白不用，于是点了头："行啊，那你一起吧。"只是想到自己没提前和大家说，也不知道大家的接受度如何，会不会被粉丝困住……步伐难免不如之前轻快，坐在副驾驶上时也一脸若有所思。

这表情落在顾予临眼里，自然又变成了另一番模样。

本打算一言不发只看着她的顾某人，此刻决定届时重点询问一下她的感情史。

二人很快到了包间门口，江筱然推开门的那一刻，正喧闹得恨不得将房顶掀翻的众人忽然齐齐噤声，又看向她身后将口罩拉下来一半的顾予临，震惊震撼又无措，还带着好久不见的兴奋。

"筱然居然真的来了?!"

"家属也来了？我们配吗？"

"你俩都太好看了，是照着画报长的吧！"

顾予临微微颔首示意，江筱然则上前跟大家打招呼寒暄。好在大家比较理智，没有强行要求合照，只是远远看着顾予临拍了几张。

气氛热络起来后，有人用手肘推推江筱然："你老公也真是的，一个人坐那儿的时候也太有气场了，班长都不敢上去搭话。但是跟你在一起的时候，那目光温柔的呀……像是能掐出水来，我之前看了好多你俩的互动视频，感觉太奇妙了哈哈哈，曾经的同学居然忽然就出现在了镜头里，真的超有意思。"

人到齐后大家开始吃饭，男的一桌女的一桌，江筱然起先还怕顾予临不习惯，但后来发现他也能融入大家了，只是话比较少，这才放下心来。心中的大石头落了地，心情也好了许多。

而她不知道的是，最后对面那边热闹起来，全都是因为大家在跟顾予临分享她的小八卦。

"临哥还不知道吧，当初筱然在我们班也算是有头有脸的人物了，故事式多，其中最出名的，当数她和安南南的绝美爱恋……"

"一看你这表情，筱然肯定没跟你说吧？她还曾抄了练习本一整页安南南的名字呢，那叫一个痴情！"

"就是，她和安南南不还一起在门口吃过钵仔糕吗？迎着夏夜微凉的晚风，含情脉脉的只属于二人的对视，整条街上再也没有别人……啊，好浪漫。"

所以最后饭局结束时，江筱然心情不错，身侧的人却表情阴翳，后槽牙紧咬。

江筱然起先还以为是谁开了不知分寸的玩笑，拉着他想带他疏缓心情："我们一起去吃钵仔糕吧？学校门口的钵仔糕特别好吃，我那时候可喜欢了，几乎每……"

"你是喜欢吃糕还是喜欢陪你吃糕的人？"

此时有人大笑着路过，她没听清顾予临的话，只是抬高声调"啊"了声，但也没怎么在意，兴致勃勃地将他拉去了学校后门。

买了两个钵仔糕后，他仍旧不大高兴，江筱然拉下他的口罩想哄他，将弹弹软软的小零食在他唇角碰了下，又收回："吃吗？"

顾予临生气道："不吃。"

她讶异于他今天的反常，捏着他的脸硬塞进去了一口："肯定好吃，你尝一下嘛。"

顾予临面无表情地咀嚼了几口，说："难吃。"

对着老板一瞬间变了脸的神色，江筱然讪笑两声急忙将顾予临拉开，自己顺着他那块咬了一点下来："挺好吃的啊，红豆味儿的呢。"

眼见顾予临还是不说话，她继续道："而且你吃这个不会想起什么吗？学生时代的记忆啊，我……"

顾予临道："你一吃这个就能想到他？"

"对啊，"江筱然下意识点了头，然后又偏头，"不对，谁啊？他？他是谁？"

顾予临继续面无表情："安，南南。"

江筱然拧着眉头思索了一会儿，而后骤然顿悟过来，半倚着墙面笑出了声："噢，他们是不是跟你讲我和安南南的爱恨情仇了？"说着说着整个人又笑到快不行，"怪不得，我就说你怎么这么反常。"

顾予临皱起好看的眉头，不明白她怎么还能在笑，还笑得这么开心？

江筱然道："安南南那是我们学校教导主任！本名高创，因为又胖又高又秃所以我们叫他胖大海，胖大海的别名不是安南子吗，我们就给他起了个绰号叫安南南。"

顾予临道："那你在本子上抄一整页他的名字……"

"因为叫他绰号被他发现了，他罚我把他本名写一百遍。"她愤愤咬了两口钵仔糕。

顾予临又道："学校门口一起吃钵仔糕？"

"我晚自习吃糕被他发现了，他就让我在他面前吃足一百个才能走，但是老板没有一百个，我就把摊上所有的都吃了，差点吃吐。"江筱然抖了两下，"为这事我有半年没再碰这玩意儿，都给我造成心理阴影了。"

江筱然憋了半晌，啼笑皆非地看向他："不是吧，胖大海的醋你都吃啊？"

顾予临移开眼："我没吃醋。"

"行行行，你没吃，你只是吃了颗话梅说话才酸酸的。"她捧着脸，手指指腹敲了敲脸颊，"我青春期那会儿，没正儿八经跟男生一起来过这小吃街的，你是第一个。"

她笑着把那块钵仔糕递过去："怎么样，我解释清楚之后你还觉得它难吃吗？"

顾予临垂眸接过，虽然路灯光线微弱，但隐约还是能照到他唇角那一丝挑起来的笑。

"不，你这么一说……

"我觉得还挺好吃的。"

包子

小小顾来得很突然，又不是非常突然。

那时候已经结婚一年多，江筱然的新剧本写到快尾声时，突然有阵莫名其妙的恶心感袭来。她还以为是对着电脑太久了，匆匆忙忙写完最后一个场景，赶快奔向厕所。

胃里头翻江倒海，搅成一团，吐过之后，她按下马桶的冲水键。

按了几泵洗手液，洗过手之后她准备顺带洗把脸，凉水袭上脸颊的时候，脑海里突然冒出一串对话。

"……你、你干吗去？"

"东西在抽屉里。"

她沉默了片刻，又猛然反应过来什么，说："别戴了。"

黑暗中，他的身形停顿住。

她说："怀了就生呀，我挺喜欢小孩子的。"

见他半天没说话，她试探地问："你不喜欢吗？"

未几，他合上抽屉，摇摇头："有关于你的，我都喜欢。"

回忆到这儿刹住了车，江筱然去翻看手机里 APP 的记录，发现还没有来例假。

下楼买了验孕棒，测过一看，是两道杠。

这么快……这命中率也太高了吧。

她盯着那两条红线，坐进沙发里，有点拿不准自己现在是什么情绪。

怅然若失？欣喜若狂？期待？满足？

过了半天她发现，好像是期待和满足多一点。

一个全新的生命，降临到这个家庭里了。

她在沙发上坐了好一会儿，半天，把手机捞起来，给赵嘉映发了消息："嘉映。"

七分钟之后，赵嘉映回复："怎么了？"

"我好像怀孕了。"

"真的假的？确认了吗？"

"还没，不过吐了，还买了验孕棒，这个月也没来'姨妈'。"

"那应该没错了！我要做干妈了！开心！"赵嘉映过了会儿又欣喜道，"顾予临知道吧？"

"我还没说，不知道怎么开口。"她咬了咬下唇。

赵嘉映心生一计："我有个办法，你就说，顾予临，我肚子里长了个瘤。

"然后再告诉他这是他的孩子！惊不惊喜意不意外？这种坐过山车一般的奇妙体验，能给男人带来一种乐极生悲喜极而泣的巨大冲击，明白吗？"

"……我看你不太清醒。"

准备拨出电话的时候，江筱然想起来，今天顾予临的戏份好像杀青，略做思索后她决定等他回来再说。

但她没有料到，已经有一个人更快地把消息带给了顾予临。

李嘉垣发："好消息好消息！！"

那时候顾予临正在核对行程，想到陪老婆的日子即将因为行程而缩短，心中略有些不悦。

于是他回了个问号。

李嘉垣发来一个欠揍的笑嘻嘻表情："一个消息五百块。"

他本来不想回，对付李嘉垣最好的办法就是不理，过一会儿这人自然就觍着脸来跟你讲消息了。

但是他刚从老婆那里学到了一个很欠揍的招数，他决定用一下。

他往微信红包里塞了一分钱，然后在红包发出去的留言上，打出了一串数字：5000。

顾予临问："这么多够了吧？快说。"

李嘉垣没想到他真的发了："我去，这么豪?!"

下一秒点开，显示金额：一分钱。

天与地，飞翔和坠落，只在短短一秒钟。

李嘉垣无话可说："顾予临，割袍断义吧。"

顾予临没有再继续追问，侧头跟钱飞说着什么，余光一瞟手机，是江筱然打电话来了。

江筱然想了半天，决定还是先自我坦白。

而他本还皱着的眉头，下一秒就放松了下来："怎么了？"

江筱然抿抿唇，道："顾予临。"

"嗯？"

她决定用最简单粗暴长驱直入的方式，一口气说完："我可能是怀孕了，吐了，验孕棒两条杠，这个月还没来'大姨妈'。"

顾予临还以为她会像以前一样，让他帮她带点什么吃的回家，就连问地址的问题都准备好了，结果她猝不及防地说自己怀孕了。

话都到了喉咙口，他竟一时有点失语，只得把之前准备好的问题给抛了出去："在哪里？"

"啊？啊……"江筱然居然也被他问傻了，半天，很没智商地回了句，"在我肚子里……吧？"

他这才回过神来，有丝清凉的喜悦顺着听筒无声浸入，传遍他的神经末梢。

那是一条崭新的、即将参与进他生活的生命，带着他和她的血液。

小助理看到这情况，跟钱飞使眼色：怎么回事，怎么不说话还笑了？

钱飞：我不知道啊，什么情况？

很快，顾予临回过神来，对那端说："那你好好在家休息，后续我来处理。有想吃的吗，我记一下。"

挂断电话之后，顾予临仍旧盯着屏幕若有所思，直到黑屏才放下手机："飞哥，我得马上回家一趟了。"

"怎么了？"

他嘴角挂笑，语调轻柔："家里有两个人在等我。"

两个，他生命中最重要的人。

而另一边，被冷落了七个小时的李嘉垣，开始怀疑人生："哈喽？朋友？我消息都说完了你人呢？怀孕这消息还不够震撼？咋不理人呢?！"

又过了一个小时，他黑着脸发送消息："呵呵，顾予临一生黑。"

江筱然怀孕之后，顾予临的临时行程就全部搬到了 B 城附近，只为了能回家更好地照顾她。

偶尔江筱然会挺着肚子，跟他一起出去逛超市，狗仔自然不会放过，拍下照片就开始疯狂屠狗。

对广大吃瓜群众而言，低调的顾予临是高站在神坛上的人物。拍电影，电影票房大爆；做音乐，把音乐做出国门；偶尔拍个电视剧，收视率也是一路飙红。

但只有在看到他陪着老婆一起逛街的时候，才觉得他真实了些许。

临近预产期，顾予临更是推掉了所有工作，一门心思地照顾江筱然。

因为有专门的营养师，所以怀孕期间江筱然并没有长胖，甚至还因为怀着孕，整个人的皮肤更好了。

赵嘉映时不时就来看她，见她肌肤较以往更加吹弹可破，莹润光滑，决定挑个良辰吉日，自己也生一个来玩玩。

每次她说这话，江筱然就笑她："你以为孩子想有就有啊，又不是变魔法，指一指你的肚子，一个小孩噌地就出来了。"

说到肚子，这些天顾予临每晚都会伏在她肚子上听胎动，偶尔还会跟小朋友进行必要的交流和胎教。

他们的胎教分为音乐类和文学类，放音乐或者念诗。

他们想，这两项优点，小朋友起码能继承一个吧？

结果，令人意外的是，顾亦禾小朋友从三岁开始，就对绘画产生了非常浓厚的兴趣。

顾亦禾小朋友的一幅"著名"画作叫《美女与野兽》，那时候他们四个人刚好都在，顾亦禾小朋友主动提出，自己可以来一幅写生。

稚气未脱的笔触中，却隐隐只能看到三个人。

顾亦禾这么解释："这两个美女是妈妈和干妈，然后野兽是爸爸。"

李嘉垣问："……那我呢？"

那时候是夏天，李嘉垣去了趟青海，被晒成了炭一样黑。

顾亦禾抬头看了他一眼，指了指背景："因为天太黑了，所以干爸爸你看不见了，只有一双眼睛，在这个草丛里。"

赵嘉映非常赞同："画得太好了，我感觉你这幅名画能让他反思三天。别名我都起好了，就叫《不涂防晒的代价》。"

李嘉垣叫："为什么受伤的总是我？！"

顾予临虽然没有对外立什么人设，但工作人员都知道，他对老婆和女儿的宠爱，真可谓登峰造极。

大家还记得有一次拍摄杂志封面，拍摄任务完成之后，记者突击检查，问可不可以看看他的包。

顾予临没有过多犹豫："可以，不过我的包里没什么东西。"

记者不信，接过之后发现包里很满，当下便欣喜地认为不虚此行，一定能拍些有意思的东西了。

结果拉开包一看，一个大的芭比娃娃。

顾予临自己都没发现，看到那个娃娃之后，才笑着解释："应该是我女儿昨晚装我包里的，她说这个娃娃代替她陪伴我。"

记者继续翻找，然后发现了一把小孩子的粉红色桃心梳子。

对此，顾亦禾的父亲解释："她总要我帮她梳头。"

一包发绳。

"买回去给她扎头发的，她经常把东西弄不见。"

一包握笔器。

"路上看到的，想起她捏笔姿势不标准。"

…………

好不容易，找到了一个本子，还记录得很满。

记者总算觉得有料了："这个本子是拿来寄托对女儿和老婆的思念吗？"

顾予临沉吟："不是的，这是我太太今天要我带回去的零食。"

记者，卒。

终于，顾亦禾小朋友五岁那年，参加了一档亲子综艺。

外界期待，顾亦禾小朋友也非常乐意，毕竟爸爸妈妈都能陪着一起玩，她当然喜欢。

节目组的录制辗转很多城市，大家也没细究，只觉得接受节目组的安排就好。

顾予临抱着顾亦禾，一路走，顾亦禾一路接受着众人的目光。

江筱然还在抱怨："你别老抱着她，让她自己下来走走。"

顾亦禾兴奋地亲了一口面前的脸颊："你别听妈妈的，就抱我，气死她。"

江筱然去掐她脸蛋："把妈妈气到了你就高兴了？"

抵达录制现场后，嘉宾们大部分都认识，互相聊起来。

后来主持人来了，问各位小朋友开不开心。

大家清一色说开心，只有顾亦禾有想法。

顾亦禾看着镜头说："我很开心，但是妈妈生气了。"

江筱然意外地挑眉，问她："妈妈为什么生气呢？"

顾亦禾一本正经："因为爸爸抱我，但爸爸不能在路上抱妈妈，所以妈妈生气了。"

大家笑作一团。

嘉宾们先是随着节目组去了牧场，在牧场里玩了好一会儿，然后做默契游戏。

江筱然坐第一个，顾亦禾第二个，顾予临最后一个。

游戏规则是节目组出一个题目，让江筱然不涉及敏感词地传递给顾亦禾，再由顾亦禾传递给顾予临，最后让顾予临猜那个题目是什么。

他们这边的进展尤其快，有时候顾亦禾明明传递的信息不对，顾予临却能按照江筱然的思维方式，把题目分析正确。

做游戏，他们是第一名。

后来节目组要求做饭，要他们自己找食材，顾亦禾总是靠着自己萌萌的小脸和画，顺利换到新鲜食材。

做饭，他们又是第一名。

寻宝的时候，需要自己找线索，顾亦禾就在一边安安静静地看着爸爸分析线索。

遇到江筱然和顾予临意见不一致的时候，他们就一人一边分头找，结果没想到两个人意见都是对的，还触发了游戏的隐藏任务，又是第一。

后米雨夜，孩子们在家里等着大人们找食材，适逢大雨，得加快速度往回赶。

江筱然不小心扭到了脚，顾予临就一路把她背了回去。

江筱然还在担心："你腰受得了吗？会不会不舒服？"

他把她往上颠了颠，轻松道："一点问题都没有。

"就这样，感觉还能再背一百年。"

到了屋子里之后，趁顾予临他们在忙活，江筱然去看顾亦禾小朋友的画。

小孩子凑过来，小声跟她说："妈妈今天不会生气了吧？"

江筱然好笑地问："为什么呢？"

"因为今天爸爸也在路上背了妈妈，所以妈妈就不会吃我的醋了。"

这世上的年少时光，从来美艳动人。